河出文庫

カンバセイション・ピース

保坂和志

河出書房新社

目次

カンバセイション・ピース

1

伯母が死んで私と妻の二人が世田谷のこの家に住むようになったのが去年の春のことで、その秋に友達が三人でやっている会社をここに移し、今年の四月からは妻の姪のゆかりも住むようになったので、勤めに出ている妻をぬかして昼間は五人がこの家にいることになったのだけれど、私の知っているこの家の住人の数と比べたらまだずっと少ない。

もともとここには伯父伯母と四人の子どもの六人がいて、そこに私が小学校にあがる前の二年間、昭和三十五年から三十七年にかけて私の家族が同居していた。船員をしていた父が半年から場合によっては一年ちかく家を空けるのを不用心だと思った祖父母や伯父夫婦の判断でそうすることになって、母と私と生まれたばかりの弟を合わせて九人というのが、私の記憶の中にある自然なこの家の人数で、子どもの頃に住んだ家というのは無条件に建物とそこに住む人間の関係の基準になる。

あの頃は、三部屋並んでいる二階の真ん中の八畳に母と私と弟の家族がいて、一番奥の六畳が従兄二人の部屋で、一階の離れた奥の八畳が従姉二人の部屋で、一階の中心の二間がみんなの集まる居間と伯父夫婦の寝る部屋——と一応そういうことになっていたが、昭和二十三年に建てられたこの家は全部の部屋が畳で、部屋と部屋の仕切りはすべて襖なので、はっきりと用途を決めて建てられているいまの家とは、人と部屋の関係が全然違っていた。

時代も昭和三十年代半ばのことだから、部屋をあらかじめ決めたとおりの用途に使おうなんて律義さは人間の側にも育っていなくて、早い話が子どもがいればそこが子どもの部屋になり、布団を敷けばそこが寝室になった。下の清人兄は上の英樹兄に泣かされると隣りで寝ている「叔母ちゃん」つまり私の母の横で眠り、私は私でしょっちゅう奈緒子姉と幸子姉の寝ている奥の部屋で寝ていた。だいたいうちの家族がここに住みはじめた最初の頃は一階の奥の部屋は従姉二人でなくて私たちの家族がいたのだが、それがいつの間にか（というのは、私の記憶の中でいつの間にか）従姉二人の部屋になっている。

それで小学校に入る少し前に私たちの家族は探していた手頃な家も見つかって鎌倉に引っ越すことになったのだけれど、この家にはそれからも休みのたびに遊びに来て、夏休みなんかは二週間くらい泊まっていた。

そういう子ども時代を過ごしたせいか、私は人の家で何日も泊まっているのが平気だし、誰かが自分のところに泊まっているのもあたり前という感覚があって、伯母が死んでしばらくしたときに、広島に出向していてまだまだ当分戻ってこられそうもない長男の英樹兄から「おまえ住んでくれないか」と言われたときに、「いいよ」と簡単に返事をした。

それを聞いて妻の理恵は少しあきれてためらってもいたけれど、「いいよ」は「ダメだ」とか「ちょっと待って」よりずっと言いやすい。人によっては「いいよ」より「ダメだ」の方が言いやすいのかもしれないが、私は間違いなく「いいよ」の方で、これは考え方や感じ方というより口腔（こうこう）の構造と運動の違いによるのかもしれない。それはともかく、妻の勤め先が横浜から新宿に替わったこともあって、私たちはそろそろ横浜の根岸からもっと新宿に近いところに移ろうかと考えていたところでもあった。

しかし猫三匹を気兼ねなく飼える貸家となると、全然物件が見つけられなくて、築三十年くらいたっていて当然もっとずっと狭くて使いにくそうで駅からも遠い家が二十万から二十五万にもなるので、何日か考えてから、「考えるようなことじゃなかったね」と言って、妻もここに住むことに同意した。

それで猫三匹を連れて引っ越しをしたという話をすると、「猫は家につくと言うけど大丈夫だった？」というようなことを言う人が何人かいたけれど、それはまったく問題にならなかった。

こと猫となると、実際に飼っている人までが、「渡る世間に鬼はなし」と同じくらいに意味がない「猫は家につく」という諺か慣用句で猫のことを考えてしまうのはおかしなものだが、それはともかく、私と妻と猫たちだけが引っ越したわけではなくて、家具や布団も一緒に引っ越しをしたのだから、猫たちは最初の晩は馴れた匂いのついているクッションの上と布団を入れた押入れの中にそれぞれ居場所を決めてじっとしていて、翌日の朝になると私たちより早く起き出してそろりそろりと一部屋ずつ匂いを嗅いで回りはじめた。

伯母と奈緒子姉と幸子姉が猫が好きで、九七年の暮れに伯母が入院するまでこの家には猫がいつでも一匹か二匹ずつ飼われていたので、うちの猫たちは遠い昔に生きていた猫も含めてたくさんの猫の匂いを嗅いだかもしれない。これは比喩ではなくて本心から私の気になっていることで、犬や猫はいつぐらいまで遡って残された匂いをたどることができるのかと思う。匂いをたどることができるかぎり、匂いを残したかつてそこに住んでいた猫が存在しつづけていると、あとから来た猫は人間が了解しているのと別の仕方で感じているのではないか。同じように、もうすでにこの世界にいない伯母もうちの猫たちにとっては存在が消えきってはいないのではないだろうか。

引っ越して二ヵ月ぐらいたったときに英樹兄が東京出張のついでにここに寄ったことがあって、そのとき一番上のオスのポッコがまるで私か妻の帰りを出迎えるみたいな軽い足取りで玄関までやってきて、そこにいた人間が見たことのない姿かたちをしていたので一瞬立ち止まったものの、すぐに気を取りなおして玄関の三和土に降りて英樹兄の革靴の匂いを嗅ぎはじめて、それから靴の中に顔を突っこんでみたり紐が結んであるあたりに首筋を何度もこすりつけたりしてから英樹兄のところに寄ってきて、胡坐をかいてすわっている腰から尻、膝、爪先……と、しつこくいつまでも匂いを嗅ぎつづけた。

　うちの三匹の猫は、真ん中のメスのジョジョだけはいつもマイペースで誰が来ても逃げたり隠れたりしないけれど、上のポッコと下のメスのミケはこわがりで、普段は誰か来ると隠れてしまってなかなか出て来ないことになっていて、あんな態度をとったことはたぶんはじめてだった。もっともポッコだけでジョジョとミケはいつもと変わらなかったし、そのポッコも匂い以前に英樹兄の足音を聞きつけて寄ってきたのだから断言なんかできないけれど、それでもポッコのあの反応を見て、私はここにかつて住んでいた猫や人の匂いがまだ消えきらずに残っていて、それが残っているかぎり存在もなくなりきらないという考えに少しだけ確証を得たような気がしたのだった。

　それはそうと、ここの跡取りの英樹兄は私のイメージの中ではVANジャケットを買いまくったり、年に一度車を買い替えたりするような洒落者の遊び人で、そのイメージは本人が目の前にいてもやっぱり変わらないのだが、実際は私より八歳年上で去年のこのときすでに五十一歳になっていた。英樹兄から見た私だって同じことで、目の前に私がいてもなお五つ六つの小僧かせいぜい中学生ぐらいの私が存在しているという気分がはっきり感じられて、そういう風に見られているんだろうと思えばなおさらこっちだっ

て、四十三歳の男のようにはしゃべることができなくて、

「この猫、何て名前だ」

に、「ポッコ」と答え、

「いくつだ」

に、「十二歳」と答えた。

「あっちで寝てるのは」

「ジョジョ。九月で十歳になる」

「まったくな――」

と言って、英樹兄は苦笑した。

「二階の雨漏りはどうなった」

「ちゃんと直った。

――と思うけど、まだドシャ降りになったことないからね」

「高志の本はどうした」

「店にだいたい置いた」

「そうか。あそこだったらいいな」

と言って立ち上がって台所を抜けて店まで行くのを、ポッコがまるで子猫だった頃のように英樹兄の足にまとわりつくみたいにしてついて行き、そのうしろから私が行くと、一人で残されるのが嫌いなジョジョも一緒にとってんとってんとってん歩いてきた。ジョジョは

太っていて、猫らしい軽快さで歩けない。

英樹兄は店の床には降りずに、磨ガラスの引き戸を開けてその位置から、本棚の下が厚いベニヤ板で補強されているのなんかをざっと見回していて、その後ろから私は、

「英樹兄ちゃんの本も一緒になってる」

と言った。

「そうか。貴重な本だから大事にとっておけよ」

「よく言うよ。伯父ちゃんの本も混じってると思うけどね」

「伯父ちゃんの本なんか読んだら、あの怠け者が感染るから気をつけろよ。だいたいおまえにもともと、立派な怠け癖があるんだから」

私が返事をしないでただ笑っていると、英樹兄はつづけて言った。

「最初の十年かそこらの財産で、ああして一生食っていけたんだから、親父はいい時代に生きたもんだよな。

高志なんか、祥造お父ちゃんがちゃんと働いているところなんか見た憶えがないだろう」

「祥造お父ちゃん」というのは伯父のことだ。私はふだん父がいなかったから伯父のことを「祥造お父ちゃん」と呼び、本当の父のことを「昇お父ちゃん」と呼び分けていたのだった。

「そうでもないと思うけどね」私は言った。

「そうでもあるよ。おれが小さかったときなんか、ゼエゼエ言って働いてたもんだよ。姉ちゃんに訊けば、もっと前はもっとゼエゼエゼエゼエ言って働いてたって言うよ」

「ゼエゼエ働くような仕事じゃないじゃん」

「バカだな。不動産屋だってやる気になればいくらでもゼエゼエ言うまで働けるもんなんだよ。よく知らないけどな」

そう言いながら英樹兄は戻って、そのまま居間を通り抜けて北にある仏壇で、「線香あげなかったらおこられる」と言いながら線香を立てて、チーンと鳴らした。

「高志も、伯父ちゃんと伯母ちゃんのこと、毎日拝んでるか?」

「やってるよ」

「お、感心、感心。高志も少しは大人になったってわけだ。

書く小説は猫のことばっかりですけど、中身は少しは大人になっていますので、大目に見てやってください」

と言って、英樹兄はもう一度仏壇に向かって手を合わせた。

「こうしてちゃんと毎日拝んでないと、伯父ちゃんの怠け者の霊が乗り移るからな」

「だから拝んでるよ」

もし自分の親だったら毎日きちんと線香立てて拝むなんてことはしないだろうが、間借りしていると思うとそういうことだけは律義になる。もっともミケを拾う前に一番下にいたチャーちゃんという茶トラの猫がウィルス性の白血病で死んだときには、私は毎

日線香を立てて毎日泣いていた。それはともかく、

「こっちにはいつ戻ってくるの？」

　と、私は訊いた。

「それがわかってたら高志なんかに貸さないよ。

　まあ、早期定年でも出せばいつでも戻ってこれるけど、定年まで見てあと九年は向こうだな」

「へえ、――」

「社会人は高志みたいに気楽じゃないんだよ」

　英樹兄はさっさと仏壇から離れて、縁側から庭を眺めていた。店まで英樹兄について歩いていたポッコは気がつくと、英樹兄がさっきまですわっていた座布団にジョジョと一緒に乗っていて、ジョジョの頭の毛をなめていた。庭の木は去年の秋に植木屋になった同級生にやってもらったから来年ぐらいまではいいやと英樹兄は言い、それから夏休みにはすっかり田舎者になった子ども二人を連れて家族全員で墓参りと東京見物に来るからそのときはよろしく頼むな、なんてことを言ってまたしばらく庭の木か空を眺めていて、そのうちに、

「まったくな」

　と言った。

「親は一代で土地を買って家を建てて、子どもはそれの切り売りだよ」

伯父はこの家のほかにも土地やアパートを三つか四つ持っていて、相続税はそれの切り売りというか物納でまかなえたので、ここの土地と建物は手つかずのまま残った（らしい）。私と妻がこの家に住んでもかまわないという返事をしたあと、英樹兄は私の両親に電話をかけてきて、お礼を言ったらしい。そして英樹兄はこの家が好きだから、定年後はこの家に住んで、親父みたいに怠け者の生活をして、この家で死にたい、新しい家に建て替えたいとは思わない、自分が死んだあとに子どもたちがどうしようが知ったことではないが、自分はここでずっと暮らすんだと言ったらしい。母は「そんなに好きかねえ」と笑っていたが、それを聞いたときに私は「猫は家につく」という諺が、本当は人間が自分の気持ちを猫に託して語ったものなんじゃないかと思ったのだった。

英樹兄の出向先は広島で、とりあえず一年間一人で行っていたが、一年後に転籍になってしまったために奥さんの真弓さんと子ども二人も引っ越すことに決めて、そのときに伯母が、広島弁なんかしゃべれない、四十年かかってやっと甲州弁が抜けて標準語を話せるようになったんだから、「広島なんいやさよお」と言って一人で残ることになったのだけれど、それもやっぱり「家につく」ということだったのではなかったか。

英樹兄は久しぶりのこの家の中をひととおり見て回るというようなことはしないまま、猫に座布団を取られたので私の座布団にすわって、「自分の家にお客さんで来るのもおかしな感じだな」なんて言いながら天井や壁をあちこち見回しては、「猫がいるわりには障子が破れてないじゃないか」と言ってみたり、「おまえもたまには社会のためになる小説でも書いてみろ」と言ってみたり、「この家にいて伯父ちゃんの怠け者が感染らないように気をつけろよ」と、同じ冗談を繰り返したりしていて、私がコーヒーの残りを入れに台所に行くとついでに自分も立ち上がってトイレに行って、途中にある階段の下で少しのあいだ立ち止まって、戻ってくると、

「たまに帰ってくると古いな、この家は」

と言った。

かつて子どもだった自分たちがドタドタ走り回った床が場所によっては一歩踏むたびに沈み、股すべりした階段の手摺りは強い力をかけると今ではぐらりときしむけれど、階段に射し込む光は昔と変わっていない。

階段には仏壇の前を通って北側からも、南の縁側からL字に曲がった廊下からも行けるようになっていて、股すべりした手摺りのある階段はいまどきの、両側が壁になっている空間効率よく作られた階段と違って横の空間が一階から二階の天井まで吹き抜けになっていて、二階の高いところにはまっているガラスを通して、一日中光が射し込んでいる。窓自体は東向きだけれど、高い窓からの光は陽が西に傾くまでずうっと射し込んでいて、あのとき英樹兄が立っていた階段の下の一画に一人で立っていると、従姉兄たちがしゃべっている声が聞こえてくるような気がすることがある。

それで英樹兄がここに寄るほんの二、三日前に、大学で三年後輩だった佐藤浩介というのがこの家のどこかを事務所に使わせてくれないかと言ってきたのを思い出して、

「かまわないよね」という言い方で了解を求めると、

「ああ、好きにしろ」

と英樹兄は簡単に答えてから、

「そいつの会社っていうのは何人だ」

と言った。

「三人」と答えると、英樹兄は「バカ」と笑い出した。

「そんなんじゃあ、親父の店と一緒じゃないか。『会社』じゃなくて『店』と言え、『店』と。

まったく、おまえのまわりはどいつもこいつもいい年して、子どもの遊びのようなことばっかりやってくれるよな。

ここだったら、全部使えば十人くらい働けるじゃないか」

「そんなことしたら、おれと理恵の住むところがないじゃん」

「おまえたちなんかどこでもいいや。姉ちゃんと幸子みたいに奥の家(うち)にでもいろ。

人が多い方がこの家(うち)らしいや」

そういうわけで浩介が沢井綾子(あやこ)と森中の二人を連れて、秋のはじめにここに引っ越して来て、玄関をあがってすぐの一階の居間と座敷の八畳二間(ふたま)を浩介の会社に貸して、私と妻は二階に住むことになった。

普通に考えると上と下が逆かもしれないが、二階の方が眺めがいいし、布団を干すのにも手間がかからない。二階の、襖で仕切られた十畳八畳六畳の、一番階段寄りの十畳間に私の机を置いて、真ん中を妻の理恵の部屋にして、一番奥の六畳間を寝室として使うことにした。

玄関が西で、二階に上がる階段は東の奥にあるので、私が昼間いる部屋は二階の東側で寝室が西側で、三つ並んだ部屋の南には縁側がつづいていて、一階の縁側より二階の縁側の方が採光がいい。縁側と部屋の仕切りは障子だけれど、私の部屋の障子は取り払ってある。

一階はというと、玄関からじかにつながっている八畳はそれ以前の居間の機能が残されていて、板戸で仕切られた（なぜかここだけ襖でなく板の引き戸なのだ）その奥の八畳の座敷に綾子の机と森中の机がある。「社長」の浩介の机というものはなくて、仕事をするときには浩介は居間の六人用の長方形の座卓に向かう。私と妻が食事をするのも一階の居間で、私たちの夕食のときに浩介たちの誰かがまだ残っていたら、それも一緒に食べる。

台所は居間の北西の角にL字に貼りついたような格好になっていて、居間にも玄関にも通じていて、台所とだいたい同じ幅で北側に畳敷きの二間があって、居間からも座敷からもそこに出入りができて、仏壇が置いてあったり、元からある和簞笥と洋簞笥が並んでいたりして、居間からトイレや風呂場に行くときには縁側を使わずに、北のこの二間を通っていく。だから普段の感覚ではこの二間は「廊下」で、北側だから昼でも薄暗いけれど、そこを抜けると階段があって、吹き抜けの高いところにあるガラス窓から射す光がなおさら明るく感じられる。

　階段の下からが板張りの本当の廊下で、南の縁側からL字に曲がってきた廊下が、こういう風に北の廊下とT字にぶつかって、

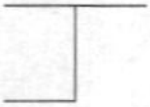

その先に風呂場とトイレがあって、そのトイレの向こうにある一部屋が奈緒子姉と幸子姉がいた奥の部屋で、東京風には「離れ」と呼ぶのかもしれないが、山梨から来て何年も山梨風に言っていたこの家では「奥の家（うち）」と呼んでいた。

　この奥の部屋は廊下でつながっているけれど、玄関と三和土（たたき）と、三和土の一画に流しもついている二階建てで、建て物としていちおう独立している。二階は一階の八畳と玄関を合わせた広さがある広々とした部屋だったから従姉兄（いとこ）たちが揃（そろ）って大きくなった頃にはここも英樹兄の部屋になったり清人兄の部屋になったりしていたけれど、いまではこの家の古い段ボールとか使われなくなった机や椅子（いす）が雑然と詰め込まれているだけの物置きとなっていて、ポッコとミケはしょっちゅうあがっていくが（ジョジョもたまに行く）人間はまったく入らない。もしここの上下両方が使えたらここを浩介たちの事務

所にしただろうが、片づけるのも気が遠くなる話だからそのままにしていたら、今年の四月からここの一階に妻の姉さんの娘のゆかりが住むことになった。

ゆかりは十九歳で大学一年生だけれど、見た目は中学生くらいにしか見えない。童顔で身長が百五十センチで、ゆかりのその身長に対してここに集まっているのが森中の百八十センチ九十キロを筆頭に、綾子が百七十で女子プロレスの選手みたいに体の厚みがあって、浩介が百七十センチ台後半で私が百七十センチで妻が百六十七センチ、と大きい方に揃ってしまったために（まあ、私は普通だけれど）特別小さく見えてしまう。綾子と森中とゆかりの三人がしゃべっているところを見たときに、私はこの家にかつて住んでいた従姉兄（いとこ）たちの子ども時代が会話の仲間に加わっているような気持ちになったことがあった。

ゆかりの方ではなくて、一つ違いの綾子と森中を、一つ違いの英樹兄と幸子姉と感じたということだったのかもしれない。子どもから見てとても大きかった英樹兄と幸子姉が、小さいゆかりとの対比によって私のイメージの中に現われたということだったのかもしれないが、それでもあのときのゆかりは私とか誰とか特定の誰かの子ども時代ではなくて、ここに住んだ全員の子ども時代のように私には感じられた。

ゆかりが二人の話に加わっていなかったら、英樹兄と幸子姉を思い浮かべたりしなかっただろう。浩介たちがここに来てからゆかりが来るまでの半年のあいだは、綾子と森中がいるところを見てもそんなことは一度も感じなかったのだから、ゆかりが私とこの家との関係に新しい要素を持ち込んだということになるのかもしれない。

そうは言っても実際にはゆかりは十九歳なのだから、綾子と森中の二人を前にして普通に大人同士のように話をしている。計算してみれば、英樹兄幸子姉と私の年齢の開きと綾子森中とゆかりの年齢の開きは同じなのだが、子どものときからの関係と大人になってからはじまる関係では、関係のあり方がまるっきり違う。英樹兄と幸子姉の前にいる私自身のイメージは小学生くらいが一番安定していて、私が小学校一年生なら英樹兄が中学三年で幸子姉が中学二年、私が小学校四年なら二人は高校三年と二年ということになって、奥の部屋で小さなレコードプレイヤーでけっこう大きな音でレコードをかけながらしている話は、歌手とか車の話とか、同じ学校のどっちかの同級生や先生の話だという大枠だけはわかっても、中身についてはどれも全然わからなくて、私はもっぱら四つ違いの一番下の清人兄が外から帰ってくるのを待って、戦争ごっこや「怪傑ハリマオ」ごっこをやっていた。

それがどういう遊びだったのか断片的な映像や会話しか思い出せないけれど、オモチャのピストルや機関銃を持って、ハリマオの十円のサングラスをかけたり、風呂敷を頭に巻いてターバンのつもりになったり、同じ風呂敷を首に巻いてマントにして背中でなびかせたりして（マントは「七色仮面」か「まぼろし探偵」だろう）、庭の東側の一番奥を陣地にして潜んでいる清人兄をやっつけるために、塀に張りついたり地面に這いつくばったりしながら接近して、木の後ろ側にいる清人兄をパンパン撃ったり、塀の上から清人兄に襲いかかられたりしていて、そこに十歳年上の一番上の奈緒子姉が帰ってくると、奈緒子姉もつき合わされるというか自分からすすんで仲間に入る。

奈緒子姉はいつも高志つまり私の側で、清人兄の人質にとられたり、高志のかわりに撃ち殺されたりするけれど、一度死んでも当然また別の役で登場して、そうするとまた清人兄につかまって清人兄が「かくなるうえは逃がすものか」と言って本気で後ろ手に縛るのだが、子どもの縛り方だから五分とたたないうちに自由になっていて、逃げ出して隠れると、「しまった！　企(はか)られた！」と清人兄が叫んで、「おい、高志！　探し出せ！」と、いつの間にか私は清人兄と一緒になって奈緒子姉の行方を探すことになり、そこにたまに幸子姉までが入ってきて、庭と家の中を全部使って、結局は隠れん坊と鬼ごっこが混じりあったようなことになるのだが、それでもやっぱりこれは「怪傑ハリマオ」ごっこなので、隠れん坊と違って、見つけてはいけないような場面で見つけても見えないときには見えない。そういう決めごとの中でも切迫感はいくらでも高まるもので、あんまり必死になって最後の逃げ場所と思って店に飛び込んだら伯父がお客さんと話をしていて、私はおこられなかったけれど、つづいて飛び込んできた幸子姉は、「バカ野郎！」と怒鳴られた。

こうやって思い出すときに弟の姿が全然出てこないということは、やっぱりこのごっこは私の家族が鎌倉に引っ越す以前の、この家に住んでいた幼稚園の頃ということなのだろうが、奥の部屋で音楽や車や同級生の話をしている高校生の英樹兄と幸子姉は、鎌倉に住むようになった私が夏休みに遊びに来ていたときの記憶だ。

英樹兄と幸子姉を前にした自分が小学生だったはずなのに、いつの間にかそれ以前の記憶にズレ込んでいることに私はこだわらない。だいたい高校生か中学生だった二人が帰ってきているのに、どうして小学生の清人兄がまだ学校から帰ってきていないのか、英樹兄と幸子姉がしゃべっているところにちょこんとすわっている私自身の後ろ姿が、奥の部屋の入口あたりから見ているようにどうして見えてしまうのか、そういうことをいちいちつっつきはじめたらキリがないし、こだわってつっついていっても正解に辿りつけるものでもない。

山下清は放浪しているあいだはスケッチもメモもいっさい取らずに、施設に戻ってからあの細かい日記や切り絵やスケッチを描いたらしいが、その山下清のスケッチにも自分の後ろ姿ごしに電車の窓からの風景を描いたものがあるくらいで、記憶の中の視界に自分自身の姿が紛れ込むのは、技巧というようなことではなくて、もっと原初的な記憶や認識の仕組みということみたいで、そういう記憶が思い出されるたびに変化するのだとしたら、固定されないことが記憶にとって、色褪せずに人の中で息づくための大事なファクターなのではないかと思う。「ウソと本当」とか「想像と現実」というような二分法を単純に記憶にあてはめることはできなくて、記憶は別の原理によって息づいているのだ。

ある記憶の中の私は小学校三年生で、奥の部屋で英樹兄と幸子姉が同級生の誰が一つ上の誰とつき合っていて、他の誰々は別の学校の誰とつき合っているという話を横で聞いていて、英樹兄から急に、

「高志、わかったような顔して聞いてるじゃないか」

と言われて、恥ずかしくなってわからない振りをしようとすると、幸子姉から、

「三年生だもん、わかるに決まってるよね。

高志は誰が好きなの？　言ってみな」

と、追い討ちをかけられたあとにどんな態度をとったのかを思い出すよりも、そこに清人兄が帰ってきた音を聞きつけて、ちょうどうちの猫たちが玄関に私を迎えに出てくるように走り出す私は、庭の東の隅で蟻の穴を小さなスコップと木の棒でずうっと掘り返していたのをほっぽり出したところだったりするのだけれど、英樹兄と幸子姉にからかわれていたところに清人兄が帰ってきたという中断自体がたぶんなかったのだろう。

別の記憶の中では私は清人兄と、まだ暗渠になっていなかった世田谷のこのあたりの川にザリガニを捕りに行っていて、いつもは二人で行っていたがそのときは奈緒子姉も一緒で、いつもよりずいぶんたくさん捕れて、清人兄と奈緒子姉は上機嫌だったのだが、私は捕れすぎるためにいつまでもつづいてしまうザリガニ捕りに飽きて、「帰りたい」と言うのだが、二人は「もうちょっと」「もうちょっと」で、全然終わりにする気配が

なくて、おこって一人でとことこ帰り道を歩いていったら道がわからなくなってしまったところから周囲(あたり)は真っ暗で、奈緒子姉に手を引かれて家まで帰ると泣き出して、自転車で息せききって帰ってきた英樹兄が、

「高志、帰ってたか」

と言うより前に、

「バカヤロー!」

と、伯父が怒鳴り、私は英樹兄が手に持っていた怪傑ハリマオのお面を取って、それで泣きやんで、

「なんだ、こいつはぐれて泣いたんじゃなくて、お面がなくなって泣いたんだ」

という笑い話になっていくのだが、これも、ザリガニ捕りが途中で縁日に変わったものので、伯父が大声で怒鳴った直後にみんなが笑うのもやっぱりおかしいが、私の中ではこういう流れになっていて、長いあいだ何とも思わなかった。

それで私が記憶というものが可変的で流動的で、犯罪捜査みたいに証言をいちいち検証していくようなやり方はむしろ過去の事実から遠ざかるんじゃないかというようなことを言うと、暇なときにはたいてい二階の私の部屋にあがってきて、床の間の柱にもたれて畳にじかにすわって、セミアコースティックのギターでブルースのフレーズを思いつくままに弾いている浩介が、

「それはあんたが幸福な子ども時代を送った証拠だよね」

と言ったりする。浩介の指はほとんど自動的にフレーズを弾いているから、弾いている最中にこっちが話しかけても聞き漏らすことはないし、自分がしゃべるときも込み入った話でもないかぎり指が惰性で動きつづけている。

北側の窓ではミケがだらーんと体を伸ばして寝ている。浩介があがってきたとき、ミケは一度起きて「ニャア」と短く鳴いて浩介の足の甲を一嚙みした。浩介は「痛ッ」と一声あげたけれど、「ニャア」と鳴いて足の甲を一嚙みするのは毎回決まっている行動で、浩介もわかっているからミケの歯が実際に当たるか当たらないかのタイミングで「痛ッ」と言うことになっている。

ミケは子猫だったときには底抜けに人なつっこくて、お客さんが来るとその人たちの前で大騒ぎして見せたけれど、一歳になった頃から急に知らない人を怖がるようになって、英樹兄が来たときも一度も出てこなかったし、浩介たちが引っ越して来たときも二日間はあの物置きみたいな奥の二階に隠れて出てこなかったのだが、出てきたと思ったらどういうつもりか三人の足の甲を順番に一嚙みずつ嚙んだ。それ以来三人は一嚙みされつづけていて、嚙まれないように足をよけたりするのはかえってミケを刺激して、動く足めがけて飛びかかって本当に強く嚙まれることになるので、浩介はミケのしたいように一嚙みさせて、一嚙みするとミケも気がすんで元いた北の窓に戻って、だらーんと体を伸ばす。

二階の私の部屋はエアコンを取り付けていないので、窓を開け放して風を通していて、ミケが北の窓で寝るということはそこが一番涼しいということらしい。二階の窓は南側も北側も建てた当時のままの木枠の引き戸のガラス窓で、襖の敷居と同じようになっている木枠の上でミケは寝る。外にはいちおう落下防止の鉄製のL字の手摺りが付いているけれど、猫はそんなものなんかなくても同じように窓で寝るだろう。

ポッコとジョジョは襖で仕切られた隣りの妻の部屋で寝ているはずだった。自由に外に出入りするように飼っていないので、一日の時間帯や私の行動との相関で猫たちがどこにいるかほぼ見当がついていて、夏だから二匹でくっつき合って寝ることはないけれど、ポッコとジョジョはまあだいたいいつも一メートル以内のところに寝ることになっている。ポッコが二歳半のときに、生まれたばかりのジョジョを拾ってきて、オスなのにポッコがまるで母親のようにジョジョをかわいがって育てたから、十三歳と十一歳になったいまでもポッコとジョジョはいつでもくっついていて、三匹目の猫はなかなかポッコとジョジョの関係の中に入れなくて私のそばにいることになる。

特にミケは拾ったときに鼻気管支炎という猫には少し厄介な伝染病にかかっていて、それが治るまで上の二匹と分けて育てたので、もうほとんど私のことを母親だと思っているみたいなのだが、ミケの前にいた四歳半でウィルス性の白血病で死んだチャーちゃんという茶トラのオス猫もそうだった。チャーちゃんは九二年の十月に生後二ヵ月か三ヵ月ぐらいのときに道で迷ってお腹をすかせて「ニャアニャア」鳴いているところを拾ったから、たぶんそれまで母猫や兄弟たちの中で育っていて、猫同士のつき合い方もよく心得ていたし、ポッコと毎日とてもうまく遊んでいたけれど（人間に育てられてしまったミケにはこれができないのだ）、それでも寝るときにはポッコとジョジョの二匹とは別の場所で寝ていた。

チャーちゃんのことを考えるといまでも悲しくなる。元気だったときの姿や白血病を発病してじっとうずくまっていたときの姿が不意に甦ってくると、胸が押さえつけられるように感じたり、紙風船が萎むみたいに肺がしわくちゃになったりするような感じがしたりする。生きていたあいだは、「チャチャ」とか「チャー坊」とか気分でいろいろに呼んでいたが、死んで特別になってしまってからはもっぱら「チャーちゃん」で、チャーちゃんが生きた四年と数ヵ月という時間を「短い」とは思いたくない気持ちが働くために、あれ以来私は「もう四年たったのか。早いもんだ」という言葉を意識して口にしないし、可能なかぎり頭の中でも考えないようになって、そうしているうちに「四年」でも「一年」でも「十年」でも、年月というものを、長いとも短いともあんまり感じなくなってしまったのだけれど、そのことを浩介に言ったら、

「もともとそうだったんじゃないの」

と言うのだった。

「おれたちが『あれいつだったたっけ』って言ってると、すぐに『九三年』とか『八五年』とか出てくるじゃん。だからきっとあんたの記憶はもともと、年表みたいに時間で

順番に並んでるんだよ。

だから『いま』を起点にして、『五年前』とか『十年前』っていう風になってないから、『長い』も『短い』も最初っから感じてなかったんだよ、きっと」

浩介は私に向かってだけ「あんた」という二人称を使うのだが、それはともかく、

「『九三年』がなかったら『何年前』っていう計算ができないじゃないか」

と、私は言った。

「だからみんな計算なんかしないんだよ、ふつう。漠然と『三年前』とか『四年前』とかって思ってるから、『え？ もう七年も経(た)っちゃったの？』って驚くことになるんじゃない」

浩介に指摘された年表みたいな記憶の癖が九六年の十二月にチャーちゃんが死んでからさらに強くなって、「いま」を起点にした「長い」とか「短い」とか「遠い」とか「近い」とかいう感覚がいよいよなくなったのだけれど、その範囲を越えた本当に遠い記憶となると、場面の変わり目で平然と五歳くらい年齢が変わるようにして混在している。

この家に住むようになったいまでこそ従姉兄(いとこ)たちと自分の年齢差をいちいち計算して、私が小学校四年生なら英樹兄は高校三年だという風な確認の仕方をしているけれど、本当のところは従姉兄たちは中学や高校の姿で断片的に存在していて、小さかった私から見たら中学生でも高校生でもいつでも変わらずただ「大人」だったというか、そういう

範疇もなしに奈緒子姉は奈緒子姉であり英樹兄は英樹兄であって、まして伯父や伯母となるとここに住んでいた四十年前も死ぬ少し前もあんまり違った外見では思い出さない。

それで私と浩介がしゃべっていると縁側を綾子が通りすぎていって、隣りの部屋で寝ているポッコとジョジョにちょっかいを出しはじめたらしかった。さっき玄関の引き戸が開くガラガラという音がしたので、ゆかりがどこかに出掛けたのだろう。森中は昼から出掛けたままで、ゆかりがいなくなって階下に一人で残されることになった綾子が階上に来たのだ。

綾子にあれこれさわられてうるさがったジョジョが「キャオッ」というように鳴く声が襖の向こうからして、綾子の、

「ジョジョ、寝てばっかりいるとますます太っちゃうよ」

という声が聞こえた。ジョジョは七キロちかくある。太ると体が重いからなおさら動かないという悪循環になり、しかもジョジョは小さいときから頑として自分のしたいことしかしない、したくないことは絶対しない非妥協的な性格だから、人間が遊ばせようとしたって遊ばない。それでも綾子はしつこく、

「ねえジョジョぉ、遊ぼうよお」

と言っていたけれど、しばらくして諦めて、「ちっとも遊んでくれない」と言いながら縁側をまわってこっちに入ってきた。

綾子が部屋の敷居をまたぐと起きたミケに足の甲を一噛みされて、「痛い、ミケ」と言うのは浩介のときと同じで、綾子は綾子の定位置になっている北側の窓の脇の壁にもたれて脚を伸ばして畳にじかにすわり、すぐに窓枠に戻っていたミケはそこから横着に体を伸ばして綾子の髪の毛の匂いをスンスン嗅いだ。

「仙台の話、決まったよ」

綾子が言うと、浩介は「ああ、――」と気のなさそうな返事をした。

「こんなもんで本当にいいの？　って、いつも思うよね」

「こんなもん以上にしてほしくないと思ってんだから、向こうが」浩介は相変わらずギターでブルースのフレーズを弾きながら言った。「こっちは『はい、はい』って、やるしかないんだよ」

「民間だったら、もっと毎回工夫しなかったらつづかないって思うよね」

「そういうことと別の原理で動いてるんだからどうしようもないんだよ。

いくら参加者の評判がよくても予算が削られたらなくなるし、評判がよくなくても予算が取れてるかぎりはなくならない。

だいたい、よかったとか悪かったとか感想言うような人たちじゃないしな」

浩介の会社は生涯学習や企業研修のコーディネーターのようなことをやっている。綾子は肩紐をハサミで切ったらストンと床まで落ちてしまうようなワンピースだし、浩介の今日の格好はTシャツに膝ぐらいの半ズボンだけれど、仕事で出掛けるときのために二人ともそれなりの服をここに置いていて、森中もふだんはだいたいアロハぐらいだけれど、今日は出掛けることがわかっていたので朝からスーツを着ていた。

それで生涯学習や企業研修のコーディネートのほかにやっているのがインターネットのホームページを作って更新していく仕事で、草津とか伊香保とかの温泉協会とかビードロの協会だか愛好会とかわらべうたの協会だか保存会とか、それなりにディープで歴史があるけれど関心がない人にはまあ一生縁がないようなジャンルを探し出してそこと接触するのが浩介は妙にうまくて、九九年の秋にここに移る少し前に試しにはじめてみたら思いのほか仕事がたくさんあって、当然収入も増えた。アテになる収入がコーディネーターだけだと思っていたから、家賃を払わなくていいこの家に移ってきたのだが、収入が増えて会社が軌道に乗ってきたらしいからと言ってどこか他の事務所らしい場所にまた移ろうというつもりは浩介にはない。

「ホームページの作成なんて、いつまでも外注するわけないよ」

というのが浩介が私に言った見通しだが、支出が少なければそれだけ働かなくてすむというのが私と浩介に共通した価値観だということを考え合わせれば、浩介がここから移ろうとしない気持ちはよくわかる。

九七年に浩介がそれまで勤めていた会社が部門を大幅に削ることになったときに、浩介が所属していた人材派遣や人事教育の部門もその対象になって、ゴタゴタがつづいて嫌になって辞めて、つきあいのあった生涯学習を専門にしている大学の先生のところに挨拶(あいさつ)に行ったら(何の計算もなしにわざわざ挨拶に行くわけがないが)、文化庁とつながりを持っているその先生が、それまでのつきあいから信用できると評価していた浩介に、地方自治体の担当者を集めて開くセミナーやシンポジウムのコーディネーターの仕事を世話してくれたのだ。

浩介もそこまでうまい話があるとは思っていなかっただろうし、裏はまったく何とも安直に動いていると思うけれど、浩介は不当なコーディネート料を取っているわけではないし、これを足掛りにして地方のナントカ博の事務局に喰い込もうというような気持ちもなくて、たぶん本音を言えばこの仕事もやめたいと思っている。だから浩介は綾子としゃべっていてもなんだか不機嫌な顔をしていて、

「役所の仕事って、労働の実感を奪うどころか、もともと若いうちから実感なんか持たせないような仕組みになってんだよね」

と言った。

「労働には実感ないくせに、綾子なんか連れてくとスケベな目でじろじろ見やがって、性欲はちゃんと実感持ってんだよな」

「そりゃあ見るだろ」と私は言った。

綾子は体の厚みがあって胸が大きいから、ブラウスを着ても第二ボタンを外した襟元から胸の谷間が見えてしまう。

「しょうがないじゃん、大きくなっちゃったんだから」

綾子がこういう外見をしているから、前の会社の人間は、浩介と綾子がデキていて浩介が会社をはじめたら綾子がついていったんだという月並な想像をするらしいのだが、浩介と綾子のあいだにはそういう雰囲気はない。もっとも男女のこととなると私の観察はまるっきり当てにならないけれど、数ヵ月遅れて会社を辞めて浩介を頼ってきた森中もそれはないと思っているし、ゆかりも妻も同じように思っている。もともと綾子は浩介に声をかけられるよりも前に退職の手続きを済ませていたという話なのだ。

「とにかく、経済と労働は別の原理で動いてるってことなんだよね」

と、浩介は言った。ブルースのフレーズはやっぱりつづいていた。

「——ていうか、本当は全部別々でさ、社会福祉は人間を幸せにするようでいて、実態は社会福祉っていう制度の完成の方が目的で、福祉の概念の範疇から漏れる人間なんか、仮りにもっと悲惨だとしても対象にならないんだよね」

「おまえがいま不機嫌だということはよくわかった」と、私は言った。

「その点、ホームページはいいよね。熱意があふれてさあ。

『わらべうたを守ろう』なんて言ってても、子どもに歌ってほしいとか考えてるわけじゃないんだよね。いまの子どもたちは所詮(しょせん)わらべうたの世界から切り離されているんだから、ああいう子どもたちに歌われてもわらべうたの精神が損なわれるだけだ、とか頑固なこと言ってるかと思うと、アジアやアフリカと連携してわらべうたでNGO活動をしようとかいきなりブッ飛んだこと言い出すんだよね」

「で、その熱意に振り回されることもあるわけだ」

「え？　何だっけ」

「このあいだ、綾子と森中が三日間作り直しさせられて、一時間に一回電話がかかってきて——って、ぶうぶう言ってたじゃないか」

「あ、あれは、地域民謡保存会全国連絡会だよ。な、そうだったよな」

と、浩介は言ったのだが、綾子は窓の外を眺めているだけで、もう一度「な、綾子」と言われて、ようやく気がついて、

「何？」

と訊き返した。

綾子はこういう風に一つの部屋で三人でしゃべっているようなときに、ついさっきまで会話に参加していたと思っていると、知らないうちに他のことに気をとられている。というか、気持ちそのものがフッとフェイドアウトしたように会話からはずれている。

綾子の視線の先にある窓の外を見たって何もない。夏の濃い青空のところどころに丸みのある雲が浮かんでいて、ときおりスズメが飛んでいくだけだ。「ギャーギャー」啼くオナガとか「チュルルー」という風に啼くメジロが飛んでいたり、アゲハがひらひら舞っていたりすることもあるけれど、いまは飛んでいなかった。綾子の反応に馴れている浩介は、

「地域民謡保存会全国連絡会」

と、繰り返した。

「え？　あの変なところのこと？」

「すごかったって、話」

「うん、すごかったよね」

「もともと怪しげな夫婦が勝手に立ち上げた団体だから、あそこは長つづきしないな」

「してほしくないよね」

「札幌のよさこいソーラン祭りとかあるじゃん。ああいうところに喰い込んで儲けようとか考えてるらしいんだよ」

「儲かるのかよ」私は訊いた。

「知らないよ、そんなこと。おれたち経営コンサルタントじゃないもん」

「ねえ、ジョジョってあの鳥の羽でも遊ばないんだよねえ」

綾子はジョジョの話をはじめた。

竿の先に糸で鳥の羽が垂らしてあって、竿を振り回すと本物の小鳥が飛んでいるように羽が動くオモチャがあって、ミケなんかだと狂喜して追いかけ回すのだが、猫も人間と同じで、年齢とともに外への関心が薄れてその程度では遊ばない。私は話題が飛んだことに一度苦笑してから、

「一番反応するのはネコジャラシだな」

と言った。

「え？　全然遊ばないよ」

「オモチャのじゃなくて、自然に生えてるネコジャラシなんだよ。あれだと二、三分は遊ぶ」

「にさんぷん、――」綾子は笑った。

「五分かもしれない。

とにかく、自然のものがいいんだよな。やっぱり」

「じゃあやっぱり、外に出て自然の中で遊ぶのが一番いいんだ」

「それを言わないでくれ」

私がそう言うと、綾子は畳の上で投げ出した両脚の爪先をしばらくのあいだこちょこちょ動かしたりしながら黙っていて、そのうちに、そこに目をやったまま、

「何考えてるんだろうね」

と言った。私が答えを考えていると、

「そういう疑問はおかしいんだよね」

と浩介が言い、綾子は相変わらず爪先に目をやったまま、

「なんで？」

と、訊き返した。

「だって、人間のことだって、何考えてるかなんてわからないじゃないか」

「それはそうだけどさあ」

「だから、人間のことだってわからないんだから、猫のことをわかるって思う考え方が間違ってるんだよね」

綾子は顔を上げて私を見たけれど、助けを求めているという風ではなくて、ただ私の考えを知りたいという感じだった。

「綾子が知りたいのは、猫が退屈してるかそうじゃないかってことだろ」と私は言った。

「そう――、かな？」

「前住んでた家の隣りに八十過ぎのおばあちゃんがいてさあ。天気がいいと家の前の、ここと同じくらいの道に出て（と言って、私は西側の道の方を指した）、三十分とか一時間とか、植え込みの縁のコンクリートにただすわってるんだよ。

あれ見てて、そういうもんなのかなって、思った」

「『そういうもん』って？」

「『その程度で気が済むんだな』とか、『その程度のことでも毎日したいんだな』とか、そういうこと」

「ねえ、猫はどこに出てくるの？」

「猫は出てこないんだよね」

「なんだ」

綾子は爪先に目をやったまま言った。

浩介は笑って、一瞬ギターを弾く手が止まったが、綾子でなく私の話のまわりくどさの方をおかしがったようだった。私は言った。

「おばあちゃんを見てて、家の猫のことを考えたんだよ」

「それで猫は退屈してるの？」

「わからない」

綾子はくすっと笑って、畳に伸ばした脚に手をあてて前屈するように体を前に倒して「暑いね」と言った。

「わからない」と口では答えたけれど、隣りのおばあちゃんという特定の誰かの行動が、外に出ないで刺激の乏しい家の猫とかここに住んでいた伯母とか、他にもいっぱいいる似たような人や動物たちの生きている状況を思い起こさせる入口の役割をしていることが、このときの私には不思議なリアリティを帯びているみたいだった。チェーホフが『大学生』という小説の中で、過去から現在に連なる時間の一方の端に触れたら、もう一方の端がぴくりとふるえたような気がしたということを書いているけれど、そういうことが文学作品という枠を離れて、この世界そのものの中で起こるとしたらどうなるんだろうと思ったのだ。

綾子は「暑いね」と言ったあとで、

「難しいことは内田さんが考えればいいや」

と、私を見て言ってそれきりしゃべらなかった。浩介はただブルースを弾いていて、浩介が一番退屈そうに見えた。窓は全部開け放してあるけれど、風が止んでいたのでこんな風にしているだけでも三人とも額や首筋に汗をかいていた。ミケが北側の窓にいるということは、ミケにだけは風の流れが感じられているということなのかもしれなかったけれど、人間には感じられなかった。

「じゃあ降りるか」

という浩介の言葉につられて綾子も降りていった。

私は一種の恋愛小説を書こうとしていたのだが、まだ一行も書いていなくて、一人で二階のこの部屋にいる時間は窓から外ばかりを眺めている。

ここの南側の隣りに建っていた家は九三年の伯父の葬式のときにはすでに取り壊されていて、南側の塀に沿ってほぼ等間隔に植えられたヒノキのような針葉樹が十五、六本と南西の角の大きなイチョウのほかは空き地のまま放置されていて、ヒメジョオンのような丈の高い雑草が生い茂っているが、それは椅子に腰掛けた位置からは見えなくて、青い何もない空と視界の下半分の境界には瓦屋根と三階建て止まりのマンションのガチャガチャした形が何重にも並んでいる。それらは日没時には輪郭だけになって、全体を記憶の中で再現できるような気持ちになるけれど、昼間の光の中ではひとつひとつがバラバラの形をしていて、色もグレーの屋根とベージュ色の壁を基調としつつも青い屋根が見えたり赤い屋根が見えたりレンガの壁が見えたりして、目はそれぞれの特徴にいちいち反応してしまって、全体としての印象がまとまることをひとつひとつの特徴が打ち消していくように見える。

恋をすると見るもの聞くものが楽しくなるとか、世界が生き生きとしてくるとか言うのは本当で、こういう風にただ拡散していきがちの視覚をひとつにまとめあげる力が人間の中で働き出して、風景は息を吹き込まれる。恋愛を小説やテレビドラマにするとお互いの気持ちのすれ違いや社会的な制約のことばかりが筋になってしまうけれど、恋愛という状況の中にいる人間の世界全体が活気づくことの方が私にはずっとおもしろい。

つまり恋愛小説といってもそういう感覚を基盤にした、人間と世界との関係の話なのだが、そんなことを考えているあいだも耳は視覚ほどには意識されないまま、短く啼きながら飛んでいくカラスの声や遠くの自動車の音や、階下で誰かが歩く振動を聞いていて、そういう音に混じって玄関の引き戸がガラガラと開いて閉まる音がして、それにつづいて台所で水を流す音がして、戸棚をパタンと閉める音がして——、音が聞こえてくるたびに階下への注意が強まっていたらしくて、私は伯母が買物から帰ってきて、台所仕事をはじめたように感じていた。

たぶん高校二年の夏休みで、私は安部公房の文庫本の『第四間氷期』をこの部屋に寝そべって読んでいた。あるいは私は大学二年か三年で、前の晩友達と飲んで終電に乗りそびれてこの家に泊まって、昼すぎに伯母が買物から帰ってきた音で目が覚めたときの気分が戻っていたのかもしれない。

買物から帰ってきてしばらくすると伯母は、

「高志、何か食うけ？」

と言いに階段をあがって来ることになっていて（伯父も伯母も家の中での会話は最後まで甲州弁だった）、このときの私がそれを期待していたというのではなくて、一連の流れとしてそうなるはずのものがならないことの違和感を感じたときに、玄関の開いた音や台所から聞こえてきた音が伯母ではなかったことに気がついた。

しかしいったんは伯母じゃないと自覚しても、目は外を眺めるというよりガラス窓の桟やその向こうの木製の手摺りを漫然と見ていて、耳はまだ伯母の立てる音を聞こうとしていて、階下には伯父がいて、伯父は客が来たときに店のチャイムが鳴って出ていく以外は座敷で座布団を三枚並べて敷いて寝ころんで、「歴史と人物」というような厚い月刊誌を読んでいるはずだった。

「おい友子、何かないか」と言うと、どこにいても伯母がいったん伯父の近くまで来て、「何かないかって、さっき食ったばっかりじゃんけ」と言う。そして風呂場を洗いに行って、伯父の横を通って洗濯物を取り込み、それをたたむより先に台所に行って米をといで炊飯器を仕掛け、「あっ」と言って買い忘れたものを思い出して、せかせかとそれを買いに出てすぐに戻ってきて、さっき取り込んだ洗濯物を二、三枚たたんだところでまた立ち上がって、

「少しは落ち着いていろ」

と伯父に言われると、

「自分は寝てばっかりでいいご身分だこと」

と言い返す。

もう十年以上前、世間はバブルの真っ最中の頃、私はビデオで小津安二郎の『秋刀魚の味』を繰り返し見ていて、毎日見ているうちに、次々と地上げされてゆく日本家屋のいまはまだ取り壊されずに残っているけれどもう人が住んでいない家の中で、かつてそこに住んでいた人たちが昭和三十年代の暮らしを毎日毎日無限に繰り返しているのを見ているような気分になったことがあったのだが、階下で伯父と伯母がかつての時間を繰り返していることのどこが不都合なんだろうと思う。

英樹兄はといえば、前の晩から飲み歩いて家に電話も入れずにどこかに泊まって、夕方ちかくに帰ってきたと思うと、「幸子はどこだ」「清人はどこだ」「姉ちゃんはどこだ」と、ドシンドシンと足音を立てて家の中を一通り歩き回って、誰か一人でも欠けていると「どこに行ったんだ」といちいち伯母に確かめるのだが、伯母は「おまんと違って寝るまでには帰ってくるら」と取り合わず、

「そんなこと言ってて、幸子や清人までおれみたいになったらどうするんだ」

と、わけのわからない言い合いがあって、その最中にも英樹兄は「風呂沸かしてくれ」「飯を早く食わせてくれ」と伯母に要求して、伯父が組合の集まりから帰ってきて、みんなが揃って夕食を食べる頃にはまた出掛けていなくなっている。

「まったく、さかりがついた犬のようじゃんね」と伯母が笑い、「あんなバカに飯なん

か食わしてやらんでもいい」と伯父が言うと、「お父さんの若い頃なんもっとひどかったじゃんけ」と伯母は挙げ足をとる。

「黙って食え」

と伯父が言っても、奈緒子姉は「デモに行くわけじゃないんだからいいじゃん」と笑っている。

英樹兄の一家が転勤でいなくなって一人で暮らしていた伯母にとって、この家はそういう記憶がざわめいていた家だったのではないか。ドラマなんかでは死んだ夫の残した物を引き出しを開けてしみじみ見たりするけれど、人はそうそう特別なものを残すわけではないし、特別なものをわざわざ探さなくても家にはそこに住んだ人たちの記憶が濃厚に染み込んでいたり漂ったり澱んだりしているのではないか。

そんなことを考えていたらいつの間にか仕事から戻っていた森中が、ドシドシと足音を響かせながら階段をのぼってきて、

「冷たいウーロン茶飲みますかぁ?」

と言って、手を伸ばして縁側から敷居をまたがずにグラスを私の机の上に置いた。

北側の窓で寝ていたミケが森中の足音で目を覚まして体の前半分だけ起こしたけれど、森中が部屋の敷居をまたがなかったので噛みに来なくて、森中はミケに向かってニッと笑って、

「おまえの行動パターンなんかお見通しなんだよッ」

と言って、南側の窓の膝の高さぐらいの窓枠に腰をおろした。

「もう丸の内のビルなんか寒くて自律神経がおかしくなっちゃいますよ」

「丸の内のどこ行ったんだ」私は訊いた。

「新橋からすぐ、っていうかリクルートの近所ですよ」

「じゃあ、丸の内じゃないじゃないか」

「新橋も丸の内も同じじゃないですか。細かいこと言わないでくださいよ。沢井さんが行けばいいのに、『遠いからヤダ』とか『冷房が効きすぎててヤダ』とか言っておれに行かせて、そのくせ自分はガンガン、エアコンかけまくってるんですから」

「さっきまでここにいたからな」

「でしょー。どうせそんなことだと思いましたよ。人が帰ってきたときだけ一所懸命仕事してる振りするんですから。

『おまえの行動パターンなんか全部お見通しだぞ』って、言ってやってくださいよ」

「おまえが言えばいいじゃないか」と私は言った。しかし森中だけでなく誰に対しても、一所懸命仕事している振りをするような気持ちは綾子にはないだろう。

「言えるわけないじゃないですか。あれでもいちおう年上で、しかもレディースあがりなんですから」

「だからそれ、本当かよ」

「見りゃあわかるって言ってるじゃないですか。そうじゃなかったら、『綾子、おまえ行けよ』って言えてますよ、おれだって。

だいたい、おれが行くより沢井さんが行く方が全然話が早いに決まってんですから。沢井さん、ドメインの構築とか無茶苦茶くわしいじゃないですか」

「おれに同意を求めるな」私は言った。

「同意なんか求めてないじゃないですか。沢井さん見てると、パソコンはアタマの中と関係ないなって、つくづく思いますよ。アタマの中身なんか詰まってない方が、ドメインとかネットとか同化しやすいんじゃないですかねえ」

「今度は同意求めてるの？」

「どっちでもいいですよ、そんなこと。

沢井さんって、学校行ってた頃から、あたしが答えわからなくてもクラスの誰かがわかるんだからいいじゃんって思ってたって、知ってました？

　クラスの一人もわからなくても先生が答え知ってるんだし、何でいちいち生徒に答えさせるんだろうって思ってたんだって言うんですよ。おかしいでしょ？」

　私は声をたてて笑ってしまった。

「授業で答えがわかるやつとわからないやつがいて、運動会でリレーの選手に選ばれるやつと選ばれないやつがいて――って、そういういろいろなのが集まってるのが学校なんだから、一人であれもこれもできないのが自然だって思ってたんだって言うんですよ。ね、なんかすげえネット社会そのものみたいなアタマの中してるでしょ」

「初耳だったな」私は言った。

「初耳に決まってますよ。おれだってここ来る前になんかの弾みで一回聞いただけなんですから。沢井さんってゆかりみたいに自分のこととかしゃべらないじゃないですか。自分のことしゃべらないのもパソコンに似てますよね。パソコンだって自分のことなんか主張しないで、たんたんとできることだけやってんですから」

森中の結びつけ方は強引だったが、綾子とゆかりの比較は本当だった。ゆかりは自分について語ることが自分だと思っていて、そういう言い方をするなら、森中は不平不満のネタをたえず見つけてぶつくさ文句を言っているのが自分だと思っていて、不平不満じゃないような話でも不平不満のようにぶつくさしゃべらないと気がすまない。森中はとっくに中身のなくなったグラスを口に持っていって傾けて、

「ちぇっ、もうなくなっちゃいましたよ」

と言って、

「内田さん、せっかくおれが持ってきたのに飲まないんですか。飲まないんだったらおれ飲んじゃいますよ」

と、言い終わる前に私の机の上のグラスに手を伸ばしたが、

「おーっと、ミケ。

噛もうとしても中には入らないんだよ」

と言い、ミケを見ると、たしかに森中の動きに反応して北の窓で目を開けていた。

「ほーら」

と言って、森中は体を前のめりにして敷居をまたぐ振りをしてミケを煽った。ミケもそれに乗せられて起き上がりかけたが、森中が本当に敷居をまたぐまで待っていた。

「おまえのアタマの中なんかお見通しなんだよッ。

残念でしたッ」

と言って、森中は南側の窓に戻って腰をおろした。

「バカ」私は言った。

ミケは少し憤慨したように耳をうしろに引っぱってキッとした目で森中を見ていたけれど動かなかった。森中は丈の高いグラスの半分まで飲んで、

「でも昔の人って変ですよね。あんなもんいちいち彫るんですから」

と言った。森中の見ていたのは私の頭のうしろにある襖の上の欄間で、欄間には竹林の中で虎が上に向かって大きく口を開けて吠えている姿と低い姿勢で獲物を狙っているような姿が彫られていて、森中は三日に一度はこの同じ欄間を見て何か言う。

「魔除けのつもりだったんですかねえ」

「このあいだは富の象徴のつもりだったのかって言ったじゃないか」

「人の言ったことなんか、よくいちいち憶えてますねえ。わからないからいろいろ考え

てるんじゃないですか」

と言って、森中はまた欄間をじっと見た。森中が窓に腰かけていると風の通り道が塞がれる。もともと風なんか吹いていなかったけれど、視覚からそういう気分になってしまい、私の視界の中心にいる森中は、下はスーツのズボンのままで上だけTシャツというおかしな格好をしていた。

「入れ墨なんかと一緒の発想だったんですかねえ。どうなんですかねえ。昔の人は入れ墨、好きだったじゃないですかぁ」

「いまの若い子たちもしてるじゃないか」私は言った。

「あれ、ヤバイですよね。趣味なんかころころ変わるんだから、二十歳とかで入れちゃったらヤバイですよねえ。十年後とか二十年後とか、全然考えてないですよね」

「今この時が乗りきれないと思うから入れるっていう考え方があるらしいんだよな」

「え？　どういうことですか？

『今この時が乗りきれない』って、なんですか、それ」

森中に訊き返されて私は困った。そういう気分を説明する言葉が他に思いつかなかったし、この言い方でわからなければ他にどういう言い方をしてもわからないはずで、つまり森中はそういう気分をまるっきり知らないんじゃないかと思ったのだが、まあそれでも私は言ってみた。

「ある夜とかに、急に不安な気分に支配されて、このままこの夜を乗りきれないって思って、何にもできなくなって、ただじっとしてる——っていうような心の状態に陥ることがあるんだよ」

「何ですか、それ？　心理学ですか？　おれはいま欄間の話してんですよ。難しいこと言わないでくださいよ。入れ墨なんか格好つけたくて入れてるだけじゃないですか。不安とか不眠症とか言ったら、入れ墨してるヤツら、格好つけてることに全然ならないじゃないですか」

私が笑うと、森中は「笑わないでくださいよ」と言った。

「じゃあ、入れ墨すると不安が消えたり、不眠症が治ったりするんですか。そんなの全然関係ないじゃないですか。

まあどうでもいいですけどね、入れ墨なんか。そんなことよりこれですよね（と言って、森中は欄間を見上げて顎でしゃくった）。こんなことして耐震性は大丈夫なんですかね。耐震性がダメになったら、魔除けなんて全然意味ないですよね。地震で家がつぶれても昔の人の考え方って全然違うじゃないですか。地震で家がつぶれても『欄間のおかげで命は助かった』とか、言ってんですよね、きっと。

なんだもうなくなっちゃいましたよ」

と言って森中はさっき私の机の上から取ったグラスを見た。

「でもこういうのがあると、昔の人って本当に生きてたんだって思いますよね。思いません？

黙ってないで何とか言ってくださいよ」

「思うよ」と私は言った。

「じゃあおれ、階下いってウーロン茶持ってきますよ。いります?」

「いい」

「なんだ、いらないんじゃないですか。いらないんだったら最初からそう言ってくださいよ。せっかく持ってきたんですから」

階下が冷房をきかせすぎて寒いから上に来たのに、森中の頭の中では私がウーロン茶をほしがったから持ってきたという風にすり替わっているらしかったが、それはともかく森中が階段を降りていき、私がそのあとについて降りていくと、

「なんでついてくるんですか」

と、途中で止まってわざわざ振り返ったから、

「出掛けるんだよ」

と私は答えた。

「なんだ。それならそうと先に言ってくださいよ。心配になるじゃないですか」

「横浜球場行くんだよ」

「また野球ですか。
毎日やってるじゃないですか。いい大人が毎日野球ばっかりやっててよく飽きませんよね」

「仕事だからな」

「エッ！　仕事だったんすかあ！」

「おれじゃないよ。選手がだよ」

「あー、びっくりした。
　野球見るだけで金になるのかと思っちゃいましたよ。
　選手が仕事なことぐらいおれだって知ってますよ」

などと、ぶつくさぶつくさしゃべる森中の後ろを歩いていくと、階下の座敷ではゆかりが綾子にパソコンの使い方を教わっていて、浩介は居間のテーブルで何かの名鑑のような分厚い本をめくっていて、私が脇を通ると目だけ動かしてこっちを見て、「ああ」というような顔をした。私も浩介に「おお」というような顔をして、そのまま縁側に出て一番玄関寄りの隅のフックに掛けてある応援用のメガホンと帽子の入った袋を取り、中を確かめているとゆかりが、

「野球？」

と訊いてきた。

「うん。晩ごはんはいらないからね」

と私が答えていると、森中が「おれが食っときますから大丈夫ですよ」と言い、

「森中、また晩ごはん食べるの？」

と綾子が言うと、「ええ、二人分も三人分も同じですから」と、森中がゆかりの真似

をして言って、私が靴をはいていると、

「叔父ちゃん、負けても機嫌よく帰ってきてくださいね」

と、今度は何日か前のゆかりの台詞(せりふ)を浩介が真似をして言った。

家の中では四人でそれからも何やかやしゃべっていたが、私は玄関を出て隣りの空き地にまわって、塀に沿って植わったままになっている目隠しのヒノキに似た針葉樹のあいだから、空き地を隔てて自分がいつもいる二階を見た。

引っ越してきてしばらくのあいだはあそこにはまだ私と妻の二人しか住んでいなくて、昼間自分がこうして出掛けるときに外から家を見ているということは、家の中に猫が三匹いるだけということで、古い木造家屋は淋(さび)し気というのではなくて現実的な防犯面で無防備で心細く見えたものだったけれど、いまでは自分が外から家を眺めているときにもたいてい中に誰かがいることになっているのでそういう心配はまったくなくて、自分が毎日何時間もいる場所を近さと遠さの混じりあったような距離感を持って見ることができるようになっていた。

さっきまで森中が腰かけていた窓とその隣りの窓が開いていて、窓の外に木の手摺(てす)りが真(ま)っ直(す)ぐずうっと伸びている。春や秋だと手摺りの木枠のあいだにポッコやミケが日向(ひなた)ぼっこをしている姿が見えることがよくあって、私が呼ぶと不思議そうでもあるし無関心そうでもあるような様子でしばらく私の方を見るのだが（猫の視力でどこまで私を認識できているかわからないが）、いまは陽射しが強すぎて猫も出ていなくて、私のいない二階はひっそりとしているように見えるけれど、一階のざわざわしたやりとりが聞こえてくるような気が全然しないというわけでもなかった。というのも視覚という機能がただ光学的な情報を処理することで完結しているわけではなくて、見えているものを空間と時間の秩序に組み入れるために、記憶や聴覚や運動の感覚などを動員しつづけているからで、その過程で見えているものに視覚以外の要素が紛れ込むことがあるのだとすれば、一階のざわめきが聞こえてくるというのもただの思い込みではなくて、ある意味で感覚の現実に基づいていると言えなくもない。だから日によっては一階のざわめきが聞こえてきている気がしているうちに、二階に自分自身がいるのを感じるような気持ちになることもあるのだが、家の中から外を見ていた印象が強く残っていたときには、こうして外に立って家を見ている自分というのが家の中にいる私の延長の視線を操っているようで、外に立っている自分が家の中の自分を見ているのではなく、中にいる自分によって外に立っている自分が見られているような、主体と客体が入れ替わったような気分になったこともあった。

　視線というのは厳密に考えようとすればするほど複雑に入り組んでいて、主体の位置があやふやになっていく。話し相手の表情の変化に咄嗟に反応して、意識するより先に返事の中身を変えてしまうことが誰にでもあるのも、視線と視線が行き交うプロセスの中に気持ちが漂っているような状態があるからで、そのとき視線は自分の思いどおりになっているわけではない。もっと言ってしまえば、視線はその対象である家や風景がなければ存在しなくて、外に立っていてもなお家の中にいる自分の延長の視線を操っていると感じるその視線自体がつまりは家のことであり風景のことなのではないかと思うのだが、家を見ていた空き地の前を離れて駅の方へと歩きはじめると、強い陽射しに照らされて濃い緑の葉を茂らせている桜の木や欅や、それがアスファルトに投影されたくっきりとした輪郭の影が次々と目に入り、ほんの一分前に見ていた家もそれを見ながら浮かんでいた考えも、あっさり押し出されていた。

百日紅の花がショッキングピンクの鮮やかな色で樹の全体を覆い、ノウゼンカズラがアカマツの幹に太いツルを巻きつかせて高く這いあがって、オレンジ色の南国みたいな花を咲かせていた。塀に何本も張った糸に風船カズラが細い茎を絡ませて丸い小さな実をつけていて、その塀の向こうでは高く伸びた夾竹桃が細長くて濃い緑の葉を茂らせている中に桃色の花をいっぱい咲かせていた。鉢植えでは何度名前を聞いても忘れてしまう小さな朝顔のような花が咲いていて、その隣りの鉢ではヒマワリが一本伸びていた。駐車場の隅でオシロイバナが咲いていて、車の下で寝ている猫は私がすぐそばを通ってもシッポひとつ動かさなかった。生け垣の隙き間からこっちを覗いていたレトリーバーも私のことをただ目で追うだけで、その奥ではツーッと真っ直ぐに茎を伸ばした白い木槿の花が弱い風にゆっくり揺れていた。小学三年生くらいの女の子が一人で退屈そうに空き缶を蹴りながら歩いていて、追い越してもしばらくカランカランと空き缶が転がる音が聞こえていた。

横浜球場のライトスタンドには開門と同時に入った前川が席を取っているはずだった。前川は球場通いが高じて今年の開幕前に吉祥寺から横浜に引っ越していて、横浜球場でやるほぼ全試合に行くことになっているから、昼すぎに電話して「おれの分も取っておいてくれ」と言っておくだけでいい。

前川はライトスタンド右端の中段あたりにいて、通路から見上げた私に手を上げ、私は席取りのお礼のビールを売り子から買って、両手にビールを持って階段をのぼっていった。ビールは「ドライ」で二連敗して以来「一番搾り」で、「一番搾り」にしてからは連敗がない。私もそういうことは忘れないが前川は私以上に忘れなくて、勝った試合にやったことと負けた試合にやったことをいちいち記憶していて、きちんきちんとそれを守る。だからもし前川がすでにトイレに行っていたとしたら、前川は右端の子供用の便器でしただろう。

野球はグラウンドにいる九人だけで戦っているわけではなくて、ファンも一緒に戦っていて、球場に集まったファンの意志を結集させて勝つと信じることができるのがファンで、私は関内駅で改札に向かう階段の途中から横浜ベイスターズの球団歌が構内放送で聞こえてくると心がときめきはじめ、早足で球場に向かって歩いているあいだにうれしさでいつもいつも顔がほころんでくるのだが、前川はそういう心境をすでに通り越していて、少しもおもしろくなさそうなムスッとした顔でグラウンドを見つめていて、

「なんで石井義人を使わないんだろう」

と言い出した。

「――優勝した年は不動のオーダーでよかったけど、いまはそんなチームじゃないんだから、もっと来年のこと考えて若手を使ってかなきゃダメだよ。このまま権藤が監督やってたら、大矢の時代の財産を喰い潰して、また五年か十年、Bクラスだよ」

五月に入って突然出場しだした金城はいまや不動の二番バッターになっているが、シーズンがはじまる前から前川は「金城を使え」「どうして金城を使わないんだ」と言って、権藤の選手起用のことを怒っていた。選手や監督はよその球団に移ったりするがファンは生涯横浜ベイスターズを応援しなければならないのだから、今年のように優勝の可能性がなくなったら、若い選手を育てて来シーズンへの期待を持たせてくれなければ球場に来る動機がなくなってしまう。

だから前川は権藤の采配の未来のなさに日に日に不満をつのらせて、顔つきも会うたびにムスッとしてきているのだけれど、どんなに未来を感じさせないオーダーだと思っていても、試合がはじまると負けてほしいと思っているわけではないから、応援団の太鼓とトランペットに合わせて、メガホンを叩いて選手の歌を歌うことになって、それがやっぱりファンなのだ。

一番ショート石井琢朗の歌は、

「駆け抜けるスタジアム　君の勇姿
明日の星をつかめよ　石井その手で」
　で、二番サード金城の歌は、
「見せてくれ見せてやれ　超スーパープレーを
ハマの風に乗った　男の意地を」
　で、歌詞がいいとか悪いとか、そんなことといちいちつべこべ言っていても仕方なくてそんな気もないし、メジャーリーグみたいな洗練された手拍子がいいなんて言うのは論外で、サッカーの応援と比べたら日本の野球の鳴り物入りの応援はまだ全然足りないと思うが、メガホンを叩いて歌を歌っているあいだに石井琢朗がライト前ヒットで出塁して、金城の二球目に盗塁して、金城はセンターフライだったが、
「駆け抜けるダイヤモンド　両手を高く挙げ
とどろきわたる歓声が　君の胸を焦がす」
の、三番レフト鈴木尚典が低い弾道で一塁手の頭を越えて、そのままライト線を破る二塁打を打って、石井琢朗が打球の行く方を見ながらゆっくりホームインすると、スタンドでは歓声がいつのまにか三三七拍子の手拍子に変わっていて、それがそのまま、
「オーオーオ、ウォウ、ウォッ　横浜ベイスターズ
燃える星たちよ　レッツゴー！
オーオーオ、ウォウ、ウォッ　横浜ベイスターズ

夢を追いかけろー」

という球団歌に変わって、最後に「バンザイ」を三回叫んで締めてすでに盛り上がっている。

打球が外野を破る瞬間がたまらないのは当然だが、点が入って「バンザイ」を三回叫ぶのはスタンドにいなければわからないうれしさで、「バンザイ」をやったあとそのままメガホンで前川とパシン、パシンとハイタッチをしていると、前にいるロン毛茶髪にピアスの三人組も飛び跳ねてメガホンでハイタッチをしていて、それと目と目が合って、彼らともメガホンを叩き合っていると、ロン毛茶髪の彼らの喜んでいる顔が前川の喜んでいる顔と同じで、私も同じ顔で喜んでいるのを感じて、これがまたうれしい。

つづく四番は当然ローズで、ローズに対する私の気持ちはもうファンという状態を超えて尊敬にちかい。昔怪傑ハリマオを好きだったように心酔していて、年々筋力アップして、いまや鎧（よろい）のようになった上半身を、バッターボックスでググッと広いスタンスで支える姿を見ているだけで、胸に熱いものがこみあげてくるのを感じる。

バッターボックスのローズは一度股間（こかん）に手をあててプロテクターの位置を直し、からだの中心線まで来たところでバットを止める粘っこい素振りを二度三度と繰り返して投球を待ち、

「カモン　ローズ　ヴィクトリー

ハッスル　ボービー　ゴゴーッゴーッ」

という歌が、ファウルを打って一度途切れたときに、私は、

「ローズ！」

と叫ばずにはいられない。

ローズの打球はしかし力なくセカンド後方に上がり、今年の横浜は鈴木尚典が打つとローズが打たず、ローズが打つときには前の鈴木尚典が打たなくて、どうしても打線が爆発しないが、アウトでも何でもローズはローズで、それは私だけでないスタンド全体の総意なのだ。

つづく五番センター中根がいまは絶好調で、

「走る風になれ　光る星になれ
夢を乗せて大空へ　虹をかけてくれ」

という歌の合い間に、選手のあらゆる発言をチェックしている前川が、

「中根が言ってたんだよ。僕が打てなければローズが敬遠されてしまう。だから僕はローズが敬遠されないために打つ。僕が打つことがローズのヒットにもつながるんです――って。けっこう感動的だろ？」

と言い、その中根が詰まりながらもレフト線にヒットを打って二点目が入り、球団歌を歌って、「バンザイ」を三回叫んで、前川や前のロン毛茶髪とメガホンでハイタッチをしているところに大峯が来た。

大峯は大手町の会社から紺のスーツで息を切らしてやってきて、頭にはしっかり帽子

を被っているのだが、横浜ベイスターズの青がスーツの紺と見事に釣り合っていなくて、ロータリークラブの役員か何かみたいで、到着するなり崎陽軒のシウマイ弁当を広げて食べはじめた。

六番はライト佐伯で、ファンから絶大な支持のある佐伯には歌の前にファンファーレがあって、スタンドでは全員がメガホンを高く差し出してファンファーレが鳴るのを待つのだが、大峯だけはそんなことに関係なく弁当を食べつづけていて、一回裏の攻撃が終わり、二回表の中日の攻撃になったところで弁当を食べ終わった大峯がしゃべりはじめた。

「これから十連勝二回すれば巨人に追いつくよな。おれ毎日パソコンでシミュレーションしてるんだよ」

「電卓でいいじゃんか」

「ほら、なんせマシンガン打線って言うくらいだからよお、こっちもそれなりのことしないといけないんだよ。

そんでこっちが十連勝してる最中に巨人の松井がよお、明け方女乗せて第三京浜走ってるところによお、これから女こまそうと思って下り車線走ってきた高橋由伸の車がよお、偶然ぶつかんじゃん。それで両方が大破するだろ。死んじまったらかわいそうだから骨折ぐらいでいいんだけどよお。それで二人が今シーズン絶望になんじゃん。

そんでもって、今度名古屋に遠征行ったときに工藤がよお——」

大峯はこういうバカバカしい話を笑わずにしゃべるから、聞いているこっちはつき合いで笑うタイミングを見つけられなくていよいよバカバカしくなる。大峯がバカな話をしているあいだに七月はじめに二軍から上がってきた細見が二回表もあっさりツーアウトを取って、

「いまシーレックスが本当にいいんだよ」

と、二点リードでだいぶ表情がほぐれた前川が言った。シーレックスは横浜の二軍のことで、金城も多村も石井義人もシーズンがはじまってから一軍に上がってきていて、前川に言わせれば「開幕から上げておかない権藤は歳でアタマが硬い」ということになるのだが、それはともかく前川は前川でしゃべりはじめた。

「田代がいいんだよ。あいつ、バッティング練習のときにピッチャーのすぐ後ろに立って、腕組みして『オイ、コラッ！　もっと体重を右足に残せ！』とか怒鳴りつづけてんだよ」

　前川は一軍の試合だけでは足りなくて、横須賀でやる二軍の試合も見に行っている。それは確かに一軍に未来がないと思ったら二軍の試合に行くしかないわけで、スタンドで前川の話を聞いている分にはまともだけれど、やっていることの実態は全然まともじゃなくて、何しろ大峯が紺のスーツにネクタイ締めて大手町で働いているあいだに前川は野球のために引っ越しして、ひたすら野球を見つづけていて、四月から九月は最低限の仕事しかしない。前川は二軍の話をつづけていた。

「試合がはじまると田代は一塁コーチスボックスに立つんだけど、一人一人に指示出しまくるんだよ。ファームの試合って、客が入ってないからグラウンドの声が丸聞こえでさあ。阿波野なんかもう上がってくる気、全然ないだろ。だから秋元とか新井とかと一緒になって、『戸叶が三回までもったら一つ、四回までもったら二つ』とか、賭けしてんだよ。

で、田代ひとり怖い顔して若い選手にらみつけて、『緩い球はおっつけるな！　強く振れ！』『変化球は捨てろ！　速い球だ、速い球！』って、相手に聞こえてんのなんか眼中になくて、指示出しまくり。

それがすごい迫力なんだよ。選手は絶対ビビるよ」

試合はあれからたんたんと流れ、大峯は二杯目のビールを飲んでいた。大峯はジンクスも何も関係なく、「ドライ」でも「エビス」でも来たビールを飲んでいて、一杯目の空になった紙コップの底をくりぬいてメガホンにして、

「オーイ、中根ェ。今年はおまえが一番頑張ってるぞ。おれがオーナーだったら、おまえにソープの年間招待券やるぞ。ヘッヘーッ」

と、応援とも野次ともつかない声を出していて、前川は前川で話がつづいていた。

「でも、田代の指示はズバズバ当たるんだよ。一巡目は、コーチスボックスからこうやって腕組んで、ピッチャーとバッターをじいっとにらんで黙ってんだけど、二巡目からバンバン指示が飛んできて、田代の指示どおりに打つヤツはちゃんと打てるの。で、言

うとおりにしなかったヤツは、コーチんところからズッズッズッて歩いてきて、顔面パンチ。

グーだぜ、それも。パーじゃなくてグーなんだぜ」

チェンジになり中日が守りにつく頃には大峯のビールも三杯目になって、野次もいよいよ本格的になってきた。

「おい、井上ェ！　こんなうしろに下がって守ってんじゃねえぞ。自分とこのピッチャーが、そんなに信用できねえのかァ！

もっと前行ってやれ、前へ！　ヘッヘーッ！」

「関川ァ！　うしろ振り返って何見てんだよォ。スコアボードに自分の名前が出てるのが、そんなにうれしいかァおまえは。よそ見してるヒマがあったら、顎（あご）のまだら髭剃（ひげそ）って出直して来い。髭剃ってよぉ！　ヘッヘーッ！」

大峯の野次は三十年前の草野球のように長い。長くてオチがなくて、最後に「ヘッヘーッ」がつくのだが、「ヘッヘーッ」と言っているのは本人も気がついてないかもしれない。

「田中一徳（かずのり）はダメだね、あれは」前川の話もまだつづいていた。「全然田代の言うとおりにできなくてさあ、ボテボテの内野ゴロ打って一塁に走ってくと、田代のグーのパンチが待ってるから、そのままライトの先まで走って逃げてんだよ。で、チェンジになって田代が引きあげるまで戻ってこねえの。小学生の鬼ごっこかよ、おまえはって」

「星野ォ！　おまえがベンチん中で恐い顔してるから川上憲伸が打たれんだぞォ。だいたい横浜に通用しねえのがわかってて使うおまえが悪い。悪いのは星野だ。そうだッ、川上じゃない。だから川上ィ、安心して打たれていいんだぞォ。ヘッヘーッ」

大峯の野次もだらだらとまだつづいていたが、大峯の声はもうどこにも届かなかった。何故ならピッチャー細見の打席が終わって、ライトスタンドは一番ショート石井琢朗の歌を歌っていたからだ。

歌を歌いながらメガホンを叩くリズムは全選手共通に、「チャン——チャン——チャッチャヤッチャッ、チャン——チャッチャヤッチャ」で、憶えやすいし叩きやすいが、大峯はそれが全然できないしやる気もなくて、いつもひたすら自分のペースで野次ったり騒いだりしているだけで、大峯といると川崎球場の時代を思い出す。

あの頃ライトスタンドには応援団なんかいなくて、静かでダラケていて、そこに唐突に大峯のようなアンチャンが立ち上がって、音頭を取りはじめたものだった。赤いアロハシャツにサングラスのアンチャンは五回裏に活気のないライトスタンドで突然立ち上がって、ものすごく間伸びした三三七拍子を笛で吹きはじめた。彼は笛持参で来ていたのだ。あの夜の川崎球場はアロハの彼が応援団長だった。巨人のライトを守っていた柳田に向かって、一回裏からずうっと、「ヤナギダーッ、おまえの嫁さん、ブスーッ」と、ひたすらそれだけを叫びつづけていたアンチャンもいて、その夜のライトスタンドの一画は四回あたりからずうっと「ヤナギダーッ、おまえの嫁さん、ブスーッ」を連呼するはめになった。

半分に切った薄汚れたシーツに、水彩絵具の滲んだ文字で「25 松原誠 セ・リーグ選手会長」と書いて、竹竿に縛りつけて振り回していたアンチャンもいた。松原の気力を萎えさせるような代物だったけれど、とにかくその夜は彼が応援団長だった。シピンの渾名のライオン丸のお面を被ってタンバリンで三三七拍子を叩いていたアンチャンもいた。そういうアンチャンたちがみんな、いまでも横浜球場に来ているはずなのだ。なにしろファンは生涯つづくのだから。

試合は七対四で勝ち、「横浜ベイスターズ」といってもベイスターズの本拠地は横浜市全体では全然なくて、関内、桜木町、野毛ぐらいの狭いエリアで、その狭い本拠地の街路を十分ぐらい歩いてファンが集まるのでも何でもない野毛のいつも入る店に向かっていると、私たちの帽子を見て、「勝った?」と声をかけてくる人がいて、「勝った、勝った」と答えるのがそのたびにうれしくて、店では、途中から来たからというわけではなくて最初から見ていたとしても中根のホームランと佐伯の右中間二塁打ぐらいしか憶えていない大峯は「これで優勝が見えてきたぞ」なんてことばっかり言っていて、大峯と対照的に前川は試合の経過を逐一記憶していて「あそこでゴメスと素直に勝負するか。谷繁のリードはやっぱりタコだ」などと言っていたが、店を出て前川が歩いて帰り、大峯が鎌倉に向かい、私はガランとした東横線に乗って、本を広げてもいつもどうせ読めないから電車の中の広告や外の夜の景色を見ているだけなのだが、渋谷駅で井の頭線までの乗り換えを人混みにまじって歩いているあいだに、球場から持続していた興奮はいつものように消えてなくなっていた。

それで家に着いて玄関を開けると、夏は仕切りのガラス戸が開いているから居間にいる妻の理恵とゆかりと浩介がすぐに見えて、

「なんだ、森中じゃなくて浩介か」

と私は言った。

三人が囲んでいるテーブルにはワインのボトルが立っていて、そのボトルの横にジョジョが太って黒い塊みたいにぼてりと横になっていて、体をねじって私の方を向き、ゆかりが、

「森中さんは晩ごはん食べて帰った」

と言っていると、北の廊下をポッコとミケが出迎えのつもりで小走りしてやってきた。

ポッコとミケが一緒に走ってきたということは二匹が行動をともにしていたということで、「階上にでもいたのかな」と私が言うと、

「どしんどしん遊んでた」

と妻が答えた。

「遊べるようになったたか。

よかったね」

と言って、私がポッコに鼻と鼻をつけて「鼻キス」と呼んでいる挨拶をしていると、ミケがポッコの背中に飛びかかって、ポッコは「ギャッ」と、「嫌ッ」の原型みたいな短い声を出して縁側に逃げた。

「あなたがいるとダメなのよね」妻が言った。

ミケは二歳になったいまでも子猫のときのままの荒っぽくて唐突な動きでポッコに飛びかかるものだから、ポッコはうるさがって逃げたり振りほどいたりするばかりだったが、最近ミケが少しずつ猫同士の遊び方の呼吸をつかんできたらしい。しかしそれも私がいないときだけで、私がいるとミケはこういう子猫の動きになってしまうらしいのだ。

ミケは鼻キスもよくわかっていなくて私が顔を近づけるとよけてしまうが、テーブルの上で横になっているジョジョにも鼻と鼻で挨拶してから私が手と顔を洗いに風呂場に行くと、ミケは足に絡まるようにしてついてきて、蛇口をひねると洗面台に飛び乗って、水を飲むというよりもっぱらはじき飛ばし、私に両脇をつかまれて廊下に出されると、そのままダーッと居間の方に駆けていった。

それで私が居間に戻って三人と一緒にすわって、ワインではなくてビールを飲みはじめると、ミケが隣りの座敷の綾子の机に乗っかって、こっちを見ながら上に置いてあるボールペンを落として見せたりパソコンのマウスを二本の前足でガチャガチャ玩んで見せたりするから、私はひと休みすることもできずに竿の先から鳥の羽が垂れているオモチャでミケと一緒に階段をのぼったり降りたり、居間で鳥の羽をブンブン振り回したり

することになるのだけれど、そうやってミケを遊ばせている脇で、妻の理恵とゆかりが、

「……そんなこと言ったって、あたしだってただ毎日何にもしないで遊んでるわけじゃないもん」

「じゃあ、いったい何をしてるって言うの？

ただ漫然と学校行って、前期試験が終わったらもう友達と会ったり、綾ちゃんなんかにパソコン教わるとか言ってても、実際はどうせインターネットでも見て遊んでるだけじゃないのよ」

「それは叔母ちゃんみたいな言い方したら、何もしてないってことになっちゃうかもしれないけど、――」

「だから何もしてないのよ」

「だって叔母ちゃん、このあいだあたしがマユと一緒にバイトでもしようかなって言ったら、『そんなことしなくていい』って言ったじゃん」

「バカね。居酒屋でバイトしてほしいなんて、誰も言ってないじゃないの。

あなた、しょっちゅう『存在意義がほしい』とか『存在意義を見つけられない』とか言っているけど、バイトなんかでそんなもの見つけられるわけないじゃないの」

と、こんなような話をしていて、もうほとんど口論にちかかったけれど、気の強い同士の叔母と姪の話がこういう感じになるのはまあ毎度のことで、浩介は二人の話を聞いているようないないような様子でいつものようにギターを弾いていた。

私は何しろさっき帰ってきたばっかりだし、二人の話の途中でミケと一緒に階上までのぼったりしていたから詳しいことはわからなかったけれど、ゆかりは叔母ちゃんである理恵が仕事の資料なんかを見る必要がなくてゆっくりしているようなときには、「あたしは何がしたいのか自分でわからない」とか「大学でする勉強ってもっと意味があると思ってたのに高校のときとあんまり変わらない」というようなことを言い出すことになっていて、酒の量や理恵の腹の虫の居どころ具合いでまあだいたいいつもこういう言い合いになっていく。

ゆかりがこの家から大学に通うことになったのも、理恵の姉さんであるお母さんとしょっちゅうこんな風な言い合いをしていたからなのだが、結局この家でも同じことになっていて、ゆかりとしてはまあ確かに大変かもしれないけれど、私や浩介は分厚い壁のように聳え立つ理恵に向かってやり合うゆかりのタフさ加減に感心して、じゅうぶんに人生のトレーニングになっているように思っている。ゆかりは言い返した。

「ママだって叔母ちゃんのこと、『あんなにお酒を飲むようになったのは、仕事のストレスに違いない』って言ったもん」

「主婦してるお姉ちゃんにわかるわけないじゃないの。話をそらしちゃダメよ」

「そらしてなんかないもん。叔母ちゃんだって、学生の頃はママから見たら何やりたいのかよくわからない感じで、映画ばっかり見たり、本ばっかり読んだりしてるだけだったって、ママも言ってたし、自分でも言ってたじゃない」

「だからそれがストレスで酒飲みになったっていう話とどうつながるって、訊いてるんじゃないの」

「したくない仕事してるからストレスになるんじゃないんですかァ？　結局、学生の頃は自分のやりたいことが見つけられないから、映画見たり本読んだりしていたんじゃないんですかァ？」

「ああ、爆発する」と思って、浩介と私は顔を見合わせてしまったのだが、理恵は意外に静かにグラスを置いて、

「あのねえ」

と、ゆっくりしゃべりはじめた。

「何でも自分の貧しい経験からだけで想像しちゃあ、いけないのよ」

「だって、自分の経験からしか想像できないいんじゃないの？」

「人の話を最後まで聞きなさいよ」

と言って、理恵はゆかりの反論を封じ、私が理恵のはったりの利いた貫録に感心してもう一度浩介を見ると、浩介もこっちを見て笑っていた。

「ゆかりちゃん、あなたいま自分の経験からしか想像できないって言ったけど、それがまさに経験の貧しさというもので、経験の少ない子どもほど、『経験』『経験』って言いたがって、『経験の裏づけのない言葉は重みがない』と言ったかと思うと、その舌の根も乾かないうちに『大人みたいに経験することがそんなに大事なんですか』って言って

みたり、『経験』っていう言葉を都合よく使い分けて、つまりどっちも中身が空っぽの抽象概念でしかないのよ」

「じゃあ――」

と、ゆかりがまたそこで何か言いかけたが、理恵は今度は言葉でなく表情か呼吸でそのつづきを封じて――というのも、私は玄関の三和土に寝そべって遊びにひと息入れているミケの頭の上三十センチぐらいのところで鳥の羽をこちょこちょ動かして見せていて、理恵の様子を見ていなかったのだが、

「あなたがいくら友達と会って、あなたたちなりに真剣に話してるつもりでいても、友達もみんなあなたと同じレベルの空っぽの抽象概念しか持ち合わせてないんだから、しゃべって気を紛らせているだけで、結局はあなたが一人でうだうだ考えてるのと同じことと……」

と言っていたのだが、そこでテーブルから降りてさっきから台所で餌が出るのを待っていたジョジョが待ちきれなくなって、「ニャアーン」と高い声で鳴いてそばにあった紙袋をさかんにガサガサやる音が聞こえてきたので、私はジョジョのドライフードを皿に入れて階段の上まであがっていった。

ジョジョはほうっておくと食べるばっかりで全然動かないから餌を少しずつに分けて、餌のたびに階段の上まで皿を持っていって少しでも運動させるようにしているのだが、私が北の廊下をジョジョと一緒に歩いていくとそれにつられてミケも走ってきて、それ

でまたミケと一緒に風呂場の前の廊下を走ったり、三回四回と階段をのぼり降りしたりすることになって、やっとまた居間に戻ると、理恵が、

「……だから、旅行は遠慮しないで行ってきなさいよ。お金ぐらいあたしが出してあげるから」

と言っていて、私が「何の話だ」と浩介に訊くと、何日か前から言っていた北海道の旅行のことで、

「最初っから、その話だったのか」

と、また浩介に訊いていると、理恵はいまはじめて浩介がいることに気がついたみたいに、

「浩介君、まだ帰ってなかったの？」

と言い出した。

「今夜はもういいや」

「ダメよ、帰りなさいよ」

と、理恵は酔っていながらもまともなことを言った、というか酔っているからこそ反射的にあたり前のことを言って、

「奥さんに電話しました？」

と、ゆかりが訊くと、

「もう寝ちゃってるよ」

と言い、
「してないんだ」
と、ゆかりが軽く責めるように笑うと、
「主婦は早寝早起きなんだよ」
と言ったのだが、そのあいだに理恵は頬杖をついた姿勢で、あっという間に眠ってい
た。
理恵はここに引っ越す半年前の九八年の秋からいまの食糧問題のシンクタンクに勤め
ていて、そこで研究員みたいなことをしていて、海外とのやりとりが多いので週の半分
は朝七時前に家を出る。もっとも私は妻のシンクタンクの資本も仕事の中身もよくわか
っていないので、「みたいなこと」としか言えない。資本は民間らしい。海外からの資
本も入っているらしい。そこでの妻のポジションはナンバー2らしい。恋人同士という
のはお互いの話をいろいろするものだけれど夫婦になるといちいちしなくなっていて、
気がついたときにはよくわかっていない。「今度ゆっくり聞かなくちゃ」と、何日かに
一度は思うけれど、こうして二人が家にいるときにはそれを思い出さないか、今夜みた
いに聞けないシチュエーションかのどっちかで、結局曖昧なまま一年二年と経ってしま
う。
「寝ちゃってる――」
と、ゆかりが理恵を見て言うと、理恵は突然背筋を真っ直ぐに伸ばして、目を開けて、

「寝なくちゃ。もう寝なくちゃ。

明日早いんだからもう寝なくちゃ」

と、騒ぎはじめ、私が後ろから理恵の両脇に手を差し入れて立ち上がらせ、ゆかりが前にまわって手を引っぱり、そのまま階段をのぼらせて布団にたどりつくと、どたんと倒れこんだと思ったら、すぐにむっくり起き上がって、

「アッ、目覚しかけてないッ！」

と、大声を出し、ゆかりが「とっくに自分でかけてたよォ」と言うと、

「あ、そう。じゃあ、いいんだ」

と言って、またばたりと倒れたと思ったら、またすぐにガバッと起き上がって、

「アッ、お化粧、落とさなきゃッ！」

と言い、それにもゆかりが「とっくに落としたよォ」と言うとまた安心して横になったと思ったら、「アッ、お風呂入ってないッ！」「もう入ったよォ」「アッ、着替えてないッ！」「着替えてるよォ」「歯、磨いてないッ！」と言い出し、「もういいよォ」というバカバカしいやりとりがつづいて、ようやく眠ると、理恵叔母ちゃんの酔っ払いぶりに馴れているゆかりは「ふう、——」と一回大きく息を吐いてから、

「やっと寝た」

と言って、階下に降りて行って、階段の明かりを消した。

私はそのまま南の窓に腰かけて、洩れ込んでくる街灯の明かりに照らされて実際より

ガランとして見える二階の部屋をしばらく見ていたが、そのうちにカチャカチャとグラスを片づける音が聞こえてきたので手伝いに降りていった。

二階の部屋を照らしていたのが月の光だったら、畳が薄明るく天井が暗いのだろうが、街灯の明かりだったので畳が暗く天井に弱い光があたっていた。蛍光灯の円管が仄白く外の光を反射させていて、天井の一画に笠の大きな影ができていたが、いまは影の方がこの空間の明るさにちかかった。

私の机は黒い輪郭だけになっていて、床の間は浅いところだけが薄明るく、奥にまで光が届いていなかったのでそこにあるはずの本棚は見えなかった。その手前の書院造りを真似た違い棚も見えなかったが、棚の上と下にある物入れは引き戸の襖紙がうっすら見えていた。

ミケが昼間いる北の窓はいまは閉められていて磨ガラスに向こう側からの弱い光があたっていて、窓の桟がくっきりと黒い直線を描いていた。窓の横のざらざらした手触りの壁には外の光があたっているというより淀んでいるみたいだった。

2

小学校の頃の記憶では夏休みがはじまったときにはすでに蟬がそこらじゅうの木を震わせるように鳴いていたことになっているが、世田谷あたりでは七月のうちはまだ蟬は鳴かなくて、本格的に鳴くようになったのは八月になってからだった。

去年もたしかそうで、おととしはどうかと言うとまだ横浜の根岸だったし、二年も前のこととなると雨が多くて感じ悪かったことと五月に拾ったミケが小さくて暴れ回っていたことと横浜ベイスターズが打ちまくって勝っていたことぐらいしか思い出さないが、そうだとすれば小学校の頃の蟬の記憶なんてアテにならなくて映画やテレビによって吹き込まれただけなのかもしれないが、それはともかく蟬というのは段階を追って数が増えるということがなくて、ぽつりぽつりと鳴きはじめたと思うとあっという間にアブラ蟬のジージーいう鳴き声でいっぱいになっていて、そうなったときにはすでに夏のはじめからずうっと鳴きつづけているような気持ちになっている。

それで蟬の鳴き声は夏の暑さの聴覚的表現になっていて、二階の私の部屋には「暑い、暑い」と言いながらみんなが集まってきていて、前の晩にゆかりが作っておいた冷たいジャスミン茶を飲んでいた。

浩介は麻のシャツに短パン姿で床の間の柱に寄りかかってギターを弾き、綾子は肩紐だけの綿の生成りのワンピースでミケの定位置になっている北側の窓のすぐ脇の壁に寄りかかって両脚を投げ出して、寝ているミケの前足を触ったり反対にミケに髪の毛にじゃれつかれたりしていて、部屋の東に浩介がいて、北に綾子がいて、南西の角の机に私がいて、三人の三角形の中心ぐらいにグラスを置くための折りたたみの小さなテーブルがあって、そのテーブルと襖の中間の中途半端なところに、丈の短い黄色のTシャツにジーパンでゆかりが水平ずわりとか言われている尻を畳につけてその両側にたたんだ足がくるすわり方でぺたんとすわっていて、一番たくさん「暑い、暑い」と言っている森中は椰子の木の向こうに夕陽が描いてあるアロハに短パン姿で、首にタオルを巻いて、南の窓に腰かけていた。

森中のいる場所は庇に遮られて直射日光こそ当たっていないけれど、一階の縁側部分の屋根が窓の下に張り出していてそこからの照り返しがあるから、風があんまり吹かない日中はたぶん五人の中で一番暑い場所なのだが、森中はいつもそこにすわることになっていて、敷居をまたいだときにミケに足の甲を一嚙みされるのが嫌だからというのではなくて、春に窓を開けるようになった頃からのただの惰性で森中はそこにすわりつづけていて、体の大きい森中が部屋に入ってきて五人になると狭苦しくなるからというのが理由ではない。何しろこの部屋は、八畳の正方形の北側に畳をもう二枚分広げた格好の十畳で、そこに私の机が置いてあるほかには何もないので、森中の大きい体がもう一つ増えても狭く感じることはない。

夜、街灯の明かりや月の光だけでこの部屋を見るとガランとしていると感じるけれど、昼間見るとこの部屋はもっと何もなくて広々としている。「ガランとしている」と感じているときはただ何もないと思っているのではなくて、物の欠如や喪失を感じているのではないかと思うのだが、昼間のこの部屋は開けられた南北両側の窓の効果もたぶん手伝って、旅先でまだまだ明るい時間に旅館に着いて、座敷に通されてまずいったん畳に寝そべって体を思いっきり伸ばしたときのような気分にみんなでなっている。

それが日常生活として本当に落ち着くものだったりくつろげるものだったりするのかどうかわからないし、浩介たちにとっても私にとっても昼間のこの家はくつろぐための場所ではなくて仕事をするための場所なのだが、ゆかりや森中や綾子がこの部屋にあがってくるときの気分はまあだいたいそんなもので、八月十日に鎌倉で花火大会があるというのをインターネットで調べた森中が「昼間の海水浴をかねて行きましょうよ」と言うと、ゆかりも「泳ぐのはどっちでもいいけど花火大会は行きたい」と言って、二人で揃(そろ)って私の顔を見たのだけれど、

「かったるいよ」

と私が言うと、

「どうしちゃったの？」

と浩介が、意外そうな顔で訊いてきた。

「――前は鎌倉の花火大会のこととなると、自分の手柄みたいに自慢してたじゃない」

「してたよ」と私は言った。

鎌倉に住んでいる人全員なわけではないのはあたり前だが、花火大会を自分たちの誇りか存在証明みたいに感じている人たちが間違いなくいて、私もその一人で、熱海みたいに花火をホテルの部屋から悠然と見るなんて言うのは、成り上がりの田舎者のすることで、花火の醍醐味は何と言っても砂浜の一番前にゴザを敷いて、大玉の火の粉が頭に降ってくるような近さで見ることなのだ。

それに鎌倉の花火には何と言っても水中花火がある。沖といってもかなり近いところを高速艇が横に移動しながら後ろに大玉を撃ち込んでいく。空の高いところに打ち上げたのと比べて砂浜との距離が圧倒的に近いから、放射状に広がる花火の一本一本の条の太さがものすごくリアルに見えて、しかもそれがこちらに向かって伸びてくる。あんなすごい花火を見たら他所の花火なんて、せこくて見る気がしない。

と、私が力説していると、浩介が「いったいそれのどこが『かったるい』の」と言い、
森中が、

「いいですねえ。行きましょうよ」

と言ったのだが、私は、

「――だったんだよ」

と言った。

それが最近、というのは九〇年代に入った頃から、何でもかんでもイベントに人が集まるようになって、花火大会の場所取りも午後の三時くらいからすでにはじまっていて、開始時刻に行くなんていう甘い考えでは海岸沿いの国道一三四号線をはさんだ歩道の両側で人混みに押されて見るのが精一杯で、女子トイレなんかは行って帰ってくるのに一時間かかってしまう。

「そんなのは内田さんの実家でやっておけばいいじゃないですか。家(うち)から海まで歩いて五、六分なんでしょ」

まあトイレはそれでもいいと私は言った。というかトイレの行列は話のついでで、一番肝心なのは花火がしょぼくなってしまったことなのだ。花火大会というのはだいたい地元の商工会議所とか商店が出資することになっているのだが、最近は本当に不景気が深刻らしくて、去年の花火なんか見ていて侘(わび)しくなってしまった。

「なんだ。結局行ってるんじゃないですか」

と森中が言うから、「行かなきゃこんな気持ちにならない」と私は言った。去年の鎌倉は花火が矢継早にボンボン打ち上げられるなんてことがほとんどなくなっていて、ちょっと連発がババババンとつづいて、その中にバーン、バーンと大玉が混じったなと思っているとすぐに終わってしまって、しばらく「あれ？」「どうかしたの？」「まだなの？」という感じで間が開き、やっとまたはじまったと思って期待しても前と似たり寄ったりで派手な連発にならない。

それと比べて晴海埠頭でやる東京湾の花火大会はすごい。何しろ鎌倉がせいぜい三千発なのに対してあっちは一万二千発なんて言って、ボンボン、ボンボン打ち上がって、しかも水中花火まである。つまりもう水中花火も鎌倉だけの名物ではなくなってしまったわけで、地元でもない人たちがわざわざ電車に乗って見に行くようなものではないんだと言っていると、浩介が「あちこち行ってるねえ」と笑い、森中が、

「じゃあ、東京湾のに行きましょうよ。いつですか」

と言うから、「あれは整理券がいるんだ」と私は言った。東京湾の花火大会は朝日新聞の主催か協賛でたしか六月のうちに告知が出ることになっているのだが、うちはいま読売新聞だからそのタイミングを逃した、というか今年はまるっきり忘れていた、だからいまごろ行きたいと言ってももう手遅れなんだ、と言うと、森中が、

「じゃあ、どっか他のところ行きましょうよ」

と言うから、

「鎌倉と東京湾以外は見たことないから、知らない」

と私は言った。

「エーッ！

じゃあ、昔はずうっと鎌倉の花火しか知らなかったってことじゃないですか。鎌倉しか知らないのに、『鎌倉が日本一だ』とか何とか言ってたんですかア」

「当然」

と私が言うと、「そういう人じゃないか」と浩介が言った。

「そうじゃなかったら、横浜ベイスターズなんか応援するわけないじゃないか。この人は何でもかんでも自分がたまたま知ってることが一番なんだよ」

「愛するっていうのはそういうことだ」と私は言った。「愛っていうのは、比較検討して選び出すものじゃなくて、偶然が絶対化することなんだよ。誰だって、親から偶然生まれてきて、その親を一番と思うようになってるんだから、それが一番正しい愛のあり方なんだよ」

「愛なんかどうでもいいですけど、せっかくなんだから、どっか一つぐらい花火に行きましょうよ。

——ていうか、おれまた調べてきますから近場でどっか行きましょうよ」

「あたしも見たい」

と、ゆかりが言うから私は「ゆかりなんか行っても、人混みに埋まって見えないぞ。前の人の頭だけ見ておしまいだよ」と言ったのだけれど、ゆかりは「平気」と笑って、

「あたしはどこ行ってもそうだから、あたしにとっての花火はそれでいいんだもん」

と言い、それで森中が調子に乗って、

「じゃあ、こうじゃないですか」

と言いながら、上を向いて下半分に波みたいな人の頭を指でなぞって見せていると、

「嘘ですよ」とゆかりが言ったのだが、それまで外を見たり自分の爪先を見たりしていただけで話に全然参加していなかった綾子がぼそりと、

「ミケみたいだね」

と言った。ミケは子猫で拾ったときに獣医から「この子の左目はもともと眼球が育っていない」と言われたのだ。だから生まれたときからずっと片目で、ミケは両目の視界を知らない。綾子の言葉の意味はここにいる全員にわかっていて、いまさら「どういう風に感じてるだろう」とか「不便じゃないのか」という話にはならなかったけれど、綾子の言葉につられてみんなでミケを見たときにちょうど風でミケの脇腹の毛がふわっと立って、それを見て、「毛が逆立ったときみたい」とゆかりが言うと、

「猫も鳥肌が立つよね」

と綾子が言った。

「鳥肌？」森中が訊き返した。

「鳥肌なんかどこに立つんですか。

毛ばっかりで肌なんか、ないじゃないですか」

「じっとしてるときに背中の毛が逆立ってることがたまにあるのよ。人間も鳥肌が立つと毛が一緒に立つじゃない」

「ホントですか、それ」

と、森中が私を見て訊くから「生ぶ毛が鳥肌と一緒に立つじゃないか」と言うと、森中は「そんなこと知ってますよ。人間じゃなくて猫のことですよ」と言い、

「立つよ。ホントだよ」

と言っていると、

「フジツボなんだよ」

と浩介が言い出した。

「フジツボ？」

森中が今度は浩介に訊き返した。

「おれの友達で、小学校の頃、鳥肌が立つと、『フジツボができた、フジツボができた』って、みんなに見せびらかしてたヤツがいたんだよ」

「なんだ、ただのバカじゃないですか」

と、森中は怒ったみたいな顔で笑っていたのだが、ゆかりが「あ、ヤダ。鳥肌が立ってきちゃった」と言って、腕をこすりはじめた。

「あたし、フジツボって嫌いなの」

「おれも嫌いですよ。ビッシリくっついてて気持ち悪いですよね。海に浮かんでるブイとかに、ビーッシリ、くっついてるんですよね」

「あ、やめて、もっと鳥肌が立っちゃう――」

「だから、それはフジツボなんだよ」

と、浩介がゆかりをからかっていると、森中が、

「人間って、胎児のあいだに何十億年とかの進化をたどり直してるって言うじゃないですか」

と、唐突なことを言い出した。

「その進化の中で昆虫にはどこでなってるんですか？」

「昆虫？」

と言って、ゆかりがフジツボの腕をさすりながら浩介と私を見ると、「昆虫にはならないだろ」と浩介が言った。

「え？　ならないんですか？」

「魚類からだよ。脊椎（せきつい）動物の進化をたどるって意味で、昆虫は別の系統なんだよ」

「え？　動物は全部、ひとつから広がったんじゃないんですか？」

「元々はそうでも、はるか昔に別になったんだよ」

「でも、昆虫を通らなかったら意味ないじゃないですか」

「おまえ、虫が好きだったのか」

「好きとか嫌いとかじゃなくて、昆虫は重要じゃないですか。昆虫は地球上で一番種類が多くて、個体数でも圧倒的に多いって言うじゃないですか。

だから人間が進化の過程で昆虫を通ってなかったら、なんて言ったらいいか言葉が見

つかんないけど、足りないですよ」

「血のつながりがないわけだ」と、綾子は興味なさそうに言ったけれど、森中は妙に力が入っていて、

「なんかヤバイっていうか、昆虫とつながりがなかったらひ弱ですよ」

と言った。

「いいじゃないか。そのかわりに皮膚にフジツボ飼ってるんだから」

「あ、それはやめて。

ねえ、花火の話に戻りましょうよ」

「だからそんなひ弱なことじゃダメですよ」

「あたしにまで敬語でしゃべらないで」

と言いながら、ゆかりはまだフジツボのできた腕をさすっていたが、綾子が「森中って変なことにこだわるんだよね」と言い、つまりこだわりはじめると話を変えたくても変えられないという意味らしく、森中は、

「昆虫とね、あとほかにキノコ類と貝類って、地面とか海底にぺったり密着して生きてるじゃないですか。そういう生き物って、やっぱり一番根源的な生き物だと思うんですよ。だからそういう生き物の要素を持ってるって、すごく大事なことだと思うんですよ」

と言った。

「でも虫って、生存の形態がすごく限られてるんだぞ」

と、浩介が言ったが、森中は「いいじゃないですか」と譲らなかった。

「生存の形態が限られてるかわりにいろいろな姿に広がったんだから、すごいじゃないですか。アメリカなんかグローバリゼーションとか言ってるけど、つまり自分たち一色で地球を塗っちゃおうっていうことでしょ？　昆虫みたいにいろんな姿になる方が絶対、進化の法則にかなってますよ。

アリなんかだってすごいじゃないですか。甘い物とか他の虫の死骸とかあると、いつの間にかゾロゾロゾロゾロゾロ集まって来てて、一匹一匹はどうせ何にもわかってないんだろうけど、全体としてはちゃんと仕事になってるんですから」

森中のしゃべるのを聞きながら私は横浜球場のスタンドにいる自分たちのことを考えていたけれど、浩介が、

「じゃあ、脳と一緒だな」

と言った。

「え？　どういうことですか？」

「脳だって、一つ一つのニューロンはどうせ何もわかってないんだろうけど、全体としてちゃんと仕事をしてるじゃないか」

そう言われて、森中はうれしそうに「ホントですねえ」と言った。

「心が生まれる仕組みがアリの共同作業みたいなものだと考えればわかりやすいですよ

ねえ。つまり、人間は全然違う進化をたどってるわけじゃなくて、細胞レベルで見てみれば昆虫みたいなもので、その集合体が人間だっていうことですよねえ——」

「喜ぶようなことじゃないんじゃないの？」とゆかりは言ったけれど、そのときの森中には確かに喜びで、

「じゃあ、花火大会調べてきますよ」

と言って足音を響かせて階段を降りていった。

それで結局どうなったかというと、近場では多摩川の花火大会ぐらいしかなくて、そんなところでは水中花火をやるわけがないんだから鎌倉の方が絶対いいに決まっていると言ったために、鎌倉に行くことにいったんは決まったのだが、花火大会のある八月十日の前日になって一番行きたがっていた森中に仕事が入ってしまい、綾子が「替わってあげるよ」と言っても、森中は意外に真面目(まじめ)で「いいですよ。来年、整理券取って、東京湾に行くからいいですよ」と答え、森中が行けなければゆかりも行ってもしょうがないという雰囲気であっさり友達に会う約束をして、そんな感じで浩介たちの会社は十二日からの夏休みに入った。

ゆかりはもうとっくに学校が夏休みになっていたのだからまわりの大人たちに合わせる必要は全然なくて、いつ秦野(はだの)の実家に帰ってもよかったのだが、何やかやと理由をつ

けて帰りたがらず、理恵叔母ちゃんが夏休みになるまで粘って、十二日に理恵と一緒にようやく帰った。といっても、理恵の両親の家は秦野ではなくて小田急でそのまま行った先の箱根湯本だから、家に帰らないでそのままおじいちゃんとおばあちゃんのところに行って、そこで両親と会おうという魂胆なのかもしれなかったが、それはともかく私は理恵と一緒に行かずにここに残った。

去年は英樹兄の家族が、奥さんの真弓さんと息子の亮太(りょうた)と直也(なおや)の全員でこの家に帰ってきて、それで猫の世話を英樹兄たちに任せて私と妻は、鎌倉と箱根湯本の両方の実家に一泊ずつ泊まってきたのだが、その二泊三日のあいだミケがとうとう一度も姿をあらわさなかった。それが気がかりだというのもあるし、今年は英樹兄のところの亮太の部活が練習が忙しいらしくて英樹兄が一人で来て、そのかわりというわけではないが、奈緒子姉と幸子姉も二晩泊まりに来ることになったから、私もここにいることになってしまったのだ。

最初に来たのはせっかちな奈緒子姉で、奈緒子姉は「お昼すぎぐらいに行くね」と言っていたのに、十一時に私が猫のトイレの砂を買いに出ているあいだに着いてしまって、そのとき家には浩介がいた。

浩介はひとつだけどうしてもやらなければならない仕事が急にできてしまって来ていたのだけれど、私が入り口に止めてある赤のゴルフの脇(わき)に自転車を止めて玄関に入っていくと、

「あ、今度は本物の高志だ」

と言って、奈緒子姉がゲラゲラ笑い出した。

奈緒子姉は玄関に立っている私の前で、頬の筋肉が痙攣するくらい顔を歪めて、大柄な体を前に折って両手をぶらぶらさせながら笑って、まだ笑いがおさまらないうちにしゃべりはじめた。目には涙がたまっていた。

「車入れようとしたら入り口のところがゴチャゴチャしてたから、どけるの高志に手伝ってもらおうと思って入ってきたら、そこに浩介君がいて、『どうも、いらっしゃい』って言うのよ。

わたしはすっかり高志だと思ってるから、『何を他人行儀なこと言ってんの』って言って、そっちまで行って『早く入り口の鉢どけるの手伝ってよ』って、袖ひっぱって、『いつ茶髪にしたの？』って言って髪の毛つまんで、眼鏡もかけてるから『老眼はまだ早いよ』って言ったら——、
鈴木じゃなくて佐藤じゃなくて、何てったっけ？　名字」

「佐藤でいいんだよ」

「あ、そうか」と、奈緒子姉はそこでまた一笑いした。「『内田さんじゃなくて佐藤です』って言うから、びっくりしてよく顔を見たら、高志じゃないのよ」

「全然似てねえじゃん」と私は言った。

「似てっこないわよ、全然。でもしょうがないじゃない。高志だと思い込んでるんだか

ら」

いくら思い込んでいても浩介と私は全然似ていないんだから間違えようがないのだが、それを堂々と間違えられるのが奈緒子姉で、奈緒子姉は中華料理屋に入って、「ラーメン」と言ったつもりでチャーハンを注文して、「はい、チャーハン」と置かれて、「アッ！」と声を上げたのだが、言い間違いに気づいたのではなくて、「すごいラーメンだと思ってびっくりした」なんて、そういう勘違いをする。

道を歩いていたら一万円札が落ちていて、拾ってみたら印刷ミスで表が刷ってなくて、裏返してみたら裏も全然刷ってなくて、つまりただの紙切れだったというバカバカしい話があるけれど、そういう間違いをする人間が実際にいて、それが奈緒子姉なのだ。

しかし「佐藤です」としか名乗っていないはずの浩介のことをどうして「浩介君」なんて知っているのかと思ったからそれを言うと、

「エッ？　浩介君じゃないの？」

と奈緒子姉が大きな声を出した。

「知らないのになんで知ってんのさあ」

「じゃあいいんじゃない。浩介君なんでしょ」

「だから奈緒子姉ちゃん、なんで知ってんのさあ」

「高志、電話で言ってたじゃないの。違ったかな、春のお彼岸に来たときだったかな。

わたしが『こんな家に夫婦二人なんかでよく淋（さび）しくないね。わたしだったらパパと二人でなんかじゃ住めないよ』って言ったら、『友達の浩介ってヤツの会社が引っ越してきたから、賑やかなもんだ』って言ったじゃない」

「ああ、そうか」と私は安心した。せっかちな奈緒子姉が、私が「浩介」と発語する近未来の時間を先取りしたなんて馬鹿な想像が私の頭をかすめたのだが、奈緒子姉は浩介を見て、

「さんずいに『告げる』に、屋根書いてタテ棒二本の『すけ』でしょ」

と言い、私を見て、

「ね、ちゃんと憶えてるでしょ」

と言った。

「『屋根書いてタテ棒二本』なんて言い方、あったんですか」浩介が言った。

「いま考えたの。わかりやすいでしょ。

でもよかったわ、あなたが浩介君で。浩介君じゃなかったら、二重の人違いだもんね。

あ、そうそう。途中でお寿司買ってきたから食べましょうよ。五人前買ってきたから足りるでしょ。え？『なんで』って、お寿司の一人前なんて全然足りないじゃない。

高志、あんたなんか、お雑煮のお餅、毎朝十個ずつ食べてたじゃない」

「それは中学のときだよ」

「ホントかよ」浩介が私を見た。

「ねえ。いくら中学生だって、十個も食べないわよ、普通。麦茶か何か冷えてるの？

熱いお茶沸かそうか？　あ、冷えてるの。あ、その前にポッコとジョジョとミケ見なくちゃ。この家は外に出してないのよねえ。過保護で笑っちゃうわね。階上？」

私が返事をするより先に奈緒子姉は北側の廊下を通って二階に上がっていってしまい、私が遅れて行こうとすると、

「強烈なキャラクターだなあ」

と浩介が笑ったので、このきょうだいは四人ともみんなそうだと私は言った。

奈緒子姉は伯母の通夜のときに「それではご遺族の方からお焼香を」と言われた途端に、「ハイッ！」と大声で返事をして元気よく立ち上がってしまった。きょうだいの中でも特別に仲のいい英樹兄と幸子姉は、お坊さんの読経のあいだじゅう伯父が浮気したときの話をまわりの親戚どころかお坊さんにまで聞こえそうな声で話して笑っていた。うちの親戚にはそれを注意するような人もいないのだが、それはともかく伯父の浮気がバレたとき伯母は怒って伯父の前で一一〇番に電話して、「逮捕してやってください」と言ったというのだ。警察が相手にしないでいると伯母は警察にも怒りはじめて、伯父が受話器を取り上げたのだが、恥ずかしいやら恐縮しているやらで、伯父は「私がその浮気した堀内祥造と申しますがね」と、名前を名乗ってしまった。

「ラテン系かよ」

なんて浩介が言っていると、奈緒子姉が「いたいた」と言いながらもう戻ってきた。

「ミケもとうとう見れたわよ。一番奥の部屋のどこかにすぐ隠れちゃったけど、一瞬、

三秒間ぐらいかな、わたしと目と目が合っちゃって、まじまじと見たわよ。

ジョジョとポッコはくっついて寝てたけど、この家の猫はホント、愛想がないわよね」

うちに来て猫を見るのは三回目だけれど奈緒子姉は猫の名前を忘れていない。それどころか、はじめて来たときにすでに電話で色と名前を聞いていただけのジョジョとポッコを憶えていて区別がついていた。奈緒子姉は人でも猫でも犬でも名前を憶えるのが妙に得意で、それがあたり前だと思っているから、「あなた」とか「あの人」とか言わずに決まって固有名詞で呼び、そそっかしいから呼び間違えてなおさらそそっかしく見えてしまうのだ。

「やっぱり片目って痛々しいわね。ミケ自身は気にしてないいんだろうけどさ。昔いたピョン太は子どもにパチンコでやられて片目つぶれちゃったけど、すぐ気にしなくなったもんね」

「そんな猫いたの？」と私は言った。

「高志や叔母ちゃんたちがまだこの家来る前だもん。わたしが小学校三年とかそんなものよ。人間のお医者さんに連れてってたけど、塗り薬くれただけでね。でも十歳以上生きたよ。あの頃十歳まで生きたら立派なものよね。しかもオスよ。

それより、見るたびポッコはチロにそっくりだと思うようになるわね」

「チロも憶えてないな」

「前も言ったじゃないの」奈緒子姉は私の憶えの悪さに憤慨した。

「だから高志は小さい頃、猫と一緒になってわたしを取り合ってたから、猫は全部、敵（かたき）同士だったんだってば。

遊ぶとしつこく遊ぶから必ず引っ掻（か）かれて泣いてね――」

そこで浩介の方を見て笑ったが、奈緒子姉には子ども時代の話につきものの、秘密をバラすという気分はない。ただ思い出すことをしゃべっているだけだ。

「でもチロは頭がよくて器量もいい猫だったよ。ポッコを見てると本当にチロがいるような気持ちになってくるわ。連れて帰りたくなっちゃう」

「ダメだよ、連れてっちゃ」

「高志、鎌倉帰ればいいじゃないの。

お盆だし、叔母ちゃん待ってるよ」

「山梨行くって言ってたから待ってないよ」

「あ、そう」

それで奈緒子姉は台所に行って、寿司の取り皿と冷やしたジャスミン茶を持ってきた。

奈緒子姉が買ってきたのはシュークリームでも焼売（シユウマイ）でもなく無事に寿司だったが、ジャスミン茶を、

「何、この麦茶。色がおかしいよ」

と言いながら飲んで、プーッと吹き出した。

普段だったら、寿司なんか食べていたら必ずジョジョとポッコがそばに来て離れないのだが、昼間に食べるという思いがけなさと奈緒子姉の騒がしさと暑さで二匹とも階上（うえ）から降りてこなかった。それで三人で食べ終わってしばらくしたところに英樹兄と幸子姉が来た。広島から来る英樹兄の新幹線に名古屋の幸子姉が待ち合わせて、二人で揃（そろ）ってやって来て、玄関に立った二人を見るなり、もうすっかり打ち解けていた浩介が、

「アヤシー」

と笑い出した。

幸子姉は縁がすごく広い帽子を斜（はす）に被り、真（ま）っ直（す）ぐにした長い髪をユダヤ人かギリシャ人のような漆黒に染めて六〇年代風のサングラスをかけ、英樹兄は金髪にちかく染めた長めの髪をうしろに撫（な）でつけて鼻の下に髭（ひげ）を生やし、黒のスーツに濃いグレーのシャツを着て黒のネクタイを結んでいた。英樹兄の黒に対して幸子姉のワンピースは赤の地に白でいろいろな形の葉っぱが大きくプリントしてある。ネックドレスとか言うらしい首のうしろで結んで、胸元が切れ込んでいるワンピースだ。

英樹兄本人はイタリア人かフランス人のつもりなのだろうが、こういう二人組を見るとどうしても「ヤクザとその情婦」という決まりきった言葉が浮かんでしまい、いままでは三人の中で一番東京にちかい浦和に住んでいる奈緒子姉が、広島と名古屋からやって来た二人を「田舎者ォ」と笑った。しかし、奈緒子姉だってショートの髪に赤のメッシュを入れているし、くすんだ赤と黄色と水色と白の縞（しま）が上から下まで斜めに入ったワン

ピースで、とにかく場所や時代を超越して派手な格好をしたがるきょうだいなのだが、幸子姉はサングラスを外して近視の目を細めて、玄関から居間に身を乗り出すようにして浩介を見て、

「え？　誰？」

と、硬張った顔で奈緒子姉と英樹兄を交互に見た。

「浩介だよ。ここで会社やってるって言ったじゃん」

と私が言うと、

「あー、そうか」

と一気に表情が緩んだ。

「あー、びっくりした。あたしはまたお父さんの隠し子でも出てきたのかと思っちゃった」

「いたって、いまさらのこのこ出てくるわけないじゃないか。来るとしたらお通夜か告別式か、せいぜい四十九日までだよ、バカ」

何でも勝手に解釈する人たちというのは、こういう瞬間だけ頭の回りが速くなるというおかしな特性を持っているものらしいが、上がってくると今度は私に、

「あんたがこの家にいたときにあたしが、高志の本当のお父さんは『昇お父ちゃん』じゃなくて『祥造お父ちゃん』だよって言ったら、びっくりするかと思ったら喜んじゃっ

と言った。ふだん父がいない私には父も伯父も『お父ちゃん』だったのだ。

「——こっちが慌てて『ウソだよ。祥造お父ちゃんに言っちゃダメだよ』って言っても聞かなくてね」

「あった、あった」奈緒子姉が同調した。「それで高志、お父さんが帰ってくるのを外で待ってて、『祥造お父ちゃんがお父ちゃんだったの？』って言って、わたしたち三人が怒られたこと」

「あったな、そんなこと」英樹兄がさらに同調した。「『子どもになんてこと言うんだ』ってな。俺たち三人を晩めし抜きで廊下に二時間正座させて――」

「そしたら、見なれないことやってるから高志がまた一緒に正座したがって。

『バカ。姉ちゃんたちはいま怒られてるんだぞ』って言われたら、

『じゃあ、おれも怒られたいー』って、泣き出して――」

「お調子者だったよな、こいつは」

清人兄だけは小さくて免除された。もう何度も聞かされたこんな話をきょうだい三人でなんで逐一するのかと言うと、浩介という聴衆がいるからだ。もっとも、新しい聴衆なんかいなくても誰か一人が昔話をはじめると、それを受けて次々しゃべるのが清人兄も含めたこのきょうだいの特徴というか性癖だけれど、聴衆がいればなおさら嬉々(きき)としてしゃべる。英樹兄と幸子姉は玄関の上り口にスーツケースや紙袋を置いただけで、居

間と縁側を歩き回っていた。奈緒子姉も一緒になって歩き、私と浩介だけがすわっていた。そして歩きながら英樹兄はしゃべりつづけた。

「お調子者のくせに泣き虫でな。

最初一人で幼稚園に行けなくて、叔母ちゃんがうちのおふくろに赤ん坊の明雄を預けてついてったり、おふくろが替わりについてったり。途中で帰ってくると泣き出すから、ずうっと『いるよ、いるよ』って——」

「そう、そう」奈緒子姉が笑っていた。

「それでやっと馴れて一人で行けるようになったと思ったら、一つ上のテツオっていうガキ大将みたいなのにケンカふっかけて頬っぺたはたかれてワンワン泣いて帰ってきたんだよ。俺がちょうど学校休んでて家にいたからさあ、俺の胸にしがみついて泣くから、『誰に泣かされたんだ』って言ったら、何にも言わずに俺の手ぐいぐい引っぱってテツオが遊んでるところ連れてって——」

「あ、テツオって、警官になった梶山の弟の——」

幸子姉が思い出して言い、「ローカルな話だなあ」と浩介が私に言った。

「そうだよ。あいつの下の弟だよ」

「もう一人いたんだっけ」

「三バカ兄弟だったじゃないか。

一番上のマサオを、俺が思いっきり殴りつけた次の日だったんだよ」

「じゃあどうせ、英樹もズル休みしてたんだよ。学校行ったら先生に怒られるから」今度は奈緒子姉が割って入った。

「ズル休みに決まってるじゃないか。いまでこそ人並みに胃がもたれるだの体がダルイだの言ってるけど、学校行ってるあいだ病気なんかしたことなかったよ。

で、そのかわり、小学校四年くらいからズル休みだらけ」

私が幼稚園の年少組だと英樹兄は中学一年ということになると私は浩介に言った。

「昔は中学生も幼稚だったんだな」と浩介が言うと、それを聞きつけて英樹兄が「牧歌的でいい時代だったと言え」と言った。

「小学校五年くらいだったっけ、英樹がズル休みしてたら、放課後先生が見に来たことあったじゃない」

「多すぎていちいち憶えてない」

「バカだから、布団入って寝たふりすればいいのに、屋根の上に逃げて――」

奈緒子姉が笑い出したら、幸子姉も思い出して「ああっ」と言って一回手を打った。

「『怒らないって約束するまで降りない』って、兄ちゃんが上で頑張ってたら、近所中の人が集まって来て――」

「思い出したよ。それでオヤジが帰ってきたら、結局思いっきりブン殴られて、顔がはれて、それでも次の日休むわけにはいかないから行って、みんなに笑われて、またケンカになった」

台所に行った奈緒子姉がお盆にジャスミン茶のポットと二人分のグラスを載せて戻ってきて、テーブルに置いたのにつられて英樹兄と幸子姉がすわった。そしてジャスミン茶を一口飲んで、

「なんだ、これはッ」

と言った。

「何、何？」と、幸子姉も飲んでみた。

「ジャスミン茶じゃないの」

「ジャスミン茶？

俺は、バスクリンの風呂かと思った。普通の麦茶はないのか」

「それがこの家はないのよ」

「じゃあコーラは」

「ない、ない」と私は首を振った。

「しょうがない。じゃあ飲むか」

「それでテツオの方はどうなったんですか」と浩介が話を戻した。

「ああ、その話か。

ケンカなんかは、俺がテツオに向かって、『今度こいつを泣かしたら、マサオみたいに殴られるぞ』って、脅して終わりだけど、問題はそのあとだよ。

次の日に念のために俺が幼稚園まで自転車で乗せてってやったら、こいつ味をしめて、

『今日も』『今日も』って言い出して――」

結局一ヵ月くらい英樹兄は幼稚園に私を置いてから学校に行くはめになって、毎日遅刻だった。

「もともと遅刻ばっかりだったくせに」と奈緒子姉は笑っていたが、いつの間にかポッコが降りてきていて、玄関で英樹兄の靴に顔を突っ込んで匂いを嗅いで、それから体をこすりつけはじめていて、英樹兄はそれを見つけると、

「ダメだよ、高い靴なんだから」

と言った。

「この子、何て名前？」

幸子姉が訊くと、私より先に奈緒子姉が「ポッコ」と言った。

「チロにそっくりでしょ」

「そんな猫、忘れたな」

「英樹になんか言ってないわよ。幸子よ」

近視の幸子姉はポッコをよく見るために玄関まで行って、身を乗り出した。

「チロかぁ。ホントだ。そっくりだわ」

私がこの家に来てから、奈緒子姉と幸子姉が一緒になるのははじめてだった。というか、考えてみたら幸子姉は私がここに住むようになってからまだ来たことがなかった。

幸子姉は「ツッツッ」と舌を鳴らしたり、「ポッコ――」と呼んでみたり、手を伸ばして

触わったりして、ポッコがよく見える場所から動かずに振り返って、

「チロに兄ちゃんの靴にばっかりなつかれてると思うと、悔しくなるね」

と言った。

「おまえのサンダルなんか革じゃないんだから、なつくわけないじゃないか」

「チロ、あたしの足の方がいい匂いだよ」

「ポッコよ」

「え？　あたしいまチロって言っちゃった？」と言って幸子姉は「キャハハハ」と笑った。

「でもこれだけ似てるともう生まれ変わりよね。

最後にこの家にちゃんと来たんだし――」

「『最後』はやめてくれない？」私は言った。

「この猫は最初から俺を気に入ってるんだよ。

ほら、ポッコ、こっち来い」

「犬じゃあるまいし」

「あ、来た」

「な。誰が一番優しいか、猫にはちゃんとわかるんだ」

と言って、英樹兄はポッコの顎(あご)の下を指先で引っ搔(か)くように撫でた。

「英樹兄ちゃんの匂いがこの家に残ってるんじゃないかと思うんだよ」

私はそう言い、「他の二匹は寄ってこないけどね」とつけ加えたが、奈緒子姉は、

「だって、ポッコはチロの生まれ変わりなんだから」

と言った。

「チロは利口だったもんねえ」

と同意する幸子姉に「猫はしょせん猫だ」と英樹兄は言っていたけれど、奈緒子姉と幸子姉の二人はなんだかじんときて、すでにちょっとうるうるしているみたいだった。感情の変化が唐突なのもこのきょうだいの特徴なのだが、私は奈緒子姉に訊いた。

「ねえ、チロとそっくりでアタマがいいから匂いがわかるって言いたいの？　それとも、ポッコがチロの生まれ変わりだから、英樹兄ちゃんの匂いがわかるって言いたいの？」

奈緒子姉はきょとんとした顔で私を見て、

「おんなじことじゃない」

と言った。

「生まれ変わりだったら、兄ちゃんの匂いなんか嗅ぐわけないじゃない」幸子姉が言った。「猫を可愛いがったことなんか一度もないんだから。チロの生まれ変わりだったら、真っ先にあたしのところに来るに決まってるじゃない」

「幸子よりわたしだよね、チロ」

「だからポッコだって――」

「わかってるわよ」

チロと呼ばれたポッコはそんなやりとりは全然気にせず、ひたすら英樹兄の足や膝(ひざ)のあたりの匂いを嗅いでいた。

「英樹のその辺、何かの匂いがついてるんじゃないの？」

「生まれ変わってみたら、姉ちゃんや幸子より俺が一番優しいんだと、わかったってことだ」

「じゃあやっぱり、ポッコはチロの生まれ変わりなんですか」

浩介が笑いながら言うと、「キミも社長さんのくせにバカ野郎だねぇ」と英樹兄が言った。

「生まれ変わりなんか、いまの時代にあるわけないじゃないか。え？　社長がそんなこと言ってると、社員が路頭に迷うよ」

いまの時代にないと言うのだったら、昔はあったのかと突っ込みを入れようかと思っていたら、

「でも一度だけわたし、見たことあったじゃない」

と奈緒子姉が言い出した。

「何を」

「短大行ってた頃、出たじゃない。

わたしがお風呂に入ろうと思って入り口で服脱いで、タイルに降りてお風呂の蓋(ふた)取っ

てたら、影みたいな人がわたしの横で、わたしと同じ動作してたのよ。それで『キャーッ！』って叫んで、裸でここまで逃げてきて、――。あー、思い出しただけで、ほらこんなに鳥肌立っちゃった」

と言って、奈緒子姉は本当に鳥肌が立っている太い二の腕を見せて、それを振り払うみたいに上体を激しく揺すった。

「ああ、あった、あった」幸子姉が言った。

「俺はいなかったな、きっと」

「いたわよ。『姉ちゃん、乳首が黒いな』って言ったじゃない」

奈緒子姉は自分で話を関係ない方へ持っていってバカ笑いした。

「姉ちゃんの乳首が黒いなんて、いつも言ってたからな。俺は忘れました」

「あたしはこの歳になっても、きれいなものだよ」

「そんなこと聞いてないよ」と私は言った。

「いいじゃない。もう言うチャンスがないんだから。ねえ」

と奈緒子姉に同意を求めていると、

「どういう感じだったんですか、それ」

と浩介が話を元に戻した。

「だからいま言ったとおりよ。

わたしがこうやって服脱いで（奈緒子姉は立ち上がって実際に脱ぐ真似をはじめた）、こういう風にお風呂場の床に降りて——。

あとで思えばこのときにはもう隣りにいたのよね。一瞬『アレ？』と思ったんだから。そしてお風呂の蓋を取ってるときに、隣りでその影のような人間のようなのが、わたしの横で、わたしとまるっきり同じことをしてるのに気がついたのよ」

奈緒子姉はそれがいた自分の左の空間を力を入れて何度も指差した。

「影だったんですか？」と浩介が訊いた。

「影よ。影なんだけど人間なのよ。

影だったら平らでしょ？　でも平らじゃなくて、本当の人間みたいにいるのよ。でも色がついてた感じじゃないのよ。

黒だったのかって言われるとそれもわからないんだけどね」

「言ってることがメチャメチャじゃないか」と英樹兄が言った。私は初耳だった。

私と奈緒子姉が十歳違いで、いま奈緒子姉が五十四で、短大ということは十九か二十歳だから三十四、五年前で、三十五年前として一九六五年で、そのとき私は小学校三年生か——と私は頭の中で計算した。年齢が離れていると時間がかかる。もっとも奈緒子姉の十九歳ひく十歳で私は九歳だが、私は西暦と自分の学年はすぐわかるのに、年齢と学年はぴんとこないのだ。それはともかく、

「それで他には誰も、一度も見たことないんですか」

と、浩介が探偵のように一人だけまじめだったけれど、「見るわけないじゃないか」と英樹兄が言った。

「じゃあ英樹、わたしの見たアレは何なのよ」

「俺に訊かれたって知るか、そんなもの」

「探究心がないわねえ」

「でも、あれからしばらく、あたしは姉ちゃんと一緒に入ってたよね」

「そうよ。清人は明るいうちにしか入らなくなるし、英樹なんか入ったと思ったらすぐに出てきてたじゃない」

「そんなもんなのかなあ」と浩介が言った。

「何がよ」と奈緒子姉が訊き返した。

「しょっちゅう霊を見るって言う人がたまにいるでしょ。そういう人はたいてい、平然と『見た』って言うから、霊とかそういうのって、実際に見ちゃったら、けっこう怖くないもんなのかなと思ってたんですけどね――」

「怖いに決まってるじゃないの」

「ということは、姉ちゃんが見たのは霊じゃないってことだ」英樹兄は笑っていた。

「何言ってるのよ。しょっちゅう見るって言ってる人の見てるのが、霊じゃないってことじゃないのよ。ちゃんと考えなさいよ」

「でもさっきも、おれと浩介を間違ったんだよ」

と言って、私が英樹兄と幸子姉にさっきの話をすると、二人はゲラゲラ笑いはしたけれど、まあ毎度のことだから驚きはしなかった。そして幸子姉が、

「でも、いくら姉ちゃんでも、お風呂場の中の洗濯機か何かと間違ったりしないだろうしねえ」

と言った。

「あたり前じゃないのよ。犬と間違ったことだってないわよ」

どうして犬がここで出てきたのかは奈緒子姉本人にしかわからない連想だったが、英樹兄が、

「大方、外のネオンの光を人の影に間違ったぐらいのところさ」

と言った。

「ネオンなんかどこにあるって言うのよ。繁華街じゃあるまいし。

英樹、あんたって、ホントに何にも考えないわよね」

そうしたら「思い出した」と幸子姉が言った。

「ほら、夏休みの宿題で朝顔の観察日記が出たことあったじゃない。

兄ちゃん何にもしないで、『俺は大丈夫』って言ってて、子ども心に『何が大丈夫だろう』って思ってたら、姉ちゃんの二年前のノートを表紙だけ貼り替えて学校持ってって、字が違うからすぐにバレて――」

「あった、あった。三年生のときでしょ」

「忘れたな」

「都合の悪いことは何でも忘れる」

「だいたい何でそんな話がいま出てくるんだ」

「兄ちゃんが何にも考えないっていう話じゃないの」

それで幸子姉と奈緒子姉は、英樹兄が宿題と名のつくものをおよそ自分でやったことがなくて毎日廊下に立たされていて、一学年下の妹も二学年上の姉も恥ずかしかったとかそんな話にどんどん逸れていってしまって、話題が替わるたびに「あった、あった」と言って笑っていたのだが、浩介はおつきあいで笑い顔を作りつつも奈緒子姉が見た風呂場の影のことを一人で真面目に考えているみたいだった。

浩介は魂でも霊でもそういう向こう側の概念全般を信じていないのだけれど、目の前に「実際に見た」と言う人間がいると、その人間からある種独特のリアリティが発散されている感じがする。そのリアリティを前にして、浩介は向こう側のものをこちら側の言葉で説明する方法を考えていたということなのだろうが、そんなことをしていると二階からジョジョが降りてきて、

「あら、おデブだこと」

なんて幸子姉に言われて、黒くて光沢のある毛に触ろうとして、「フーッ」と怒られて、私がずうっと降りてこないミケの隠れた場所だけ確認しに階上に行って(ミケは一番奥の寝室に使っている部屋の押入れの中にいた)、居間に戻ると、

「じゃあ、お墓参りに行くぞ」

と英樹兄が言い出した。

「まったく気が早いんだから」

と言った奈緒子姉は、そう言いながらすでにバッグを手に持って立ち上がっていて、奈緒子姉を指差して笑った幸子姉も縁の広い帽子を被りかけていた。

「早く行かないと蚊に喰われるぞ」

「高志も行くんでしょ」

「あたり前じゃないか。

なんだお前階上行って着替えて来たんじゃなかったのか」

「これで行くつもりだけど？」

「車なんだから何だっていいじゃないのよ」

「住ませてもらってる家を建ててくれた伯父ちゃんと伯母ちゃんに挨拶しに行くのに、そんな普段着で行こうって言うんだから、まったく――」

「何とでも言わせておきな」

と、奈緒子姉が私の肩を持った。小学校や中学の頃に新宿のデパートや向ヶ丘遊園に連れて行ってもらったときのやりとりを思い出した。どこかに出掛ける前は毎回こうなのだが、さらに奈緒子姉は、

「だったら浩介君も一緒に来なさい」

と言った。

「え？　ぼくが？」

「『だったら』って、何が『だったら』なのよ、姉ちゃん」

「だって、浩介君もこの家に住んでるようなものじゃないの。ハイキングみたいで気持ちいいわよ」

「今日中にやらないとならないのが一つあるんで――」

「仕事人間みたいなこと言っちゃって。仕事なんか全然してなかったじゃないの」

「あたしたちがいたからできなかったのよ」

「じゃあ、しょうがないわね」

と言うと、三人揃ってせっかちなきょうだいはいっせいに玄関に降りて、瞬間的に混雑した三和土で、「おまえの足がじゃまだ」「兄ちゃんこそこんなところで屈伸運動しないでよ」「幸子、子どもじゃあるまいし、家の中から帽子なんか被らないでよ」「姉ちゃん、それはあたしのサンダルじゃないの」と、わいわい靴をはきはじめた。

　伯父と伯母のお墓があるのは府中の多磨霊園で、奈緒子姉の車を英樹兄が運転して、途中車の中でも後ろにすわった奈緒子姉が英樹兄にあんまりシートを下げないでよと言うと、自分の車が狭いんだから我慢しろと言い返し、そうじゃなくてこれはもともと買

い物用の車なんだから小さくて当然で、車を持ってない高志がいけないんだと言ったかと思うと、

「ほら幸子、また帽子を被る。みんなが狭い狭いって言ってるんだから、帽子ぐらい我慢しなさいよ」

と言い、そうすると幸子姉もあたしが膝の上に載せてると姉ちゃんが叩くんじゃないのよと言う。

「叩くって、わたしが何を叩いたのよ」

「あたしの帽子を叩いたじゃないの」

「叩いてなんかいないじゃないの。しゃべるときに隣りの人の膝を叩くのはわたしの昔からの癖じゃないの」

「だから叩いてるんじゃないの」

なんて休みなくしゃべっているうちに、お盆で道が空いていたので一時間かからずに霊園の正門の前に着いて、石材店で花を買って、シートの後ろに積んであったバケツに水をもらって、お墓の前に着いたときにはまだ三時で、整然と区画された道路のアスファルトからは陽炎がゆらゆら立ちのぼっていた。

英樹兄は車から出るとすぐにシャツの袖をまくって、助手席にいた私の足許にさっき置いたバケツとタワシを持ってお墓を洗いはじめようとしていて、奈緒子姉が、

「英樹、少しは落ち着いてまわりの景色でも眺めなさいよ」

と言うと、

「お墓参りに来たんで、景色見に来たんじゃない」

と言い返した。

「やだねえ、せっかちな弟を持つと」

と言って、奈緒子姉は両側にほぼ等間隔に欅が植えられた道の車道に出て、日傘をさしてこれ見よがしにゆっくりと歩いて見せた。道には中央分離帯まであって、ツツジらしい低木が植えられていて、そこらじゅうというか風景全体から蟬の声が聞こえていた。正門のところでは車も人もかなり多かったけれど、広い敷地の霊園全体に散っていったのでここまで来るとまばらになっていて、車道を歩いても車にひかれる心配はなかった。幸子姉は日傘をささなくてもつばのやたらに広い帽子で背中に大きな影ができていたが、まわりを見るときには広いつばがかえってじゃまで、手でつばをめくってまわりを見回しながら、

「何度来てもいいところだよね、ここは」

と言った。

「いいところ？

死んだらどこだって同じことだ」

英樹兄は一段分高くなっているお墓の敷地に一人でさっさと入り、石燈籠やその手前に植えられた沈丁花と、もう一本はツゲだと思うが、それを確かめるように一つ一つ見

ていた。

「七月にわたしと清人で掃除したからきれいでしょ」奈緒子姉が言った。

「おじいちゃんが、『ここがいい』って言ってたんだから、『いいところだ』って言ってあげなよ」

「何でもケチつけるところもお父さんにそっくりだよね。『ここがいい』って言って、自分でお墓まで建てといたんだから、『いいところ』でいいじゃないのよ」

「おじいちゃん」も「お父さん」も伯父のことだ。この霊園は一区画ずつが広くて、特に伯父と伯母のお墓のあるこのあたりは最近の建て売り住宅の狭い庭ぐらいの広さがあって、ゆったりしている。敷地の入口の両側にいま英樹兄が見ていた沈丁花とツゲか何かが植えられていて、その奥に石燈籠が立っていて、奥の正面は当然墓石で、その右奥に二メートルくらいの椿があって、左の奥にはそれよりもっと高い楓が枝を広げている。この時期に葉が赤くなる種類だから華やかというかまわりを明るくしているみたいだった。

「死んで薄暗いところに埋められるのは嫌だけど、こういうところだったらいいじゃないの」

「死んだらどこだって同じことだ」

　英樹兄はさっきと同じことを言って、タワシに水をつけて墓石をごしごし洗いはじめたが、奈緒子姉も幸子姉もこれは英樹兄の仕事と割り切っているらしく、手伝う素振りをまったく見せずにまだまわりを歩き回っていた。

　私がここに来るのは二年前の伯母の葬式のとき以来で、あのときの印象では霊園全体にあまり高い木がなくて眺望が開けていて、青い空の色が何も障害物なしにずうっと下の低木の緑にまで降りているという感じだと思っていたけれど、道沿いの欅だけではなくて、墓地のあちらこちらに高く伸びて葉を茂らせている欅や桜や松や杉のせいで案外、遠くまで見渡せるようになっていなかった。あれは離れた区画まで歩いて行ったときの印象だったのかもしれないと思った。このあたりは木の多い公園という感じだった。

「英樹、もうそのくらいでいいわよ」

　そろそろ待ちきれなくなったらしい奈緒子姉が言った。結局奈緒子姉だってゆっくりまわりを見ているなんてできないのだが、それだけではなくて蚊も飛んでいて、奈緒子姉は肘(ひじ)のあたりを掻(か)き、幸子姉は右足の踵(かかと)で向こう脛(ずね)のあたりをこすっていた。

「英樹、そんなにごしごしやったら摩(す)り減っちゃって、あんたが入るときまでもたないわよ」

「バカ言え」

　と言ったけれど、それで英樹兄はやめて「きれい、きれい」と言って墓石のてっぺんをぺたぺた叩いて、それから脇(わき)に立っている黒い石碑を洗いはじめた。石碑には「墓誌」と刻まれていて、つまりは伯父と伯母の戒名と享年(きょうねん)が彫られているのだが、

「兄ちゃんもあと二十年で仲間入りだね」

と言った幸子姉の冗談に英樹兄は何も言い返さなかった。蟬の声にかき消されて聞こえなかったのかもしれない。奈緒子姉は「さあ、さ」と言って、花の入っている手桶を持って一段分高いお墓の敷地に入っていき、

「もうお花あげちゃうわよ」

と言ったが、言い終わる前に花立てに差しはじめていて、英樹兄は、

「じゃあ高志、線香に火をつけろ」

と、墓誌の石を洗いながら言い、私がお墓の敷地の境界の石の隅に屈んで紙を燃やして線香の束に火をつけはじめていると、腕のまわりに蚊が飛んできて、私が払おうとしたら幸子姉がパチンと叩いて殺した。それで私の頭の辺に日陰ができたのが幸子姉の帽子かと思ってちらっと見上げると奈緒子姉の日傘で、奈緒子姉が敷地の内側から身を乗り出すように覗き込んでいて、

「ちゃんとつけられる？」

と言うと、「高志も大人だよ」と、幸子姉が笑ったのだけれど、私がこういうことは何もできないかものすごく苦手だと思っている奈緒子姉はあらためて感心したように

「早いもんだねえ」と言った。

「『なおこねえちゃぁん』って、泣いてた子どもがもう四十――、いくつだっけ？」

「十月で四」

「じゃあ、わたしとちょうど十歳違いじゃない」

「そうだよ。生まれたときから、十歳違いだよ」

「ちゃんと考えたことなかったわ。早くつけなさいよ。ついた？」

「もうちょっと」と私は言った。

「わたしがおしゃべりしてあげてるんだから、時間稼ぎしてるんだから、早くつけなさいよ。――でもここだって、夜はやっぱり怖いんでしょうね」

「『いいところ』って言ってみたり、『怖い』って言ってみたり」

向こうから英樹兄が言った。

「いいところだって、怖いものは怖いじゃないの。ま、どっちにしろわたしが入るのはここじゃないけど」

「だから死んだらどこだって同じことだって、言ってるじゃないか」

線香の束の外側に炎が立ったが、内側がまだ少し残っていて、束を崩して残っているところに火を移しながら私が、

「死んでからが人生なんだよね」

と言うと、幸子姉が「キャハハハ」と笑い出して、奈緒子姉は「高志もまた凝ったこと言うわね」と言ったのだけれど、私は冗談で言ったのではなくて、本当にさっきまわりの景色を見ながら「死んでからが人生だ」とか「死んでもまだ人生だ」という風に感じたのだった。しかしそんなことを真剣に言い立ててもしょうがないし、こういうこと

は冗談とか本気とかはっきり分けられるものでもなくて、私はやっと全部に火がまわった線香を私の頭の上に身を乗り出していた奈緒子姉に渡した。

奈緒子姉はそれを四人に分けて、英樹兄から順に線香を供えて手を合わせはじめたのだが、英樹兄は腰の後ろに手をあてて、「うっ――」と立ち上がると、

「どうせ、オヤジなんかいま頃、こんなところにはいないだろうけどな」

と言った。

「いるのはせいぜいおふくろだけだ」

「どういうこと？」

幸子姉が訊いた。奈緒子姉はしゃがんで手を合わせていた。

「あの浮気者のオヤジがこんなところにおとなしくいるわけがないよ。若死にしたどこかの奥さんのところにでも遊びに行ってるさ」

「お盆くらいはおとなしくしてるわよ」

「死ぬ二年前くらいにおふくろは急に老けたから――」

このときだけ英樹兄の声は少ししんみりしているように聞こえたけれど、しゃがんで手を合わせていた奈緒子姉が、「英樹が相変わらずバカでごめんなさいね」とお墓に向かって声に出して言い、立ち上がって、

「『英樹もいっさら変わっちゃ、いん』って言ってたわよ」

と、伯父の甲州弁を真似て言った。

英樹兄は何か言い返しかけたけれど、やめて、幸子姉が手を合わせているのを黙って見ていて、そのうちに「親子っていうのは怖いもんだ」と言った。

「自分の方が体がでかくなって腕力もずっと強くなってても、『英樹ッ!』って怒鳴られると、いくつになってもしゅんとなったんだからな」

幸子姉が立ち上がって、「うちのお父さんは特別だったのよ」と言った。

「そんなことあるか。親子っていうのはそういうもんだよな。

な、高志」

と、手を合わせている私の後ろの上から英樹兄が呼びかけると、幸子姉が、

「鎌倉の叔父ちゃんは、お父さんみたいに怒ったりしないじゃない」

と、私の代わりに答え、私は手を合わせただけで何か心の中で唱えたりしないで立ち上がって「幸子姉ちゃんの言ったとおり」と言った。

「じゃあ、おまえが一番の親不孝者だ。

いい大人になっても、親が怒ったらしゅんとして見せてやるのが、親孝行ってもんなんだから」

「本気で怖がってたくせによく言うわ」奈緒子姉が笑った。

「『お墓の中で待ってるからな』って、さっき言ってたよ」

と幸子姉が言うと、英樹兄が「そうかぁ」「そうだよなぁ」と感心しはじめた。

「死んだらまたあのオヤジと一緒にならなきゃならないんだなあ。

いままでそういう風に考えたことがなかったなあ。

高志、おまえが『死んでからが人生だ』なんて、バカなこと言うから、考えたくないことまで考えちまったじゃないか」

「英樹、あんたは普段、考えないんだから、たまには考えなさい。

いいことよ」

「自分が死んだあとの心配して褒められてれば、世話ないな」

そう言って、英樹兄はバケツの残った水を道にあけて、それが帰る合図でもあるかのように奈緒子姉、幸子姉、私と、それぞれ来たときと同じ席のドアを開けて車に乗り、帰りの道では英樹兄は、「そうだよなぁ」「そうだったんだよなぁ」と言っては、自分がいずれあのオヤジと一緒の墓に入るという話を蒸し返しては、「親なんてものはいなくなってくれて懐しんでるうちはいいけど、また顔を合わせると思うとうっとうしいもんだな」と言ってみたり、「高志の言うとおり、人生はたったの七十年八十年だけど、死んだら簡単に百年二百年だ。あの狭いところにオヤジと一緒に二百年はたまらないな」と言うとまたそこから考えが広がって、「年をとったら一日中家にいて寝っころがって雑誌ばっかり読んでたんだから、どこかの若奥さんにちょっかい出しに行くようなマメなことを、あのオヤジがするわけないな」と言ったかと思うと急に「おい高志」と私に呼びかけて、「あの世に行ったら年齢はどうなるんだ。子どもで死んだら子どものままか。それもおかしいよな」と言ったりしていて、まるで来世を信じているというか、死んでお墓に入っても親とまたお墓の中で炬燵にあたったりテレビを見たりするような話をしていたのだけれど、それもたんに話のなりゆきの問題で、帰って車から出るとそんな話はぱったり終わって、居間に座布団を四枚並べて眠ってしまった。

それで奈緒子姉と幸子姉は夕食を作り、そのあいだに遅い時間の昼寝から目が覚めた英樹兄と私が風呂に入り、夕食は伯母が作っていたような田舎っぽい味ではなくて洗練されたというかまあ一般的な味で、食べ終わると太ったジョジョを二人でいろいろ遊ばせようとしたがジョジョは横になったまま頑として動こうとしないから、立ち上がっただけで「あっ、立った」なんて驚かれたりするのだが、それはしかしご飯の催促で、「この猫、いったい何回食べるの？」と訊かれるから、やったらやっただけ食べて、それでもまたすぐに食べたがるから少しずつにしてるから、なおさら何度でも食べたがるんだと、なかば言い訳のような気持ちで説明して、ジョジョを少しでも歩かせるために私がいちいち階段の上までキャットフードを持っていくのを「高志も暇だねえ」と呆れられたり感心されたりして、ミケは私たちが戻ってからは昼間と同じようにずうっと二階の奥の部屋の押入れに隠れたっきり出てこなくて、「チロにそっくり」のポッコももう十三歳なので奈緒子姉と幸子姉に頭を撫でられたり顎の下を撫でられたりはするけれどもちろん二人が遊ばせようとしても遊ばなくて、気がつくと英樹兄のそばで足や手や腰のあたりの匂いを嗅いでいて、

「ここの家の猫はつまらないわね」

「過保護で外に出してないから、人間のありがた味がわかってないわ」

なんて、猫ではなくて私が二人から責められるのだけれど、遊ばせようとするのにも飽きて、二人が手を出さずにいるとポッコもジョジョも自分の方から寄っていって、猫と犬の匂いがいっぱいついている奈緒子姉と幸子姉の匂いをしつこく嗅いだりしはじめていた。

世間にはイヌ派ネコ派という区別にこだわって、「猫は好きだけれど犬は嫌い」と言いたがる人がかなりいるけれど、奈緒子姉も幸子姉も犬か猫かというところでの好き嫌いはなくて、この家でも犬と猫の両方をいつも飼っていたし、いまの自分の家でも犬と猫の両方を飼っていて、奈緒子姉のところは柴犬の毛が長くなったような雑種とビーグルと伯母が入院するまで飼っていた日本猫のイチとアメリカン・ショートヘアという犬二匹猫二匹で、雑種の太郎はもう十八歳の老犬で散歩も行きたがらずこの前の冬に雪が降ったときに家の中に入れてやったら、それ以来家の中で寝てばっかりいるようになって、それでも春まではオシッコとウンチはきちんきちんと家の人に知らせて外に出てしたのだが、夏になったらそれもおかしくなってきてもう三回も漏らしてしまったとか、三歳のアメショーのビッキーが脂肪を分解する酵素を持っていない体質で、少しでも脂肪分を摂るとひどい下痢をしてしまうのだが、それでも普段はものすごく活発で外から帰ってきても体力があまっていてイチに無理矢理ジャレつき、イチが相手をしてくれないと、エアコンの上でもどこでも飛び乗って「ニャオーン」と雄叫(おたけ)びをあげたりしていて、「ビッキーには床と天井の区別がない」とか、幸子姉のところはシェルティみたいな雑種とボクサーみたいでボクサーよりもっと顔の大きい雑種と、黒トラと茶トラと黒のブチという犬二匹猫三匹を飼っていて、二匹の犬が自由に庭とフローリングの居間を出入りしていて、茶トラと黒のブチは犬が中にいるあいだは外に出ているか部屋の高いところにいるか別の部屋に逃げるかしてしまうのだけれど、黒トラの今年で二十四歳になるメスのミーコだけは何しろ二人の娘が生まれる前からいるくらいの一番の古株だから別格で、三人掛けのソファの真ん中で日がな一日からだを丸くして眠っていて「もうホントに猫のぬいぐるみか眠り猫人形みたい」だけれど、犬がそのソファに乗ったりしようものなら、「シャーッ！」とものすごい形相で威嚇(いかく)して、シェルティみたいな方も「組長」という名前のボクサーみたいな顔が大きくてごつい犬もどっちも文字どおりシッポを巻いてすごすごと部屋の隅に行ってしばらくは小さくなってしまって、その様子だけは絶対みんなに見せたい、何しろ早くしないとミーコはいなくなっちゃうんだからというような犬と猫の話の合い間に急に、

「明雄にも子どもいたよねえ」

と、弟の子どもの話になって私が「小学校二年と年長組だったはず」と答え、「高志はどうするの。作らないって決めてるの」「子どもはいた方がいいよ。小さいうちは手がかかって大変だけどおもしろいよ」「でも中学の途中くらいから男の子はぱたっと口

をきかなくなっちゃうわね」「うちの美衣菜なんか小学校六年のときに急にあたしとしゃべらなくなったよ」「幸子のところは、まったく猫の名前か人の名前か混乱しちゃうわね」「そうなのよ。あたしも『ミイナ』って呼んだつもりで、『ミーコ』って言ってて、――あれがしゃべらなくなった原因かもしれないね」なんてしゃべっているあいだ、英樹兄はかつて伯父の定位置だった座敷寄りの席で肘を突いて頭を乗せる伯父と同じ格好で横になって、私がテレビ神奈川の横浜ベイスターズのヤクルト戦を見たいというのを巨人対広島戦に押し切って、いま広島に住んでいるからと広島を応援しているようなことを言いつつも根が巨人ファンだから、「上原も今年は新井なんかに打たれているようじゃダメだな」「仁志はちょこんと当てれば犠牲フライになるものを大振りするからファウルフライになる」などと、巨人をくさしながらも結局主語が全部巨人になっているのだけれど、朝五時に起きて広島を出てきたために野球中継の半分以上は眠っていて、奈緒子姉と幸子姉はそれを見て、

「お父さんそっくり」

と言って、また「鎌倉の叔父ちゃんと叔母ちゃんは元気でいいね」と親戚の話になったり自分の家の犬と猫の話に戻ったりして夜が更けていったのだけれど、二人の犬や猫の話は全体として、素っ気ないというか、犬や猫というものが必ず死ぬもので、死ぬのは悲しいからさんざん泣くがさんざん泣いても他の犬も猫もいるわけだし、それでも足りなければ新しい犬でも猫でも飼えばいいという昔ながらの動物観が揺るがないような

ところがあって（そうは言っても犬の太郎も猫のミーコもとても長生きだけれど）、チャーちゃんが思いがけない若さで死んだことをいまでもぐじぐじ考えている私と比べて、奈緒子姉と幸子姉の動物観はある意味でとても快活だった。

それでそんなことをしゃべっているあいだに奈緒子姉と幸子姉が順番に風呂に入ってきたが昼間に話に出た風呂場の影というか幽霊というかは二人とも忘れていたのか話に出ず、寝る場所は奈緒子姉と幸子姉が二階の奥の私と妻が寝る部屋で、英樹兄と私が私の仕事部屋という割り振りにして、三人が寝たあと、私が階下（した）の居間で夕方からずうっと隠れていたミケが出てくるのを待っていると、布団を敷いたときに押入れから逃げ出してたぶん奥の部屋の二階に逃げ込んでいたミケが三十分くらいして降りてくるにはきたがやっぱり緊張したり警戒したりしていて、鳥の羽のオモチャを振り回して見せたりしても全然遊ばず、一時間くらい相手をするようなしないような時間を過ごしてミケを階下（した）に残して私も寝たのだけれど、次の朝になったらミケが幸子姉にくっついて眠っていた。

ミケはポッコやジョジョと違って私たちの布団の上で寝たり中に入ってきたりすることがなくて、夏でも冬でも夜はいつも一人でどこかで眠ることになっているのだけれど、それがどういうわけか朝になったら幸子姉の脇腹（わき）のへんにくっついて眠っていたらしく、それからというもの、まるで雛鳥（ひなどり）が刷り込みで親鳥にくっついて歩くように幸子姉の足から離れなくなって、幸子姉が歩くと足に絡(から)みつくように小走りで前になったり後ろになったりして、立ち止まると幸子姉を見上げて「アーン、アーン」とカタカナでそのまま表記できるような鳴き声で鳴いて、そのうちに寝間着にしていた裾(すそ)の長いニットのワンピースに爪(つめ)をかけてよじ登るような真似をしはじめて、「ダメよ」と引き離すと憤慨してか喜んでか腰のあたり目がけて飛びかかり、

「急にどうしちゃったの、ミケ？」

「あたしが何か悪いことしたの？」

「でもあんた甘えてるんだよねえ」

などと、幸子姉もミケの突然の荒っぽいなつき方をなだめようとしているのか気持ちを理解しようとしているのかいろいろ言っていて、

「高志、どういう躾(しつけ)してるの」

と言われても、もちろん躾なんか何もしていないし、それどころか私は一歳になるまでの人なつこかったミケがいきなり戻ってきたことを喜んでいて、奈緒子姉も、

「いいじゃないよ。そんな服、ミケの気がすむまで登らせてやりなさいよ」

と、他人事だから涼しい顔で笑っていたのだけれど、もう一度飛びかかってきたミケをキャッチして胸に抱いたら途端にゴロゴロ咽(のど)を鳴らして、幸子姉の腕の中で静かになってしまった。

「この子、愛に飢えてたんじゃないの？」

「まさか」と私は言った。

「ま、どうでもいいや。あたしはミケを抱いてなくちゃならないから、朝ごはんは姉ちゃん一人で作って」

「何言ってるのよ。わたしにも抱かせなさいよ」

と言って、奈緒子姉がなかば無理矢理取り上げると、ミケは腕の中で暴れて胸を蹴って飛び降りて、また幸子姉のワンピースの裾に爪をとぐみたいにして爪をかけて、幸子姉が抱き上げると静かになった。

「ほらね」

と、幸子姉は誇らしげに笑って見せた。奈緒子姉の腕にちょっとひどい引っ掻き傷ができていて、「あーあ」と私が言ったけれど、嫌がる猫を抱けばこうなるのは決まっていることで、幸子姉も「あーあ」と言っただけだったし、奈緒子姉も「やられちゃった」と言うだけで、そんなことを言っていると庭に出ていた英樹兄が縁側から入ってきた。

「何が『あーあ』だ」

急に後ろから声をかけられてはっとしたように振り返った幸子姉が、

「お父さんの声にそっくりだった」

と言った。

「それはそうさ。

いまさら隣りのおじさんの声にそっくりだって言われても、俺も困る」
「いま歩いてきた姿なんかも、お父さんにそっくりだったわよ」
私が感じたのと同じことを奈緒子姉が言うと、
「子どもはみんな年齢(とし)をとるにつれて、あちこち親に似てくるもんだ」
と英樹兄が言い、私も含めた四人が居間で立ったままお互いの顔を見比べてしまった。
もちろん私は半分は局外者で奈緒子姉が「高志も叔父ちゃんに似てきたね」と言った
ほかは、きょうだい三人の顔に関心が集まったわけだけれど、きょうだい三人が目の前
に並んでしまうと目、鼻、口という部分の具体性が勝ってしまってさして似ているとは
思えないのだが、きのう家に来たときの最初の印象は部分にしても顔の作り全体にして
も表情の変化の仕方にしても、いろいろなものがはっきり「これ」と指し示せるのと別
の曖昧(あいまい)さで、伯父や伯母を思わせたり、奈緒子姉なら奈緒子姉が英樹兄や幸子姉や清人
兄を思わせたりした。この家の四人のきょうだいは子どもの目から見ると少しも似てい
なかったし、母たち大人が見ても十代二十代の頃は間違いなく四人とも全然違う顔立ち
だったはずなのに、五十ちかくになった頃からお互いがへえーっと思うほど似て見えた
り、それぞれがそれぞれの瞬間に伯父に似て見えたり伯母に似て見えたりするようにな
って、そうすると単純な論法を使えば伯父と伯母もお互いに似た部分を持つことになっ
てしまいかねないが、伯父と伯母は当然似ていない。
そしていまこうして三人で顔を合わせているきょうだいも、「似てるかねえ」「似てな

いな」「でもどうかしら」「俺と姉ちゃんがか？」と言い合いながら見ていてもやっぱり似ていないけれど、ここにいない清人兄と似たところを三人の顔から感じないわけではなくて、私はデ・ジャ・ヴュに似た記憶の短絡なのかもしれないと思った。デ・ジャ・ヴュというのは疲れたり寝不足だったりしているときに脳の中での情報の結合が本来の手順を経ないで記憶と短絡して起きる現象とされていて、二人の人間が揃って目の前にいると記憶に頼らずに見比べるけれど、どちらか一方がいないと目の前にいる方を手がかりにして記憶を検索しようとするからわりに安易に「似ている」と思うところを拾い出した気になってしまい、それは具体的な似方なのではなくて、一種抽象的な似方で、血のつながりというのは具体性の中にあるのではなくて、こういう抽象の中にあるのではないか、などということを考えていると、

「四人で突っ立って、何やってるんだか」

と奈緒子姉が笑い出して、台所へ行った。

それで残った三人で居間にすわり、幸子姉はさっきからずうっとミケを胸に抱いていてミケも普段の荒っぽい活発さと打って変わっておとなしく抱かれていたのだけれど、気がつくといつの間にかポッコが英樹兄のそばに来てまた英樹兄の足や尻のあたりの匂いを猫特有の熱心さで嗅いでいて、ジョジョは？　と思って私がまわりをきょろきょろしていると、台所から、

「あら、ジョジョはわたしのところに来たのぉ」

と奈緒子姉の声がした。

「おデブちゃんはおデブちゃん同士だってさ」

幸子姉が台所に聞こえるように言ったが、ジョジョはつまり台所にいる人なら誰でもよくて、食べ物の催促をしているのだった。

「高志、そんなにあげていいの？

さっきあげたばっかりでしょ？」

「ちょっとしかやってないから、もう一回ぐらいいいんだ。

おれが行こうか？」

と言うと、「じゃあジョジョ、おいで」と、奈緒子姉はうれしそうにジョジョの皿が置いてある階段の上に向かい、ジョジョはその後ろからとってんとってんと歩いていった。

「やっぱり、おデブちゃんはおデブちゃん同士だわ」

幸子姉は笑っていたけれど、それにしても浩介たち三人が来たときよりもずっと早くうちの三匹の猫たちがそれぞれの仕方でなついたのは間違いなくて、やっぱりこの家にかっての住人の匂（にお）いが残っているということなんじゃないかと思った。

ここに住むようになってから「家」のことをしょっちゅう考えているけれど、ところでアウグスティヌスとかトマス・アクィナスとかスピノザとかが書いた神の存在証明を読みかじっていると、どれも共通していることに彼らはまず「神は存在するのだ」という大前提を立ててから、「神は直接に見たり聴いたりする仕方で感じることはできないのだ」としてひじょうに抽象的な論議を尽くすことによって神が存在することを証明するという、とても奇妙な、科学的な論証とかけ離れた論証の仕方をしているのだけれど、それを読む私はなんだか別種のリアリティを感じていて、何と言えばいいか、つまり一種興奮している。

引っ越した次の朝にこの家の匂いを嗅いで回っていた猫たちの行動や、はじめて英樹兄が来たときのポッコの態度から、私はかつての住人がこの家に残した匂いという痕跡を集めるところからはじめるという、まあ科学的に納得できることを考えているけれど、アウグスティヌス式の論証方法を使えば、

「家にはかつてそこに住んだ人たちの気配がいつまでも残るものなのだ」

という前提をいきなり立ててしまってかまわないのかもしれないなんて思う。

そうは思うのだけれど、近代人であるところの私にはどうしてもそういう思い切りはできなくて、いまのところうちの猫たちを人間が失ってしまった外界を感知する能力を備えている存在に見立てて、「気配」というような曖昧な言葉の根拠を探していて、そういう曖昧な言葉の根拠がいったん得られればもういくらでも使うことができるんじゃないかなどと考えているのだけれど、少し遅めの朝食を食べていると突然、英樹兄が、

「思い出したぞ」

と言い出した。

「何よ、急に」

「チロって、このポッコによく似た猫だろ」

「だからきのうからずっとそう言ってるじゃないの。英樹もバカねえ。似てなかったら生まれ変わりなんて言うわけないじゃないの。

この猫と同じ柄で、ちょうど同じくらいのシッポの長さで――」

ポッコのシッポはジョジョの半分くらいしかない中途半端な長さをしている。ポッコは北の廊下のところでジョジョの頭や背中をなめて毛づくろいをしてやっていた。ミケは幸子姉の膝の上でまだおとなしくしていた。英樹兄がつづけて言った。

「しょっちゅうヘビやネズミを取ってきて、おふくろが『英樹、困る、困る』って、騒いでた猫だろ」

「モグラ取ってきたこともあったじゃない。

あそこの辺に置いて、一週間半殺しの状態で、わざとトドメを刺さずにいたぶりつづけて――」

と、奈緒子姉が玄関の三和土の隅のあたりを指差し、幸子姉も「あれは残酷だったねえ」と相槌を打った。

「あんな猫のどこが利口なんだ」

「利口だったじゃないの。ねえ、幸子」

「まあ、兄ちゃんにはわからないな。

猫のアタマのよさは、可愛(かわい)がってる人にしかわからないからね」

「利口なもんか。

だいたい、チロはメスだっただろ」

「そうよ」

「この猫はオスじゃないか」

「エッ！」

と、いま「そうよ」と答えたばかりの幸子姉が驚いて奈緒子姉を見た。私は口の中にあったご飯粒を吹き出しそうになった。

「――あたし、てっきりメスだと思ってた」

「ポッコって言ったらオスに決まってるじゃないか」

「『W3(ワンダースリー)』のノッコ、プッコ、ポッコだ。なあ、高志」

「W3はボッコじゃないの」

「どっちでもいいや、そんなこと」

私がご飯をまだ飲み込めないで笑いをこらえていると、奈緒子姉が「幸子もバカねえ」と言った。

「チロはメスで、この家(うち)のポッコはオスなのよ」

私はとうとうご飯粒を吹き出してしまった。

「汚ねえな、高志」

そう言った英樹兄と幸子姉も笑いが止まらなくなっていて、一人の笑いがほかの二人の笑いを増幅させ、二人の笑いでもう一人がさらに笑って、三人とももう自分が笑っていることに笑っていた。

「何がおかしいのよ。メスだって、生まれ変わればオスになってるかもしれないじゃないのよ。そんなこと誰も知らないんだから、どっちに生まれ変わったっていいじゃないの」

「バカ」

英樹兄の口調は伯父そのままだった。

「姉ちゃんの話を少しでも真面目(まじめ)に聞いた俺がバカだった」

「そんなことないわよねえ、高志。これだけそっくりなんだから、オスもメスも関係ないじゃないねえ」

「おれはチロがオスなんだと思ってた」

「ほら」と幸子姉が言った。

「何が『ほら』よ。

わたしの友達で、霊感師に見てもらったら法隆寺を建てた宮大工の生まれ変わりだって言われた人もいたもの。その人、女なのよ。

すごく手先が器用でいろんなもの自分で作っちゃうし、ガーデニングなんかもすごい上手なのよ。造型能力が高いっていうのかしら、門から入ったときの奥行きのこういう広がり方が、植えてる木の高さの加減でじつに見事にできていて――」

と、手振りを交えてしゃべる奈緒子姉を「造型能力はよくわかった」と英樹兄が遮って、

「姉ちゃん、いつから霊感師の話なんか信じるようになったんだ」

と言った。

「信じてなんかないわよ。あんなもの信じたら新興宗教になっちゃうじゃないの。法隆寺を建てた宮大工なんて、わたしはどうでもいいもの。

聖徳太子の生まれ変わりとか、紫式部の生まれ変わりっていうなら話は別だけど、宮大工じゃあねえ」

奈緒子姉の話はまるで信じているみたいに聞こえかねないけれど、霊感なんていう能力を奈緒子姉はもちろん信じていない。信じるようなタマじゃない。しかし「霊感」とか「生まれ変わり」とか「幽霊」というような言葉がこの世界からいまのところ消えてなくならなくて、そういう言葉をいちいち説明しなくてもみんなが知っているという最も原初的な意味で、奈緒子姉の中に生きていて、そういう言葉を投げ与えられるとミケが鳥の羽のオモチャを追いかけ回すのと同じように熱心に反応してしまう。それで幸子姉は笑いながら「で、姉ちゃんは何の生まれ変わりだって言われたの?」と訊いたのだけれど、

「バカね。わたしが見てもらうわけないじゃない」

と、奈緒子姉は一蹴した。そして朝食が終わると、私たちは横浜のみなとみらい21に出掛けた。

ゆうべ英樹兄が眠ったり起きたりしている横で、奈緒子姉と幸子姉が明日はどこに行こうか、銀座に買い物に行こうか水上バスに乗って浅草まで行こうか、と相談していたときに私が「向ヶ丘遊園でいいよ」と言ったら、突然、

「じゃあ、みなとみらいの観覧車に乗りに行こう」

という話になってしまったのだ。

まだ私が子どもだった頃、東京といっても世田谷はまだ田舎で、渋谷も田舎であんなところに行っても「渋谷食堂」というレストランぐらいしかなくて、鎌倉からここに遊びに来ている私と弟をどこかに連れて行ってくれるとなると、後楽園遊園地か向ヶ丘遊園ぐらいしかなくて、私はそんなことを思い出して冗談で向ヶ丘遊園と言っただけだったのだが、遊園地つながりでみなとみらいになってしまって、観覧車と帆船日本丸を目当てに出掛けたのだけれど行ってみると予想をはるかに超えた人出で（と言うよりもきょうだい三人には予想なんか何もないのだが）、まず車を入れる場所がなくて桜木町の駅の向こう側の野毛の飲み屋街の外れに路上駐車して、暑い中を三十分歩いているうちに三人ともすっかり口が重くなり、目的の場所に着いたら並ぶ気になんかなれないくらいのすごい行列で、「すぐそばの横浜球場にいつも来ていて、何でこうなることがわか

らないんだ」「だいたい高志はお客さんを迎える側のくせに何も計画を立てていない」と責められ、まあそれももっともだけれど従姉兄だと思うとつい何でもやってもらえると思っちゃうんだと少し言い訳もして、中華街で外に人が並んでいない店に入ってこれで味がひどかったら最悪だったが幸いそんなことはなくて、結局それだけで帰ってきて、夜はまたゆうべと同じようなことをしゃべって、翌朝も前の日と同じようなことをあれこれしゃべり合って、遅めの朝食を食べて十二時前にきょうだい三人はそれぞれの家に帰っていった。

三人がいなくなってからその次の日の夕方に妻の理恵が帰ってくるまでの一日半は久しぶりにこの家の中で私一人だった。前のシンクタンクにいた頃は月に一度ぐらいのペースで妻は出張に出ていたが、いまのところに移ってからはほとんど出張がなくて、私が一人でここで過ごすのも数えてみたらたったの三回目だった。

出掛ける仕度をしていたときに奈緒子姉が「理恵ちゃん今夜帰ってくるの？」と訊いてきて、「明日だよ」と私が答えると、

「じゃあ今夜、高志一人じゃないの」

と、ちょっとびっくりして、「わたしはこんな古い家に一人で寝るの、カンベンだわ」と言っていると、幸子姉も横から「あたしも一人で泊まったことないわ」と言った。

「それはそうだよね」

私は言った。伯父と伯母と子ども四人の六人家族で、昔は家族旅行なんてほとんどなかったから、いつでも二、三人は家にいるものだった。しかも途中の二年間は私の家族が住んでいたり、その前は山梨から出てきた大学生にただ同然で奥の部屋を貸していたりして、そんな時代がつづいているうちに奈緒子姉と幸子姉は結婚してこの家からいなくなった。

だから「あたしも一人はカンベンしてもらうわ」と幸子姉が言い、それを英樹兄が「子どもみたいなこと言ってんじゃないよ」と言ったのだが、その英樹兄もやっぱり一人でここに寝泊まりしたことがなかった。

「しょうがないじゃないか。犬も猫もいたし、おふくろも旅行なんか行きたがらなかったんだから」

その伯母が英樹兄が転勤になって一年後に家族全員が広島に引っ越していったあと、一人でこの家に住むことになった。とはいえ、伯母の一人暮らしが気になってしょうがなかったから奈緒子姉はほぼ二日に一度のペースで様子を見に来て、自分の子どももはもう大きくなっているからこっちによく泊まってもいたのだが、もちろん伯母がいるから来ていたわけで一人でここに泊まったわけではない。

奈緒子姉がそんなに頻繁にこの家に来ていたなんて、私は二日目の夜にその話が出るまで知らなかったし考えもしなかったけれど、伯母と甥（おい）の関係なんだから当然といえば当然で、英樹兄の家族が広島に引っ越したあと一人で暮らしていた伯母を年に一回も訪ねなかった自分のことを冷たいと感じたり、自分がここに住んでいた四十年前のことを思い返したりしてるのも、いまここにこうして住んでいるからで、そうでなかったら現実に別の家族であることがそのまま心理的な距離となって、伯母や伯父とも英樹兄たちとも、ついでに言えばここに住んでいた頃の自分の記憶とも遠くなったままだったのだろうと思う。しかしそれでもやっぱりいまはここにこうして住んでいるから私の方は距離が縮まっていて、一人暮らしのあいだに結局一度しか伯母を訪ねなかった自分の無関心さについて、誰かに釈明するように自分自身に対してあらためて説明する必要があるような気持ちが解消されないのだが——ところで距離が縮まるというのは私の側だけのことなのだろうか。確かに距離は比喩であって空間的なものではないけれど、距離が縮まったのは私の側だけなのだろうか——とにかく話を戻すと、奈緒子姉が五十四歳で、幸子姉が五十一歳だ。

いい歳をした大人が古い家に一人で寝るのは怖いから嫌だというのもちょっと聞くとおかしな話だけれど、子どものときに感じていた夜の怖さが大人になってなくなることがあたり前だと考えることの方がおかしな話かもしれないとも思う。簡単に「成長」ということで片づけてしまうけれど、子どものときに感じていた夜の怖さを大人になって克服している理由を誰かが明快に証明しているのを私は読んだり聞いたりしたことがない。

チャーちゃんが病気になって看病していたときに、少し良くなったと思うと次の日に前以上に悪くなるということの繰り返しで、いくら待っても明るい見通しが立たなくて、そのうちに私は子どものように全身で震えるほど泣きたくなった。子どものようにお母さんの腰にすがって両手でお母さんを叩いて泣けたらどんなに楽だろう、全部をお母さんのせいにして、チャーちゃんがもう治らないという現実なんか忘れて、お母さんから「大丈夫、そんなに泣かなくてもいいの」と一言言ってもらえたらどんなに救われるだろうと思ったことがあって、あのときに私は小さな子どもの頃と同じ気持ちが大人の心から消えていないことを実感した。

しかしそれは現実にならないことがよくわかっている遠い憧れのようなものであって即物的な欲求とは別のもので、腰にすがって泣きたくなったお母さんというのも現実の私の母とは別の存在なのだが、とにかく子どもの頃の感じ方やまわりとの接し方が大人になってきれいに消えてなくなっているわけではない。しかしそれが老人が一人で古い家に住んでいるとなると、誰も「一人で夜トイレに行くのは怖くないんだろうか」なんて想像をしなくなっているのがまたおかしいし、わからない。

伯母が独居老人となってしまうことを英樹兄の奥さんの真弓さんも含めたまわりの人間がどういう風に心配して相談をしていたのかということは、奈緒子姉が二日に一度ずつここに来ていたことをまるっきり考えていなかったように、私の考えからすっぽり抜けていることではあるけれど、伯母が入院するまでの二年ちょっとのあいだ、一人でこの家で寝ていたことは奈緒子姉も幸子姉もまああたり前だと思っていたくせに、私がたった一晩一人でこの家に寝ると聞くと我が身に置き直す回路がたぶん働いて驚く。

奈緒子姉や幸子姉がこの家に一人で寝るのを怖いと言うのを私は少しも「おかしい」とも「子どもっぽい」とも感じないけれど、それはそういうことを恥ずかしいと思わずに言い合える関係だということもあるし、全体に薄暗いこの家で子ども時代を過ごした共通の記憶を持っているからよくわかるということもあるし、実際に一人で寝てみれば怖くなくても怖いと思った感情の痕跡のようなものがいまでも出てくるのかもしれないということもあるし、ほかにもいろいろ理由は考えられるが、しかしおもしろいことに奈緒子姉が風呂場で見た影のような幽霊のようなあの具体的なものはその中に含まれていなくて、怖いというのはあくまでも抽象的な次元でのことだった。だから私にはむしろ老人一般が夜の家を怖いと思わないことの方が不思議で、もしかしたら伯母も怖いと思うことがあったのかもしれないという想像が全然浮かばないわけではないけれど、その想像は「でもやっぱりなかっただろうな」という気持ちにすぐに打ち消されていて、ではどうしてそういう風に思ってしまうのかというと、老人が住み馴れた家を怖がるはずがないという根拠のない思い込みが何と言っても強いのだが、それを基盤にしつつも、伯母がこの家を隅々まで把握していて、この家には伯母にとって物陰とか死角というような空間がなかったのではないかというようなことだった。

たとえば一階の居間からトイレまで行く場合、自分のすわっていた場所から立ち上がって四歩で居間の敷居をまたいで――畳一畳分に板の間がプラスされた幅の北の廊下に出て――右に九十度向きを換えて――畳の敷いてあるその北の廊下を十歩ぐらいで抜けて――そうすると一メートルぐらいの幅で板張りの床があって――その次に五センチ強の段差で一段低くなって――右に階段がある板張りの廊下に出て――そのまま真っ直ぐに五歩か六歩歩くと右に風呂場があって――風呂場の前を四歩ぐらいで通り越すとトイレに着く。と、言葉にするとこういうことになるけれど、実際には居間で立ち上がってトイレに着くまでの距離や向きは体が憶えていて、居間の敷居をまたぐと自然に体が右を向いて、畳敷きであることを足の裏が確認しながら十歩か十一歩歩いて、その次に来る段差で妻も浩介たちも最初の何日かはかくんと踏み外すようなことになっていたが、伯母は畳から板張りに移ったときに板張りに換わったことを足の裏で確認すると同時にほとんど自動的に次にくる段差の準備を整え、段差を降りるとも意識しないで降りて、トイレまでの板張りの廊下をあと八歩か九歩くらい進んでいく。

そのあいだ目は、スイカ割りみたいにとんでもない方向に行かないような大まかなチェックはしているだろうが、全体として補助的な役目しか果たしていなくて、もし停電で居間からトイレまでが真っ暗になっていたとしても、手で居間と北の廊下の仕切りのガラス戸の枠や北の廊下の右側にある和箪笥と洋箪笥を確かめていれば無事に進んでいくことができる。

一年四ヵ月しか住んでいない私でもこれぐらいのことは体がちゃんと憶えているのだから伯母だったら、箪笥の場所が換わるとかいうような変化でもないかぎり、躓きたくても躓けないくらい家の中での動きが体に染みついてただろう。クモみたいなものだ。クモは自分が張った巣にどんな小さなものがひっかかっても感じることができて、クモにとって巣は体の一部ないし延長だという話を聞いたことがあるけれど、伯母にとってはこの家が自分の体の延長のようになっていたのではないかと思うのだ。

それで最初の怖い怖くないの話に戻って、私自身はどうなのかと言うと、奈緒子姉や幸子姉と同じように怖がってもよさそうなものだけれど、実際は怖くなくて、たぶん三匹の猫たちがこの家の中を歩き回っていることが私の体の延長のような役目を果たしてくれているかららしい。

それは猫が見たり聞いたり嗅いだりしているものを私が自分の感覚のように把握しているというようなことでは全然なくて、一軒の家の中に二人の人間が暮らしているとしたら自分以外にもう一人いると感じられるだけで怖くなかったり淋しくなかったりするのと同じくらいの意味で、私が小さかったときに夜中にトイレに行くのについてきてくれた奈緒子姉が、風呂場の脱衣場の鏡をのぞいて髪の毛をいじりながら鼻歌を歌っていられた理由も、あのときの奈緒子姉にとって私が猫のような役目を果たしていたからで（たぶん）、もし一人だけだったらあの怖がりの奈緒子姉が何が映るかもわからない鏡をのぞくなんて怖くてできなかったはずだ。

夜私一人で一階の居間にいるときに、二階でミケが窓から外を眺めているとか窓の敷居に寝そべっているとか、南の縁側をジョジョがとってんとってん歩いて風呂場まで行ったというようなイメージが浮かんでくるだけで、この古い家の夜が子どもの頃に感じた物陰に何かが潜んでいるようなのと違った見通しがいい家のように思えてくる。

三人がいなくなると私は小学生の頃この家から鎌倉に帰ったときと同じような虚(うつ)ろな気分になっていて、猫三匹が二階のそれぞれの定位置で眠っているのを見ているうちに虚ろさがさらにつのって、天井を見ながらごろんと横になっている自分の姿を子どもが急に気が抜けたときみたいだなんて思いながら、そのまま一時間くらい昼寝をしたのだけれど、額や胸にじっとり汗をかいて目が覚めて、昼寝のあと特有の頭の芯(しん)に鉛が詰まったような感じで奈緒子姉たちのことを思い返していると、すでに三人は朝までの三人ではなくて、十代か二十歳そこそこの三人になっていて、私は急にビートルズが聴きたくなった。

奈緒子姉以下きょうだい四人は揃(そろ)ってビートルズの大ファンで、一時期は一階の玄関からつながっている二部屋と店を除いて、この家の全部の壁や襖(ふすま)や天井にポスターが貼(は)ってあった。ビートルズに混じってタイガースやテンプターズが貼ってあったこともあったし、ミュージカルの「ヘアー」のポスターもあったし、そうかと思えば、鈴鹿(すずか)サーキットのポスターやドライバーの生沢徹(いくざわてつ)のポスターもあったのはきょうだい四人に共通した気の多さやミーハーぶりの証明だが、それでも四人とも途中でいろいろなものに手を広げながらも、解散の噂(うわさ)がひっきりなしにたって『レット・イット・ビー』のLPが発売されるまでビートルズの熱はつづいていたと思う。

ここにいた二日のあいだ三人の口からビートルズという言葉はまったく出なかったし、車に乗っているあいだもBGMにはFMをかけていただけだったけれど、私自身のことも含めて四十すぎの人間にとって音楽というのはそういうもので、十代二十代の頃のように四六時中聴いていなければならないというようなものではなくなっていて（もっとも浩介のような例外もあるけれど）、深いところに沈んでいていちいちレコードをかけなくてもその音楽を聴いたときの気分はできあがっているから、どこかの店の有線放送なんかでふいに耳に入ってくるくらいでドドッと戻ってくるようになっていて普通はその程度でじゅうぶんなのだ。

といっても私自身はビートルズに特別な思い入れはなくて、急にビートルズを聴きたくなっても私の手元には赤いパッケージの『BEATLES／1962―1966』という二枚組のCDしかなかった。タイトルからわかるとおり、これは六二年から六六年までのヒット曲を集めたベスト盤で、もう一つの『1967―1970』という後半のベスト盤とセットになって、ビートルズの全体が一通り聴けるようになっている。「ラヴ・ミー・ドゥ」ではじまって「プリーズ・プリーズ・ミー」「フロム・ミー・トゥ・ユー」「シー・ラヴズ・ユー」「アイ・ウォントゥ・ホールド・ユア・ハンド」と初期の曲が発売順に並べられていて、私は一階の浩介たちの部屋のCDプレイヤーで聴きながら、このCDにある曲をはじめて聴いたのは全部この家だったんだなと思った。

中学三年のときに初期の『ミート・ザ・ビートルズ』というLPを友達から借りて聴いたときに、「全部知ってる」「全部、奈緒子姉ちゃんや英樹兄ちゃんが聴いていた」と思い、従姉兄がビートルズを好きだったことはよく知っていたつもりだったけれど、こんなに全部あの家と結びついて思い出すとは思っていなかったのだった。夏休みよりも冬休みか春休みにここに来ていたときの印象が強いのだが、奈緒子姉と英樹兄と幸子姉の三人が奥の部屋で一日中小さなプレイヤーでEP盤をかけていて、清人兄も仲間に入りたがるのだが、清人兄は小学六年とか中学一年とかそんなもので、「おまえは高志と遊んでいろ」と言われて、「じゃあいいや、おれは姉ちゃんたちがいないときに聴くから」なんて言い返していたり、奈緒子姉たち三人がレコードをかけているところに私もいて、「おい、あっち行ってコーラと何かお菓子でももらってこい」と言われて、伯母のところに行くと「姉ちゃんたちはまたレコードかけてるだけぇ？」と甲州弁で訊かれたりした記憶があのときレコードと一緒にどんどん出てきて、やっぱりビートルズは自分が聴くものではないと思ったのだった。

そのビートルズを私ははじめてこの家の住人となって聴いたわけだった。CDの歌詞カードには初期のマッシュルームカットだったときの四人の写真がジャケットと同じのを含めて八枚写っていて、最後のページにはもう一つのCDのジャケットに使われている解散間近の頃の写真が写っていた。デビューから四、五年間のビートルズは歌っていた歌と同じように陰りなんか何もなくて、世界の貧困とも悲惨とも無縁の顔で笑っているけれど、年齢が進むにつれてそれぞれに個性を発揮するようになって、解散が近い頃の四人は憂いのある顔になっている。

歌詞カードにはもう一枚、July 1968 St. Pancras Churchyard という日付と場所の書かれた見開きの写真があって、そこでは人だかりに混じって四人が鉄製の塀ごしに何かを見つめている。人だかりを作っている大人の中には微笑んでいる顔もあるからそれは凄惨な何ごとかが起きた現場でないのだろうが、子どもたちの表情は一様に暗かったり生気がなかったりしているし、ビートルズの四人も同じ何かから目をそらすことができないでいる。ビートルズに詳しい人ならこの写真がどういう光景なのか知っているのだろうが、私はこの写真が意味するところには興味がなくて、ただ、いまの自分より全然若い二十代のこの四人が奈緒子姉や英樹兄がそうであるのと同じように、いつまでも自分より年上のお兄さんたちとまずは感じてしまう自己像というか、自分の奥の深いところに組み込まれたものさしの成長のなさをあらためて考えたりしながら、二枚組のCDのそのまた前半の歌が並んでいる一枚目の方ばかりを何回も繰り返して聴いていた。

解散するまで従姉兄たちがビートルズのレコードを買いつづけていたことは間違いないけれど、ただの記憶というのを超えて全身が反応するくらいの深さで私が憶えているのは手のこんだ音楽に移っていく前のビートルズの方だった。歌を作って歌うことを通してどんどん内面的に成長して世界の出来事とも関わるようになっていったビートルズのファンにふさわしい政治的な関心を従姉兄たちが持っていなかったことは知っていたけれど、その理由を私は、自分の親の葬式の席でまわりの人たちに聞こえるような声でわざとバカバカしい話をして笑わなければ気がすまないような従姉兄たちの性分によるもので、レコードを出すごとに内面化の度合いを増すビートルズの変化を「疑わしい」と感じていたという風に漠然と想像していたのだけれど、もっとずっと単純に、音楽の趣味の問題だったのではないかと思った。

従姉兄たちが本当に好きだったのはロックンロールやリズム・アンド・ブルースみたいな泥臭いものか反対にペラペラな薄っぺらいポップスのどちらか両極端の音楽で、洗練されていくビートルズには本当のところたいして心を動かされていなかったのではないか。まして政治といったらフォークソングが中心で、あんなもの奈緒子姉たちにはまるっきり面白味が感じられなかったに違いない。だから私にとってビートルズといったら初期のビートルズのことで、「あの娘おまえのこと好きなんだぜ。イェーイェーイェー」みたいな歌が、みんな揃って賑やかにしていたこの家のことだった。

畳に寝そべっていると、庇が深いためにいまどきの家より採光の悪い座敷が五時をすぎたくらいの早い時間から夕暮れの薄暗さになっていて、夏のそんな弱い光だけのこの家は既視感に満ちていて、家の中の薄暗さと比べて外がまだじゅうぶんに明るいことを確かめるように頭を少しのけぞらして庇の下から空を覗き見る動作が伯父がしたのと同じ動作で、天井や柱ばかり眺めてこの家の古さをいちいち確認していることに飽きて首だけひねってまるで誰かが訪ねてくるのを待っているみたいにしてがらんとした玄関に目をやる動作が英樹兄がしたのと同じ動作に感じられてきた。

ミケは気がつくと階下に降りてきていて、幸子姉たちが半日前までいたことを確かめるみたいに居間の匂いを嗅いでまわってから、いったん私に寄りかかって眠りかけたけれど、暑いからか北の廊下の仏壇の脇の網戸の手前に場所を換えてまた眠りはじめた。「チロにそっくり」のポッコとジョジョはたぶんまだ二階の真ん中の妻の部屋か縁側で寝ているのだろう。かつてこの家で飼われていた猫たちはみんな自由に外に出入りしていたけれど、家にいるあいだは夏の夕方に二階の縁側で寝たり、ミケのように暑さ涼しさに敏感な猫は涼しい北の廊下や風呂場の前の廊下や二階の北側の窓で寝ていただろう。

猫の動作は人間から見てとてもかぎられているので、自分が飼っている猫のやることを見ていても猫一般に考えがつながっていきがちだけれど、人間の動作だって本当のところたいして多いわけではないと寝っ転がりながら感じた。この家はこうして寝っ転がっている私の姿を伯父や英樹兄と区別しないかもしれない。

「オール・マイ・ラヴィング」が終わって数秒間の音の隙間のあいだに蟬の鳴き声と一緒に、包丁で野菜を刻んでいるらしいリズミカルな音が聞こえてきて台所にいる伯母の姿を想像したけれど、それは北の隣りの渡辺さんからだった。次の「キャント・バイ・ミー・ラヴ」が終わったときにもトントントンという包丁のリズミカルな音はつづいていて、隣りからの音だとわかっていても台所に伯母がいるという想像は消えなかった。「ア・ハード・デイズ・ナイト」が終わったときには鍋かフライパンが流しの内側でガタガタぶつかるらしい音がしてきて、「アンド・アイ・ラヴ・ハー」が流れているときには廊下をどしんどしんと歩く振動が伝わってきた。どしんどしんと床を響かせて歩くのは英樹兄と清人兄で、

「そんなに力を入れて歩くと床が抜ける」

と伯父はよくおこっていたが、いくらおこられても直そうとしなかった。それが自分たちの肉体か性格の一部だと主張しているみたいだった。

「アイ・フィール・ファイン」の途中で、庭の方からバケツが転がった音がした。夕方になって風が吹いたのか、そうでなければ外の猫がひっくり返したのだろう。畳にじかに頭をつけて寝ているとこういう振動音がCDの音に関係なくすぐ近くから聞こえてくるようで、伯母や奈緒子姉がバケツに足をひっかけて転がしていたのを思い出した。猫もよくバケツを倒していた。風呂場から庭に出られるようになっている二段の段々の足場が狭いのに、いつもバケツをそこに置いていたから、この家ではバケツがしょっちゅう転がって音をたてていた。伯母はこの家の中やまわりの物音に無頓着で、どこかで何かが落ちたり転がったりする音がしても、「猫だよ」「風だよ」で済ませて、確かめに行こうともしなかった。しかも伯母は棚や箪笥の上に箱を乱雑に積み上げていたので、伯父は、

「猫なんか乗っからなくても落ちる」

と、おこるというより呆れたように言って、

「なあ、高志」

と、私を見て苦笑していた。

バケツが転がった音のあとは外からは蟬の声とたまに聞こえるスズメとカラスの啼き声のほかには何も聞こえてこなかったけれど、バケツで庭に注意がいったおかげで庭の木に水を撒くのを思い出した。

伯父と伯母のお墓参りから帰ってきたときにもきのう横浜から帰ってきたときにも、いちおうは思い出したのだが、庭の中程にある水道の蛇口からホースを伸ばして引き摺り回す手間が面倒で、奈緒子姉の車の脇にどけられた妻の鉢植えにジョウロで水をやっただけでごまかしていた。去年の春に引っ越してきて以来、庭の木に水をやるのはずうっと私の仕事で夏まではだいたい朝にやっていたが、浩介たちが来てからは一日中だらけているようでいて同時に一日中人がいるからわさわさしているような気分もあって、私がしょっちゅう水撒きを忘れているうちに綾子が代わってやってくれるようになっていて、このみんなの留守のあいだもなかなか「さあ、やろう」という気にならないでいたのだけれど、このときは水撒きのことを思い出したらごく自然にすっと立ち上がっていた。従姉兄たちがいなくなって、ビートルズなんかを聴いているうちにかつてここに遊びに来ていた頃の気分に戻っていたのだろうか。

家の仕事というのは変なものだと思う。掃除でも洗濯でも食事の仕度でも、動いてみればどうということもないのに一度面倒だと思うとしばらくできなくなってしまう。そんな風に感じること自体、私が怠け者で家の仕事が嫌いだという証明なのかもしれないが、それはともかく高校生ぐらいまでここに遊びに来ていたあいだ私がこの家でしたことといったら庭の水撒きぐらいで、それだけは私はかかさず熱心にやった。といっても漫然とただホースで水を撒いていくだけだけれど、私はそういう単調さがけっこう好きなのだ。

それで門を入ってすぐの南側のいまは空き地になっている隣りとの境いの低いブロック塀の前に並んでいるツツジのそのまた前に、奈緒子姉の車を入れるために移動させた妻の鉢植えを二段の台に載せたりまわりに置いたりしてから、ホースを引っぱってきて水を撒きはじめた。鉢植えとツツジが終わると次に、紫陽花（あじさい）と南天と夾竹桃（きょうちくとう）があって夾竹桃にはピンクの花が咲いていて、その手前に水道の蛇口があって、そこから先は木が二列になっていて、手前に人の背と同じくらいかそれより低い金木犀（きんもくせい）、楓（かえで）、梔子（くちなし）、沈丁花（じんちょうげ）、猫柳……があって、奥の塀にちかいところが黐木（もちのき）、松、椹（さわら）、棕櫚（しゅろ）……で、水を撒いているうちに奥に生えている木には子どもの頃だいたい全部登っていたことを思い出した。

去年の夏も水を撒きながら、何度もここの木に登ったことは思い出していたけれど、思い出すというのは何かきっかけがなければ実感にいたるほどの密度が何もなくて、ただ調べものをして図鑑をパラパラめくっているような感じだったけれど、いまは木を見ながら子どもの頃の体の動きが自動的に戻ってくるみたいだった。
黐木（もちのき）はまだいまよりずっと小さく、幹も細くて幼稚園のここにいた頃までしか登らなくて、それも登るというより枝の中にジャングルジムに入るように入るくらいの感じだった。松は低いところに枝がなくて、幹の表面がごつごつして摑（つか）みにくかったし、松脂（やに）が手についた。サワラというのはヒノキに似た針葉樹だけれど葉っぱの広がり方が違っていて、扇のように平面で広がり、もう一つよく似た針葉樹にイブキというのがあるが、イブキの葉は扇のようではなくて立体的でちょっと炎のような感じに上に向かって伸びる。ヒノキの葉はその二つの中間ぐらいだがヒノキとイブキは見分けるのが難しい。と、これは図鑑で調べた知識で、伯父や伯母もこの木のことをヒノキと呼んでいたが、ところでこの庭のサワラは垂直の幹から水平に枝が出ているので登りやすくて、てっぺんも幹が切ってあってそこで枝が三方向に出ていたので安定していた。

　その隣りは棕櫚で、子どもの頃は「ヤシ」と言っていたが、さすがにこれは登らなかった。南の島の人が椰子（やし）の木を裸足ですいすい登っていく写真を見て真似（まね）をしたこともあるけれど全然無理だった。その隣りは楕円（だえん）というより円にちかい葉っぱの落葉樹でいまだに名前がわかっていないのだが、この木にはよく登った。幹の肌があまりごつごつしていなくて、塀の上に立って手を伸ばすと届く高さにほどよく歪曲（わいきょく）しながら横に伸びている太い枝が二本出ていて、そこから身長の半分くらいの間隔で枝が出ていたから、枝を足場にしてどんどん上にいった。もっとも一番上の方は主幹がなくなって三、四本の枝に分かれてしまうから、そうなると手前の枝にまたがることになるのだが、いろいろに登り降りできて楽しかった。

その隣りは白樫（しらかし）という常緑樹でこれもずうっと名前がわからなかったが、羽根木公園に行ったら細長くて先がとがった葉の形もごつごつした幹の肌の感じも同じ木に「シラカシ」と名札がついていたのでわかったのだ。去年はこの庭の木のサワラとイブキとヒノキの違いを見たり、公園に行って木に名札がついていると必ず名前をチェックしたりして、木の名前を調べるのは熱心だったのに木に登った記憶は鮮明に戻ってこなかった。この白樫も隣りの木と同じように塀の上に立たなければ一番低い枝に届かなかったから四年生くらいまで登れなかったけれど、登れるようになると一番おもしろかった。幹も枝も太いので登りながら枝がしなるということがなく、木に登るというより建造物に登っている気分にちかかったのかもしれなくて、高さも庭の木の中で一番高かった。

その隣りは柿（かき）の木でこれも枝の形としては登りやすかったけれど、柿は「枝が弱くて折れやすいから登っちゃダメだ」と言われて、それでも伯母や母の目を盗んで登ったけれど、やっぱり枝が弱くて折れやすいという思いがあると上にいても楽しくなかったし、白樫やその隣りの木の方が形としてもおもしろかった。その隣りのこの庭の一番奥にある木はビワで、このビワは私が種を埋めた。まだここに住んでいた幼稚園のときに種を一つ埋めて、あの頃は朝顔の花でも咲くみたいにすぐに実がなるつもりでいて、毎日「まだ出てこない」「まだ出てこない」と言ってジョウロで水をかけに出てきていたらしいが、小学生になって少しものがわかるようになって、木というものの成長の遅さや寿命がわかるようになったあとで、本当にビワが種から育ってそれらしい木になって、そのうちに実までなったと聞かされたときには、「まだ出てこない」と失望したときより驚いた気がする。

もっとも「まだ出てこない」の失望の方は本人はうろ憶(おぼ)えにしか憶えていないのだが、小学生や中学生の頃は木の時間のスケールは人間の時間とは全然違っていて、一本の木の成長を自分の目で実際に見ることができるなんて思っていなかったのだ。しかしあれからの四十年という時間は木としてもじゅうぶんすぎる時間なわけで、いまでは隣りの柿の木と同じ大きさになっていて、そうなると今度は、私が中学くらいまで登っていた木の方は三十年のあいだに姿を変えていないのかという疑問が出てきたけれど、白樫もその隣りの丸い葉っぱの落葉樹も枝の広がり方が大きくなったりはしているけれど、骨格としてひどく変わったようには見えなかった。もっとも、私の記憶は離れた位置から目で見たものではなくて、登ったときの体の動きの記憶なので登ってみなければわからない。しかし実際に登ってみたところでいまの私は中学生の頃のように機敏ではないので、同じかどうかなんてやっぱり確かめられないだろう。

ここの木に最後に登ったのがいつだったのかもう私は思い出せなかった。小学校から中学ぐらいまで来るたびに従姉兄(いとこ)たちから「サル年生まれのサル」と笑われるくらい熱心に登っていたのに、ある年からぱったり登らなくなって、高校生の夏にここでこうして水を撒きながらも、「登りたい」どころか「登らなくなった」というようなことさえも思わなくなったということらしかった。いま毎日水をやってくれている綾子はここで何を考えているんだろうと思った。記憶の対象ではない木を見ながら人は何を考えるのかということだが、それなら去年の私が水を撒きながら何を考えていたのか思い出そうとしてもやっぱり何も思い出せなかった。

水を撒いているあいだ庭はずうっと蟬の声でいっぱいだった。家の中に戻るとかけっぱなしのままにしておいたビートルズのCDは終わっていて、外と比べてすっかり暗くなっている居間で、私はしばらく明かりもつけずにすわっていた。夕方に主婦が「さあ次は何をするんだっけ」と考えながら一休みしているみたいだと自分の姿を想像したけれど、私には次にしなければならないことは何もなかった。蟬の声に混じって、「カアッ、カアッ」「カー」とカラスが啼き交す声が聞こえて、次に鳩の「クック、クゥ、クゥクゥ――」というくぐもった声が聞こえてきて、それが終わらないうちに前の道をオートバイが走り去っていった。北の隣りの渡辺さんからもお風呂が何とかという声が聞こえてきた。さっきより遠くでまたカラスが啼き、それよりずっと近くでスズメの「チュチュチュチュッ」という声がした。前の道を歩いていくハイヒールの高くて硬い音がして、それから飛行機が飛んでいく音がした。

伯母が一人でこの家にいたときにも、伯母がいなくなってこの家に人が誰もいなかったときにも、私がいるこの場所で同じ音が聞こえていたのだろうと思った。音は聞く人がいてもいなくてもそこの空気を振動させている。私に聞こえているいろいろな音は、私がいなくてもしていて、私だからその音が聞こえているわけではなくて、この家のこの場所だから聞こえていて、これからもここにこの家があるかぎりは今日と同じ音が聞こえつづけるということだった。

天井の板の波のような年輪の模様とか隅にひとつだけある節目とかも、私が見ているからあるのではなくて、私がいなくてもありつづけていて、伯母も伯父も古さの違いこそあっても同じ模様を見ていたということだった。天井の模様も聞こえてくる音も私の想像の力によって作り出すことはできず、そこにあるから見えたり聞こえたりする。

夕食は外ですませるつもりだったが、冷蔵庫に何か残っていたら腐らせる前にそれを食べなければいけないと思って中をいちおう確かめるつもりで開けてみたら、「晩ごはんのおかず」というメモを上に載せてラップをかけた小鉢と皿が四つ置いてあった。

たぶん奈緒子姉の字なのだろうが小さい字でこちょこちょっと書いてあって、それを見て従姉兄(いとこ)たちの字も伯父や伯母の字も見てすぐに誰とわかるほど見たことがないといか、伯母の字なんて一度も見たことがないことを知ったのだが、それはともかくこんなものをいつ作っていたのか、私は全然気がつかなかった。小鉢に入っていたのはホウレン草のおひたしとカボチャの煮物で、この二つは朝のごはんの残りで、もう一つの冷奴(ひややっこ)は味噌汁(みそしる)の具と同じだからこれもついでだったけれど、皿に入っていたのはニンニクの芽と豚肉の炒め物でこれだけはわざわざ作ったものだった。

せっかく晩ごはんのおかずを作っても一言教えておいてくれなかったら気づかずに外に食べに出ちゃうじゃないかと思ったが、冷蔵庫の中を一度は確かめると考えるのが普通というものだし、夜遅く帰ってくる英樹兄のために二、三品のおかずを残しておくのが伯母のやり方だった。

英樹兄が帰ってこなかったり何も食べなかったりしたら翌朝までそのままだし、他の誰かが夜のうちに食べてしまったらそれはそれでかまわない。炒め物を作っておくというのは荒っぽく見えるかもしれないけれど、この家では冷めてても何でもかまわずに食べていた。そういう伯母の大雑把で田舎っぽいやり方を奈緒子姉は結婚して自分の家でもつづけているのかもしれないが、そうではなくてこの家の台所にいるうちに伯母のやり方が戻ってきたということだったのかもしれない。

それで私がお湯を沸かしたり、冷凍していたごはんを電子レンジで温めたりしていると、ジョジョとポッコがやって来たけれど、どれも猫が食べたいようなものではなかったから、自分たちのドライフードだけ食べるとポッコとジョジョは縁側の東の隅のL字に曲がったあたりに行き、ミケはちらっと降りてきただけでまた階上に行って、私は一人で居間の六人用の長方形のテーブルで奈緒子姉が作っていった晩ごはんを、伯母が残しておいた晩ごはんを英樹兄が食べているような気分で食べはじめたのだけれど、そのうちにこうして一人で食べている姿が英樹兄ではなくて伯母の姿のように思えてきた。

自分の後ろの鴨居(かもい)のあたりから一人ですわって食べている伯母の姿を眺めているみたいな気分だった。自己像というのはおかしなもので、自分の心に浮かんでくる自分の姿というのが私にはいつも、鏡や写真に映った姿ではなくて、机に向かって仕事をしているのを背後から誰かが見ているその視線を借りて見ているようなものとして浮かんでくる。

顔だけは鏡に映った像によって認識しているのは間違いないけれど、姿の全体となると自分のまわりにいる人たちの姿を見ることと、自分の姿を見る他の誰かの視線を仮想することを混ぜ合わせて練り上げているのではないかと思う。会社に勤めていた頃よりも一人で毎日仕事するようになってからの方が、自分の姿に対して他の誰かの視線を介在させていると感じる度合いが強くなっていて、奈緒子姉たちの余韻がまだ感じられる居間にいることも影響してか、私は漠然と背後から見えている自分の姿を伯母のように感じ、時間が経(た)つうちに今度はそれが伯父の姿になっているみたいに感じられてきた。

映画だったら、私が鴨居を見上げた動作の次に、鴨居の位置に置いたカメラからそこを見ている私の顔が映されても唐突とは感じないことになっていて、そのように視点が飛んでも混乱を引き起こさずに理解していけるということは、人間にはもともと自分の目の位置から離れていろいろなところからいろいろな角度で物を見る機能が内蔵されているということなのかもしれなかった。

この居間にある物は私が晩ごはんを食べていた六人用のテーブルと、隅に置かれたテレビとそれが載っているラックとその中に入ったビデオデッキと、もう一方の縁側との隅に置かれた電話とその台と、台所に接した角に置かれた食器戸棚で、それぞれの物は代替わりこそしたけれど私の家族が住んでいた四十年前と配置は変わっていなかった。テーブルの真上には蛍光灯があり、玄関から入ってすぐの南側の鴨居には五つのフックが取り付けてあって、昔はコートを掛けたり帽子を掛けたりしていた。鴨居といっても幅がすごく広く、二十五センチある太い角材なので梁(はり)なのかもしれない。テレビの上の、座敷と北の廊下との隅だけがこう◸横長の小さな三角に欠けていて、裏にまわって座敷の側から見ても同じ形に欠けているので、梁に使う太い角材を揃(そろ)えきれなかったことをあらわしているのかもしれない。角材なのでこの家の鴨居は壁との間の手を差し入れられる隙(す)き間がなく、額を差し入れて斜めに立てることもできないので、そのせいかどうかこの家では昔から表彰状や感謝状の類(たぐ)いが居間や座敷の鴨居に飾ってあったことがない。

　もっとも、鴨居にフックを打ち付ければ飾れるわけで、一つだけ「天長地久」と書かれた一間(いっけん)ちかい横幅の額が、座敷の南側にたしか私の家族がここに住んでいた頃からずうっと掛かっている。座敷の鴨居にはもう一つ、伯母が近所で習っていた押し花絵の額が掛かっていて、一時期はそれがいくつも掛かっていたような憶えがあるが、いまでは一つだけが押入れの上に残っている。紫のすみれらしき花を中心にして、そのまわりに白と黄色の花が広がり、小さな赤い花が三つ四つちりばめられている。

居間の鴨居には額の類いは何もなくて、座敷の側の鴨居の上の柱に時計が掛かっているだけだったが、引っ越してきた直後にあまりに殺風景と感じた妻が、北の廊下との境いの鴨居にちょっとパウル・クレーに似た感じのガラス絵の額を掛けた。青と水色と紫の不揃いな四角が淡く溶けあう地模様にカクテルグラスのような形の顔が描いてあり、ここにあるのがあたり前になってしまったいまではゆっくり見ることもめったにないが、なくなればきっと淋しいと感じるのだろう。時計はこの家では昔からずっとこの同じ位置で、あの頃から数えて四代目か五代目の今の時計は形だけ振り子がついているが、実際はクォーツで動いていて、正時に「ボーン、ボーン」と鳴ることもない。

座敷は浩介の事務所になって以来、二組の机と椅子があって、その上にそれぞれ、デスクトップ・パソコンとノート型パソコンがあって、スチール製の本棚が奥の森中の机の横にあって、床の間にビデオテープのラックが置いてあってその上にミニコンポのステレオがあって、押入れにファイルボックスが入れてあっていつも半分開いているので、伯父や伯母が生きていた頃とは様変わりしている。

座敷といっても私の記憶しているこの部屋の用途は主に伯父と伯母の寝る場所で、北の廊下に移動した洋箪笥の他には何もなかった。客間として使われていたのはじつは玄関からすぐのこの居間の方で、お客さんが来て酒を飲んでいるようなときには、従姉兄や私はたいてい奥の部屋にいた。それはともかく机が二つとスチール製の本棚がひとつ置いてあっても、この家は畳一枚が広いので八畳にまだまだ余裕があって、伯父がこの座敷で座布団を並べて寝そべっていた頃の雰囲気がじゅうぶんに残っていた。そしてこの座敷からも北の廊下に出られる。

「北の廊下」といっても板張りでなくて畳敷きの二間つづきの部屋で、天井にはそれぞれほぼ中央に蛍光灯が下がっている。昔まだこの家に何やかやと人が集まっていた頃には、食事するのに居間のスペースでは足りなくて、北の廊下との境いのガラス戸を取り払って、居間と北の部屋をひとつづきにして、座卓を長くつなげて、みんなで並んで食べたりしていた。

居間につながっている方の部屋はそのままでは畳四枚分だが、二畳はL字の台所になっていて、残りの二畳に収納用の板の間がついていて、そこにこの家と同じくらいに古い茶箪笥と仏壇が置かれているが、仏壇の方が奥行きがあって、前に出ている。仏壇には伯父と伯母の位牌と両方の祖父祖母をはじめとして親戚の人たちの写真が飾ってあって、もうずいぶんたくさんの伯父さん伯母さんが亡くなったものだと思う。

つづく座敷と対応している方のもう一間は畳四枚が単純に並べて敷いてあって、奥の階段側に寄せて洋箪笥と和箪笥が置いてあって、この二つも私が記憶している最初からある。だからこの二つの箪笥と茶箪笥と仏壇には文字どおりここに暮らした人間の手垢や汗が染みついていて、かつてこの家に生きた猫たちの匂いも残っているかもしれなくて、引っ越してきた直後はうちの三匹の猫たちが一日に何度も箪笥や仏壇の角の匂いを嗅いでいたし、いまでもたまにあらためて何か気がついたように匂いを嗅いでいることがある。ここで飼われていた猫の餌を置いていたのもたいてい茶箪笥の前だった。しかしそういう物証のようなものは、家とそこに住んだ人間が長い時間をかけて練り上げたことのほんのわずかのあらわれにすぎなくて、このように部屋の様子や見えている物を並べていっても、見たり死角にある物を思い浮かべたりしながら少しも退屈してこない私の気持ちを説明していなくて、私は歳月で色が濃くなった天井や梁のように太い鴨居を見ているのではなくて、私とそれらのあいだにある空間それ自体を見ているようだった。

　人には爪を噛む癖とかひんぱんに髪の毛をいじる癖とかいろいろな癖があって、そういう個別の癖を見ることはできるけれど癖一般を見ることはできないし、奈緒子姉のようなせっかちな性格とか英樹兄のような悪ガキをそのままひきずっているけれど内実は情に厚いというような個別の性格に接することはできるけれど、性格一般に接することはできなくて、抽象的なことは具体的に見えたり聞こえたりすることに、もうひとつ別の手続きを介在させなければ導けないというのが普通の考え方だけれど、私がこのとき鴨居と私のあいだの空間を見ていたのだとしたら、抽象とされているものを直接に感じることもありえなくないのかもしれなかった。

　奈緒子姉が作りおいていった夕食を食べているあいだ、私は頭に漠然と浮かんでいた自分の姿が伯母のように見えたり伯父のように見えたりしたけれど、そういう具体的に感じたことを越えて、この家に伯父や伯母や奈緒子姉たちの動作一般や会話一般を感じているような気持ちになっていた。

3

八月十二日の土曜日からはじまった浩介たちの夏休みは、よくわからないけれど三人のうちの誰かがふいに半日くらいあらわれては「夏休みだから」とか言って帰っていくというような状態がだらだらとつづいて、三人全員が揃って朝から出てくるようになったのは二十三日の水曜日で、そのあいだに妻の理恵のシンクタンクははじまっていたけれど、ゆかりは実家から半日荷物を取りに寄っただけでそのまま友達と北海道に行って、浩介たちが揃った二十三日の夕方に実家ではなくて直接こっちに戻ってきて、帰る前の日に急に冷え込んだらしくて鼻を少しズルズルさせながら、どことかの湖の湖畔のトイレが汲み取り式でそこに友達が財布を落として、ゆかりがそばの土産物屋に入っていって何か棒でも借りようとしたら、そういう人がたまにいるからトイレの脇に網が置いてあると言われてそれで取って、友達は三十分くらいずうっと水道でその財布を洗って結局それを使って「信じられない」「あれからずっと臭い気がした」とか、知床半島の先まで行ったらゆかりがバスの待合室のベンチにカバンを忘れていたことを電車に乗り換えるときに気がついて、戻ろうと思ったら次のバスは二時間後で、「どうしよう」「どうしよう」と三人で騒いでいたら、ずうっとそれを見ていた駅前のお店のおじさんが見るに見かねて三人を車に乗せてそこまでわざわざ往復してくれたとか、別のときにはバスを待っていたらちょっと格好いい男三人に声をかけられて、三人で顔を見合わせて「やった」「ついにナンパされた」と思ったのだが、その男三人組がしゃべったらひどい訛があって、ゆかりたちが何度も聞き返しているうちにだんだん言葉数が減ってきて、自分たち同士でごちょごちょっと早口のもっとひどい訛で暗号でもしゃべるようにしゃべり合ってはたまにゆかりたちに話しかけるだけになってしまって、一時間半乗っていたガラ空きのバスの中の空気がどんどん重たくなって死ぬかと思ったとか、私と妻にした話も浩介たちにした話もそんなことばっかりで、これではどこに行っても同じじゃないかとこっちは思うのだが、ゆかり自身はこんな旅行でじゅうぶんに満足しているみたいで、私たちに話していないときには一緒に行った友達と何度も繰り返し同じ旅行の話をしていたみたいで、帰ってきた二日後には旅行に行った二人に会いにまた出掛けていった。

そんな調子で週が明けると、いちおうみんなふだんのペースに戻ったように見えていたのだが、そのうちに綾子と森中とゆかりは集まると、奈緒子姉が見たという風呂場の影のような霊のようなものの話ばかりをするようになっていた。

私がしゃべったのではないのだから浩介がしゃべったわけだが、浩介も従姉兄三人のキャラクターを面白がって綾子と森中にしゃべっている最中に何気なくその話をしてしまっただけで、反応の大きさに呆れていて、

「あいつら、怪談の世代なんだよ」

と私に言った。

浩介たちがいた会社には「研修室」というのが三つあって、それを使った日は仕事が終わった八時とか九時に、研修室ごとに忘れ物や煙草の火の不始末がないかというようなことを見回ることになっていたのだが、綾子たちより三、四歳年上の女の子が新入社員で入ってきて見回りをしていたときに、「C研修室」の隅に座敷わらしみたいな女の子が立っていたと騒ぎはじめたと言うのだ。浩介たちは「退屈まかせにバカなことを考え出した」と笑っていたのだが、二十代前半の五、六人はその子の話に巻き込まれて本気にしはじめてしまった。

「でも、あいつらの本気っていうのが、だいたい本気なのか冗談なのかわからないんだよ。

わかる？　この感じ」

と、浩介は言い、「あんまりわからない」と私は答えた。

「幼稚って言ったらそれまでなんだけどね。もうちょっと言うと、感情と思考の結びつき方が違ってるってことだと思うんだよ。

『あ、それ面白い』って思っちゃうと、嘘でも何でもダイレクトに思考回路に流れ込んで、逆に普通の思考回路に入るべきものでも、『面白い』って感情がともなわないと、形だけしか覚えないっていうか、全然身につかないっていうかさあ、そういう感じなんだよ。現代の教育の弊害だよね。だから、怪談みたいなのが『あ、それ面白い』って、それだけで広まっちゃって、なんだかみんな本気なんだよね」

それでその座敷わらしの話は半年ぐらいずうっと消えなくて、女の子たちは本気で怖がっていて、それまで当番制で一人でやっていた研修室の見回りが、女の子たちの誰か一人が当番のときには仕事もないのに他の友達が残って三人くらいで見回りをするようになってしまった。

「もうホント、バカバカしくて、やってらんなかったよ」

「綾子と森中はどうだったんだよ」私は訊いた。

「だから、あいつらが入る三、四年前の話だよ」

その後も新入社員が入ってくるたびに「C研修室の座敷わらし」の話は出ないわけではなかったけれど、一時のブームが去ってしまえばただの笑い話になっていた。

「でもどうしてあいつら、おれの前だとしないんだろう」

と私が言うと、「警戒してんだよ、きっと」と、浩介が間をあけずに答えてきた。

「なんだよ、それは」

「まあ、『遠慮してる』って言ってもいいけどさ。
いちおう、あんた小説家だから、小説家の先生の前で、そういう子どもっぽい話をしたら、何か突っ込まれるんじゃないかとか、思ってるんだよね。
それに、おれと森中とはもう四年のつき合いになるけど、あんたとはまだ一年たってないじゃない。一番年上だしさあ」

「ふうん」

私は傾きはじめた強い陽射しが当たっている縁側の外の手摺りを見ながら言った。空は晴れていて陽射しは確かに強いけれど、空気の感じが一時期よりだいぶさわやかになっていて風が吹き抜けているので暑さが不快でどうしようもないというのとは違っていた。

「本当はおれよりあんたの方がこういう話に向いてるんだけど、あいつらけっこう突っ込まれるのに弱いっていうか、警戒しちゃうんだよ」

窓の東の端で棕櫚の大きな葉と名前がわからない木の丸い葉が風に揺れているのが見えた。丸い葉っぱの方は群れとなって細かく全体が揺れていて、棕櫚の葉はゆっくりと風に押されてまた元に戻るのを繰り返していた。風に押される動きと元に戻る動きは、長ー短または緩ー急の繰り返しだけれど、厳密に言ったらそんなに簡単にパターン化できるようなものではなくて、もっと複雑で気紛れで、目というのはそういう動きのパターン化しにくいところに注意がいってしばらく見てしまうようにできているらしくて、

そうしていると浩介が、

「ほら」

と言った。

「そうやって黙ってると、すげえ仏頂面になってるって、自分で知ってた？」

「ある程度は」と私は言った。

いつも意識しているわけではないが、一人で机に向かっているときに自分が無愛想な顔をしているということは感じる。もっとも子どもの頃は同じように外を眺めていても「ぼんやりしている」と言われたもので、自分自身のイメージの中では無愛想な顔とぼんやりした顔が同時にあらわれてくるような変なものなのだけれど、心の中の像というのは一つの空間にAかBかどちらか一つの物体しか占められないというのとは違って二つが同時にあらわれることが可能ということなのかもしれない。しかし具体的に私の顔を見る人間が二つの印象を同時に持つことは考えにくいわけで、いまでは浩介の言うとおり仏頂面で無愛想なのだろうが、

「でも陰険っていうわけじゃないだろ？」

と訊くと、浩介は笑って「陰険じゃあないな」と言った。

「それであいつら、どれぐらい本気にしてるんだよ」

と私は話を戻した。

「どうなんだろうねえ。

でも盛り上がってることは確かだよね」

「おれだけ仲間外れかよ」

浩介は笑って、「おもしろいんだけどさあ」と言った。

「綾子って、昼間ひとりで階下に残されるといろいろ言い訳作っては階上にあがってくるぐらい怖がりなところがあるじゃない。

でもあの話には平気で参加してるんだよね」

「何をそんなに盛り上がれるんだよ」私は言った。

奈緒子姉が実際に目撃したときに、この家の人たちがどれだけ騒いだり動揺したりしたのかはわからないけれど、幸子姉は言われるまで忘れていたし、英樹兄なんかは言われても思い出さないくらいだった。奈緒子姉が話題を出したあとも、わっとその話をしただけで結局この話はすぐにしぼんでしまって、それっきり一度も出なかった。だから私はその程度のことでしかないという感じだったのが、伝聞の三人が「盛り上がってる」ということが思いがけないというか、理解しにくかったのだが、もっとわからないのはそういう風に盛り上がっているのに、きのうもおとといもゆかりは平気で一人で風呂に入っているし、風呂場の先にある奥の部屋でいままでどおりに寝ている。それはどういうことなんだと私が訊くと、

「だから『怪談の世代』だって、言ったじゃない」

と浩介が笑った。

「だからね。怪談の世代はお話と現実の区別がおれたちと違ってるっていうかね。現実がうまくお話みたいに切り取られたときに、ワッと反応するっていうかね。まあとにかく、本当の話だとはどこかで感じてないんだと思うんだよ」

「『本当の話という作り話』みたいなもんか」

と私が言うと、浩介は相変わらず笑いながら「いちいち自分の言葉に置き換えないと納得できないところが、もう完全にオヤジだよね」と言った。それをいちいち否定する気持ちもなくて、「おかしなもんだな」と私は言った。

「こうして同じひとつの空間にいるのに、おれと若者たちとで見ているものや感じているものが違うなんて、別々の現実に住んでるみたいじゃないか。

でももっと深い次元まで掘り下げていったら、結局同じ現実に生きているはずなんだけどな」

「『深い次元』って、何？」

浩介が訊き返したので、「『深い次元』は『深い次元』だよ」と私は答えたのだけれど、浩介は何か言いたそうな顔で曖昧に笑っていて、そのうちに、

「だいたい、あんたこそ風呂場の話をどう思ってるのさ」

と言った。

「おれはそれを聞いてみたいね。

けっこう本気にしてんじゃないの？」

「この世の中には説明がつかないことがいっぱいある」

「それはおれの立場じゃん」

浩介が言った。オバケでもオカルトでも超常現象と言われている現象でも、「科学的じゃない」と頭ごなしに否定する人間の方こそ科学的じゃなくて、むしろ科学という宗教の信者だという風に思っているところまでは私と浩介は同じなのだけれど、浩介はそこで文字どおり科学的に推論を尽くして、ああでもないこうでもないとずうっと考えて(まあ、半分以上は面白がっているわけだけれど)、あっち側にもこっち側にもつかない状態をつづけるのだが、私は最近ではこっち側ではなくてあっち側を選んでしまうようなところがある。

だから浩介は「それはおれの立場じゃん」と言ったのだが、私はと言うと、風呂場の話はまともに考えていなかったので、

「ホント言って考えてないんだよ」

と言った。奈緒子姉とかそのときこの家にいた人間たちが、ああしてろくに話題に出さずにやってきてたんだから、まあその程度のことなんじゃないかと思っていたんだと私は言った。

私はさらに、たかだか百年前まで日本人だって西洋人だって、あたり前に幽霊が住んでいるような世界に生きていたわけだろ? と言った。アフリカや南米に行ったら、いまでも森の精霊からパワーをもらったり、誰かの呪(のろ)いで他の誰かが病気になって、その

呪いが解けた途端に元気になったりしている。

　世界に対してそういう感受性を発揮する心の層というのが人間には確実にあるわけで、いまの私たちは科学性とか実証性という思考法で固めているから、霊的に敏感な心の層がなかなか働かないようになっているけれど、時代や場所が違えばそういう層がもっと活発になるわけだし、私たちでも瞬間的にそういうことに対する感受性が高まることがあるのかもしれない――というようなことを私がしゃべると、

「やっぱり、あると思ってるんだよね」

と浩介が言うから、「おまえのあるとおれのあるは、あるが違うんだ」と私は言った。

「科学的というか、物理的にというか、とにかく普通の意味のあるなしで言ったら、おれのあるはないんだよ。でも、同じ音楽が一人の人には退屈な音の連なりで、もう一人にはものすごく感動的に聞こえる、というような意味であるなんだよ」

「わかってるよ」と、浩介は笑いながら言った。

「完全に理解できてるわけじゃないけど、まあ七割方はわかってると思うよ」

「いや、『七割方』っていう数量化の思考法自体がわかってることにならない」と、私も笑いながら言った。笑うような話ではないが、笑わないでする話でもない。私がここで大真面目な顔になってしまったら、浩介でも少しは警戒してしまうだろう。

「――こういうイメージっていうのは、段階を追って少しずつ出てくるわけじゃなくて、隣りの部屋に移るように、コロッと入れ替わるものだからさあ」

と、私がこめかみのあたりで手をクルッと回して見せながら説明していると、浩介が、

「で、あんたはチャーちゃんが死んだときに、隣りの部屋に移っちゃったわけだ」

と思いがけないことを言い、私は、

「チャーちゃんかあ」

と、いまこうして見えている窓からの眺めが、チャーちゃんの病状がどうしようもなくなって死ぬことを事実として受け入れざるをえなくなったときに見た風景と同じものであるかのような気分で言った。そして浩介がチャーちゃんのことを考慮に入れてくれていたことにたわいもなく感激してしまってもいた。

チャーちゃんが死んで一ヵ月くらいしたときに浩介と酒を飲みながら私は、「チャーちゃんが死んだ瞬間に、おれはチャーちゃんがいつか生まれかわって、もう一度おれの前にあらわれることをありありと実感したね。あの感じは願望とかそんなものじゃなくて、おまえを見て『浩介だ』と思うくらいはっきりしたものだったね」と言ったのだったが(あのとき浩介は黙って聞いていた)、その実感だったものがいまとなっては私自身にとってあやふやになっていて、まるでキリストの再来を信じることができなくなってしまった宗教者みたいだと感じることがある。

チャーちゃんのことが頭から離れず、毎日悲しくて悲しくてしょうがなかった頃はチャーちゃんがいつも私の近くにいて、悲しみというものが近さの感覚を喚び起こすという心の作用を知って、その悲しみを媒介とするためにキリスト教徒はキリストが十字架

にかけられている姿をつねに持ち歩くようにしているのではないかというようなことも考えたものだったが、いまではもうチャーちゃんのことを思い出しても、私にはチャーちゃんが死んだあの頃ほどの強さで悲しみが襲ってこないことが普通になっていて、私は悲しみから解放されたのではなくて取り残されたように感じるのだ。

「チャーちゃんかあ」と言って私が黙ってしまうと、浩介も一緒に黙っていた。その理由が浩介も私と酒を飲んだあの晩のことを思い出したからなのか、ただあきれただけなのかわからないが、そうしているとドンドンと足音を立てながら森中があがってきて、

「やっぱ階上は暑いっすねえ」

と言いながら、一番暑いはずの南の窓に腰掛けて、

「うちでも、ホームページなんてしみったれたこと言ってないで、マイクロソフトとつるんで、社内ドメインの設計とかやりましょうよ」

と、例によって前置きをすっとばして言いたいことをしゃべりはじめた。

森中は暑いと言ったが風が吹き抜けてそれなりにさわやかになっているのはミケが証明していて、ミケは八月上旬までの猛暑のあいだの定位置だった北の窓ではなくて窓の下の壁と畳の角に雑巾を投げ捨てたようにだらんとだらしのない姿勢で寝ていた。ミケは森中の足音で目を覚まして頭を起こして、この部屋の敷居をまたいだら足の甲に嚙みつこうと思っているらしい様子になったけれど、森中が窓に腰掛けたのを見届けるとまた頭を畳につけて眠りのつづきに戻った。

「そんなデカい声で言わなくてもわかるんだよ」浩介が言った。

「しょうがないじゃないですかぁ。これが地声なんですから。人の欠点を攻撃してないでちゃんと話を聞いてくださいよ。社員にばっか仕事させて、自分はギター弾いて内田さんとぐだぐだしゃべってるだけなんだから――」

「またそうやって人を顎（あご）でしゃくる」私は浩介に便乗して言った。

「いいじゃないですかぁ、癖なんだから、しょうがないじゃないですかぁ。おれだってクライアントと会ってるときはしないように気をつけてんですから黙っててくださいよ。いまは大事な話してんですから。内田さんには（と、今度は顎でしゃくらなかった）どうせわからない話ですけど、まじめな話なんだから邪魔しないでくださいよ。だから社内ドメインなんですよ。

ウィンドウズ２０００になるとドメインの構築が新しくなるから稼ぎどきなんですよ。うちも便乗しましょうよ」

「階下（した）でそんな話してたの？」

「違いますよ。ちゃんとサイトの更新してましたよ。余計な写真なんか送ってくるから画像の読み取りに三十分もかかっちゃいましたけど、沢井さんだってちゃんと地味に働いてますよ。

そんなことより自分の方こそ、つまらないことは全部こっちに振って、階上（うえ）でギター弾いてるだけなんだから。こっちの身にもなってくださいよ。変なオヤジとか話が通じなくて目つきの悪いオタクとばっかりしゃべってんですから。ホームページ作成なんて、未来がないじゃないですか。十年前のワープロ入力代行業と一緒ですよ。三年後には誰でも作れるようになってますよ。そのときにどうするんですか。

ビル・ゲイツとつるんでれば、未来は保証されますよ。この世にコンピュータがあるかぎり、食いっぱぐれませんよ」

「森中、おまえこのあいだ、アメリカ主導型のグローバリゼーションの悪口言ってたじゃないか」

と浩介が言うと、森中はきょとんとした顔になって、

「なんのことですか」

と言った。

「グローバリゼーションなんて言ってませんよ。言ったかもしれないけど。

それとマイクロソフトは関係ないじゃないですか。ああ、あるか。いま丸の内とかの会社行くと、みんなバカのひとつ覚えみたいに『グローバリズム、グローバリズム』って言ってんですよ。内田さんなんか、この家の中にいて、野球見に行ってるだけだから知らないだろうけど、すごいんですよ、グローバリズムだらけで。『グローバリズムに乗り遅れちゃいけない』とか『グローバル・スタンダードに対応できるようにしとかなくちゃあ』とか、ホームページちょろっと作るぐらいで何がグローバル・スタンダードだって、言うんですよ。

何を笑ってるんですか。

あ、おれが誰かに入れ知恵されてきたとか思ってるんでしょ。そういう顔してますよ、二人とも。入れ知恵なんかされてないですよ。友達に聞いたのは本当ですけど。おれなんかより全然アタマ悪かったヤツが、『コンサルティング』とか言ってやれちゃってんですから。

イノハラって、言うんですけどね。そいつ、中学のときにみんなで虫の話してたら、『おれは虫の中で一番好きな食い物はエビだな』なんて言ったんですよ。エビとかカニとか、全部、虫だと思って食ってたようなヤツだったんですから――」

「おまえ、昔から虫の話が好きだったのか」

浩介がそう言ってる横で私がエビがおかしくて笑うと、森中は浩介に「どうだっていいじゃないですか」と言い、私に「こんなところで笑わないでくださいよ」と言った。

森中はエビの話を笑わせたくてしゃべったわけではなかったのだが、それはともかく森中は定位置の窓に腰かけていたから尻のあたりに傾きはじめた陽が当たっていて、しゃべりつづける運動量と一緒になってだらだら汗を流していた。おまけに風の通り道を塞ぐ格好にもなっていて、森中の汗の匂いが混じって体温で温められた風が、もわっと漂ってくるような感じだった。実際ミケはいつの間にか北の窓に寝場所を移っていた。

「アメリカ人はすごく働くんだぞ」と浩介が言った。

「アメリカ人がちんたらしてるなんて、高度経済成長期に工場労働者をその気にさせるためにでっちあげられた作り話なんだよ。日本のオッサンたちなんて、『忙しい、忙しい』って口じゃあ言ってるけど、結局アメリカ人みたいに働いてるわけじゃないんだよ。なんのかんの言って、毎晩酒飲んでる時間があるじゃないか。マイクロソフトなんかと仕事するようになったら、夜中でも働かなきゃならなくなるぞ」

「何言ってんですか。アメリカ本社じゃないですよ。マイクロソフト・ジャパンですよ」

「わかってるよ。いくらおまえでも、いきなり本社から仕事がもらえると考えるとは思わないよ――」

と言っていると、綾子が「置きっぱなしにして何やってんの」と言いながら、麦茶をお盆に載せてあがってきた。

綾子を見て森中は、

「あ、そうだったんだ」

と言って立ち上がって、ドンドンと音を立てて階段を降りていき、廊下を歩く音につづいてトイレのドアの開く音が聞こえてきた。そのあいだに綾子は敷居をまたいでミケに一回嚙みつかれて「痛ッ！」と声を出して、北側の窓の脇(わき)で畳に脚を伸ばしてすわった。

「森中、あたしが階上の二人に麦茶持ってってあげるって言ったら、『じゃあ、おれが行ってくる』って言ってたんだよ」

「じゃあ、いまの『あ、そうだったんだ』は何なんだ」

と私が言うと、浩介がすぐに、

「きっと、おれたちのところに来ようと思って立ったらトイレに行きたくなって、麦茶の前にトイレに行こうとして歩いてたら、階段の下でおれたちのところに来るのを思い出して、そのまま手ぶらであがってきたってことなんだろうな」

と言い、トイレから出た森中がどうするかと思って足音を聞いていると、今度はそのまま座敷に行ってしまったらしくて、

「いまは何するつもりになってるんだろうね」

と綾子が笑った。

それで浩介がマイクロソフトの話を綾子に訊くと綾子は「確かにそんな話してたよ」と言った。三日ぐらい前の朝出てきたときに突然「ちくしょう、腹立つな」とか言い出して、何のことだと思っていたら、ゆかりにマイクロソフトの開発や社員教育の予算がいくらあると思う？　というような話を一所懸命はじめて、その日は一日中「ちくしょう、腹立つな」ばっかり言っていたけど、途中からどこかのホームページの作成に手間がかかって、マイクロソフトでなくてそこに向かっての「ちくしょう、腹立つな」に替わっていたから、もうマイクロソフトのことは忘れたんだと思っていたというようなこ

とを言い、私は「森中もあいつなりに会社の将来を考えているんだよ」と言った。

「考えてるって言ってもさ。あれじゃあ、『何とかしなくちゃ』って言って、宝クジ買うのと同じことなんだよね。不景気になったり、展望が開けなくなったりすると、つい一発逆転を狙いたがるもんなんだけどさあ――」

浩介はいつか、役所の仕事というものが労働の実感を奪うどころではなくて、もともと実感なんか起こさせないような仕組みになっていると言ったときと同じような不機嫌な顔になった。こういうところでつい正直に気持ちを顔に出してしまわないような人間だったら、もっと楽して稼げるんじゃないかと私は思ったけれど、そういう人間とつきあえるかどうかはまた別の話で、

「ふるさと創生資金の一億円を、全額宝クジに注ぎ込んだ町があったよな」

と私は言った。

「あったねえ」

浩介は相変わらずおもしろくなさそうな調子でそれだけ言うと、気を取り直して（かどうか知らないが）ギターを弾きはじめた。綾子は浩介に訊かれたことだけしゃべってしまうと、あとは畳の上に伸ばした脚の爪先を見たり、顔を下に向けて髪の毛の枝毛か何かを見たりしていて、もう浩介と私の話は聞いていないみたいで、私は綾子の自己イメージはどういう風になっているんだろうと思った。私自身はこうしていまこの部屋に

三人でいるあいだも、綾子の上の鴨居のあたりから自分も含めた三人が見えているような気がなんとなくずうっとしているのだが、綾子にはそういう気分がまるっきりないのかもしれない。

しかしそうだとしたら綾子の場合の記憶はどうなるんだと思う。小学校の頃でも会社に勤めていた頃でもいつのことでもいいけれど、思い出そうとすると必ず自分の姿も一緒にその場面に登場している。もちろんその姿は薄ぼんやりだけど、そんなことを言ったら記憶の中の情景全体が薄ぼんやりしていることになっていて、自分の姿だけが薄ぼんやりしているわけではない。と、そんなことを考えていると、綾子が畳に投げ出した脚の爪先を見たまま顔を上げずに、

「3Dの絵って、見れない人には全然見れないんだから、幽霊だって見れない人には同じなのかもね」

と言い出した。

3Dの絵というのは、ごちゃごちゃごちゃした色盲検査の図柄のような絵のことで、ただ普通に見るだけではごちゃごちゃした図柄でしかないが、目の焦点の合わせ方でググッと形が浮き出してくる。赤という色とか、三角という形とかは、人が見ていなくても赤や三角だけれど、3Dで浮かび出てくる絵は人が見ることによって存在するのか、それともやっぱり人が見なくても存在しているということなのか私にはどうもわからないのだが（しかし、赤という色や三角という形もどこまで不変なのかというのも本当はや

っぱりわからないのだが）、綾子の言葉で私が幽霊ではなくて3D（スリー）の不可解さの方を考えはじめていると、浩介が私を見てちょっと笑って、

「森中が来るまで、さっき二人でその話をしてたんだよ」

と言った。

「へえ、そうなんだ」

しかし綾子の話はそれだけで、つづきを浩介と私で待った間（ま）がそのまま沈黙になりかけたのだが、そこに今度はゆかりが階段をあがってくる音が聞こえてきて、ゆかりは笑いながら、

「綾子さん、あたしを森中さんと二人にしないでください」

と言いながら、残りが三分の一ぐらいになった麦茶のポットと自分のグラスを部屋の真ん中のテーブルに置いて、そのそばにぺたりとすわった。

ミケは浩介と綾子と森中には嚙（か）みつくけれど、ゆかりのことはどういうわけか敷居をまたいでも嚙みつかないことになっているのだが、それはともかく、ゆかりは森中さんがいると部屋が暑くなるとか、一人でずうっとしゃべっていて独り言だと思って聞き流してると急に「ね、そうだろ？」とか相槌（あいづち）を要求してきて、訊き返すと「しょうがねえなあ」とか言いながらまた同じ話を繰り返すから二倍うるさくなるとか、あたしが隣りで読んでる本を覗（のぞ）き込んで「どんな本なの？」「そんなの面白いの？」「どこが面白いの？」と興味もないくせにいちいち訊いてきてうるさくてもうイヤだなどと言っていた

のだが、そのうちに、

「叔父ちゃん、前にスプーン曲げの話、したでしょ」

と言い出した。ゆかりはもともと私のことを「叔父ちゃん」と呼んでいたのだが、みんなの前で「叔父ちゃん」と言うたびにからかわれるのでしばらくは「内田さん」になっていたのだが、最近はまた半分面白がって「叔父ちゃん」に戻っていて、叔父ちゃんである私が、

「そんな話、したっけ」

と答えると、浩介が、

「けっこうしょっちゅうしてるからな」

と、横から言って、「言ったの」と、ゆかりが念を押すように私を見た。

「そのときね、スプーン曲げを信じない人はテレビ局のスタジオでもどこでも『曲げて見せろ』って言うけど、スプーン曲げにかぎらず一回しかできないこととか、よっぽどコンディションがよくなかったらできないことがいっぱいあるって、言ったの。

だから、みんなが見てる前で『もう一度やって見せろ』って言われて、それでできなかったからと言って、スプーン曲げが嘘だっていうことにはならないって――」

「それはいかにもおれが言いそうなことで、しかもゆかりが考えそうなことではないから、おれが言ったんだろうな」

「だからあんたが言ったんだよ」

「でもそれはきっとスプーン曲げの話をしたくて言ったことじゃないんだろうな」と私は言った。

「え？　じゃあ何だったの？」

「それはきっと小説家という職業の話だったんだろうな」と私はゆかりに言った。つまり、私は小説家でいままで十年間小説を書いてきたわけだけれど、これからもずうっと書いていけるという保証はどこにもない。いまは小説を書かずに別のことばっかりやっているけれど、かりにいまが小説を書いている最中だとしても毎日同じように書けるなんていうことはなくて、同じ場面を書いていても、いろいろ考えが浮かんでスラスラ書ける日と全然浮かばない日がある。——ということがそのとき言いたかったことの中心のはずで、そのついでにきっと私はスプーン曲げの話を持ち出して、スプーン曲げというのはやっぱり特殊な能力なんだから、いつも曲げられるわけではないはずで、「超能力があるというんだったら、どんな条件でも曲げられなかったらおかしい」と言う人たちは、能力というものがつねに一定なわけではなくて、それを維持することがすごく難しいことを知らない人であり、いつもそこそこのことしかしてなくて力を振り絞るということがどういうことなのかわかっていない人なんだ、ということを言いたかったんだろうと私が言うと、

「そうかなあ」

と浩介が笑って、「おれにもあのときの話は小説家の話じゃなくて、スプーン曲げの

話に聞こえたけどねえ」と言っていると、ゆかりが、

「あたしにはいまもスプーン曲げの話に聞こえた」

と言った。

「だって、スプーン曲げの話だよね」

と、綾子が爪先に目をやったまま言い、浩介がさらに、

「森中だったら、小説家が超能力を使って書いていると思うかもしれない」

と言っていると、外でカラスがギャアギャア激しく啼く声が聞こえてきて、見るとカラス同士が激しくぶつかっているところだった。

「すごいぞ」

と、三人に向かって言って私は窓まで行ってカラスの姿を追った。

二羽のカラスは明らかに一方がもう一方を攻撃していて、ぶつかられたカラスはバサバサと逃げていくのだが、もう一方がしつこくそれを追いかけ、遠ざかりながらどんどん上昇していくからこのまま視界から消えてしまうかと思っていたら、逃げている方が方向転換してまたこっちに戻ってきて、攻めている方が咬みついたのか足で摑みかかったのか、「ギャッ、ギャッ」という声がして、二羽がバサバサ羽を激しく動かしながら縺れ合い、縺れ合ったと思ったらそのまま錐揉み状態で二羽で落っこちはじめた。さすがに鳥だからそのまま下まで落ちるなんてことはなくて、途中で分かれて、二羽が別々の方向に飛びはじめたが、一羽がボートのオールでも漕ぐみたいに必死に羽をバタバタ

やってもう一羽の方に向きをかえて攻撃をつづけるために追いかけ、そうしていると他にカラスが十羽ちかく集まってきて、集まったカラス同士がギャアギャア啼き交わしはじめて、やられっぱなしのカラスは今度は向きをかえたりしないでひたすら真っ直ぐに逃げていったので、そのうちに完全に視界から消えてしまい、

「すごかったなあ」

と、私は横に立っているゆかりと綾子に言った。

「すごいねえ」

「あんなことやってるんだねえ」

「テリトリーに入っちゃったのかしら」

「カラスは体が重いから、羽ばたきが大げさだよな」

「迫力あるよね」

「ちゃんと逃げられたかなあ」

「もう戻ってこないのかなあ」

「スズメもあれ見てたのかなあ」

「え？　『こわぁい……』って？」

「あ、戻ってきた」

「あれは違うだろ」

「ていうか、もう区別つかないよね」

などと言い合って、三人で部屋の中に顔を向けると浩介だけはギターを抱えたままま
わっていたが、目が合うと、

「激突したところはちゃんと見えたよ」

と言った。

「この位置はけっこう見えるんだよ」

「じゃあ、見れなかったのは森中さんだけだ」

「あいつは鳥じゃなくて虫だからいいんだ」

「でもカラスって、わりとしょっちゅう喧嘩してるよね」

と綾子が言ったということは、綾子は綾子なりにやっぱり空を見ているということだったのだろうが、私もいまの喧嘩がはじめてではなくて何回か見ている。だからこそ「喧嘩だッ」と思ってすぐに立ち上がったりすることができたのだが、ああして三人で並んで見るのは一人で見るよりも絶対に面白かった。

短い時間だったのでいちいち感想を言い合う暇もなかったのだから、感想を言うことが問題なのではなくて、自分以外の目が自分と同じものを一緒に見ていると感じられること自体に何かがあるのかもしれなかったけれど、見ている最中に感想をしゃべっていないとは言っても、心の中ではやっぱりすでに感想をしゃべっていた。

浩介と短い言葉を交わすと、私たち三人はまた息を合わせたみたいに自然と元の場所に戻り、しばらくはいまの喧嘩の原因が、あの一羽がテリトリーを侵したからなんじゃ

ないかとか、空はこんなに広いのにテリトリーがあるなんて人間と同じだとか、しかし空はいくら広くてもやっぱり巣は木に作るしかないんだから空の広さはこの際関係ないとか、道路みたいに入り組んでいるところより何も障害物のない空の方がかえって逃げにくいのかもしれない、なんて話を綾子も入ってしていたのだけれど、私は私で、一人でこの部屋にいるときに外を見ていることが多いけれど、そのあいだももしかしたら私以外の誰かの視線を仮想しながら見ていて、その私と同じものを見ている視線に向かって話しかけているのかもしれないというようなことを考えはじめていた。

　この部屋から見える外の様子は、風景といえるほどの一般的な面白さはないけれど、それでもやっぱりここに住んで時間が経(た)つにつれて、去年の秋ぐらいから何かしらの面白さが感じられるようになりはじめて、それからは私はずうっとここからの眺めを退屈しないで楽しんでいる。

　それはつまり同じ外の様子を毎日眺めつづけた時間か行為の蓄積が自分の中のもうひとつの視線になったということで、その蓄積と言葉を交わすようにして見ているということなのかもしれない。何しろこの家の中でも二階は一階ほどには一日のうちの長い時間を人がいたようなところではなくて、伯父や伯母が二階を普通に生活空間にしたことはなかったし、従姉兄(いとこ)たちにしてもここから私みたいに毎日外を見るなんてことはしていなかったはずだから、私が言葉を交わしている視線はかつてここに実際に住んでいた人たちの視線ではないのだが、こうして私に見えている外の眺めはこの家の二階のここにある眺めであって、それは動かしようがない。

人が空間の中に生きているかぎり、空間と何らかの折り合いのつけ方をしているわけで、「私」という特定の主語がここからの眺めを見ているのではなくて、私でなくても誰でもいい誰かがここからの眺めを見るという、そういう動作の主語の位置に暫定的にいるのがいまは私なのだという風に感じられることが、空間との折り合いのつけ方のひとつなのかもしれなくて、それなら自分の中に蓄積された時間や行為という考えは少し単純すぎると思った。

外の空き地の向こうに立ってこの部屋を見ていたときに、そうしている自分が部屋の中にいる自分から見られていると感じたのもそのバリエーションで、つまりはあのとき私は部屋の中にいる自分に見られていたのではなくてこの部屋そのものから見られていたということなのではないかというようなことを、ゆかりと綾子の二人がカラスの話をしているときに考えはじめていたのだが、込み入っていたし、浮かんできた考えも断片ばかりだったので、こういう形にまである程度整理がついたのは、三人が階下に降りてからだった。

それでそのときはカラスの話をしばらくしていると、ゆかりが友達と待ち合わせをした時間になるからと言って支度をしに降りて行き、それにつられて綾子が立ち上がり、ついでに浩介も立ち上がったので、スプーン曲げの話はあれだけで尻切れトンボになり、

次の日は私が昼間から出掛けてそのまま横浜球場に行ったので、その話のつづきが出たのは二日後のことで、

「スプーン曲げの話をしたときに、『一回しか起きないことだってある』って、叔父ちゃん言ってたでしょ」

と、ゆかりはさっきまでの話のつづきのようにしてしゃべりはじめた。部屋には浩介と綾子がいて、南の窓には森中もいて、ゆかりは話をつづけた。

「あのときじゃないときにも、『一回しか起きないからと言って、一度も起きてないことと同じにしちゃいけない』とか、『一回起きたら、一度も起きないこととは全然違う』とか言ってたでしょ」

「何かが一回だけ起こって、地球の上に生命が発生して進化をつづけるプログラムのスイッチが入ったのかもしれないんだからな」

「そういうことじゃなくて――」

と、ゆかりが言ったがギターを弾いていた浩介が、

「最初の生命は隕石にくっついて来たっていう説もあるんだよね」

と、さらに関係ない話をはじめた。

隕石にくっついて最初の生命が来たのだとしても、宇宙のどこかで最初に生命が生まれたことの説明には全然ならない。それぐらいのことは森中にだってすぐにわかって、森中がそれを言うと、「だから科学者も相当インチキなんだよ」と浩介は言った。

「おれたちが子どもの頃には、地球外生命が存在する可能性はないって言われてたよね」

　つい二十年か三十年前まではそう言われていたものが最近では、宇宙の中で地球に似た環境を持った惑星が存在する可能性を計算して、その中で生命が存在する確率を計算し、さらにその中で知的生命体が生存している確率を絞り込むということまでしている。だからコンピュータがいけないんだと浩介は言った。

　湯川秀樹が中間子理論の計算をしたときには、複雑な計算式を最後まで解くのに一年以上かかったと言われているのに、コンピュータだとあっという間にできてしまう。計算に膨大な時間がかかっていた時代は、科学者たちは特別な瞬間を想定してそこに考えを集中させていたのに、計算が楽になってしまったために、科学者は特別な瞬間を回避してすべてを統計や確率の産物にしてしまうようになった。

「でも科学って、そういうもんだろ」と私は言った。統計や確率の中に浮かんでいるのが科学にとっての世界像なんじゃないかと私が言っていると、綾子が、

「一回だけスイッチが入ったんじゃなくて、本当はそのあともずうっと同じことが起こってるんだけど、もうあるから隠れちゃってわからないっていうことはないの？」

　と言い出した。

「沢井さんって、急に難しいこと言いますよね」

夏休みが終わってすぐの頃だったが、森中が私に「内田さんもインターネットぐらい

使えるようになりましょうよ。文学でも哲学でも何でも検索できちゃうし、ＮＡＳＡとか東大の何とか研究室のホームページなんかも簡単に見れるんですから、いいですよ」と言ったときにも綾子が、そういう結果はいろいろ見ることができるけど、「入力した人はずうっと考えてるんだから、検索してる人は全然わからないよね」

と言ったことがあったのだ。森中は「だって、新しい結果が出たらまた更新するんだからわかるじゃないですか」とか、「科学って進歩するものなんだからしょうがないじゃないですか」などと言って、綾子の言いたい、結果はわかっても結果に至るプロセスがわからなければわかったということにはならないんじゃないかという気持ちがなかなか通じなかったのだが、今回も綾子の考えていることはそれに似ているみたいで、私と浩介が顔を見合わせていると、あのときには旅行に行っていたゆかりが、綾子に顔を向けて、

「生きていることは奇跡だってこと？」

と、飛躍したことを言った。

綾子はしかしすでに自分に投げられた質問とは思っていないらしくて、何も返事をしないで爪先に目を落としていて、私がかわりに、「それじゃあ、歌の歌詞みたいじゃんか」と言った。

「生きていることは奇跡だ」はすぐに意味が通じて、だから歌詞にも使えるけれど、綾子がいま言ったことは簡単には伝わらないから歌詞にはできない。しかしすべての考え

や気持ちが歌詞になるとは限らないわけで、そういうものはすぐに自分の言葉に変換しないで、そのまま憶えておく方がいいんだと私は言った。

そう言われてもゆかりは釈然としない顔をしていたけれど、そのうちに森中が、

「だから、ゆかりが言いたかったのはナオネエが見た風呂場の影のことなんですよ」

と言った。

「風呂場の影がたった一回きりのものなのか、そうじゃなくて、それからも出たのにこの家の人が見てなかっただけなのかって、そういうようなことだったんですよ。ねえ、そうですよねえ」

「だから森中さん、あたしにまで敬語で話さないでください」

「しょうがないじゃないですか。いちいち面倒くさくて使い分けられませんよ」

「ナオネエ」というのは奈緒子姉のことだ。夏休みまでは妻の理恵だけが使っていた呼び方だったが、あのときに浩介が会って以来、「ナオネエ」という呼び方がみんなに定着してしまったらしかった。

私は一回伸びをするように両手を広げて、次に頭を掻いて、

「そんなにおもしろい？」

と訊いた。

「おもしろいじゃないですか。

内田さんはおもしろくないんですか」

「おもしろいかどうかわからないんだよな」

「じゃあ、おもしろくないってことじゃないですか」

「だって、誰も本気で怖がってないんだろ？」

「でもちょっとはぞくっとしますよ。ねえ」

と、森中がゆかりを見ると、ゆかりも、

「最初聞いたときはぞくっとした」

と言った。

「でも、もう平気なんだろ？」

「だって、この家って、どこでもちょっとずつ怖いもんね」

「じゃあ、もう関係ないってことじゃないか」

「そういう言い方しないでくださいよ」と森中が言った。「だって、ナオネエは『ギャア』とか『キャア』とか言ったわけなんだから、全然何も起きなかったってことはないはずじゃないですか。社長はドッペルゲンガーだとか言ったけど、そんなもん、普通の人は見ませんよ」

ドッペルゲンガーというのは自分の分身を見てしまう妄想の一種のことで、それはやっぱり奈緒子姉には当てはまらないと私も思った。浩介がこのあいだ言っていたように、森中もゆかりも私の前では遠慮して、興味を抑えてしゃべっているのかもしれなくて、

この三人が何をそんなに盛り上がっていたのかよくわからなかったが、

「叔父ちゃんは幽霊って、いると思うの？」

と、ゆかりに言われて、そんなこと訊かれるとつい笑ってしまうのだが、笑ってしまう自分の反応は不思議だった。

「それが困るんだよ」と私は言った。

つまり私は自分が幽霊がいると思っているのかいないと思っているのかがわかっていない。だから「いると思うの？」と訊かれて笑ってしまったのは、一種の社会的な顔みたいなことだが、当然浩介はいるとは思っていない。いると思っていないからドッペルゲンガーのような心理的な原因を考え出すのだが、浩介より先にゆかりに「いると思ってるの？」と訊くと、ゆかりもちょっと笑ってから「うん」と頷いて、

「だって、見たっていう人がいるんだから」

と言い、窓に腰かけている森中も「ですよねえ」と言った。

「内田さんも、ちゃんと自分の考えを言わなきゃ、ズルいですよ」

「ズルくてもいいんだけどさあ——」

と、私がそこでまた考えていると浩介が、

「UFOが未確認飛行物体の総称だというのと同じ意味で、幽霊っていうのも未確認の像の総称だった——て、言いたいんじゃないの」

と言った。たんに「確認できない飛行物体」という意味にすぎなかったUFOが、い

つの間にか円盤という実体になってしまったように、視界をよぎった影とか障子に映った影や説明のつかない物音を総称して「幽霊」と呼んでいたものが、夜を恐れる気持ちなんかと結びついてまるで独立に存在しているものであるかのようになってしまったんだと、浩介が私の説明を先取りするように、森中とゆかりと綾子の三人にしゃべったのだけれど、三人とも全然納得していなかったし、私の考えの代弁にもなっていなかった。それではこれが浩介自身の考えかと言ったらそういうことでもなくて、この説明は、何といえばいいか、単純で明確すぎた。

「怪談の世代」であるこの三人をおもしろがらせつつ納得させるにはもっと陰影が必要なはずで、それは同時に私自身の気持ちでもあった。

「でも『幽霊』って言っちゃったらつまらないんだよな」

と私は言った。浩介は「ほら」というような顔でこっちを見たけれど、私の言いたいのは浩介がいま言ったことと逆を向いていた。

「だから、『超常現象』でも『超自然的現象』でも何でもいいですよ」

と森中が言い、

「そのカテゴライズする思考法がおもしろくないんだよな」

と私が言うと、森中はこれ見よがしに貧乏ゆすりをして、

「煮えきらないオヤジだなあ、まったく」

と言った。

「きっとすべては場と人間の関係なんだよ」と私は言った。

「わかんないこと言わないでくださいよ」

と森中は一瞬やめかけた貧乏ゆすりをさらに激しくして見せたけれど、私にはそうとしか言えなかったし、それ以上に具体的な何かが思い浮かんでいるわけでもなかった。

「じゃあ、何かが起きたんだと思うんですか、ナオネエが見たつもりになっただけなんですか。それぐらい言えるでしょう」

「起きた――」

と私が渋々言うと、森中は「いいですねえ」と立ち上がって、大きく一歩私の方に踏み出して、手を差し出して、

「握手！」

と言って、私の手を握った。

私たちがどう解釈しようがあったことはあったことで、なかったことはなかったことだけれど、私たちの態度によってそれは姿を変えるかもしれないというようなことを思いながら森中にバカバカしくもきつく握られた手をほどいて、

「さあ、水撒きの時間だ」

と言って、私は立ち上がった。

あのとき水を撒いて以来、夕方の庭の水撒きが私の楽しみになっていて、朝八時頃に

簡単に一度撒き、夕方五時くらいの陽射(ひざ)しが弱くなったところでもう一度丁寧に撒くという新しい日課がはじまっていた。

　もっとも野球に行く日はまだ陽射しが強すぎるので夕方の水撒きはできないから、昨日はいままでどおり綾子が撒いてくれていたはずだったが、綾子がいなかった去年はどうしていたかというと私をあてにしない妻が朝出掛ける前にざっと撒いて、夕方はというと去年の夏は夕立ちがやたらと多かったのでそれでけっこう助かっていたし、春に引っ越してきたばかりだったので鉢植えの数もいまほど多くなかった。

　妻の理恵は私のことを、猫の餌(えさ)を出すのと、猫のトイレを片づけるのと、猫と遊ぶという、つまり猫のことだけは毎日きちんきちんと人一倍熱心にやるけれど、それ以外のこととなると家の掃除も料理も庭の草むしりなんかも本当に気まぐれにしかしないと決めつけているから私には何も任せようとしなかったが、みんながいないときに水を撒いてみたら、かつてここに遊びに来ていた頃に撒いていたときのように、水を撒くことが急に楽しくなった。単調な作業というのは、横浜球場のスタンドで、タン——、タン——、タンタンタン、という同じリズムをメガホンで叩(たた)きつづけるのと同じように、繰り返すにつれて、何とも言いようのない楽しさが感じられるようになってくるものなのだ（きっと）。

　西から東に長く伸びている庭の入口から玄関にかけてのあたりは妻の鉢植えで、小さくて赤い花を咲かせるバラは葉も小さくほとんど円にちかい形をしていて葉の縁のギザギザも二メートルも離れれば見えず、バラと同じくらい小さな実のなる野生種のイチゴはいまでもポツリポツリと実をつけていて、今日はまだ取って食べるほどにはなっていなかったけれど、葉は春にまだ私が興味を持たずに見ていた頃と比べてあきらかに大きくなっていて、長円というよりも菱形みたいな葉が一ヵ所から三枚ずつ広がっていて、縁のギザギザが大きく葉脈もはっきりしていて、ホースの水があたるとその葉の群れが茂みがざわめくように揺れて、水のあたる葉の面積が広いので水と葉、葉と葉がぶつかる音がざざざざっとする。

三つあるイチゴの鉢の一番大きい鉢には、妻が寄せ植えをしたのか種が隣りの鉢から紛れ込んだのか、ひょろっと伸びた茎に葉がぽつりぽつりとついている感じがハコベのように見えるのが生えていて、ハコベより茎も高く伸びて葉も大きくて葉の縁もギザギザで、近づいて見ると白い産毛で覆われていて白い小さな花もついて、見ていると香りがしてくるような気がして、かと言って鼻を近づけてもそれらしい匂いはしないが、指で葉をこすってみるとやっぱりミントらしき匂いがするからやっぱりミントなのだろう。

小さなイチゴとたぶんミントの鉢が一番下の段に載っている三段の台の一つ上には「サラダバーネット」と、買ったときのプレートを憶えに挿している鉢があって、サラダバーネットは一点から細い茎が繊細な感じで放射状に、あるいは噴水のように伸び広がって小さな小さな葉が舌平目の骨のように規則正しく左右に並んでいて、根元に近いほど葉は小さく遠ざかるほど大きくなって、大きい葉は普通のやや長円の丸みのある葉の形だけれど、小さい葉は扇のような二枚貝の貝殻のような、広がるだけで葉先がせばまらない形をしていて、小さい葉から大きい葉への形の変化が一つの茎に並んでいるのを見ると、植物というより貝か何かの成長を俯瞰しているような気分になり、ホースの水があたると規則正しく並んだ小さな葉が微細に刻まれたリズムでシャラシャラシャラシャラシャラ……と揺れつづける。

その放射状に伸び広がる茎の同じ根元から三本だけにょろにょろと丈が高くて太めの茎が伸びていて、その先にクルミをずっと小さくしたような萎びた固まりがついているのは花の痕跡なのだろうが、いつ咲いていたのか私は憶えていなくて、繊細に放射状に広がる茎からにょろにょろと全然違う茎が伸び出ているのは本当に同じ一つの株なのかと思うほどおかしな取り合わせになっていて、それがまた植物というものなのだろうが、その鉢の隣りにもやっぱり憶えのためプレートが挿してあってそれには「アメリカンブルー」と書いてある。

アメリカンブルーはサラダバーネットよりずっとしっかりした茎が広がっていて、こっちには放射状のような規則性はなく、こまかく折れ曲がりつつ伸びている。葉は同じくらい小さいけれど長円で縁にギザギザはなく、色はやや濃いめの緑で白い産毛に覆われていて、他よりも厚みがある。たしかこのあいだまでは青か紫の小さな花をいくつもつけていたと思うがいまは花は咲いていなくて、葉に厚みがあるということはそこに水分を蓄えられるということで、水を撒く前に他の葉はしんなりぐったりしているのに、このアメリカンブルーの葉は半日程度では陽射しにやられていなくて、水があたると不規則に折れ曲がって伸びている茎が、隣りのサラダバーネットと対照的なリズムのなさで、ゆらり、ゆらら、ゆらゆらゆらり、ゆら……と揺れる。

しかし葉に厚みのある植物がすべて水分を蓄えられるわけではなくて、台の隣りの大きめの鉢に植えられていて私がいまだに妻から名前を聞いていなくて、ここに並んだ鉢植えの中でも目立って丈があって、大きな葉が広がっているやつはすぐに水分を使い果たしてしまうのか、朝も夕方も水を撒くときには全部の葉が弱々しく萎びて下に垂れている。茎も葉も白にちかい薄緑色というのか、ビロードのような白い毛が表面を覆っているから奥の色が隠されて白に見えるのか、太いけれど簡単に折れてしまいそうな茎が五本六本と一つの株から分かれていて、大ぶりの葉は蘭にちかいようだけれど何とも言いようのない不定形で、水があたると水の勢いで茎が傾き、水があたっているあいだずうっと同じ角度に傾いていていて、水が逸れると元に戻る。

しばらく水をかけたあとも葉は力なく下に垂れたままだけれど、水撒きが終わる頃にはいつも大きな葉に張りが戻っていて、他の小さな草花が水がかかるとすぐにいきいきするのと比べて、この大きな葉にだけ時間差があることでかえって、根が吸い上げた水が長い茎を通って葉にまで辿り着くという、植物の静かだけれど思いがけず活発な活動の現場に立ち合ったような気分になる。この大きな葉に芯が取り戻される張力の原因が水だけというのも不思議というか説明不足の感じがして、生命力という言葉が浮かんでくるが、それでもやっぱり水なのだと言うのなら、水というもののことがまだ全然知られていないんじゃないかと思う。

その大きな葉の鉢の隣りは雪柳で、雪柳は三月だったか四月だったかには粉雪が積もったように白くてこまかい花をいっぱいにつけていた。いまは先が尖(とが)っているくらいに細長い小さな葉がほぼ放射状にまっすぐ伸びている細い茎にそってずうっと並んでいて、草ではなくて低木だから茎といっても枝なのだろうが、その細い枝に葉がいっぱいついているので水があたると鉢から外に広がった枝が、暴風雨に樹木が揺れるのをそのまま小さくしたように激しく揺れて、それまで一日陽に照りつけられて葉の色がくすんで輪郭もぼやけていた外観が水にあたった途端に変わって、葉の明るい緑と枝の濃い茶色の対比がはっきりする。

それでまた鉢を並べている三段の台の一番下に戻ると蕗(ふき)の葉をすごく小さくしたような葉が細くてにょろにょろした茎についているナスタチウムの小さい鉢があって、にょろにょろした茎からさらに細いツルみたいなヒゲみたいな茎か変形した葉が何本も出ているためになおさら全体がにょろにょろ、もしゃもしゃした感じになっていて、このあいだまで三つ咲いていた花はオレンジ色で朝顔を小さく平面的にしたような花だったと思うが、日曜日に妻がサラダに入れて食べてしまった。味は菊みたいに記憶に残るものではなかったが、それはともかく葉が薄くて茎もまったく芯がないみたいににょろにょろふわふわしていて、しかもその全体が茂るというより疎(まば)らなので水があたっても音は聞こえない。

　ホースから噴き出す水はそれだけで音がするし、水は私の視界の外の鉢植えの向こうに並んでいるツツジにもそのまた向こうのブロック塀にもあたっていて、必ずどこかにぶつかっているのだから、ホースで水を撒いているあいだはずうっと水が何かにぶつかる音が水自身の音のようにして聞こえているけれど、それでも野生種のイチゴなんかは水が葉にあたる音がはっきり聞こえてくるのにこのナスタチウムからは何も聞こえないように感じる。でもだいたい音というのは本当に耳だけで聞いているのだろうかと思う。ナスタチウムの茎がにょろにょろ、いかいか、もしゃもしゃしていると感じるときの擬態語は五感のどこから出てきているのだろうか。言葉はもともと聴覚のものだから視覚や触覚に聴覚を重ね合わせたのだろうが、擬態語が生まれるときには視覚や触覚と聴覚がそれぞれ単独に機能しているのではないんじゃないだろうか。

　その隣りの鉢は鳥の巣のように棕櫚（しゅろ）か何かの材料で作った凝った鉢だけれど、いまはイネの葉のような雑草しか生えていない。これには五センチ間隔ぐらいで節があって、節ごとに先が尖った細長い葉が伸びていて、これに穂がついてネコジャラシになるのかもしれないが、いくらジョジョが天然もののネコジャラシに反応するといってもそのために妻がこんな鉢を買ったはずがなくて、去年の夏に買った花が一年草で、それがそのままになっているということなのだろう。全体に水を撒いていればこれにもかかるけれど、ここからも音は聞こえてこない。

その隣りとそのまた隣りの横長の鉢はたしかサフィニアという花で、二つの鉢とも白といくらか青味を帯びた赤い花が咲いていて、形は昼顔にちかいけれどそれよりもう少し厚みが感じられる。同じ一つの株から白と赤の二種類の花が咲くことはないのだろうが、花と葉が密生しているために二色の花が同じ株から出ているのか別々の株からなのか中まで探ってみてもやっぱりよくわからない。葉にも厚みがあるから半日ぐらいでは水分を失ってぐったりしたりしていなくて、水をかけても花と葉の奥に吸収されてしまうように柔らかい音しか聞こえてこない。

鉢植えに水をかけてはその向こうに並んでいるツツジに水をかけ、また鉢植えに戻り、またツツジに水をかけてそのついでにブロック塀の向こうにまで、ホースの噴き出し口の水の形を切り換えて水を飛ばし、鉢に撒いているあいだは水が扇形に横に広がる口にしているのだが、それではツツジまでしか届かないので、普通にホースの先をつまんだような、まっすぐ太く噴き出す口に合わせて、大きく水の弧を描いていると虹(にじ)ができる。虹といっても空にかかった大きな虹みたいに不意に見つけるわけではないので感動はないけれど、それでも光のスペクトルはそのつどしばらく見てしまうことになっていて、勢いよく隣りの空き地に向かって水を噴き出していると、

「そんなことしてた」

と、綾子の声がした。

ゆかりでも誰でも他の人だったらもっと近づいて声をかけるものだと思うけれど、綾子から不意打ちするような近さで声をかけられた記憶はなくて、水を撒いていたあいだ私は上の方から自分を含めた全体の光景を眺めている視界をまるっきり意識していなかったというか、ただ水を見つめる視界だけしか私にはなかったような気がしたが、

「どうしたの」

と訊くと、

「見に来ただけ」

と、ミュールのヒールの分だけ私より背が高い綾子が言った。

「もう撒き終わっちゃった?」

「これからだよ。まだ鉢に撒いただけだもん」

私の返答に綾子は「しええぇ」と、どこまで気持ちをともなっているのかわからない感嘆詞のような言葉を口走った。

私の水撒きは空き地からツツジにいったん戻って、ホースの噴き出し口をそのままにして隣りの紫陽花に移り、紫陽花は葉が大きいので鉢植えよりずっと激しい音をたてた。もう本当にバリバリというような打ちつける激しい音をたてながら葉が下を向いたり、水が下からあたっている葉は上にまくれあがったりして、水が逸れると数秒間揺れたあとで静かになる。

「便利になったもんだよな」

と、私は綾子に言った。

かれこれ三十年前、私がここで水を撒いていた頃はこんなホースの噴き出し口は開発されていなくて、私はホースの先の絞り方をいろいろに変えて水の形と強さを調節していたものだった。しかし指でつまむ調節では、流れを太くすると水圧が弱まり、細く絞ると水圧が強くなるという単純な反比例の関係で、この噴き出し口のようにふわっとした霧のようなものは作れなかったというか、考えもしなかったから、

「すごいもんだよな。

ほらっ」

と、いままでさんざんこの同じホースで水を撒いている綾子に噴き出し口を切り換えて見せると、綾子はくすっと笑ったけれど、この「くすっ」は聴覚ではなくて視覚の「くすっ」で、つまり声は聞こえなかった。

私が子どもだった頃からこの庭の入口にツツジが並んでいたことは憶えているけれど、紫陽花はなかった気がすると私は言った。

紫陽花なんて珍しくないから記憶に残らなかっただけかもしれないが、その隣りの南天はよく憶えていて、紫陽花がいま生えているところにはホオズキが雑草のように何本も生えていた気がする。ホオズキがあまりに無雑作に生えているので、子どもの頃はホオズキなんてどこにでも生えているものだと思っていたが、地面にじかに生えているホ

オズキはこの庭でしか見たことがないかもしれないと、私は綾子にしゃべりつづけたが、水の行く先を見ていたし、水があたる音がずうっとしつづけているので、たまに振り向いたときにちゃんと斜め後ろについてきている綾子が頷きもせずにただぼんやりどこかを見ているだけなのか、それとも頷きながら「ふん、ふん」とでも言っているのか、そういうことはわからなかった。

　紫陽花と南天はツツジからの並びでブロック塀の近くに植えられているけれど、ここから奥になると木が二列になって、手前が低木で塀の側に丈のあるのが生えている。おととしの秋に英樹兄が植木屋を入れたきりなので木がだいぶ枝を広げはじめていて、入口近くから縦長のこの庭の奥を見ると雑然としているけれど、それは同時に夏の木の自然な猛々しさであるようにも見える。いずれにしても秋になったら植木屋に頼まなければいけないのだろうが、それはともかく二列の木の手前の金木犀に水をかけると、厚みがあって色の濃い長円の葉からバシバシというかバリバリというか強い音がして、葉が小刻みに揺れて、全体がぐらりぐらりと大きくしなった。その音を聞いて二本先の松の下あたりにいた焦げ茶のトラ縞の猫が逃げる姿が見えたが、強い音の原因はそれだけではなくて向こうに夾竹桃があるからで、夾竹桃は笹のような細長くて硬い葉で、二階の屋根ぐらいまで伸びていて、濃い桃色の大きな花を咲かせているのが私には空に向かって咲かせているように見える。

　手前の金木犀も奥の夾竹桃も子どもの頃にここで見た記憶はないと、水がバリバリ葉にあたっているので私は声を強めて言った。どちらも木登りするような木ではないから子どもの印象に残らなかったということも考えられるけれど、ここの庭と鎌倉の家の庭に咲いていた花は見馴れている分、他の場所で見かけたときに軽い親しみのようなものを感じることになっていた。夾竹桃の花にも金木犀の花にもそういう気持ちは感じなくて、夾竹桃という名前を憶えたのも去年の夏だったのだから、やっぱり三十年くらい前まではここにはきっと別の木か花があったのだろう。それに金木犀の方はいまはまだ花が咲いていなくて、去年の秋に妻の理恵が「金木犀のいい香りがする」とさかんに言ったからこの木を金木犀だと憶えているだけで、どんな花なのかいまは思い出せないと、相変わらず強めた声で言っていると、水が葉から逸れたときに、

「小さくてこしゃこしゃした花」

と綾子が私より大きいくらいの手の指をこしゃこしゃ動かして見せながら言った。

「ああ、あのオレンジと茶色の中間みたいな色の――」

と、私は言われるとすぐに思い出した。そして、「小さくて数が多いから花の表面積がこれなんかより大きいってことなのかな」と、夾竹桃に指を差すかわりに水をあて、

「そうじゃなくて、単純に数が多いから雌シベの数も多いってことか――」と、金木犀の香りが強い理由を考えてみた。

金木犀の隣りは楓で、水のあたる強い音はしなくなった。塀の側の黐木の葉は厚いけれど、根元にちかいところに水があたるのでやっぱりあまり強い音はしない。ここから

先は全体に紫陽花や夾竹桃の葉に水があたるときのように大きな音はしないし、鉢植えに水をかけていたときよりも音が小さくなるような気がするけれど、それは野生種のイチゴの葉の細かい動きを見ているときはクローズアップになっていて、木に水をかけるときにはそうではなくてもう少し遠景で見ているという、視覚からの影響なのかもしれないが、それはともかくこの楓は子どもの頃には苗木か盆栽みたいに小さくて、子どもの本に出てくる絵そのままの掌(てのひら)の形をした葉っぱが、私にはどうしても作り物に見えていたと私は言った。

　私は全体に、子どもの本や子ども向けのテレビ番組の世界が本当の世界と対応していると考えない子どもで、だから楓(かえで)や銀杏(いちょう)のような他とあまりにわかりやすく違う形をしている葉っぱは実物を見てもどこかで本物とは思っていなかったし、モグラとかタツノオトシゴみたいなおかしな生態や形状をした動物のことも竜やゴジラと同じように空想上の動物だと思っていた、と言うと、後ろにいる綾子が、

「変なの」

　と言った。

　しかしそのくせに「木のせい」という言葉をずうっと信じていた。奥の黐木(もちのき)は幹から五十センチ間隔ぐらいであっちこっちにY字に枝が広がっていて、いまでは枝と枝の隙(す)き間(ま)に入るのはひと苦労に見えるが、まだここに住んでいた幼稚園の頃はこの木の枝の中にうまく体をはめて長い時間すわっているのが好きで、そうしているとよく空耳が聞

こえた。空耳は家の中で一人で遊んでいたときにも聞こえて、いつも「××だよ」「××しな」という程度の短いものだったので、そばにいる母や伯母に「いま何か言った?」と訊くと、「きのせいだよ」と言われるので、それを「木のせい」という意味だと思っていたんだと私は言った。

「『妖精』の『精』じゃなくて、『おまえのせいだ』の『せい』?」

と綾子が言い、

「うん、ひらがな」

と私は言った。

「木のせい」の空耳は家の中にいるときよりも、庭にいるときの方がずっと多かったので、私は「木のせい」というのを疑ったことがなくて、そのうちに空耳が聞こえなくなったので、「木のせい」という言葉も忘れて、「木のせい」が「気のせい」の間違いだったということにはっきりと気がついたのはずいぶんあとになってからで、すでに私は中学生になっていたかもしれない。

小さい子どもというのはまだ言語の回路が完成されていなくて、人間の言葉も動物の鳴き声も木の葉が触れ合う音も、全部一緒になった音の中に漂っているのだ（きっと）。それが成長するにつれて言語とそれ以外の音を区別するようになってゆくのだろうけれど、物音が人の話し声に聞こえてしまうような不安定でブレの多い回路は、大人になっても底の方で活動をつづけているんだと思うと私が言うと、

「ナオエさんのお風呂場もそう？」

と綾子が言うので、

「音楽や美術の話」

と私は言った。

音楽を聞いたり、絵を見たりしたときに人がものすごく感動したり興奮したりするのは、きっとこの幼児期ぐらいまでさかのぼらなければわからない脳の不安定でブレの多い回路に働きかけてくるものがあるからなのだ。だから音楽や絵が、郷愁を誘ったり、おぞましく感じられたり、優しく包み込むように思えたり、生の深淵を垣間見せたりするというのは、個々の題材やメロディ・ラインや楽器の音色なんかのことではなくて、それを超えたもっと説明のつかないところに理由があるからで、脳が言語や物の識別をできるようになる前までさかのぼっているのだとしたら、それを言葉で完全に分析しきることはできないと言うと、

「『木のせい』の話がそこまで行っちゃうから驚いちゃうよね」

と綾子が言い、私は私で綾子がきちんきちんと合いの手を入れていることにちょっと驚いて、私と綾子がホースから出る水とそれがあたる木という同じものを見ているからなのだろうかと思った。

黐木の隣りは松で、この松に登れるようになったのは三年生か二年生のことだった。もちろんすでに私の家族は鎌倉に移っていたけれど、ここに来たらここも私にとっては

家だった、というかあの頃の私にはここの方が鎌倉より家だった。この松は二メートルぐらいの高さまで横に出ている枝がないけれど、最初から少し傾いて生えていてそれが一メートルぐらいのところでさらに三十度ぐらい曲がっているので、その曲がっているところまで幹にしがみついて登れれば、あとはその三十度の曲がりを足場にして、次はその上の太い枝を切り落とした跡を足場にして、それからは枝から枝へと登っていけた。そして一番上の幹が二つに分かれて枝もごちゃごちゃしているところにすわるのだが、松は動くと葉がチクチク刺さるし、松脂もつくし、てっぺんのすわった位置がちょうど森中が腰かける窓のあたりになっていて、二階に誰かがいると見えてしまうのでおもしろくなかった。せっかく木に登ったのに家の中にいる人と同じ高さだったら意味がない。大人だってそう思うだろうし、きっと猫だってそう感じるだろう。

その隣りのサワラには松よりずっとよく登ったと言うと、

「サワラ?」

と綾子が訊き返してくるので、私は、

「同じように見えても、スギとヒノキとモミとイブキとイチイとマキとサワラと、っていろいろあるんだ」

と言った。

宮大工の棟梁だった人が書いた本によると一番いい建材とされているヒノキは年月が経つにつれて木がしまって釘が抜けなくなる。それに対してマキは朽ちやすく、棺桶に

するのに一番適している。それはともかくヒノキとイブキとサワラは特によく似ている
けれど、葉の広がり方が違うんだと私が言うと、それでもまだ綾子は、
「ヒノキじゃ間違いなの？」
と言った。
「おれも本当はこれがイブキかサワラかよくわかんないんだけど、ヒノキじゃないんだ
よな」
「そうじゃなくて――。
カラマツもアカマツも、松は松でしょ。
桜もいろいろあるけど全部、桜でしょ」
「総称っていうことか」と私は言った。
それは考えたことがなかった。だから伯父たちが「ヒノキ」って言ってたのかと思い、
「針葉樹がいきなり、ヒノキとイブキとサワラに細分化するのはおれも不自然だと思っ
てたんだよ」と言った。
「じゃあこれはやっぱりヒノキだったのか。
おれもこれからはまたヒノキに戻すことにするか。
でも、それでいいんだろうか。木は人間の分類に対応するために生えてるわけじゃな
いからな。
ていうか、建材として珍重されてきた歴史が長いから松や桜の呼称とは別なのかもし

れないからな。

といっても伯父ちゃんの実家は大工だったんだから、サワラもヒノキでいいのかもしれないな」

「そうだったんだぁ」

「でも伯父ちゃん自身は全然関係なかったけどね」

というわけであらためて「ヒノキ」と呼び直すことにしたこの木に登るにはまず一番下の枝に飛びついて、鉄棒のようにしっかり握って体を九十度捻って足を幹にそってだんだんと上に持っていって、手で握っている枝に引っかけていた。もしかしたら最初は飛びつくのではなくて何かを踏み台代わりにしていたのかもしれないが、体全体の力がついてからは足を幹にそって上げていかなくても、一気に体を折り曲げてふくらはぎを枝に引っかけて、それで枝によじ登るようになった。三年生か四年生だったと思う。

そこからは太くてしっかりした枝が左右交互にだいたい五、六十センチの間隔で水平に張り出しているので、すいすい登っていけて、二階の屋根より少し低いぐらいの一番上の枝に腰かけると、そこにはちょうど椅子になるような小さな枝も出ていて、私は足をぶらぶらさせたり、幹に背をもたせかけたりして、いつまでもまわりを眺めていた。

「サルみたい」

「サル年生まれだもん」

私の子どもの頃は伯父や伯母や母たちの世代の古い世界観の名残りで干支になぞらえ

て人の性格分類をするようなところがあって、この家で私は何かと言うと「サル年」と言われていた。ちょうどここ三十年ぐらいで血液型で人間を類型化したがるようになったのと同じような感じだけれど（と、そこで私は綾子に向かって「ここ三十年ぐらい」という時間的な限定をもう一度強調した）、他の従妹兄たちと比べて私の「サル年」だけは特別頻繁に言われていて、私は自分の「サル年」を完成させるために木登りに励んでいたのかもしれないが、木の上で何を考えていたのかとか何かを感じていたのかというようなことはまるっきり憶えていなくて、

「きっとサルもそうなんだよな」

　と、私は言った。

「え？
　何が？」

「ジャングルの高い木の上でサルがじいっと遠くを見ているような映像があるだろ？
　それを見て、人間はサルが何かを感じているように想像しがちだけど、そういうことじゃないってことだよ」

　ヒノキの手前の梔子と沈丁花に水が強い音をたててあたっていたけれど、振り返ってもやっぱり綾子は黙っていたみたいで、私はつづけた。

「だから、おれも子どもの頃に木の上に長い時間いたけど、何かを感じてたわけじゃないんだよ」

「でも、地面より高いところにいるって、思ってるよねえ」

と綾子に言われて、私は「アハッ」と短く強い声で笑ってしまった。綾子の言うとおりで、気に登っているあいだ「高いところにいる」という気分が消えたことはない。それはいまでも甦ってくるような気がする。高いところにいれば見えるものが違っていて、見えるものが違っていれば聞こえるものもやっぱり違ってくる。当然顔にあたる風も違う。だから、

「何かを感じてなくても、ずうっと何かは感じていたんだろうな」

と私が言って振り向くと、綾子は「？」という顔をしていた。

「感じる」という言葉は、自動詞と他動詞の区別がはっきりしていないし、能動態と受動態の区別もはっきりしていない。大人になると動詞全般をつい他動詞の能動態で考えがちだけれど、感覚にまつわる動詞は受動態か目的語を伴わない自動詞で、子どもの場合には圧倒的にこっちの方で、それを大人の用法で考えてしまうと「何も感じていなかった」になってしまうということなのかもしれない。人間よりずっと運動能力が高いサルがどれだけ「高いところにいる」という気分を持っているかはちょっと想像がつかないけれど、やっぱり受動態か自動詞の「感じる」で感じているんだろうなと言うと、綾子が、

「一度訊いてみたかったんだけど、いつもそういう風にきちんきちんと考えてるの？」

と言った。

「おかしい？

不自然？

疲れる？

興をそぐ？

かったるい？

頭が痛くなる？」

「おしゃべりだよね」

おしゃべりと言われて、私は小学校の頃にチビで一番前の列で授業中ずうっとしゃべっていた自分と、その自分が綾子みたいに大柄だった女の子を概して好きだったのを思い出して、二人で水撒きをしているこの時間をなんだかとても楽しんでいることに気づき、ちょうど後ろが風呂場だったのでまだここの風呂がガスになる前に、一番下の清人兄とよく薪で風呂焚きをしたときの話をはじめた。

「母屋」という呼び方はたぶんしていなかったが、つまり居間と浩介たちが使っている座敷のある母屋がここで終わって、縁側がL字に曲がっていて、サッシの引き戸二枚分、ということは一間引っ込んだところに罐を焚くための一段低くなったスペースが作られていて、子ども二人がそこにすわれるようになっていた。当時の引き戸がサッシでなくて二階と同じ木のガラス戸だったのは言うまでもないが、隣りの便所の壁に薪が積んであって、たしか半円形だったその薪を鉈でさらに半分か四分の一に割っていくのがおもしろかった。薪が燃えるためには罐にまず紙を丸めて入れて、次に木っ端みたいな木を入れて、火の勢いをつけておかなければならなくて、それも当然おもしろかった。子どもは火を燃やしたり、鉈で薪を割ったりするのは好きなものだけれど、小学生のあいだは鎌倉の家の風呂も薪だったのに鎌倉では風呂焚きをした記憶なんかないのだから、やっぱり清人兄と二人でやることがおもしろかったのだろう。

「昔の人だったんだね」

そう言われて、心の基底音のようにつづいていたチビの小学生だった自分のイメージが消えていくみたいだったが、確かに綾子の言うとおりで、二十七歳の綾子と四十四歳にもうじきなろうとしている私では十七歳違っているわけで、私より十七歳年上の六十一歳の人の話を聞けば私だって、「昔の人なんだなあ」と思うに決まっている。

そう言えば、このホースで水を取っている水道がある場所には昔は井戸のガチャンガチャンと汲み出すポンプがあった。だからやっぱり夾竹桃と金木犀はそこにはなかった。目にものもらいができたときには、「井戸の神様にザルを見せれば治る」と言われて、コンクリートの蓋をしてあるその蓋の隙間からザルを見せたこともあった。結局ものもらいは治らなくて医者に行ったけれど、それは井戸の神様の効き目がなかったからではなくて、ザルが竹製じゃなくてプラスチック製だったからだというのが伯母の解釈だったと言うと、綾子が珍しくけらけら笑った。

「ナオネエさんのお風呂場の話もその頃なんだよねえ」

と綾子は言ったけれど、「それとこれとはまた別だよな」と私は言った。いまだって受験生が湯島天神にお参りしたり、たいていの車に交通安全のお守りが付いていたりするくらいで、みんなまだらに迷信じみた部分が残っているけれど、三十何年前だってすでに幽霊なんか誰も本気で信じていなかった。もしかしたら今よりもっとずっと信じていなかったかもしれないと私は言った。「科学的」という言葉がもっとずっと権威を持っていて、つまり横暴だったのだ。たとえば三十年前には漢方薬は民間療法の一種ぐらいに思われていた。十年前に知り合った北京生まれの中国人留学生は六〇年代の日本人と似ているところがあって、「漢方薬なんかまやかしですよ。風邪をひいたら中国人だってみんな西洋医者の薬服みますよ」と言っていた。それと比べるといまの科学はずいぶん柔軟になって、伝統的な治療法や思考法に対して寛容になったものだが、自分こそが物事の真偽の判定を下す立場にあるという思い込みは揺らいでいないと言おうとして、そこまで今しゃべるのは場違いだと思って、中国人留学生の話をしたところでやめた。

水撒きは沈丁花の隣りの猫柳ともう一つの沈丁花を終わって、細い茎をツーッとまっすぐに上に向かって伸ばして途中で大きくて薄いひらひらした薄桃色の五枚の花びらの花を咲かせている木槿に移っていて、水の勢いを弱めるためにホースの噴き出し口を鉢植えのときと同じ扇形にした。しかしところでいま「場違い」と感じたのは、ただ抽象的な話だからというわけではなくて、この庭と関係ないからだった。私は水を撒いているあいだじゅうずうっとしゃべっていたわけだけれど、それはチビの小学生と大柄な女の子というイメージに上機嫌だったからだけではなくて、この庭に向けて私の記憶を送り返しているみたいなつもりになっていたからだった。あるいは綾子に私の記憶をしゃべることで、私が水を撒かないときに私の代わりに水を撒く綾子が、私の代わりに私の記憶を思い出すと考えているのかもしれなかった。子どもの頃から綾子が抱いていた、自分が答えをわからなくても他の誰かがわかっているからいいんだという考えが、世界との関わりについて何らかの真実を示唆しているように私は感じはじめていた。

　木槿の隣りは柊で、その隣りはツゲで、水があたると柊からはまたバリバリと強い音がした。ここには昔は椿が二本か三本あったけれど茶毒蛾の毛虫がつきすぎて、伯父が死んだあとぐらいに伐ってしまったという話を聞いた憶えがある。

と、口に出して言ってみて、はじめて「ということはこの庭の世話をしていたのは伯父だったのか」という考えが出てきたのだが、それはやっぱりなさそうな話だった。伯父は、『鬱鬱として楽しまず』っていう感じの性格だったんだ」と私は言った。

　高校のときに漢文でたしか屈原という人の詩にこの「鬱鬱として楽しまず」という一節が出てきて、それ以来どういうわけか私はこれを忘れられないというか、じつは不思議と好きな響きなのだが、とにかく伯父はそういう様子をしていて、楽しげに庭の手入れをしたり、犬を散歩に連れていったりしているところなんか一度も見たことがない。

「じゃあ内田さんにもどこかにその血が流れてるんだ」

と言われて、伯母が母の姉さんであって、伯父とはつながってないと私は言った。血のつながりなんてことで言うなら、奈緒子姉にも英樹兄にも鬱鬱としたところはない。というか、何かの加減で同じエネルギーが外に向かったり、内へ内へと畳み込まれるようになったりするんじゃないかと、私はその場で思いついたことを言ったけれど、そういうことは綾子には興味ないみたいだった。

その椿があったところの向かいが、今ゆかりの部屋になっている奥の家で、ここは縁側でなく外に張り出した濡れ縁になっている。戸がアルミサッシではなくて木枠のガラス戸なので、夜は用心のために雨戸を閉める。そんな不便なところをどうしてゆかりの部屋にしてしまったのかといったら、この部屋が若い従姉兄たちの部屋だったという印象が強く残っていたからなのだが、まだ私と妻しかいなかった最初の半年は空き地の向こうから見たときに無防備で心細そうだったこの家が、浩介たちが来て以来ざわめきを外に向かって発散していて、夜になってもそれが持続しているので、いま私たちはこの奥のゆかりの部屋をあんまり不用心とは感じていない。

そうは言ってもそんなざわめきはこっちのたんなる思い込みにすぎないかもしれないから、人が通るとライトが点灯する威嚇照明を軒下に二つと塀の一番奥のところに一つ付けて、けたたましい音で鳴る警報器も部屋の中に一つ付けているが、それはともかくこの部屋が荷物が置かれているだけで人が入らずに雨戸が閉め切りになっているスペースのままでなくてよかったと思うから、

「ここはやっぱり若い子が住んでないといけないんだよな」

と私は言った。

引っ越しのときにゆかりが実家で使っていたベッドと白い勉強机とそれと揃いの椅子を持ち込んで、他に新しくファンシーケースとハンガーラックと本棚替わりのカラーボックスを二つ買って、それを組み立てて置き場所を決めるのまでは手伝ったけれど、それからあとはゆっくりこの部屋の中を見たこともないし、ゆかりの友達が遊びに来たときも玄関から入らずに庭を通って直接こっちに来て、この濡れ縁から出入りしたりすることもあるが、そういう治外法権みたいな場所があるのはやっぱりいいことなんじゃないかとも私は言った。

奈緒子姉と幸子姉の部屋だったときも、英樹兄と清人兄の部屋だったときもこの部屋はそういう風に人が出入りしていた。ここにはちゃんとした玄関もついているけれど、昔からみんなが濡れ縁からばっかり出入りしていて、そのうちに玄関の三和土は乗らなくなった自転車やシャベルやホウキや古新聞の置き場所になり、それが長くつづくうちに木枠にガラスのはまった引き戸の動きがものすごく悪くなってしまって、今では畳ぐらいのサイズのベニヤ板二枚が打ち付けられている。防犯のためにもそれがちょうどいいが、若い子たちには若い子たちに共通の行動パターンがあるというのがおもしろくて、昭和二十年代の半ばから三十年代の前半まで、山梨から出てきた学生たちがここに下宿みたいに住んでいた頃もやっぱりその人たちが同じように濡れ縁から出入りしていたん

だろうなと私が言うと、

「へえ、そうなんだぁ」

と、綾子ははじめて聞いたという風な返事をした。

建てて五十年という長さは田舎の旧家なんかと比べたら古いうちには入らないが、それでも聞けばどんどん知らない話が出てくるものだよなと私は言った。

昭和二十年代に山梨から出てきた学生たちがこの奥の部屋に下宿していたなんて、私も伯父の葬式のときに聞くまで知らなかった。伯父は戦争中に中央大学の商科を中退したらしいがその理由は息子の英樹兄もよくわかってないし、女学校を出てから結婚するまでのあいだ伯母がどういう生活をしていたかなんて全然わかっていない。だいたい私は自分の両親の若い頃のことだってろくに知らない。人のことも家のことも知らないといったら知らないことだらけでキリがないが、それが知識というもので、人は知らないことを少しでも減らそうと注意深く生きているわけではなくて、普段は知っていることを基盤にして、まるですべてを知っているようなつもりで生きていて、それでいいんだと私が言っても綾子はそんな話には関心がなさそうな顔をしていたけれど、私が高校二年生の秋に二ヵ月ちょっと不登校になってこの家にいたことは綾子も知っていて、

「あのときにいたのもここだったんだ」

と、ゆかりの部屋を指すと、

「二階じゃなかったんだぁ」

と綾子は言った。

「だから、この部屋にはなんかいいものがあるんだよな。友達がうらやましがって、ぞろぞろ遊びに来た。泊まっていったヤツもいた」

「変なひきこもり」

「だからひきこもりじゃなくて、不登校だったんだよ」

「抗議の不登校」と言っても綾子は黙っていて、「高校生ぐらいって親や学校に向かって言いたいことがいっぱいあるんだよ」と私がつづけて言っても綾子は「わからない」と言っただけだった。

その頃すでに奈緒子姉だけでなく幸子姉も結婚してもうここにはいなくて、清人兄は地方の大学にいっていてここにはいなくて、英樹兄が自分が使っていたこの部屋を、

「じゃあ気が済むまでここにいろ」

と言って、空けてくれたのだ。

「いい人なんじゃない、やっぱり」

「そうだよ」と私は言った。

口に出してみるというのは不思議な作用を持っているもので、私が高校二年だった一九七三年にすでにこの家には三人しか人が住んでいなかったことを、今はじめて気がついたみたいな気分で意識した。

あの頃、この家が淋しくなったなんて感じていなかったような気がしていた。自分の

ことで頭がいっぱいだったのかもしれないが、いま思い出してみてもどうしてもまだ奈緒子姉や幸子姉がここにいたような気がしてしまう。しかし実際はこの家が建って二十五年かそこらで、多人数がいつもここに暮らしているという伯父の構想か願望は崩れはじめていたのだ。昭和二十年代のような社会がいつまでもつづいていたら、うちの家族がここに住んだように、きっと奈緒子姉の家族や幸子姉の家族もしばらくはここに住んでいたのだろう。

「で、いままた六人になった」

と言って私はホースの噴き出し口のレバーを握って、木槿(むくげ)の向こうの名前がわかっていない木の幹に水をかけて、

「なんと言っても、登って登りがいがあったのは、これとこれだったね」

と、私は指を差すかわりに隣りの白樫(しらかし)にも水をかけた。

サワラあらためヒノキの枝は等間隔でほぼ水平に伸びているところが人工的な感じがして、登り馴(な)れるにつれて小学校の肋木(ろくぼく)を登り降りするようで物足りなくなってきたんだと私は言った。それでも一時期この奥の二本よりヒノキの方が好きだったのは、こっちの二本ははじめに摑(つか)む枝の位置が高くて、塀の上に乗って（三十年前まではブロックでなく板塀だった）そこから背伸びして片手でやっと摑んでよじ登るのが大変だったのと、ヒノキの方が一番上に行ったときに安定していたからだったが、木登りがうまくなるにつれてこっちの木の高い枝に不安定な格好で乗っている方がおもしろくなった。

登るプロセスでいったらいかにも木らしく自由自在に枝が出て広がっているこの二本がおもしろいのは言うまでもなくて、登るルートも何通りも選ぶことができて、いまこうして見ていても、下から二番目の枝から向こうの木に手をかけて、次にそこに足をまたがらせて膝を引っかけて体を持ち上げて……と、目が枝の流れを追うのに合わせて体が動きをシミュレーションしているのだが、そうしていると綾子が、

「不登校のときも登ってたの？」

と訊いてきて、

「それが登らなかったんだよ」

と、私は言った。

「学校行かずに毎日木の上にいるような子どもだったら、カッコよかったのにな」

「カッコいい……」

「もうこいつは、ほうっておくしかないって、思うじゃないか」

そんな話はともかく、羽根木公園でこの左の木と同じ木に「シラカシ」という名札がついているのを見つけて、視界にかかっていた薄膜が晴れたような気がした。大人というのは不便なもので、名前がわからないあいだはどうしても気持ちも視界も晴々としない。だから右の木にはいまでもまだ薄膜がかかっている気がしてしょうがない。

「だから綾子もこの木の特徴をよく憶えて、同じ木を見つけたらチェックしておいてくれ」

「憶えるって、どこをどう憶えるの？　形？」

「葉っぱの形と幹の肌ざわりだよ」

葉っぱは円にちかい丸さで、幹は隣りの白樫ほどごつごつしていない。というかむしろ滑らかな方だ。

「木はすごいよなあ。百本あれば百通りの枝の広がり方をする。

しかも枝の広がり方を正確に伝えるだけの種類の言葉が人間にはない。言葉だけじゃなくて、正確に絵で再現する認識力も人間にはない。ごちゃごちゃこんもりした一番あたり前の絵を描けば、どれでもこの木に少し似て見えて、しかし絵とこの木を比べてみれば似ているところなんかほとんどない。

百本が百通りの形になっているのに、どの一本をとっても間違いなく〝木〟という概念を体現している。一が全体を指し示しているから、任意に出合った一本を見るだけで、見たこともないシベリアの大地にそびえ立つ木もアマゾンの熱帯雨林の混沌とした木も人間に喚起させる力を持っている」

「本気で言ってるの？」

「冗談じゃないとまずい？」

と言って、私はこの二本の木に登ったときの楽しさに戻って、一所懸命伝えようとした。

どちらも幹から太くて安定した枝が三十度から四十五度ぐらいの傾斜角で出ていて、

途中で枝分かれしている枝にもしっかりした枝がいくつもあったから、単純に上へ上へと登っていくだけでなく、枝から枝へと伝わって木のまわりを螺旋状に登っていくこともできた。

枝が複雑に入り組んでいるのでもし落ちてもその下のどこかの枝に引っかかって助かると思っていたのは無謀な子どもの浅知恵と言うべきだろうが、とにかくそう思っていたので傾斜の緩い枝に片足だけ引っかけて逆さになった体をぶらぶら揺すって隣りの枝に手を伸ばして移っていくなんてことまでした。今こうして見上げるとかなりな高さで足の裏がひんやりするが、あの頃だって全然怖いと思わずにやっていたわけではなくて、怖さや緊張感を味わうのもまた木登りのおもしろさの一部だったのだ。

それでひと休みしたくなったらどこででも休むことができた。それもまた枝が入り組んでいる木のいいところで、片足や片手はぶらぶらしていても尻と背中と頭は少し体勢を工夫すれば、まあたいてい固定させることができた。固定といっても一種不安定な固定で、それがまた木に登っているときの楽しさだったと私は言った。

そんなことをしていると猫が登ってきて、猫はいつもおまえのことなんか眼中にないという素振りで、私が行けない枝の細い先までいって、そこから一つ上の枝にポンッと跳び移って見せたりした。しかし猫は概して降りるのが得意じゃなくて、登ったときの軽い動きと比べものにならないもたもたした動きになって、そろーりと片方の前足を伸ばして、ちょこっちょこっと動かして隣りの枝に爪を引っかけては降りていった。猫の鉤型の爪は下りになると用をなさないというのをその頃ぼんやり考えたのだが、それはともかく左の白樫と右の名前のわかっていない木の一番の違いは、右の木が冬に落葉することだ。

落葉して下まで素通しの木の上で風に吹きさらされながらまわりを眺めている気分は不安定の極致で最高だったと私は言った。二階の屋根より高いから全景を見渡すことができた。昭和四十年代の当時に二階より高かったということは、この二本の木は昭和二十三年にこの家が建てられる前からここに生えていたということなんじゃないだろうか。子どもの頃そういう厳密な考え方はしなかったけれど、二階より高いこの二本の木は特別だと思っていたと私は言った。

「『家より偉い』っていう感じだよな」

家より偉い木から家を見ると、家が箱のように小さく見えたなんてことはないけれど、奥のこの家の中が従姉兄四人がいられるような広さだとは思えなくて変な感じがしたものだった。ちょうどさら地になった土地が意外な狭さに見えて、どれくらいの大きさの家を建てることができるのか見当がつかないのと同じような感覚の狂いというか不連続みたいなことだけれど、子どもの私はそういう風には考えずに、建物というものが外と中で違う次元の空間に存在しているに違いないと考えていた。たぶんテレビのSF的な子どもドラマの影響なのだろうが、それじゃあどうしてSF的な子どもドラマが子どものリアリティを掻き立てるのかと言えば、子どもがもともとそういう風に感じているからだ。

特に屋根が変な感じがした。奥のこの家も入り口側の母屋（おもや）も、いまは空き地になっている隣りの屋根も（隣りは平屋（ひらや）だった）、家を隔てて向こうの屋根も、どれも灰色の瓦（かわら）で無表情で静まりかえっていて、屋根を見ているとその下に人が住んでいて何かしているなんて想像することができなくて、どうしてそういうことになるんだろうと私は登るたびに考えていた。

が、そこから突然人があらわれて、それはつまり伯母とか奈緒子姉なのだが、こっちに来て、

「あぶないから降りてきな」

と言う。英樹兄だと、

「そのうちに落っこちるぞ」

と言う。

英樹兄も清人兄も子どもの頃から体が大きかったせいか、たんに運動神経が鈍かったからか木には全然登れなかったのだが、それはともかく家から出てきた人を木の上から見ていると、伯母でも奈緒子姉でも最初の一瞬はいつでも知らない人のように見えた。いま言うとしたら個性が消えて人間一般の中の一人のように感じられたというようなことだが、子どもの私はそういう人間一般への転換が玄関の敷居をまたいだり縁側から降りたりして、次に外に出る前の一瞬、庇（ひさし）の下にまだ姿が隠れているときに起こるのでは

ないかと想像したものだったと言うと、綾子が、

「いろんなことを考える子どもだったんだねえ」

と、だいぶ呆れたように言い、私は「子どもはいろんなことを考えるものなんだよ」と言ったのだけれど、こんな風にしゃべっていた記憶のそのまた底にある、記憶以前のもっと漠然とした心象の中では、この木のそばの奥の家の中にいる奈緒子姉や英樹兄たちがレコードをかけたりお菓子を食べながら友達のことをしゃべったりしている様子や、向こうの母屋の深い廂に隠れた縁側で伯母と母が繕い物をしながら山梨の頃の話をしたりしている様子が、木に登っている私自身の姿と一緒になって見えていて、いま私が綾子やこの庭に向かって一番しゃべりたかったのは、屋根や建物によって空間が異次元のように分断されることではなくて、記憶のそのまた底にあって記憶を支えている心象の中ではそういう遮蔽物があってもなお二つの空間が同時に見えていることの方だったんじゃないかと思っていると、綾子が、

「やっぱり猫も庭ぐらい出してあげればいいのに」

と言った。もう水撒きは終わっていた。白樫の隣りの柿にもその隣りのビワにも、水はじゅうぶんすぎるほどかけていた。

「それはもう考えすぎるくらい考えた」

と私は綾子に言ったけれど、だからと言って毎日毎日考えているわけではない。一度決めた方針を固定しただけだと言うのも極端だが、もう今では猫を外に出すかどうかかい

ちいち考えたりしていない。でもか、だからか、あらためて言われるとそのたびに小さな罪悪感が生まれる。

「あたしが見ててあげるよ」

「人が見てると思うと、猫ってその視界の外まで行くもんなんだよ」

「だから他の猫と喧嘩しないか見ててあげるよ」

「出る習慣がつくと、ずうっと出たがるようになるんだよな」

何を言っても、私自身にも消極的でこっちの都合だけを主張している理由づけとしか響かなかった。でもとにかく、私も妻の理恵も、ポッコをはじめて飼って、ポッコが小さかった頃から十三歳のいまにいたるまでポッコのこともジョジョのこともミケのことも、心配で心配でしょうがないのだ。そんな風にして家から出さずに飼っているくせに、チャーちゃんが死んだあと三ヵ月か半年ぐらいずうっと、自分がチャーちゃんの目になっていて、いま自分が見ているものをチャーちゃんと一緒に見ているような気持ちがしていたのだ。死ぬというのはおかしなもので、死んだ途端に遍在をはじめる。生きているあいだは猫でも人間でも一つの場所にいて、離れたそこにいる相手といまここにいる自分がつながっているなんて感じられないけれど、死んだ途端にどこにいても死んだチャーちゃんとつながっているのだとリアリティを持って感じるようになった。

しかし死んで四年も経とうとしていると、そのつながっている気分も薄れてくる。

「おれの目がポッコやジョジョのかわりに外のいろいろなものを見ているから出さなく

ていいんだなんて言いたいわけじゃないよ」

と私がいちおう念を押すと、綾子が、

「友達が同じこと言ってた」

と言った。

「中学のときにちっちゃくて優しい理科の先生がいたの。女の先生だったんだけど、二年前の冬に急に死んじゃって、あたしたちの担任じゃなかったんだけど、あたしたちみたいな勉強しない生徒の話をよく聞いてくれたからお葬式も行ったんだけど、二週間くらいして友達が電車乗ってたら、『あ、先生だ』って思ったんだって。

でもその人、顔なんか全然似てないし、歳もあたしたちと同じくらいなんだって。で、『どうして、先生だって思ったんだろう』って思って、その人のこと見てたんだけどやっぱりすごく感じが似てるんだって。

電車の中の人たちをおもしろそうに見ている感じが先生にそっくりで、友達は、『先生がこの人の目を借りて、自分が生きた世界を見に戻ってきたんだ』って思ったんだって——」

綾子がこの話を自然に受け入れていることはしゃべり方から明らかだった。それは信じるとか信じないとかの判断を経由しないごく普通の日常のエピソードと同じもので、私もそのように受け入れていた。

チャーちゃんの目になってチャーちゃんと一緒にチャーちゃんが生きた世界を見るというのは、現実と混同するほどの強い願望であってもやっぱり願望は願望だったけれど、いまの綾子の話はすんなり入ってくる話で、もちろん幽霊話ではなかった。しかし魂の不死性とまではいわなくても、死んでもまだしばらくは魂の余韻がこの世界に残っていると思っていなかったらこんなことは感じない……。

「いい話じゃん」

私はただそれしか言わなかったけれど、綾子にはそれでじゅうぶんだったらしく、満足そうに、

「でしょ」

と言って、それで私と綾子はホースを片づけはじめた。

4

庭の木が私が登らなくなった三十年ちかい歳月のあいだに形を変えているのは間違いないけれど、変わっているのはおもに枝の広がりの先の部分で、だから私があの頃の自分の体の動きを頭の中で再現することができるのは、幹にちかい部分の枝が太さを変えても基本的な形と位置を変えていないことと、枝の広がり方にある程度の法則があって、その表面の相をひとつ取り去れば三十年前と変わっていないというようなことによるのだが、庭の木のそういう変化したと同時に変化していない形を見てそのことを考えているうちに、家もある種の形の変化というか相貌(そうぼう)の変化を起こしているのではないかと思うようになった。

階段の脇(わき)の二階の天井までの吹き抜けの壁の白い漆喰の色が歳月とともにくすむというようなことも当然あるが、もっと端的に人間が住むときに行なう空間の分割が人数構成や物の量によって変わるというようなことの延長として、マンションの同じ間取りの部屋が世帯ごとにひどく違って見えるというわかりやすい例をこえて、家具の配置なんか変わらなくても家というのが時間を係数として空間の広がりを人間に向かって変えているとでも言えばいいのだろうか。

十九世紀のシェリングもまた神についての哲学者だが、ハイデガーはシェリングの哲学を存在についての哲学と言い、神とは存在の擬人化のことであり、擬人化とは幼稚な思考法などではなくて、人間存在それ自体の広がりや奥行きによるもので、私たちはまだ人間自身の可能性を知り尽くしているわけではないというようなことを言っているのだけれど、人間の思考というのは言われてみれば確かに物事を人間から完全に切り離して、最初から最後まで人間と別物として考えることはできなくて、どこかで人間に似せてしまったり、人間に対して使うのと同じ言葉を使ってしまったりする。

何が言いたいのかと言うと、つまり奈緒子姉が見た風呂場の影は、奈緒子姉とこの家という建物を媒介させるための擬人化された何かだったのではないかということで、それは見間違いとかドッペルゲンガーというような奈緒子姉の側に一方的に還元して済むようなものではなくて、そうかと言って幽霊とか地縛霊というような人間が引き起こす何かというようなものでもなくて、この家の側の何かだったというようなことが私の予想なのだが、〈家〉というものの広がりと〈擬人化〉という概念の意味するところがまだあまりに漠としていて、結びつけ方の見当がつかないために私は黙っているだけだった。

もっとも〈家〉と〈擬人化〉の二つが結びついたとしても、それはただ私の中で結びついたというだけで、それを浩介たちに伝えるのはほとんど不可能にちかいと思うのだが、ゆかりはゆかりであれからもずうっとこだわっていて、そのゆかりに一番不可解に感じられているのは妻つまり理恵叔母ちゃんの考え方かもしれなかった。

というのも、ゆかりが風呂場の影の話を持ち出すと、「あんたバカじゃないの」と蹴散らすように否定するくせに、自分では、夜中に自動販売機にジュースを買いに行ったら取り出し口からヌッと人の手が突き出てきて、「まずい」と思って帰ってきたことがあったとか、夏の夕方六時頃の明るい時間に裏道を歩いていたら自分の五メートルくらい後ろの三階建ての窓くらいの高さのところに小さな円盤が浮かんでいて、それが三百メートルくらいずうっとついて来たというような話を平気な顔でして見せて、九月十日の日曜日の夕食のあとで三人でのんびりお茶を飲んでいたときにゆかりが風呂場の話をはじめようとすると、理恵は「まだそんなこと言ってるの」と、ゆかりがつづきをしゃべるのを遮った。

「だからそんなこと、ちっとも珍しくないって言ってるじゃないの。

あたしが小学校一年のときに隣りのおばあちゃんが死んだんだけどね。告別式の日にあんたのおばあちゃんなんかがそれに行ってて、あたしが建て替える前の古い家の縁側で、積み木と人形を一緒にして一人で遊んでるときに、ふっと隣りの庭を見たら、そのおばあちゃんが浴衣で花壇のあいだを歩いてたのよ」

「え？　死んだおばあちゃんが？」

「決まってるじゃないの。今その話をしてるんだから、関係ないおばあちゃんが突然登場するわけないじゃないの。

だから、こんなことはあたしだけじゃなくて、幼稚園の子が砂場で遊んでたらとっくに死んでるおじいちゃんがあらわれて、しばらく孫と話をして帰っていったとか、小さい子どもにはその手の話は珍しくも何ともないのよ。子どもっていうのはそういう夢うつつみたいな、自他未分化みたいな世界に住んでるんだし、大人にもそういうものがどこかにあるのよ」

隣りのおばあちゃんの話を聞くのは二度目で、他の自動販売機や円盤の話と同じようにはじめて聞いたときも今回も私は少しも「ゾーッ」としたりはしなかった。妻の心霊現象めいた話は少しも怖くないのが特徴で、ゆかりも私と同じようにまるっきり怖がっていなかったけれど、当然それで納得できるわけがなくて、

「ねえ、なんでそういうこと、叔母ちゃんは何とも思わないの？」

と言った。

「だから、世の中いろんなことがあるってことなのよ」

妻の素っ気なさすぎる返答に笑っていると、ゆかりは私を見て、「叔父ちゃんはどう思うんですか」と言った。

「どう思うって、理恵の経験したことだから――」

「だって、叔父ちゃんはいつも何にでもいろいろ説明つけるでしょ。だから、これについて『どう思うんですか』って——」

私は今度は苦笑した。外からはリンリンリンリンと小刻みに鈴を振るような虫の声が途切れなく聞こえていた。ポッコとジョジョは縁側で寝そべっていて、ジョジョの頭をポッコがさかんになめていた。ミケはさっき階上(うえ)から降りてきて（そのたびに私は階上(うえ)で何を見たり聞いたり感じたりしていたんだろうと思うのだが）、いまはテレビの上に乗ったり、隣りの部屋のパソコンの脇に置いてあったボールペンを落として見せたりしていた。遊びたいという合図なので、

「理恵のことはねえ、——」

と、私はミケの相手をするために立ち上がりながら言った。ミケと遊ぶための、鳥の羽を糸で垂らした竿(さお)が縁側の端の棚に隠してあるのだ。

「——ていうか、夫婦っていうのはねえ、一緒にいるのが長くなると、いちいち疑問に思ったり深く考えたりしなくなるものらしいんだよ。

そんなことより、『今日は機嫌がいいから平和だな』って目の前の状況に満足したり、『体調はどうだろう』って気にしたり、そういう即物的でかつ安定した関係の積み重ねが問題とされるようになるんだよ。ゆかりだってお母さんとはそういうもんだろ？」

と言うと、「そんな難しい問題をいま訊(き)きたいわけじゃないんだけど——」とゆかりが言ったのだが、

「バカね。そうじゃないからこうして家に来ちゃったんじゃないの」という妻の声に消された。妻は酒が入っていなくてもいちいち「バカね」が口をついて出てくることになっているのだが、私はつづけた。

「でもお母さんの心の深いところまでいちいち真剣に考えたりしないだろ？　あくまでもゆかりの心に映るお母さんがどうかってことで、純子さんその人じゃないだろ？　それは」

「そんなこと言ったら恋愛だって何だって全部そうじゃないの」

「そんなことないよ。恋愛っていうのは、何日も何日も、いちんちじゅーっ、その人のことが頭から離れないことだから、親のこと考えるのとわけが違うよ。

ていうか、親のことを考えるのは恋愛とは全然別の時間の使い方で深まっていくものだけど、親はともかく、恋愛に話を戻すと、おれも恋愛の時期に理恵のことをものすごーくいっぱい考えたから、基本ソフトが完成してて、もういちいち考えなくていいんだよ」

「よく言うわ」と、理恵はこっちを見ないで鴨居のあたりに目をやったまま言い、ゆかりは「なんか話が飛びまくり」と言ったが、

「ホントの話じゃんか」

と私は言った。もっとも正しくは「それゆえ、考えてもわからないと思うことは考えなくなった」という言葉をつけ加えなければならないのだが、そんなことまでは言わず

にウォーミングアップ程度に鳥の羽めがけてミケを跳ねさせていると、

「でも恋愛って、何日その人のことを考えようが、結局は幻想しか見えてないんだよね」

と理恵が言った。理恵の視線の先にはパウル・クレーに似た感じのガラス絵があったけれど、理恵はその絵に何が描かれているかなんて今さら考えていなかっただろう。しかしもしその絵が他のものにすり替わったりしていたら、「アレッ?」と気がつくはずだから視線による認知というのは巧妙にできているものだが、ところで恋愛が結局は相手の幻想しか見ていないなんて月並みなことを言うときは機嫌が悪いときと決まっている。私は理恵が最初から機嫌がよくなかったのか、それともゆかりの質問に対して夫婦という一般論の言い逃れみたいなことをしゃべったからなのかと考えてみたけれど、とにかく機嫌が悪いときには触れないのが一番だと思って、居間と北の廊下の境いの敷居をまたぐような位置まで移動して、鳥の羽を振り回してミケの動きを大きくしはじめたのだが、理恵の言い方で終わらせてしまってはゆかりにとって教育的ではないと思ったので、理恵からの反発を覚悟して私は言った。

「わからないことというのは知ってることに比例して増えるものなんだよ。だから、知ってることが少ない段階ではわからないことも少ない。逆説的な言い方になるけど、わかっていると思っているうちは、じつはろくに知っていないということで、これは詭弁でも何でもない。

幻想しか見えていないっていうのはそういう意味で、相手のことっていうのは知れば知るほど、自分のことがわからないのと同じ意味でわからなくなってくる。

ということは、幻想を見ていた時間が終わるとメッキが剝がれて下にある真鍮があらわれる、つまり面白味のない実像があらわれるっていうような単純なことじゃなくて、幻想が消えるとわからないことが出てくるっていうことで、『わかっているつもりイコール幻想』『実像イコールわからない』という言い方もできるわけだけど、これがまた困ったことに、そういう風に明快に図式化するとまたそこで『メッキが剝がれたら真鍮だ』式の間違いが生まれてくるんだよな」

つまり何を言おうとしているのか自分でもわからなくなって、結局いい加減なところで話を切り上げてしまったが、理恵は相変わらず鴨居（梁かもしれないが）のガラス絵のあたりに目をやったまま黙っていた。

綾子が黙っているのとは全然効力が違うその無言がまさに不穏だったけれど、不穏でも何でも現実に言葉で反発されることを思えば無言の方がましというのがまた夫婦らしい関係で、とはいえ、いつまでも無言がつづいたら言葉の反発よりもっとずっと気まずいことになるから、何かしゃべるのを促すようにゆかりの方を見ると、私のそういう表情を理解したのかそれとも、たんにしゃべるタイミングを待っていただけなのか、とにかく、

「でもどうして叔母ちゃんは、そういう体験を『あたり前』とか『よくあること』で終

わらせちゃうの」

と、話を元に戻し、

「ホントにもう」

と、理恵は舌打ちでもしそうな調子で言ったけれど、夫婦とか恋愛とかで袋小路の沈黙に陥りかけた話から脱けられたことには、きっと理恵も内心でひと息ぐらいはついただろう。そして、

「この世界は普通の人が作ってるっていうことが、あなたにはわかってないのよね」

と言った。

「――占い師とか霊能者とかが突然しゃしゃり出てきて、それまで積み上げたものを覆すなんて、許されないでしょ? 古代の政治だって、神官やシャーマンがいたって言っても、組織はちゃんと普通の人間で構成されてたでしょ?

普通じゃない変わったことって、テレビ的におもしろくて目を引きやすいけど、そんなもので何も作れないし、運営することなんかもっとできないのよ。あなたももう大学生なんだからそれくらいのこと、考えなさいよ。こら、ポッコ! やめなさい!」

縁側でさっきまでジョジョを母猫のようになめてやっていたポッコが、可愛がる気持ちが高じてジョジョの首筋に咬みついて、ジョジョが怒って、取っ組み合いがはじまったので、私が二匹のあいだに割って入った。

「素早い、――」

とゆかりが言ったのは、縁側から一番離れていた私が真っ先に行ったからだった。妻なんかはほんの一メートル動いて体を伸ばせば二匹を分けられる位置にいるのに口で怒るだけなのだが、それが妻と私の役割り分担みたいなもので、とにかく猫に関わることだけは私は何でも素早く体が動く。

なめているうちに咬みついてしまうのはポッコとジョジョにはよくあることで、可愛がるのと遊ぶのと性衝動が猫の中で混然としているらしく（もっとも人間もそうだが）、分けられてもポッコはまだやり足りなくて、私をはさんだジョジョに飛びかかる隙をうかがい、ジョジョはやられた気持ちがおさまらずに「ウゥゥ」と唸っていた。

ミケは三匹の中では際立って活発で遊び好きだけれど、ポッコやジョジョのような突飛な暴力性がまったくないので（チャーちゃんもそうだった）、低い姿勢になって警戒して耳を後ろに引いて、北の畳の廊下の茶箪笥の前から様子をうかがっているだけだった。そしてポッコとジョジョがまた穏やかになって、私が戻って鳥の羽の竿を取るとミケはまたすぐに羽に向かって跳びつきはじめるのだが、ポッコとジョジョが元どおりくっつくと、ゆかりが、

「それで叔母ちゃんのそういう話は全然怖くないんだ」

と言った。

「どういうことよ」

「え？　だからぁ、霊能者がすごいこと言ったとするでしょ？　それを聞いた人がゾー

ッとなったり、びっくりしたりしたら霊能者のペースにはまっちゃうでしょ？　だから叔母ちゃんはわざと『そんなの全然たいしたことない』って言うために、怖くないように話すの」

理恵はポッコとジョジョの方を二度三度と振り返りながら、ゆかりの話を聞いていて、しゃべり終わると二匹の気持ちを高ぶらせないように気をつけているみたいに、さっきと打ってかわって穏やかに「そういうことじゃないの」と言った。

「そんなのは全部、デ・ジャ・ヴュや臨死体験と一緒で、脳の中の処理が間違って起こることなのよ」

私は妻の理恵までが「脳の中の処理」なんて言葉づかいをするのを聞いて、時代の変化を感じた。二年くらい前はこういう言葉を使うのはもっぱら私で、そのたびに妻はうっとうしそうな顔をしたものだったが、それはともかくゆかりは理恵叔母ちゃんの脳内処理説が聞こえなかったみたいに、

「心霊現象ってね、なんて言ったらいいかわかんないんだけど、――」

と、本当にもどかしそうな顔で、適切な言葉が出てこないことをいまここにいる妻と私に伝えようとした。ゆかりが言葉を探しているあいだ、理恵はポットのお湯を急須に注ぎ、私は北の廊下の畳でミケを鳥の羽に跳びつかせていた。

「本当に見ちゃうと、やっぱりもしかしたらたいしたことないのかもしれないって思うんだけど、そういうことじゃなくって、――。

心って、本当はもっとすごく大きなものでしょ。叔父ちゃんがさっき言ったみたく、すぐにわかったと思うのは心の小さい使い方で、全部を使って知ろうとすると、たいていのものがわからなくなるんだろうなって、あたしも思うのね」

理恵を見ると、理恵は母親のような顔でゆかりがつづきを話すのを待っていた。もっとも本当の親子だったらこんな話はしないだろうから、これはやっぱり二人が親子ではないことの証明なのかもしれなかったが、丸みのある額と黒目がちの切れ長の目は二人ともよく似ている。奈緒子姉と英樹兄と幸子姉は本人たちを並べてしまうと、やっぱり全然似ていなかったが、理恵とゆかりは額と目が二人を実際に並べてもよく似ている。

ゆかりはつづきを話しはじめた。

「前に叔父ちゃんが、人間は、臓器移植みたいに人間を機械の部品のように説明すると機械のようになるけど、動物行動学で説明したら今度は動物行動学で全部説明つくように見えるって、言ったことがあるけど――。

ねえ、言いましたよねえ」

「言ったよ」と、私は鳥の羽を振り回しながら言った。

「人間は、説明する道具でどんな風にもそれらしく見えちゃうって言ってたと思うんですけど、じゃあ、何にも道具を使わないで説明したら、人間ってどういうことになるんだと思うんです」

妻の顔はなんとも言えなく複雑な表情になっていて、脳内処理説で強引に片づけようとしたことを後悔しているようにも見えたけれど、即断は禁物だった。夫婦というのは浮気をしたら激怒され、怠惰にしていたら叱(しか)られ、落ち込んでいたら励まされるという実際的な行為の連鎖で、心の中を恋人のように忖度(そんたく)するものではないのだ。

「だから？」

と妻が、あんまり抑揚のない口調でつづきを催促すると、ゆかりは、

「え？　それだけ」

と言った。

「風呂場(ふろば)の話がそこまで行くか」

「茶化さないでください」

「茶化してないよ」

それどころか私はゆかりの飛躍に驚いていたのだ。私が考えていた〈擬人化〉という人間の可能性の問題とその可能性が具体化される〈家〉という場のようなものの問題とどこか通じ合っているように思えた。茶化したように聞こえたのだとしたら、たかが十九のガキが自分と同じことを考えたという対抗するような気持ちが、言葉をそういう風に響かせたのかもしれなかった。

「お風呂場の話はどうでもいいから、もうちょっとわかるように言ってくれない？」

と、妻がさっきよりもきちんと抑揚のある穏やかな口調で言うと、ゆかりは「えぇ

「……」と、また困ったように言葉をしばらく考えてから、

「叔母ちゃんが高校生のときにコックリさんが流行った話したでしょ」

と言った。

「——そのとき、一度すごいことになってみんなでけっこう蒼ざめたり、背筋が寒くなったりしたら、あとで一人の人が『あたしが動かしたんだ』って白状して、そうしたら叔母ちゃんが怒って、『あなたは自分で動かしたって言うけど、あなたが動かそうと思った気持ち自体が何かに操られた結果じゃないって、いったいどうやって説明できるの』って言った、って言ってたでしょ」

「言ったわねえ、そんなこと」

と妻が言い、私はこの話を聞くのはもう三回目ぐらいだったが、怒り方と反論の仕方が今と変わっていないところがやっぱり今回もおかしくて、「ハハッ」と短く笑ってしまった。

「授業で『人間は遺伝子の乗り物である』っていう人間観があるって教わったんだけど、人間はパソコンみたいに何でもインストールできる空っぽの箱で、いろいろなものの乗り物なのかもしれないなあ——って、思うの」

妻は話し終わったゆかりの顔をまじまじと見て、

「さっきの話とつながってないじゃないの」

と言った。

この冷淡さには笑うしかなかったけれど、ゆかりのこの話にもまた一種の〈擬人化〉の問題が感じられたし、パソコンみたいな空っぽの箱という人間観には綾子の人間観か、綾子を評する森中の綾子的人間観の反響が感じられたというか、それを元にして発展させたものが感じられた。

「つながってないじゃないの」と言われて、ゆかりは困って助けを求めるような目で私の方を見たけれど、私自身が二つ三つのことが頭の中でつながらずにくすぶっているような状態なのだから、

「ゆかりの頭の中ではまだ複数の要素が、人に伝えられるほど結びついていないんだよ」

と言うしかなかったのだが、

「そのまんまじゃないの」

と、今度は私が言い返されて、

「だから、ゆかりは風呂場の影をきっかけにして、人間とか世界について、いままでと違う何かを抱えはじめたってことだよ」

と、フォローしてみても、

「だからそのまんまじゃないの」

と、もう一度言い返されてしまうのだった。

「あなたって、ホントに曖昧(あいまい)なことを曖昧なままにしておくわよね」

「取り柄と欠点は同じものだからな」

「昔からこうだった？」

ゆかりが訊くと、妻は「もう忘れた」と言った。私は妻のこの、容易にその場の雰囲気に同調しない、なかば意地っぱりでなかば冷やかなところにひかれたのだった。妻の理恵にしたって、恋愛の相手である私のことを一日中考えつづけていた頃があったはずだけれど、今となってはゆかりのような第三者に対してその頃を垣間見せることが、照れを通り越して恥にちかくなっているところが夫婦だなと私は思った。

夫婦というのにはそういう情熱や潑溂としたものを風化させてしまう力が働きつづけていて、当事者の二人はそれに耐えたり、そういうことさえも味わったりする心のあり方を探しつづけなければならない。浮気は潑溂とした感情をもう一度獲得するための一つの手段だろうが（と言っても、浮気を繰り返したらしい伯父にそんなはっきりした意図があったとも思えないが）、いまの私にはこの風化させる力の方にずっと関心がある。映画だって音楽だって十代や二十代の頃のように面白いと思わなくなったし、最初からそういう面白さを期待していない。いま私が若い子を好きになって突然恋愛がはじまったとしたら、しばらくは何も手につかないほど熱中するだろうが、二ヵ月か三ヵ月しか持続しないだろうと、そんなことを考えていたら、

「猫ってすごいよね」

と、いつの間にか縁側からテーブルの上に来ていたポッコの顎の下を撫でながら妻が

言った。

「ポッコなんて、子猫のときにあんなに可愛かったのに、いまでもこんなに可愛くて、可愛さが全然少なくなったりしないで、十三年間ずうっと可愛さがつづいてて、これからもずうっとつづいてくんだもんねえ。

ねえ、ポッコ」

妻の声はポッコに向かってしゃべっているうちにどんどん柔らかくなっていったが、

「いきなり、どうしたんですか」

と、ゆかりに言われた途端に、「全然いきなりじゃないじゃないの」と、元の声に戻った。

「ポッコが目の前にいるんだから、『可愛いねえ』って言うのは、必然じゃないの」

「叔母ちゃんって、猫の話になると文法も脈絡もメチャメチャになりますよね」

ゆかりが私を見て言うと、「脈絡なんか、ちゃんとあるじゃないの。バカね」と妻が言った。

「ダンナと出会った頃の気持ちは忘れても、ポッコと出会ったときの気持ちは少しも色褪せないっていう話じゃないの。

ねえ、ポッコ」

と、ここで妻の声はまた柔らかくなった。

「それもこれもひとえに、ポッコがいくつになってもずうっと可愛いからなんだもんねえ」

「それって、代償行為みたい」

「何がよ」

と、また即座に妻の語気が強くなった。

「え？　だから、退屈な日常とか、夫婦とか家庭とかの――」

「あんたバカじゃないの。

『代償行為』とか『退屈な日常』とか、そんなバカな心理学者みたいなこと言ってると、ホントのバカになっちゃうわよ。

目の前にいるポッコが、こうして見たまんまに可愛いんだから、代償行為も何もないじゃないの。

雨あがりの空にかかった虹を見て、『きれいだねえ』って言うのと同じことじゃないの。虹は雨の代償行為なの？　夕焼けの空を見て、『きれいだねえ』って言うのは、じゃあいったい何の代償行為だって言うの？

だいたいあなたの話は、お風呂場のただの影がどうして、人間は説明する道具でどんな風にもなるとか、遺伝子の乗り物だとか、空っぽの箱だとか、わけのわからない抽象的な方へ飛躍していかなきゃならないわけ？

影は影じゃないの。幽霊だったら幽霊で、ただの幽霊なんだからそれでいいじゃないの。

だいたいそこで鳥の羽を振り回してるオジサンがいけないのよ。優柔不断で何があっても一つに決められなくて、ああでもないこうでもない、ああだとしたらこうでもある、ああでないとしたらこうであるかもしれないけれど、こうであるとしてもああであるとはかぎらない——みたいなことをずうっと言ってるから、ゆかりまでそういうのが感染っちゃったのよ」

そういうことだったのかと私は思った。さっきゆかりの話を聞きながら妻が複雑な表情になったのは、自分の強引な解釈のことを後悔したのではなくて、話がどんどん抽象的になったことの理由か何かを考えていたのだ。

それにしても「代償行為」というゆかりのひと言にこれだけ反論すると、またまたバカな心理学者が「痛いところを突かれた証拠だ」というようなことを言うのだろうが、妻は紋切り型で通り一遍でわかったつもりになる雑な解釈が大嫌いだから怒ったのだ。だから自分のことでなくて他人のことでも、紋切り型のわかったつもりには妻は怒る。「代償行為」とされたら、猫が猫である必要もなくなって、アンティーク・ドールでもガーデニングでも、空白を埋められるものなら何でもかまわないことになってしまうから、それに対しても怒ったのかもしれない。

と、それには私も全面的に賛成だし私自身に何かが飛んでくる心配もなかったのだが、話の矛先が突然鳥の羽を振り回していた私に向いてしまったので、私は鳥の羽を振り回しながらミケと一緒に二階にあがっていった。そしてまた階段を降りて風呂場の前で鳥の羽を振り回し、また階段をのぼっていると、庭の奥の方に近いために虫の鳴く音が居間よりもずっと大きく聞こえていて、せつなくなった。夏の終わりの虫の声は、子どもの頃からの刷り込みで、それを聞くだけでせつなくなってしまうのだ。

その二日後に私は十日ぶりに横浜球場に行った。サボッていたわけではなくて、甲子園からナゴヤドーム、それから札幌と遠征がつづいていたからで、そのあいだ前川は二軍の試合を見に、横須賀に行ったり、所沢の西武ドームまで行ったりして、顔も腕も昼間の試合ですっかり二軍焼けしていて、「ガラ空きだった」という西武ドームでは、キャッチャーの谷繁(たにしげ)の近所に住んでいるという女子高生と知り合いになって、二時間半の退屈な試合のあいだじゅう、谷繁が日頃その女子高生に話しているというベイスターズの裏情報を聞き込んできて、それを今度は私が横浜球場のライトスタンドで聞くことになった。

十日ぶりだから大峯も試合開始前に来たが、到着順に前川、私、大峯とすわったので、前川の声は大峯にはあまり聞こえないし、聞こえたとしても大峯には関係なくて、前川が、

「権藤(ごんどう)は今シーズンいっぱいでおしまい。後任は森で本決まりだってさ」

と言うのを、私がそのまま伝えても、大峯は崎陽軒(きようけん)のシウマイ弁当を食べながら、試合前のアトラクションのスピードガン・コンテストを真剣に見ていて、子どもの投げた

球が、
87km/h
と表示されたりするのをいちいちチェックして、

「おっ、あのガキ速えじゃんか」

なんて言ってるだけだから、大峯のことはほうっておくことにして、

「いいじゃないか」

と私は前川に言った。

「でも大洋ファンは森を嫌ってるぜ」

「権藤じゃなくなってくれれば、森でも誰でもいいよ、おれは」

「管理野球は横浜のチームカラーに合わない。監督はやっぱり生え抜きの山下大輔がいいって言うに決まってんだよ」

そのときだけ、大峯は「おっ、ハゲの大ちゃん」と言ったけれど、話の全体はどうでもよくて、シウマイ弁当を食べ終わると一杯目のビールを飲み、それを飲み終わると紙コップの底をくりぬいてメガホンを作って、二杯目のビールを飲みながら、

「おいコラッ、浅井ィ！　おまえ腕が太いぞォ！　野球にそんな太い腕なんか、いらねえじゃねえかよォ！　おまえ本当は筋肉フェチなんだろ！　筋肉フェチで毎晩オイル塗って、鏡見て、ウットリしてんだろッ、ウットリよお！　ヘッヘーッ」

なんて、例によって長くて締まりのない野次を、紺のスーツと全然つり合わないベイ

スターズのブルーの帽子を被って一人でがなっていて、反対側では前川が、

「谷繁、佐伯、波留の関西トリオが仲が良くて、キャプテンの石井は人望がなくて孤立してて、斎藤隆ぐらいしか仲のいいのがいないんだって」

と、応援の音の合い間に切れ切れに又聞きの谷繁情報をしゃべっていた。先発は小宮山で小宮山はランナーを出しながらも一、二回は零点に抑えていた。しかしコーナーぎりぎりに投げた球を主審がストライクにとらない。

「また杉永だよ」

と前川が言うのと同時に大峯が、

「こら、杉永ァ！　八百長してんじゃねえぞ！　大洋にドラフト一位指名してもらった義理ってもんがあるだろ！　義理がよお！」

と、怒鳴ったけれど、この野次にはいつもの「ヘッヘーッ」はなかった。大洋でモノにならずに審判に転職した杉永は、ベイスターズに恨みがあるとしか思えない判定をする。巨人の堀田のハーフスイングを一塁から「セーフ」と両手を横に広げたのも杉永だった。九回裏一死一、二塁のチャンスに波留が自信を持って見送った外角の球を「ストライク！」と手を上げたのも杉永だった。

外野スタンドから見ていたって、百メートル離れた投球のストライク、ボールはたいていわかる。純粋に視力でわかるのか、バッターの微妙な動きでわかるのか、ピッチャーからキャッチャーまでの軌道全体でわかるのか、それとももっと別の球場全体の何か

でわかるのか、とにかくわかる。鳥の編隊がいっせいに方向転換したり、蛍の群れがいっせいに点滅したりするのと同じ何かが働いているのかもしれない。球場の上の空はホームから外野へと藍色のグラデーションがかかっていて、レフトからライトに向かって吹いている風でスコアボードの上の球団旗がはためいていた。

結局東出がフォアボールで出て、浅井の三塁ゴロがゲッツーにならずに一塁がセーフ。

「こらッ、杉永ァ！　八百長してねえ証拠におまえが一塁まで行って、アウト！　って言ってみろ！　ヘッへーッ」

大峯は紙コップのメガホンで怒鳴っていたが、もちろん悪いのはサードの金城で、もっと早くさばいていればチェンジだった。

次の金本を私は嫌いではない。横浜ベイスターズの選手になってもらって、心から声援を送りたいと思う選手の一人だ。金本が打席に立つとレフトスタンドの応援団がラッパでファンファーレを鳴らす。ヤクルトの応援団は稲葉のときにファンファーレを鳴らす。そして横浜ベイスターズでは佐伯のときにファンファーレを鳴らす。

ファンファーレが鳴りはじめる瞬間は特別バカバカしくて、待っているあいだにうれしくてドキドキする。成績以上にファンに好かれる選手がどの球団にもいるものなのだ。阪神の桧山とか中日の立浪とか。だからといって金本に横浜球場で打ってほしくないのは言うまでもないが、金本の打球はライトフェンスを直撃して、一塁から浅井がホームイン。私はクッションボールを必死に素早く処理して、セカンドに投げる中根の後ろ姿を見ているだけで心打たれた。今年は何と言っても中根だ。中根のことはいくら賞賛しても賞賛しきれない。

「中根はいいな」

と、前川と私と、そして大峯の三人の声が揃った。

レフトスタンドでは広島ファンが、『花咲じいさん』の「大判小判がざっくざっくざっくざく」を、「今日もカープはざっくざっくざっくざく」とかいう歌詞に替えた歌を歌っていた。広島は点が入ると必ずこれを歌い、広島がこれを歌っていると必ず前川が、

「ダセエ歌、歌うんじゃねえ！　ここは横浜だぞ！」

と、レフトスタンドに向かって怒鳴る。大峯はライトの中根に向かって、

「ドンマイ！ドンマイ！　一点ぐらいどうってことないよ！　まだ三回だよ！　中根とローズで簡単に返せるよ！　大丈夫、大丈夫！」

と、草野球根性丸出しの声援を送っていた。そして前川は、

「谷繁に言わせると、今年の鈴木尚典と川村の不振の原因は、二人を野手キャプテンと投手キャプテンにさせたからで、やっぱり指名した石井が悪いってことになるんだよな」

と、谷繁情報をしゃべりつづけていた。

「オイ！　あれがボールかよ！　杉永ァ！

鈴木尚典と川村は二人とも全然キャプテンに向いてない性格なのに、それがわかって

て、石井が自分一人でチームをまとめるのが大変だからって、野手キャプテンと投手キャプテンなんて、変なのを作って、それが大失敗だったんだって」

五番ロペスはいい当たりで、一瞬私は口が開いてしまったが、さらに藍色の濃くなった空に高く上がりすぎてフェンス手前で鈴木尚典が捕ってチェンジ。

「オー、ケツの穴がシビレたぜェ」

と言って、大峯は立ち上がって、三杯目のビールを買い、私も買った。前川は持参の酒をスポーツ飲料の容器からストローで飲んでいる。毎試合来ていると一杯四百八十円の球場のビールなんか買っていられないのだ。

「谷繁は将来自分が監督になると、本気で思ってるらしいんだよ」前川が言った。

「無理だよ」

「やっぱり石井琢朗(たくろう)だよな」

「ローズだよ」

と私が言ったところで、三回裏の応援の三三七拍子がはじまった。シャンシャンシャン！　ヘイッ！　シャンシャンシャン！　ヘイッ！　シャンシャンシャンシャンシャンシャンシャン！　ヘイッ！

シャンシャンシャン！　ヘイッ！　シャンシャンシャン！　ヘイッ！　シャンシャンシャンシャンシャンシャンシャン！　ヘイッ！

シャンシャンシャン！　ヘイッ！　シャンシャンシャン！　ヘイッ！　シャンシャンシャン

シャンシャンシャンシャンシャンシャン！　ヘイッ！

ヘイッ！　ヘイッ！

リーダーが最前列の通路に立って、両手をYの形に挙げる。

「さあ、ここから反撃を期待して、
かっとばせぇ、こぉまぁだぁ」

駒田の歌は、

「白い流れ星　大きく舞い上げろ
冴えたホームラン　見せてよ駒田」

だ。しかし今年の駒田にはもう誰もそんなもの期待していない。通路のリーダーだって締まりのない顔をしている。この歌が歌われている中で、本当に大きく弧を描くホームランを打った時代が駒田にもあったのだ。しかし応援のトランペットと太鼓とみんなが叩くメガホンの音は、期待していなくてもそれなりに鳴っていて、その音の中で前川が私の耳元に顔を近づけて、何か言った。私は聞き返した。

「最大の谷繁情報！」

「何だよッ」

と言って、私はグラウンドに顔を向けたまま、前川の方に体を傾けた。前川が左手を口に添えて言った。

「ローズは今シーズンかぎりで引退」

私は前川に顔を向けて、キスをするくらい顔を近づけた。

「ホントかよ」

駒田なんか見てる場合じゃなかった。

「谷繁情報の又聞きだよ。あくまでも。引退で、背番号23は欠番」

去年のシーズン途中の、突然の引退発表を思い出した。こんな大事なことをどうして前川はすぐに言わなかったんだと思った。大峯は、

「元祖満塁ウマオトコ！一発ここまでブチ込んでくれェ！一発奥まで、ウ・マ・ダ！奥までグサリと、ウ・マ・ダ！太いの奥まで、ウ・マ・ダ！」

と、律義に駒田に野次みたいな声援を送っていた。すべての横浜ファンはローズのファンであり、すべての横浜ファンが去年の途中から「これがローズを見られる最後のシーズンか」と、毎試合万感こみあげる思いでローズの打席と守備を見たものだったが、引退を撤回してくれたことで、今年どころか来年も再来年も、ずうっとローズがいてくれるものだと思っていた。前川がすぐに言わなかったのは、それを否定したいという無意識の願望によるものだったのかと思ったが、そんな紋切り型の解釈をしていたらバカな心理学者と同じことになってしまうと思い直した。

前川はたんに谷繁情報を信じていないのだ。自分が将来監督になると思ってるような、現実認識の狂ってるヤツの言うことを信じられるだろうか。駒田はぼてぼての一塁ゴロ

だったが、ライトスタンドでは誰も失望しなかったというか、むしろ予想どおりだった。次の谷繁にもみんなたいして期待していない。

「強肩強打のスゴイ奴(やつ)
　ゲームを作れ　勝利を呼び込め
　シゲシゲ　ハマの司令塔」

という谷繁の歌は群を抜いてテンポがいいが、私も前川も谷繁を好きじゃない。大峯だけは島根県出身の人間は東京の人間には本当のことを言っていても嘘(うそ)をついているように見えがちなんだと、おかしな理屈をつけて谷繁を庇(かば)っているが、大峯の言うことはいつも根拠が何もないし、だいたい谷繁は島根県じゃなくて広島県出身だ。谷繁のプレーはチームの仲間のためでなくファンのためでもなくて、ベンチにいる監督か、年俸を査定するフロントのためのようにしか見えない。

　2—2(ツーツー)から見送った球をストライクと判定されて、谷繁はバットを叩きつけたが、それもポーズにしか見えなかった。しかしライトスタンドでは谷繁元信の背番号8は鈴木尚典の背番号7と並んで、ユニホームを着ているファンの数が多く、プラカードの数も多い。私は23のローズで、前川は22の佐々木だ。

いなくなった選手のユニホームを着つづけるのは前川だけではない。一着二万五千円のユニホームを何着も買えないし、いなくなった選手のユニホームはもう販売していないので一種のステイタスでもある。手に入らなくなったユニホームだったら着ないで大事にとっておけばプレミアがつくという風には球場に来る人間は考えない。球場に来るファンにとって大事なのは、ユニホームのプレミアがつくのを待つことでなく、それを着て応援することだ。大の男がみんなして野球帽を被ってユニホームを着ている空間なんて他に考えられない。耳にピアスをしたロン毛茶髪のアンチャンも赤銅色(しゃくどういろ)に陽に焼けたジイサンも、ベイスターズの帽子とユニホームで同じになる。男だけでなく化粧の濃いネエチャンもどこから見ても普通の女子高生も、子どもを抱いたお母さんもここではユニホームを着ていて、当然子どももユニホームを着ている。

しかしローズの背番号23が欠番になるというのがウソくさいと思った。佐々木の22でさえ欠番にしないで、さっさとベタンコートなどという、3A(スリー)か2A(ツー)から呼んだ選手につけさせてしまう球団が、23を欠番にするというのがおかしい。

三回裏の攻撃はあっさり三人で終わり、まわりの応援の音がなくなると、私と前川はローズ引退の話のつづきをするのが憚(はばか)られる気分になっていた。大峯にはここで言う気になれなかった。リアクションが予想つかないのだ。私は、

「ホントかよ」

とだけ、前川に言った。

「あくまでも谷繁情報だけどな」

と、前川は「谷繁情報」という言葉を何度も繰り返した。小宮山の外角低めのスライダーはどうしてもストライクと判定されず、私と前川は同時に、

「またボールかよォ、杉永ァ」

と、百メートル先のホームベースの向こうに立っている主審に聞こえるはずのない野次を怒鳴った。

しかし聞こえないというのは本当だろうか。私と前川は現にこうして同時に怒鳴り、ライトスタンドのあっちでもこっちでもスライダーがボールと判定されるたびに「違うだろォ」という気持ちをこめた「あー」とか「えー」とかの声が出る。その声はブーイングというはっきりした形になる前の空間の揺れみたいなものだが、これがなければ次のブーイングには発展しない。だからこの「あー」とか「えー」とかいう気持ちも輪郭がぼやけていてもすでに形の段階にはなっていて、私と前川の「またボールかよォ」も主審に聞こえていなくてもやっぱり聞こえているはずなのだ。

四回もワンアウトから新井がレフト前ヒット、つづく西山がフォアボールで、ランナーが二人出たが一番の木村拓也(たくや)でチェンジ。しかし横浜も広島の先発のミンチーを相変わらず打てず、金城が内野安打でやっと出たものの、鈴木尚典、ローズと、ポーンポーンと浅めの外野フライを打ち上げて、いつもどおり球の遅いピッチャーのペースにはまっていた。こんなかったるい球しか投げられないピッチャーが幅を利(き)かせているような国で、ローズもいつまでも野球をしたいとは思わないだろう。もっともミンチーもアメリカ人だが。しかしミンチーなんて名字がアメリカにあるんだろうか。ミンコフスキーとかミルチェノビッチとかの省略形なんじゃないか。

「オーイ！　木村拓也と東出ェ！」

大峯の長ったらしい野次は飽きるということを知らなかった。

「おまえら二人とも小せえんだよぉ！　小せえから遠近法が狂っちまってよお、セカンドとショートがピッチャーより向こうにいるように見えてしょうがねえんだよぉ！　何とかしてくれよぉ！　シークレット・ブーツ履いてきていいからよぉ！　もうちょっと、デカくなってくれねえと、画面が歪むんだよ、画面がよぉ！　ヘッヘーッ。だいたい、おまえら二人、その背番号はどうしちまったんだよぉ！　0と2じゃねえかよぉ！　足して、2にしかなんねえじゃねえかよぉ！　少なすぎるぞ、コラァー！　ヘッヘーッ」

五回表に小宮山はついにつかまった。東出ライト前ヒット、浅井はセンターフライだったが、金本が二打席連続のライトオーバーの二塁打で二点目。進軍ラッパにつづいて、「大判小判がざっくざっくざっくざく」の替え歌を歌って、「バンザーイ」を三回。点を取った勢いで、次のロペスになると、レフトスタンドの「ロペス！　ロペス！」の応援がさらに大きくなった。

「ロペス！　ロペス！」と言いながら、スタンドの半分が立ち、半分がしゃがみ、半分がしゃがみ、半分が立つ。シュプレヒコールに似ていて、私は広島のこの応援が嫌いじゃない。いつかテレビで見たユーゴのサッカーの試合を思い出す。「ユーゴ！　ユーゴ！」と繰り返される声の、「ユー」と強く伸ばされる音が大地から沸き起こる地鳴りか、何百キロも平原を渡ってきた風のようだった。

　立ったりしゃがんだりを繰り返すレフトスタンドの中で、点在するすわったままの人間の姿がよくわかる。立ったりしゃがんだりしている人間は群れとして見えていると同時に、一人一人としてもまた見えているのだ。ロペスの三球目を投げたとき、前川が思わず「あっ」と声を出してしまったくらい甘い球で、ロペスの打ち返した打球は低い弾道でレフトスタンドの前から五列目ぐらいに飛びこんだ。そのときレフトスタンドは立ったりしゃがんだりしていたのが、いっせいに立っていた。前川から「あっ」と声が出たのは、小宮山の手からボールが離れた直後で、ボールはまだバッターとの半分に達していなかった。バッターがスイングをはじめるのと同じタイミングだった。

　ロペスがゆっくりベースを一周しているのを見ながら私はトイレに立った。しょっちゅう球場に来ていればこういう取り柄のない試合にあたることだって当然ある。つづく六回もランナーを出しては点を取られて、こっちのピッチャーがベタンコートから阿波野、さらに五十嵐へと交替して、そのたびに時間が延びて気持ちがだらけ、さすがの大峯も野次を飛ばさなくなってビールを飲むばっかりで、私と交互にトイレに立ち、トイレに行けばトイレからの列が外まで長く伸びていて、外野スタンド裏の、トイレと喫煙所と売店が一緒になった十メートル四方もないくらいの狭いスペースは、煙草のけむりが気持ちのもやもやがそのまま形になってたちこめていて、それは比喩でも何でもなくもやもやだったけれど、外野スタンドに来ているファンは大半が球場通いの常連なので、たまにあるこういう試合を受け入れていて、天井から下がっているモニターテレビを見上げながら、「五十嵐ぃ、頼むよ……」と口では言いつつも、気持ちはただただだらける一方で、私はスタンドに戻って前川に、

「阿波野、五十嵐じゃなくて、もっと若いのいないのかよ」

と言った。

「谷口がいるんだけど、権藤が年寄りで頑固だからなかなか一軍に上げないんだよ。上げても使わないうちにまたシーレックスに落としたりしてるしよお。斎藤明夫(あきお)なんか何もしてないしな」

「全然してねえよ」

「でも、シーレックスの遠藤もダメなんだよ」

「だから、万年Bクラス時代の生え抜きなんかいらねえんだよ」

「大洋ホエールズのOB会が邪魔なんだよ」

「OB会って、土井だろ？　TVKの解説にたまに出てくると若手の名前もろくに憶(おぼ)えてない――、おととしの日本シリーズの第六戦の日に、OB会ゴルフコンペに行ってた――」

「優勝のとき、ちゃんと涙流してたのは秋山だけだったな」

「松原は戻ってこれないしな」

と私が言うと、横で大峯が「タララ、ラララ、ララララー」と、突然『ゴッドフ

ァーザー愛のテーマ』を歌い出した。松原が打席に入る前に横浜球場ではいつもこれが流れていたのだ。大峯にはいったいどこまで二人の話が聞こえているのだろう。「大洋ファンはなんか世論誘導されててさあ、山下大輔とは言うけど、松原とは言わないことになってんだよ」

と、前川が言うと、大峯はまたも「ハゲの大ちゃん」とだけ言ったが、話の中身には大人の横にいる子どもみたいに無関心だった。

森監督就任の話は夏前からぼつぼつ出ていて、そのたびに昔からの大洋ファンは「勝手にやるのが大洋なんだから、森みたいな管理野球はチームカラーに合わない」と言っている。しかし九八年に優勝して、優勝することがあんなにうれしいことだと知ったのだから、優勝しなくても横浜らしい野球をやってくれればいいなんて話は、自分自身の感情に対して忠実じゃないというか、感情に対してサボッている。こういうやられっぱなしの試合がたまにあることはわかっているけれど、接戦でも何でも負けると前もってわかっていたらファンは絶対にその日は来ない。

六回表に六点目を入れられたけれど、そこで帰らずにファンがスタンドに残っているのも、「勝つかもしれない」と、まだどこかで期待しているからだ。テレビで見ていたらもうスイッチを切っている頃だろうが、スタンドにいたらこの程度ではまだあきらめない。球場に来ないでテレビだけ見ているなら、「大洋らしく」でも「横浜らしく」でも勝手な思い込みを口走っていられるが、球場にいたらそんな悠長なことを言う気になれない。広島の攻撃がツーアウトまで来たところで、大峯が突然立ち上がって紙コップをくりぬいたメガホンで歌いはじめた。
「スウィート、スウィート、ナインティーン・ブルース
だけど私も、ホントはすごくないから
スウィート、スウィート、ナインティーン・ドゥリーム
誰も見たことのない顔、誰かに見せるかもしれない
スウィート、スウィート、ナインティーン・ブルース
スウィート、スウィート、ナインティーン・ブルース
スウィート、スウィート、ナインティーン・ブルース
スウィート、スウィート、ナインティーン・ブルース」
まわりはみんな、わけがわからない顔をしていた。さっきからずうっと一人で勝手に大峯のバカバカしくもクソ真面目(まじめ)な根性に感動して、途中から私も立ち上がって歌わないではすまされなくなってしまった。安室奈美恵(あむろなみえ)の『スウィート・ナインティーン・ブルース』はローズの大好きな歌なのだ。
優勝したときの雑誌のインタビューで知ったことだから、あれから二年のうちにもっと好きな歌ができているかもしれないが、情報がないからしょうがない。何とも感傷的な歌詞だけれど、ローズが好きだと知ってから私も好きになってしまった。大峯もそうだ。それにローズだって日本語の歌詞の意味までいちいち考えたりしていないだろう。

でもメロディを聞くだけでダイナミックな歌詞じゃないことぐらいは想像がつくだろうが、ローズの心根はきっとセンチメンタルなアメリカ人なのだ。前川が聞いてきたことがもし本当だったら、この歌をローズのために歌うことは来年になったらもうできない。ローズのいないグラウンドに向かって「ローズ！」と叫ぶことはできないわけだが、チャーちゃんが死んだあと私は何度もチャーちゃんがいない家や空に向かって「チャーちゃん」と言った。チャーちゃんは死ぬ前の晩の息をするのも苦しいようなときにも、私に「チャーちゃん」と呼びかけられると、必ず「ニャア」と返事をして、それが可愛くてかわいそうでしょうがなかった。球場の上の墨色の空をゆっくりと雲が流れていた。

大峯はもしかしたらチェンジになってローズがグラウンドからいなくなるまで、西山が何球粘ろうが、ヒットで出ようが、とにかくスリーアウトになるまで、ずうっと「スウィート、スウィート、ナインティーン・ブルース」と歌いつづけるつもりだったのかもしれないが、幸い西山は三球目でサードゴロを打ってくれて、ベンチに引き上げるローズに、

「ローズ！　つぎ頼むぞ！」

と叫んで、数秒間は私もそれから大峯も恥ずかしさで仏頂面になったが、

「バカか、おまえら」

と前川から言われて、救われた気がした。

その六回裏にノーアウトから代打の相川がレフト前ヒットを打ち、石井琢朗がライト

前ヒットでつづいて、ライトスタンドは立ち上がった。シャンシャンシャン！　ヘイッ！　シャンシャンシャン！　ヘイッ！　シャンシャンシャンシャンシャンシャンシャン！　WOOOOO　ヘイッ！

ヘイッ！　ヘイッ！

　今夜はじめてチャンスが来た。バッターは三割六分二厘で首位打者を独走している金城。金城五回コール。キンジョー、キンジョー、キンジョー、キンジョー、キンジョー。

それにつづいて、

「見せてくれ見せてやれ　超スーパープレーを
ハマの風に乗った　男の意地を」

　の、金城の歌だが、打率は高いが得点圏打率一割台の金城はセカンドフライを打ち上げてワンアウト。次の鈴木尚典が打席に入る手前で二度三度と素振りをしているあいだに応援の太鼓がいったん止（や）み、その合い間をぬって最上段に陣取っていつも絶対に帽子でなくハチマキを巻いているハチマキ・アンチャンが声を出す。

「タカノリー！　タカノリ、タカノリ、タ、カ、ノ、リー！」

　あっちでもこっちでも、前川も私も大峯も「尚典ィ！」と叫んでいる。ライトスタンドからのこの合い間の「尚典ィ！」は、勝手にみんなが叫んでいるからただのざわめきにしか聞こえないかもしれないが、そのざわめきは声援なのだ。普段聞いている蟬（せみ）の声は一匹の鳴き声ではなくて、それぞれが勝手に鳴いている声の集合で、そういう何重にもズレることで重なり合う音が人間が聞いている蟬の鳴き声なのだ。そして鈴木尚典の歌がはじまる。

「駆け抜けるダイヤモンド　両手を高く挙げ
　とどろきわたる歓声が　君の胸を焦がす」

　スタンドの歌は歌詞を知らなければ幅を持った音の塊にしか聞こえないが、知っていればちゃんと言葉に聞こえる。鈴木尚典がいつもこの球場で聞いている自分の歌はこういう風に歌われる歌だ。私たちは一人一人が声を出して鈴木尚典のために歌い、鈴木尚典はこのスタンドとグラウンドのために打つ。ピッチャーは打たれないために投げるのだが、それは打たれるために投げるのと同じ意味なのだ。

　1―1からの三球目を鈴木尚典のバットは空を切ったが、鈴木尚典は打つためにスイングした。ピッチャーが投げるのとバッターがスイングするのは二人が実現する一連の運動で、それには私たちの歓声も組み込まれる。

　ミンチーは外角に一球外した。ということは次は内角に速い球か。見送ればボールになる低めの誘い球か。鈴木尚典が一番好きな低めに、ボール一つ分内側に外して詰まらせる。歌を歌い、「かっとばせ尚典」とメガホンを振り上げていても、一球ごとにスタンドにいる私たちまでが考えている。むしろ歌を歌い、メガホンを叩いたり振り上げたりする動作で、考えが導かれているのかもしれない。習慣化した思考は、慣れたテンポの中にいることで動く。

習慣化するものは退屈なものだが、しかし習慣化していないところに興奮はない。慣れていない出来事には唖然（あぜん）とすることしかできない。スタンドでファンは習慣化した動きの中で習慣化した思考をつづけ、通い慣れた道を辿（たど）って興奮するのだ。内角低めの球に鈴木尚典のバットは一瞬出かかったが止まった。が、キャッチャーが三塁塁審を指差すと、アウトのポーズ。

「オーイ」

「なんだよ。振ってねえよ」

「権藤！　カッコつけてねえで、出て来て抗議しろよ」

「タカノリさーん」

「杉永ァ」

　鈴木尚典はバッターボックスで、ここで止めたじゃないかと主審の杉永に動きを再現して見せ、三塁コーチの青山も寄っていくが監督の権藤が出てこない。ライトスタンドは騒然となっているが権藤が出てこない。「いくら抗議しても一度決まった判定はくつがえらないんだから、抗議はしない」という権藤の理屈は薄っぺらで、選手の士気にかかわるということがわかっていない。士気にかかわりなくプレーヤーがいつも同じ力を出せるんだったら、ファンなんかいらない。音楽のスタジオ録音のように理想空間を作って、何度でもやり直して、最上のプレーだけをつなぎ合わせればいい。

　監督の出てこない抗議はすぐに終わり、鈴木尚典は不満そうにベンチに戻っていったが、尚典の尻をローズが風船ガムを噛みながらポンと叩いて、それで流れが回復した。

ローズはバッターボックスの中でガシッと足を踏んばり、両手でぐっと一回バットを突き上げ、右手で一回股間のプロテクターを直し、体の中心線で止めるゆっくりした粘っこい素振りを三回して、四十五度にバットをカチッと立てて構えた。

鈴木尚典の素振りと対照的だ。尚典はバックスイングと同時に右の踵を軽く上げて、ダウンスイングで振り抜き、そのときバットは右手だけで握られている。ピッチャーの投げる球を打ち返すという同じ運動を、こうも一人一人が違うプロセスで作り出す。右中間にぐんぐん伸びてくるのがローズの打球で、それこそがローズの個性だが個性が問題なんじゃない。野球はすべてのプロセスが得点に還元されて、勝ち負けだけが残る。伝説の名勝負や名選手なんていうのはテレビで野球を見ている非当事者の言い逃れで、毎日の試合には勝ち負けしかない。ピッチャーが投げてバッターが打ち返す一連の運動の中には、伝説も名勝負も歴史性も関係なくて、だからゆっくりした粘っこい素振りをするローズに、ライトスタンドは「ローズ！」と声をかけ、

「カモン　ローズ　ヴィクトリー
ハッスル　ボービー　ゴゴーッゴーッ」

と歌う。

ミンチーが一塁に牽制球を投げ、気合いを外されたローズはバッターボックスから右足をいったん出して、鎧を着たような胸に一回大きく息を吸い込み、両手でバットを前

に突き上げ、股間に右手をやってプロテクターを直し、三回粘っこい素振りをして、四十五度にカチッとバットを構える。風船ガムを嚙む動きが止まり、唇の両端をギッと引いて左右の頰に大きな筋ができているのが見えるようだ。『ゴースト　ニューヨークの幻』のデミ・ムーアに似ている。優勝した年のローズはもっと似ていた。

ミンチーの外角低めのスライダーにローズのバットは遅れ気味に振り出され、キャッチャー・ミットに入る寸前でとらえ、ボールをとらえたバットは派手に振り抜かれずに左足の爪先（つまさき）のあたりで止められるのだが、ボールは右中間にぐんぐん伸びてきた。

この瞬間がたまらない。九人の野手も塁上のランナーも打ったローズ自身も、ベンチもスタンドも、この場にいるすべての人間が右中間に伸びるボールに導かれて動き、叫ぶ。

二点を返し、スタンドは歓声が三三七拍子から、

「オーオーオ、ウォウ、ウォッ　横浜ベイスターズ
燃える星たちよ　レッツゴー！
オーオーオ、ウォウ、ウォッ　横浜ベイスターズ
夢を追いかけろ！」

の球団歌に移って、「バンザイ！　バンザイ！　バンザイ！」と言いながら、隣りや前とメガホンでハイタッチしていて、二塁塁上に悠然と立っているローズは、一回風船

ガムを膨らませて、パチンと割って、くちゃくちゃ噛みながら、ライトスタンドに軽く目をやり、それからベンチに向かって笑みを作るかわりに、唇の両端を引いて頬に筋を作って見せている。後ろ姿しか見えていないがそうしていることがはっきりわかる。

　ローズにつづいて、いま一番胸を熱くさせる中根がレフト線をライナーで抜ける二塁打を打って、六対三。七回表にまた一点取られて七対三になったが、その裏に代打で出てきた佐伯のツーラン・ホームランで七対五。しかし八回表にまたまた二点取られて九対五になったが、九回裏に三点返して、なおもツーアウト二塁で中根だったが、内角高目の釣り球に思わずバットが出てしまい、途中で止めたがこれはもう杉永じゃなくても誰が見てもスイングで試合終了。

　中根はごつい顔を天に向けて、大きく口を開けて、ハイタッチしながら引き上げてくる広島ナインの中で、一人で悔しさを漲らせて立っていた。その悔しさはもう中根の悔しさでなく球場全体の悔しさだったが、それはやっぱり中根でなければあらわせない悔しさだった。

　十時四十五分だった。これが逆転勝ちだったら終電なんか考えずに三人で酒を飲んでいたところだけれど、六回表までの六点差を追い上げてとうとう一歩及ばなかったという展開は、三対一ぐらいで勝つ試合よりも興奮の度合いは強いし、ローズの打席を五回も見ることができて、そのうち三回が右中間にぐんぐん伸びてくるローズ特有の軌道を描いた二塁打で、と豪華なものだったが負けは負けだからあるのは悔しさだけで、前川の帰り道に大峯と二人でつき合う桜木町までの道の途中でビールのロング缶を買って、さんざん打たれたクソッたれのリードの谷繁の、前川が聞き込んできた女子高生経由の谷繁情報の「ローズ引退」を大峯に、

「おまえ聞こえてたのか」

と訊くと、

「エエッ！」

と、大声を出して驚いて、その声で擦れ違った男が躓いたくらいだからあのときには全然聞こえていなくて、ローズのために歌った『スウィート・ナインティーン・ブルース』も偶然の暇つぶしの余興のようなものだったとわかったのだが、

「所詮、島根県人がハマの女子高生に見栄張って、関心を引こうとしただけだろ？だいたい、谷繁とローズが何語で会話してんだよ」

と、大峯は球場を出ても相変わらずわけのわからないことを言うだけだったから、ローズ引退の話は結局それだけで、あとは「チクショウ」「悔しいなあ」ばかりで、駅の手前で前川と別れ、桜木町で大峯はJRのホームに行き、一人になって東横線の各停にすわって残りのビールを飲んでいると、最後の最後に狂喜できなかった気持ちがいつまでもくすぶっていて、くすぶっている音が体のどこかから聞こえてくるようだった。

九対〇で負けるのも今夜のように一点差まで追い上げて両チーム総動員でもう本当にたった一球が別の軌道を描いていたらどうなっていたかわからないくらいの試合で負け

るのも、一敗は一敗としてカウントされるのが野球で、九対〇と九対八を別々にカウントするルールだったとしたら、試合の内実を反映するかもしれないけれど、きっと今夜のような盛り上がりはない。内実を無視して無粋にただ勝った負けたをカウントするルールだからこそこういう試合が実現して、ファインプレーもくだらないエラーもすべてプロセスにかかわりなく点数だけに還元されて、さらに点数の合計で勝った負けたに一元化される。だから負けた試合はどんな試合でも悔しい。

選手はシーズンを通して百三十五試合戦うのだからどんなに強いチームでも全部勝つことはできない、なんて割り切れる人間はファンにはなれないし、まして選手なんかやっていられない。球場にいればシーズン全体でなんか考えられないのが選手でありファンであって、江川や落合なんかはテレビで解説をしているとわかったようなことをしゃべるけれどそれは彼らの表現方法が貧困だからで、球場にいたらやっぱりシーズン全体でなくこの試合に勝つことしか考えていなかったはずだ。

プロ入り初安打のボールや初勝利のボールや、二〇〇〇本安打のボールや一五〇〇奪三振のボールをいちいち大事にとっておきたいと思うフェティシズムを大人になっても持ちつづけていることのできるのが選手で、選手はそれが大量生産の製品だなんて理解しない。ボールは手縫いだから縫い目の山がすべて微妙に違うなどというのは、冷笑的な合理主義者に向けた言わなくてもいい言い訳で、自分を害したプレーのボールを本気で憎める人間でなければ選手になれないし、それが共有できなければファンになれないから、ファンは相手の打ったホームラン・ボールをグラウンドに投げ返す。球場とはそういう幼児的な未分化が人間本来のエモーションであることを証明するために噴き出る場で、だから負けた試合はどんな試合でも悔しい。

ホームに滑り込んだ自分の手が本当はホームベースに触れていなくても、審判が「セーフ」と言ってしまえばセーフなのだと、相手がどれだけ抗議しても「触わった」と自分に有利なことを言い通すのが選手というもので、そういう勝ち負けに対する圧倒的な執着がなくなったらいいプレーができなくなるような人間が選手で、相手のファインプレーに拍手じゃなくて罵声を浴びせるような人間でなければ球場なんかに行かないし、相手チームのファンから罵声を浴びたらかえって元気が沸き出るような人間だけが選手をつづけることができて、チャンスに打てなくて自分たちのファンから罵声を浴びせられれば内省するより先にバットを投げつける人間が選手というもので、選手とボールとバットは共通に、球場にある力をもともと自分の内側にあった力であるように思い込んで、それを球場に送り返す。選手とボールとバットがなければ球場はただの空っぽの空間だが、選手とボールとバットの内側に力があるわけではなくて、力はたぶんやっぱり球場にある。だから負けた試合はどんな試合でも悔しい。

すべてのプレーが勝った負けたに一元化されるのは、ピッチャーの投げる球の軌道がつねにたった一つで、バッターが打ち返した球の軌道もたった一つで、アウトかセーフかもストライクかボールかもつねにどちらか一方で、すべてのプレーがたった一つにしかならないからなのだが、プレーには他の起こりうる可能性を収斂させる力があり、起こりうる選択肢がプレーには厚みとしてあり、だから勝った負けたの一元化が要請され、一元化されるから起こりうる選択肢が消えるのでなくさらに厚みを増す。だから負けた試合はどんな試合でも悔しい。

あそこで中根が内角高めの釣り球にひっかからなかったらとか、東出の打球にローズの出したグラブが届いていればとかの、「たら」「れば」の問題ではなくて、球場であらわれるすべてのプレーは一つの形しかとらないからこそ、ありうるプレーが反響もするし、ありうるプレーの予感ともなる。こんなことを考えるのはきっと、個別の中にしか総体があらわれないからで、目で見ることができるのは個別だけだけれど個別は総体がなければ形にならない。だから負けた試合はどんな試合でも悔しい。

と、東横線の中で空になったビールの缶をぺこんぺこんと潰しつづけてその音を聞きながらここまで考えたときに、「出会いの中にいつかくる別れがあり、この別れの中に出会ってから今日までの時間がある」という意味のC・S・ルイスの言葉を、死ぬ間際のチャーちゃんを見ながら妻の理恵が言ったのを思い出したのは、「ローズは今シーズンで引退」という前川の言葉というか谷繁の言葉と言って前川に言った女子高生の言葉というか、とにかくそれがあったからだろうが、出会いも別れも個別の出来事で、それを個別の現実にさせる基盤の総体というのはどういうことなんだろうと思った。

個別と総体は別のことなのだろうが何がどう別なのかわかっているようでわかってい

ないんじゃないか。総体というのを基盤と考えると、それはすぐに図式化された空間的なイメージになってしまっていて、それがだいたい違うんじゃないか。チャーちゃんが死んだあと、チャーちゃんのことを思い出しては泣いていた頃に、生と死というのはたとえばイルカが夕陽に照らされた沖の海面からピョーンピョーンとジャンプしながら泳いでいるのと水の中を泳いでいるのの差のようなもので、砂浜にいる人間からイルカの姿が見えても見えていなくてもイルカは存在しているように、生命というのは形としての生と死の違いを越えたところで連続しているんだと考えたことがあったけれど、これもやっぱり空間を拠り所とした映像によるイメージで、個別と総体とか生と死の違いとか生命そのものとかには全然辿り着けない頭の働かせ方なんじゃないか。

　横浜はあんなに涼しかったのに渋谷で降りると駅の中は空気の流れがなくて、むっとしていた。コンパ帰りの学生や仕事の帰りに飲んでいた様子の会社員やいままで仕事をしていたらしい会社員に混じって井の頭線までの長い乗り換えを歩いていく時間が今夜は特別退屈でわずらわしく、ＪＲと井の頭線をつなぐいつまでもずうっと工事中の仮設通路は床に張ってあるベニヤ板から視界が霞むくらいに埃が立っていた。終電一本前の井の頭線は朝の通勤電車のように混んでいて、下北沢で乗り換える小田急のホームにもいつものことながらやたらと人がいて、掘り割りのように両側がコンクリートの斜面で塞がれているために空気が澱んでいて、もう九月だというのに今夜もやっぱり下水の匂いがしていた。

小田急を降りて駅の改札口を抜けるとだいぶほっとしたが、それでもやっぱり横浜球場から桜木町まで歩きながら吹かれていたような風は吹いていなかった。空も深さが違っていて、全体に薄明るくて、雲に隠れているわけでもないのに星は見えていなかった。商店街を抜けて、少し大回りするとこのあたりで一番大きな欅があり、空全体が仄明るい夜の中にあってそこだけが闇になっている欅を近くで立ち止まって見上げると、子どもの頃に夜の暗さを怖いと思ったときのような、胸の中が欅の黒々とした輪郭に被われたような気持ちになって、夜の暗さはこういう大きな樹から毎日毎日生まれているんだと子どもに言えばそのまま信じるかもしれないと思った。

そんなことを思いついた私が、暗くて情報量が極端に減った視界の中ですでにそれを信じているのかもしれなくて、人間は長いことそのように樹や夜を見ていて、そのあいだに言語の基本構造を完成させて、数式のような人工的に作られた明快な言語に自分たちの言語を譲り渡さないまま、意味としては曖昧だったり不正確だったりするところが多くても自然とのつながりを濃密にとどめた言語によって、自分たちの感じたものに形を与えてきたのだと思った。

欅を見上げているうちに、リンリンリンリンと小刻みに鳴く虫の音がまわり全体から聞こえていたことに気づき、虫の音を聞きながら五、六分歩いて家の前に着き、そこでまた南側の空き地の向こうにまわって塀ごしに家を見ると、夾竹桃や黐木の黒い輪郭のさきに蛍光灯の明かりに照らされた一階の部屋があることはわかっても庇と塀に隠れて部屋の中までは見えなかったけれど、明かりというのは漏れている少しの光でじゅうぶんで、去年の夏の私と妻と猫しかいなかった家とは違って伯母がいて伯父もいる、子どもの頃に奈緒子姉と清人兄に連れられていった縁日から戻ってきたときに見たこの家の明かりを思い出した。

　縁日は「ある」と聞くたびに喜んでいくのに行くと友達が一人もいなくて面白くなくて、幼稚園で知っていた顔も向こうはとっくに私の知らない友達と一緒にいてよそよそしくなっているから私の頼りは奈緒子姉と清人兄だけなのに、二人ともあちこちで友達とすれ違ってそのたびに「ほら幼稚園のときに家にいた高志だよ」といちいち私のことを説明するのがまたまた余所者扱いで面白くなくて、金魚すくいやスマートボールをやっているあいだもそばに奈緒子姉と清人兄がいるか気になってしょうがなくて、結局ずうっと縁日をあんまり楽しめないまま奈緒子姉に手を引かれて帰ってくる道々、清人兄から「高志はスマートボールを打つ加減がわかってない」なんて言われるのを奈緒子姉が「そんなことないよね。ちゃんと二列並べたもんねえ。金魚も取ったし、清人なんか高志ぐらいのときには金魚なんか全然すくえなかったじゃない」と庇うのがまた、子ども扱いというかお客さん扱いみたいで面白くないのが、この家の明かりを見て玄関に入ると伯母が西瓜を切って待っていて、「どうだった？」と言われる頃には機嫌が直っていて、縁日なんか子どもが行くものだというような顔をした高校生の英樹兄と友達二人ぐらいがちょうど奥の部屋から居間に来てさきに出ていた西瓜を食べ終わったところで、「子どもも帰ってきたことだし、おれたちは出かけるとするか」と、ことさら大人ぶった態度をして見せると、伯母から「お父さんが帰ってくる前に戻ってこないとまた怒られるよ」と言われるのだが、「大丈夫、大丈夫」と友達同士で顔を見合わせてぞろぞろと出ていくという、あの頃を思い出したのは外から見える明かりそのものは去年と変わっていないのだからやっぱり、昼間に浩介たちがいるざわざわした感じが夜になっても余韻として残っているということだろうか。

二階は階下(した)の廊下の照明を兼ねた右端の階段の電球がついているだけだった。三つ並んだ部屋の、右の私の部屋には何も明かりがついていなくて、妻の部屋と寝室に薄明るい常夜灯が点(とも)っているだけだったから、窓の外の手摺(てす)りは暗さに紛れていて、そこにいまポッコやミケがいて、夜風にあたりながら庭の虫の鳴き声や外の猫が立てる物音に耳をすましていたとしても私には見えなかったけれど、私が空き地を距(へだ)てて見ているこのときに手摺りにポッコがいたとしてもいなかったとしても同じことなのかもしれないという思いが、強いリアリティを持って生まれてきた。それは浩介たちの昼間の余韻という多分に情緒的な、こちらから空間に投影する心理的な操作と違ったリアリティだった。

何と言えばいいか、私がいまこうして二階を見ているのは私があそこで過ごす時間が長いからで、その時間を持たなければこうしてここから見ることもなくて、私がいまこうしている時間はあそこで過ごす時間に従属しているのだが、それが時間の長さという量の問題でなく空間と私との関係によるものだとしたら、ポッコがあそこの手摺りにいることもいないことも同じになる、と言えばいいか……、あるいは言葉を形からだけ見れば「ある」と「ない」は同等のようだが、視覚などの感覚にとっては「ある」はあっても「ない」はなくて、視覚にとってはあるものがすべてで、「ない」のためにはないことを気づくための手続きをひとつ別に介在させる必要があって、しかもその手続きが起った途端にないものも内的過程では「ある」の残像に入れ替わっていて、その内的過程というのは普通に心と呼ばれているような文化によって生まれたものではなくて、文化を生み出す元となったような原初的な、空間との関係で要請された感覚と同じくらい強いもので、視覚や聴覚が空間にないものを感知できないように、内的過程も空間と引き剝がせないのだから「ない」とは「ある」の一様態でしかなく、ポッコがあそこの手摺りにいることもいないことも同じになる、と言えばいいか……、あるいは知覚の直接性と認識は別のもので、認識が直接性という制限を得てむしろ普遍性の領域を拡大させるなら、たとえば一枚の絵に猫が描かれているとき、その描かれた猫という個別性の向こうに作者が思い浮かべている個別の猫の系列があり、その絵を見る者にも個別の猫の系列があり、それらは別々のものなのだが、見る側がその絵に対してある思いを抱くなら、その描かれた猫は作者と見る側それぞれの個別の猫の系列の一端でなく普遍性を媒介する機能を担っているはずで、夜の暗さが窓の手摺りという知覚の直接性を隠しているということは空間が認識の普遍性に移行したということで、普遍性が本来持つ相反する二つの事象を共に浮かびあがらせているのだから、ポッコがあそこの手摺りにいることもいないことも同じになる……というようなことなのだが、このとき私が感じたリアリティを説明するには私の言葉は、千八百年前に生きたテルトゥリアヌスの「神の子が死んだということはありえないがゆえに疑いがない事実であり、葬られた後に復活したということは信じられないことであるがゆえに確実である」という言葉のような根本的な矛盾を欠いているために弱く、ポッコが手摺りにいるかいないかを同じにできるとしても、チャーちゃんがいないことまでは救わないようだった。

空き地の角には家の庭によく来ている黒トラの猫がじっと体を丸くしていて、黒トラは何かを見るとか聞くとかいうのではなく、夜そのものにただ触れているようだった。そして家に着いて玄関を開けるとすぐにポッコが出迎えに来て、次にジョジョが来て、最後に階上にいたらしいミケが奥から走ってきた。

「三十分くらい前までミケが退屈して大騒ぎだったのよ」

妻の理恵が言った。

「あたしでもちょっとは遊ぶんだけど、どうしても叔父ちゃんじゃないとダメみたい」

「あなたが育てるとみんなこうなるわよね」

「みんなって、二匹だけだけどな」

二匹というのはミケとチャーちゃんだ。私はほんの一分前まで難しい顔をしていたはずだったが、出迎えに来たポッコを見た途端に緩んでいた。自然と緩んだというよりも猫に対して意識的に顔を緩ませたわけだが、顔の筋肉が緩むのと一緒にそれまで考えていたことも消えていた。もっともあのリアリティまで一緒に消えてしまったわけではなくて、二階のあの常夜灯の薄明りのように残っていて、

「浩介もいるのか」

と、私が三和土（たたき）にある靴を見て言うと、

「さっきは階上（うえ）でギター弾いてた」

とゆかりが答えた。

「階上（うえ）？　電気消えてたぞ」

「何で知ってるの？」

「外から見たんだよ」

「泥棒みたいじゃないの」

「じゃあ寝ちゃったのかも」

「風呂（ふろ）に入る前にミケと遊ぶか」

と言って、縁側の端の棚に隠してある鳥の羽の垂れた竿（さお）を取っていると、

「男の人って、どういうんだろう」

と妻が言い出した。

「いきなり話を一般化するなよ」

「だって、あなたは野球ばっかり行って、浩介君はヒマさえあればギター弾いてて。

それがなかったらいったい何して時間を潰すんだろうって、思うじゃない」

「じゃあ、理恵とゆかりは今夜何してたんだよ」

「いろいろお話ししてたよねえ」

ゆかりが笑って頷いた。ミケは私が手を上げて胸ぐらいの高さでゆらゆらさせている鳥の羽をめがけて、三回四回と飛び跳ねていた。今夜は二人ともあんまり飲んでいないようだった。理恵が帰ってきたのが遅かったのだろう。

「ここの友子伯母さんだって、生きてたあいだ押し花で絵を作って親戚とかご近所に配ったり、うちの母親だって七十過ぎてから市民講座通って古典読んだり、そのうちに家族の記録を書いてあなたに見てもらうって言い出したり、——。あたしはやめとけばって言ったんだけどね、ハハハ。

ま、とにかく何かいろいろ生産的なものだけど、父親っていったらゴルフか囲碁ばっかりで、ここの伯父さんなんかだって、もうホントに何をやってたんだか、跡形もなくなっちゃった感じでしょ」

「そういう話をしてたのか」

「少しはね。

ねえ」

と、ゆかりに同意を求めた。ゆかりはまた笑って頷いたが、いつもほど雰囲気が軽くないみたいだった。私は鳥の羽を三和土、下駄箱の上、上がり口の畳と三ヵ所に飛ばし、ミケは律義にそのつど羽めがけて飛び移った。オートバイが前の道を走っていく音が聞こえて、それが過ぎ去るとまたせわしなく鈴を振っているような虫の音で家の中が満たされるみたいになった。エアコンはついていなくて、開け放したガラス戸から通り抜ける風だけで理恵とゆかりは涼しいみたいだったが、私は夏の昼間の暑さは平気なのに夜はきちんと涼しくないとダメで汗をかいていた。

妻は私が一人でばっかり野球に行って、自分を連れていかないことを責めているのではない。もっと単純に、そういうことにうつつをぬかす男一般の性向がわからないと言っているのだ。もしかしたら私に訊き質したいわけではなくて、ただゆかりと二人でしゃべっていたついでに私にも言っただけだったのかもしれなかったが、私は言った。

「じゃあ、野球に行くたびに必ずビデオでも撮るようにするか。

そうすれば、おれが死んだあとに横浜ベイスターズのビデオが何百本と残ることになる」

「キャハハハ」とゆかりが笑ったけれど、理恵は真面目な顔で、

「でも記録とは違うよね」

と言った。

「違うな」私も同意した。

「うちの母の家族の記録だって、家族の記録を書いているところを記録したいわけじゃあないもんね」

「え？」

　ゆかりがキョトンとしたので、理恵が、家族の記録は制作物だけど、それを書いている自分を記録するのは映画で言えばメイキングビデオみたいなもので、制作物とその過程の記録とは違うってことよと言った。

　ゆかりは一応「うん」とは言ったけれど、「自分のことを記録する」のと「記録する自分を記録する」という、この枠組みの設定の違いは、すっきりとは理解できていないみたいだった。こういうことは思考の訓練というか習慣の産物で、誰でも最初から身に付いているわけではない。

「ということは――」と私は言った。「理恵によれば男女の差は、女は何かを作るからその何かが残るけど、男は何も作らないから、何をしていたかということは、ビデオみたいな記録でしか残らない――ということだな」

「ちょっと強引だった、かな？」

　と理恵は笑った。ミケは相変わらず三和土と下駄箱の上と上がり口の畳の三ヵ所を飛びまわっていて、ポッコはテーブルにあがって理恵の正面にすわって顎の上を撫でられていて、ジョジョは台所で食べ物が出るのをいまのところ黙って待っていた。

「もともと自分史の類いは男がはじめたことだもんな」

「でもあたしのまわりの男の人は、みんなここの伯父さんタイプだよね」

「だって叔父ちゃんなんか、やってる仕事がそのまま残るじゃない」

「ツッツッツッ、――」と、私は鳥の羽の竿を持っていない左手の人差指を顔の前に立てて、メトロノームのように振りながら舌を鳴らして見せた。

「何ですか？」

「外人の真似（まね）」

「だから何でいきなりそんなことするんですか」

「ほっときなさいよ」

「ここの伯母ちゃんの押し花絵やゆかりのおばあちゃんが書きたいと思ってる家族の記録は趣味だけど、おれの小説は職業なんだよ。

職業だったら、青函（せいかん）トンネルでも瀬戸内大橋でも何でも造れるだろ？」

「話半分に聞いときなさいよ」と理恵が言うと、ゆかりが「はい」と答えた。私はつづけた。

「――何でもつくれるんだけど、つくった人間の何でもかんでもがそこに入ってるわけじゃなくて、経済活動の一環として、自分の能力と商品としての価値が交わる部分しかその中には入ることがない。

おれだって、いつも何も取材したり資料集めしたりしないで好きなことしか書いていないように思われがちだけど、小説の中に何でもかんでも詰め込んでるわけではなくて（と、そこで妻が「あら？」と驚いて見せた）、いろいろ取捨選択はしている。

おれにもし莫大（ばくだい）な財産があって、収入なんか一銭もなくていいって言うんだったら、書き上げることなんか考えずに、書いている時間そのものだけになるような、いつまでもいつまでも書きつづけている小説を書くだろう。そうなったら職業じゃなくて趣味で、まあ、それが究極の趣味のあり方かもしれないな。

わかった？」

と言ってゆかりを見ると、妻が「ドゴール大統領って、知ってる？」と言った。

「昔のフランスの？」

「あ、偉いじゃない。ドゴール大統領は心臓発作で死んだんだけど、死んだとき部屋で一人でトランプ占いしてたんだって」

「じゃあ、『いま死ぬ』って出たのかなあ」

「バカね。そうじゃなくて、トランプ占いっていうのは一人遊びのことなのよ。だからね、ドゴール大統領も一人になると浩介君のギターのように、無意味な時間潰しをしていたっていうこと」

『魔の山』にもトランプ占いの話が出てくると私は言った。トランプの一人占いにはまると無意味だとわかっているのに、毎晩毎晩何時間もやってしまって抜けられなくなるというのだ。ここまで聞いて、ゆかりはようやくさっきから理恵がこだわっている時間潰しの不可解さを理解しはじめたみたいで、

「テレビゲームとは違うの？」

と言った。

「テレビゲームはクリアする目標があるから達成感があるじゃん。一人占いはただ漫然とつづいていくだけだからな」

「いろんなキャラクターを紙か何かで作って、国と国で戦わせる話を毎晩一人で考えるとか、西洋の人って、大人になっても子どもみたいな変なことするのよね」

「だから形の残らない時間潰しこそが成熟の証しなんだよ」と、私は言った。

「ポッコはそんなことに頼らなくても成熟してて、こんなに可愛いんだもんね」

と言って、妻はテーブルの上にいるポッコを撫でた。ミケは飛び跳ねまわり疲れて、口を開けて三和土のコンクリートにべったり横になって動けなくなっていた。猫も人間と同じで激しく動くと鼻だけでは足りなくなって、口を開けて呼吸する。そして体温を下げるためにひんやりしたところに全身の皮膚を広げるみたいにしてくっつける。

「何かを作るんだったら、『今日はここまでやっちゃおう』って、区切りのいいところまでやると思うんだけど、ギターとかトランプ占いだと、そんな風には思わないわよね」

妻のトーンは最初の頃と変わっていた。「今日はここまでやっちゃおう」なんて考え方自体が、時間潰しじゃなくて労働だと思ったがそれはともかく、「だいたい、なんでそんな話になったんだ」と私は訊いた。

「『なんで』って、ねえ」と妻はゆかりを見た。

「おしゃべりなんて、あちこち行くから、そんなこと訊かれたって、ねえ」

「叔母ちゃんが、最初にあたしに、あなた何にもしてないって言ったの」ゆかりが言った。

「あ、そうそう。

この子、大学辞めたいなんて言い出すんだから」

「『辞めたい』じゃなくて、『辞めようかな』だもん」

「そしたら、辞めるも何も、だいたいあなたはまだ何にもしてないとか何とか、理恵叔母さんが言ったわけだ」

と私が言うと、「うん」と、ゆかりが頷(うなず)いた。

「その前に、あなた何て言ったんだっけ」

「え？　あ、うん。こんなことしてると後になって後悔するような気がするって言った」

「叔母としては、あなたとか浩介君みたいな人に囲まれてる環境がまずかったかなって、思うじゃない」

まあしかしその話はたいして問題ではなかったのだろう。そしてそのあと二人の話は、押し花絵を残したここの家の伯母と何も残さなかった伯父という、時間の潰し方の話になって、答えが得られない問題に入り込んでしまったということらしかった。

「何もしてない時間って、嫌よね」妻が言った。「ホントは、押し花で絵を作ってるあいだも頭は何か他のこと考えてるんだから、ここの伯母さんと伯父さんが考えていたことが、まわりの人からわからないのは同じなんでしょうけど、伯母さんの方は『押し花で絵を作ってたのね』っていう逃げ道があるけど、伯父さんの方にはそういう逃げ道がないんだもの」

「とりあえず空白を埋めてくれるものがほしいってことか」

「そうね」

「じゃあおれは、目的意識を持ってこれから風呂に入ることにする」

と言って、私は鳥の羽のついた竿をゆかりに渡した。

伯母の押し花絵と伯父の何も残さなかったの関係は、しかしもしかすると伯母が押し花絵を残したことで、妻のひっかかりを作り出したとも言えなくもないと思った。伯母の方も何も残さなくて、二人して何も残さなかったらこっちも何も考えなかったかもしれないということで、「ある」と「ない」の関係は人間にとってとても厄介なのだ。

しかしそれでもやっぱり何かは必ずあるわけで、人間というのは普通思っているよりずっと内的過程の広がりの中で生きている。伯母のように本なんかほとんど読まなかった専業主婦でも、夕食の献立のこととか子どもたちが無事にやっているかというような日常的なことばかりで頭の中が埋められていたわけではなくて、何か音が聞こえたらその音に触発されて、子どもの頃や娘時代の光景が、池に降る雨の波紋の広がりのように、次々と出てきてははっきりとした形になるよりさきに次の記憶の断片によって消されて、またそれが次の記憶の断片によって消されて……と、その小さな波紋の総体がその時々の気分を形成しているというようなそういうことで、夕食の献立も子どもたちのことも少し大きい程度の波紋だったのではないかと、ここで何気なく浮かんだ「池に降る雨の波紋の広がり」という映像的なイメージがなかなかいいと思いながら、湯船に浸ってぬるくなっていた湯の追い焚きをしていると、いつものようにまずミケがやってきて（ということは、ゆかりと遊ばなかったということだ）、湯船の上の窓に飛び乗って網戸ごしに虫の鳴いている庭に注意を向けた。

そうしているとポッコが尻尾を下げてそろりそろりと入って来て、もしもいまミケがいなければ三枚の蓋の一枚だけ残している湯船の上に乗って、湯船の中にいる私と何をするでもなく向かい合わせにしばらくすわったりするところなのだが、やることがいちいち優柔不断なポッコが次の行動を決めかねてタイルの床をのそのそ歩いているうちにミケがポッコめがけて飛びかかったので、ポッコがうるさがって振りほどき、ミケがなおも抱きついてくるから二匹で縺れるようにして出ていってしまい、それが終わると今度はジョジョがとってんとってんとやって来て、ポッコと違って躊躇なく風呂の椅子を足場にして蓋に上がり（ジョジョは重くて一気に蓋に上がれないのだ）、私に片手の手のひらの小さな窪みで風呂の湯を掬わせて、ぴちゃぴちゃ飲んだ。

ジョジョは私の手のひらから五回六回と風呂の湯を飲み、追い焚きはとっくに止めてかなりぬるくしておいたが、それでも汗が出てきたので湯船から出て、洗面器で湯を掬うとそれがジョジョにかかって、ポッコとミケならはねを避けるために窓に飛ぶのだがジョジョは重くてそれができないので、「クゥッ」と一声咽(のど)で鳴いて、私が椅子からどいて湯船に近づけるのを待って、太った重い体を気づかいながら椅子を足場にして慎重に蓋から降りて、とってんとってんとお腹(なか)の肉を揺らしながら出て行った。

私も妻も、ジョジョのこうしたいちいち慎重な動作にジョジョの知性を感じ、お腹(なか)の肉を揺らす歩き方に非妥協的で強い性格を感じて、その結果ジョジョをこんなに太らせてしまったことに後悔といとおしさを感じるのだが、それはともかくいつもだったらジョジョと入れ替わりにもう一度ポッコかミケが戻ってくるはずなのに今夜はもう誰も戻ってこなくて、一人で頭を洗っていると不意に腕に鳥肌が立ったみたいな感触が生まれ、鳥肌だと思うと腕から一気に広がって、背中も頬も太腿(ふともも)もびっしり鳥肌で被(おお)われるのがわかった。

鳥肌が立つまで奈緒子姉が見た風呂場の影のことなんか忘れていたけれど、鳥肌によって思い出し、私はちょうどシャンプーの泡を立てて上半身を折りたたんだ姿勢になったところで、目を閉じて上半身を折りたたんだ姿勢はあまりに無防備だった。

自分が頭を洗っている姿くらい自分自身の目で見たことのない姿はないのに、私はその姿を自分の目で見たのと同じくらい知っている。子どもの頃に両親や弟や清人兄や奈緒子姉が頭を洗う姿を見たし、その後も銭湯や温泉で……と、いちいち思い出す必要もないくらいいろいろな人が洗っているところを見ているけれど、自分が頭を洗う姿はそういう他の人の像を経由したものでなく間違いなく自分の姿で、頭を洗うたびに自分が洗っている姿が見えている。

後ろから見ている姿だけでなく前からだったり天井からだったりするが、現実の視線と同じで二つのアングルが同時に見えるということはない。しかし何といっても後ろから背中を見られている視線が圧倒的に感じ悪くて、私は全身に鳥肌が立った状態でいつもより荒っぽくガシガシ洗って、急いで湯をかけてシャンプーを落とした。

頭を上げて目を開けると、すでに鳥肌も消えていて、奈緒子姉が見た影がこのどこかにいるなどということはありえないという確信と安堵があったけれど、それでもいちおう確かめておくような気持ちで風呂場を見回して、それからいつもどおり体を洗いはじめると、体を洗っている姿は頭を洗う姿のようには見えていないことを知った。

何十年も頭と体を洗ってきていまさら「知った」もないが、「知る」というのはそういうことで、しかも同じことを何度でも知る。ということは知ってはまた忘れる、つまり実感を失なうということなのだが、体を洗っているとタオルでゴシゴシこすっている腕を見たり腹を見たり脚を見たり、あるいは床のタイルや天井の隅の染みかカビを見たりしているわけで、そういう風に視界の中に具体的な物が見えているときには、頭の中の抽象的な動きは小さく遠くなっていて、自分の姿が見えているはずの視線の働きもかすかになっていた。

この視線をただのフィクションとか気分の産物だと思っていたらこんなにこだわるは

ずがないが、普通の視線と同じだとはもちろん思っていない。まだ子猫だった頃でもミケは怖いとも何とも感じていない様子で、夜ひとりで二階の窓から外を眺めたり、人間の方はあんまり足を踏み入れたいと思わない奥の家の二階に入っていったりしていた。冬の夜中に真っ暗い風呂場で湯船の蓋の上でのんびりと暖かそうに眠ることだってできていた。

子猫に平気でできることが人間の子どもにできないのは、自分の姿が見える視線が猫になくて人間にあるからで、子どもはその視線を自分の中で息づいているのではなくて本当に外にあると感じてしまうために、幽霊のようなものが生まれることになる、ということなのだろうが、自分の姿が見える視線が人間にあるあり方は、記憶している過去があるのと同じような、かぎりなく事実にちかいあり方で普遍的にあるということなのではないか。

しかしそれは通常の視覚ではなくて、記憶している過去を反芻するときに視覚を経由していないのと同じように、頭の中で起こっていることに便宜的に視覚らしき機能をあてはめているだけだから、紙という物質に定着しているために視覚に鮮明に訴える写真のようなものではなくて、いくら気持ちを集中させてみても記憶している過去が鮮明な視覚像とはならないのと同じような、まあ言ってみれば逃げ水のようなものであるために、感じていることをしっかりつなぎとめて再現することができない。

逃げ水というより飛蚊症の目の視界の隅にある菌糸みたいな汚れかもしれない。あの菌糸みたいな汚れは角膜から水晶体を経て網膜に至る、まさに目のどこか一部にあるのに焦点を合わせようとするとふわふわ逸れていって実在感がなくて、視覚自体がまた目の外にある物に対して機能するものであって、視覚それ自体のプロセスの内側にある物を見るようにはできていないことをあらわしていて、感覚というのは総じて自分の内側にあるものに対してはうまく機能しないということなのかもしれないが、人間に備わっている感覚は外からの刺激に対処するために要請されたもののはずなのだから、内側にあると思っているものも起源を探ればきっと外に何かがあるはずなのだ。

もどかしくて何ひとつとして確信を持って考えを進めることができないが、こういう感じは嫌いではないと思いながら、風呂から出てTシャツと短パンに着替えて居間に戻ると、浩介がいて、

「二人とも寝たよ」

と言った。

浩介はやっぱりまだギターを抱えていたが眠そうに頰の目の下あたりが腫れぼったくなっていて、私は「ビール飲むか」と訊くだけ訊いてみて、返事がないので自分の分だけ冷蔵庫から取ってきたのだけれど、缶の蓋を開けながらすわると、浩介が、

「入眠幻覚って、あるんだねえ」

と言い出した。

「おれ、今夜はなんだかずうっと体が重くて眠くてさあ、階上で柱に寄りかかって、うとうとしながら、あんたが帰ってきた音とか聞いてたって言うか、聞こえてたんだけどさあ。

そのうちに眠ってるんじゃなくて階上からここに降りて来てて、あんたと理恵さんとゆかりがしゃべってるところに参加してるみたいな気分になってるんだよ。

で、理恵さんが『あなたは野球ばっかり行って、浩介君はヒマさえあればギター弾いて、そうじゃなかったらいったい何して時間を潰すのかしら』とか言うのを聞いてんの」

「『聞いてんの』って、おまえ階上にいたのに、何でそれが実際に理恵がしゃべったことだってわかってるんだよ」

浩介の話を聞いた途端に私はまた腕に鳥肌が立って、問い詰めるような調子になってしまったが、浩介はゆっくりした口調で、

「理恵さんが上がってきて、おれに『内田の野球と浩介のギター』って笑ったから、やっぱり本当の会話だったんだと思った」

と言った。

「それだけで確信したのか」

「そうだね。

だいたい夢の中の会話なんかより全然リアルに聞こえてたしね。

理恵さんがここにいて、ゆかりがここにいて、あんたがそのあたりに立ってて――」

と浩介は三人の位置を指で差し、それもいちいちあたっていた。

「で、ここの伯母さんは押し花で絵を作ってみんなに配って、それを残したけど、伯父さんの方は跡形もなくなったって理恵さんが言うと、あんたが、じゃあ野球に行くたびにビデオに撮るようにするか、とか言うんだよ」

「全部そのとおりだよ」

と私は言ったけれど、すでに鳥肌は消えていた。

「おれはその話をここにすわって聞いてるんだよね」と、浩介はいますわっている場所を指差した。

「おれたちには見えなかったけどな」

私の軽口に答えるかわりに浩介は口許（くちもと）だけで笑った。

「で、おまえはそれを夢とは感じなかったのか」

「感じなかったね。何しろ声の聞こえ方がリアルだったし、とにかく普通の光景みたいに、見えてんだから、夢とは思わないよ」

「でもおまえ、そういうこと信じてないじゃん」

「経験しちゃったら、信じるとか信じないじゃ、ないっしょ」

「もっと疑えよ」と私は言った。

「『疑え』って、何をどう疑うのさ」

「だから他の可能性だよ。たとえば、眠る前に全部の感覚が休んでいるのに耳だけが働いていて、異常に聴覚が敏感になって、普通だったら聞こえるはずのない階下の声が階上にいても聞こえていたとか――」

と、私が言うと、浩介が笑いを浮かべて「だからそういうことだよ」と言った。

「あんた、入眠幻覚と幽体離脱を混同してただろ、今。いくら眠くても入眠幻覚をそのまま幽体離脱だとは思わないんだよね、おれは。でも、幽体離脱的な気持ちのよさはあったね。幽体離脱が気持ちいいか知らないけどさ」

と言って、浩介は「ハハハ」と笑った。私は声を出さずに笑ってビールを飲んだ。そうしていると浩介が「しゃべってたら目が覚めてきちゃったな」と言って、自分で冷蔵庫まで行ってビールを取ってきた。

浩介の話を幽体離脱だと早とちりしていたあいだは合理的な説明をつけたいと思い、浩介に合理的な説明をされてしまうと今度は幽体離脱の方にもう少しこだわりたくなってしまうのだけれど、

「でも、やっぱり『幽体離脱』って、言葉にしちゃうと『違う』って思うんだよな」

と私は言った。

「そうだろ？　オカルト系の人たちの話って、全部テクニカルタームに分類してっちゃ

うところがつまらないんだよね」

「でも、聴覚が鋭くなっただけだったら、入眠幻覚とは言わないよな」

「そんなことないよ」浩介は言った。「鋭くなった聴覚に脳全体がだまされて、映像が浮かんできて、自分も会話に参加しているように感じてるんだから、これこそ入眠幻覚そのものじゃん。入眠幻覚の定義を知らないで言ってんだけど」

「それはそうだ」と私は言った。

「死ぬ間際まで聴覚は働いてるって、言われてんじゃん」

「そうなのか」

「そうなんだよ。だから『耳元で呼びかけろ』って医者が言うんだけどさ。臨死体験で、魂がベッドから抜け出して、病院の廊下で家族が話してるところを見たっていう話も、さっきのおれの入眠幻覚で説明できると思ったね。

　聴覚が見せる幻覚なんだよ」

　浩介はギターを脇に置いて立て膝になっていた。縁側でミケが体をねじったおかしな格好で寝ていたが、ポッコとジョジョの姿は見えなくて、理恵と一緒に二階にあがったらしかった。外からは虫の鳴く声が一瞬も途切れずに聞こえていて、家の中に音をいっぱいに撒き散らしたみたいだった。こんなに虫の音がしている中で、二階にいて一階の話し声が拾えるのかと思ったが、周波数が違えばそれも不可能ではないのかもしれなかった。今夜は頭がさえてしまったせいかビールを飲むペースが相変わらず落ちなくて、

最後の一飲みをしてから私は、

「ということは、おまえの入眠幻覚みたいなことが誰にでも起こりうるわけだ」

と言った。

「そうかもね」

それで納得がいったのはまだここに住んでいた頃のずうっと腑に落ちなかった記憶で、そのとき私は二階の縁側の西の端で（ということは玄関の真上になる）一人で積み木で遊んでいたのだが、途中で階下のこの居間に降りてきていて、当時伯父の不動産屋で働いていた飯塚さんという人が金を使い込んだのを伯父が、いつもの「バカヤロー！」と大声を張り上げるのとは全然違う、押し殺したもっとずっと凄みのある声で怒るというよりも責めていて、伯母が飯塚さんに「謝れし」「謝れし」と、ひたすらそれだけ言っているという情景で、そんな深刻な場面に四つぐらいの子どもがいられたことがどう考えても変で、私はいままでずうっと、ちらっと垣間見ただけの情景にあとで母から聞いた話をつなぎ合わせて勝手に拡大させたのだと思っていたのだが、浩介のこの、入眠幻覚と聴覚の線の方がありそうだと思った。

私がこの話をすると、浩介は「また都合よく解釈する」と言ったが、

「人間は音だけの記憶を持てないから、映像を借りてきて、視覚つきの記憶にして保存するってことだよ」

と言っていると、浩介が突然笑い出した。

「なんだよ」

「森中のこと思い出しちゃったんだ。

あいつバカだからさあ。電話だけでやりとりしてる相手のイメージを、顔とか体つきとか勝手に作っちゃうんだよ。で、前の会社にいたときなんだけど、その相手が受付に来たって連絡が入ったから、おれと二人で行ったんだよ。それらしい人が会釈までしてるのに、『来てませんねえ』って言って、関係ない方見てるんだよ。

おれが『あの人だろ?』って言っても、『や、違いますね。もっと太ってずんぐりした人ですよ』とか言ってんだよ。

『なんだおまえ会ったことあんのかよ』って言ったら、

『会ったことなんかあるわけないじゃないですか』

って、あの調子で言うから、こんなバカの言うこと聞いてらんないと思って、おれが
『ナントカさんですか』って声かけたら、相手が『はい』って言ってるのに、横から
『だからこの人じゃないですよ』って。

勝手に映像作って、完全に思い込んでるんだよね」

「見上げた才能だな」と、私は言った。

「あきれた才能だよ」

「日常で症例を生きてるみたいな極端さがあるよな」

「あんなヤツと毎日何時間も同じ部屋にいられるのは綾子だけだよ」

だから結局毎日私の部屋にあがってきてしまうのだが、電話や手紙だけでしか知らない相手の姿かたちを勝手に作り上げる癖が人間には大なり小なりあって、失明してもそれを認めず見えていると思い込んでいる状態を「盲視」と言うんだと浩介が言い、

「視覚野っていうのは、自動的に働く癖を持ってるってことだな」

と、私は言った。視覚野は聴覚や嗅覚の刺激なんかでも勝手に働いてしまい、しかも視覚野を働かせる負担が脳全体にとってものすごく大きいから、視覚野を働かせる習慣を持たない盲人には聴覚や嗅覚や記憶力がものすごい人がいると言うと、

「それはもうあんたから百回は聞かされた」

と言って、また眠気が戻ってきたらしく浩介は大きなあくびをした。

浩介がすわっているのは座敷を背にした、英樹兄がこのあいだ来たときにすわった伯父の定位置だった場所で、私はその向かい側のさっきまでゆかりがすわっていた場所にいて、テーブルの上の自分と浩介のビールの缶が置いてあるあたりを漠然と見ていた。

伯父はすでに私が中学生だった頃から、毎晩テレビが深夜に放送する古い映画をこの席で寝っころがって見ていて、私がいれば私に「あんな斬り方で人が斬れるわけがねえじゃんか、なあ。高志」と言ったり、「死ぬ前にこんだけしゃべれる元気があったら、黙らして医者に連れてってやった方がいいよなあ」と言ったりしていて、映画の中身よりもあれこれケチをつけることの方を楽しんでいるように見えなくもなかったが、とにかく伯父は毎晩放送が三時頃に終わるまで途中眠りもせずに見ていた。

伯母はとっくに隣りの座敷で寝ていて、英樹兄は夜中遅くに帰ってくるか、そうでなければ自分の部屋の布団でけっこう遅くまで本を読んでいるかのどっちかで、いずれにしても伯父の相手はしていなかった。他の従姉兄たちの姿が出てこないということは、奈緒子姉と幸子姉はもう結婚していて、清人兄も大学に行ってしまったということだろう。深夜放送が終わるまでだらだら起きていて伯父から「そろそろ高志は寝ろ」と言われなかったということは、私も高校生になっていたのかもしれない。

私がいたから伯父は寝っころがって肘をついて頭を乗せてテレビの画面に目をやったまま、私に聞こえるようにあれこれケチをつけていたけれど、そんなことを言える相手がいなければ黙って見ているしかなかったわけで、伯父は深夜の古い映画を案外楽しんで見ていたのかもしれない。夜中に起きているものだから昼間は体がだるいとか頭が重いとか言って、お客さんが来ないかぎりただただ座敷で寝たり横になって本を読んだりしていた伯父が、葬式で英樹兄が言ったように浮気をしょっちゅうしていたなんて私にはあんまり想像がつかないけれど、浮気相手のところに行けない夜の、したいことをしそびれた本当の時間潰しに夜中のテレビを見ていたということだったのかもしれないがそれは私にはわからない。

そうではなくて、もう浮気する相手も持てなくなって、これからずうっと空いてしまった人生を潰すためにテレビを見ていたということも考えられるが、伯父の心の中にあったことはともかく、外からは伯父はほとんどの夜をしゃべる言葉を聞く相手を持たずに黙って深夜に映画が終わるまで居間でテレビを見ていた。

八三年頃に英樹兄がようやく結婚しても、ここから歩いて五、六分のところにある自分が持っていた貸家に英樹兄夫婦を住まわせたので、夜中に一人でテレビの映画を見るという習慣は変わらなかった、というかますます極端になっていて、こうして妻の理恵やゆかりが寝てしまったあとにこの居間に一人でいると、伯父が毎晩繰り返していた行為が残した空気がまだ漂っているような気がしてくることがあるのだが、それは伯母が触れていた空気ということでもあった。向かい側の伯父の席にいる浩介はすでに体を折り曲げて眠っていて、私は残っていたビールを飲んで浩介の腰のあたりに夏掛けを掛けて階上(うえ)に行った。

5

夜になると涼しくて虫が隙間なく鳴いていて、日が暮れるのもいつの間にかずいぶん早くなり、ゆかりも週に五日か四日は大学に通ってこの家にいないことが多くなったけれど、昼間はまだ暑くて、綾子と森中は八月と同じ格好をしていて、九月になれば少しは忙しくなると言っていた浩介は秋分の日をすぎても相変わらず午後のほとんどを二階の私の部屋でブルースを弾いていた。

秋は空が高いと言われるが二階の私の部屋から見える空は青さに柔らかみがあって、八月上旬の容赦ない暑さだった頃の空の方が青の度合いがずっと深くて、青の奥に隠れている藍が地球が浮かんでいる宇宙の空間の闇にまで届いているようで、それと比べていま見えている空はずいぶん人間的に緩和されている感じだった。

鳴きはじめは段階を追わずにいっせいと感じられた蟬の声の終わり方はそうではなく、アブラ蟬もミンミン蟬もいなくなったあとのツクツクボウシだけがまだ少しだけ生き延びていて、遠くで一匹だけ鳴いているのが聞こえてくるのだが、上空を横切る飛行機の音に消されたり、この家の西側の道を走り去っていく車の音に消されたりして、そういう音が止んだあとには蟬の鳴き声も聞こえなくなっていて、次の蟬が鳴きはじめるまでにしばらく間が開き、それを待っているというわけでもなく八月頃より輪郭がはっきりしない雲を見ていると、遠くの工事の音や二、三軒先で掃除機をかけているらしい音が聞こえたりしてきて、そのうちにまたどこかから鳴きはじめるのだが、鳴き声がしっかりと聞きとれないあいだはその遠さや不明瞭さが自分自身の奥で起こる耳鳴りのように感じられた。

太陽が低くなったせいで陽射しが縁側を越えて部屋の畳にまで届いて、家の中は全体に明るくなったようで、屋外と家の中との光のコントラストの強さを少しなつかしいように思い出すのだが、そのコントラストはほんの二ヵ月前の光景ではなくて、子どもの頃に庭から家の中を見たときのものだった。いま視界の中にあるのは秋といってもまだじゅうぶん強い陽射しがあたっている縁側で、東寄りの私の部屋からは見えていない縁側の西側の突き当たりのガランとしたところを想像すると、その光景が浩介が弾いているブルース・ギターの音と調和しているような気がしないでもなかった。

浩介のギターは午後を通じてほとんど鳴っているので、弱い風が吹いている日の木の葉のざわめきや遠くの幹線道路を走る車の音と同じ鳴りつづけている生活音のように普段の注意から後退していて、見えていない縁側を想像したり、下の玄関の引き戸が開く音から誰かの姿を想像したりして視覚的なものとギターの音が重なり合ったときにだけ、フレーズが鮮明な輪郭を作るのだが、そのように視覚的な想像と重なって鮮明になるというところがただの音とは違うメロディというものの特徴なのかもしれなかった。

私と浩介のいる部屋の真下の座敷の両端の対角線の位置に机を置いて、お互い背中を向け合ってパソコンで仕事をしている綾子と森中は、合い間ごとに台所でガチャガチャ音を立てたり、トイレまでの廊下をドシンドシン足音を立てて往復したりしているけれど、森中みたいな人間でもモニター画面に向かった者を案外集中させてしまうパソコンという機械の特性で、動き回る音が止んで二人が仕事というかパソコンの操作に入り込んでいるらしい時間帯になると三十分ぐらいは何も聞こえてこなくなる。

綾子やゆかりは森中がのべつ幕なしにしゃべっていてうるさいと言うけれど、たぶんそれは彼女たちが仕事や勉強に集中したいと思っている気持ちとのタイミングの問題で、パソコンに向かっているかぎり森中もひっきりなしにしゃべっているわけではなくて、「あれ？」「何だ、これは？」「まだかよ」「おかしいんじゃないの？」というような独り言めいた言葉にしても聞こえてこないときにはまったく聞こえてこなくて、その音のしない時間が長ければ長いほど、一区切りした森中が大きな体で椅子から立ち上がる振動というより座敷の畳が沈み込む歪みのようなものが、私の椅子にまで響いてきたりすることもある。

ゆかりがいないと階下の座敷のプレイヤーでCDをかけることもめったになく、浩介がギターを弾くのを休むとこの家はほとんど無音になり、そういえば夏のあいだは夜寝るときのほかはずうっとつけっぱなしだった階下のエアコンもいまでは動いていなくて、エアコンからの低い音や振動もなくなっていた。

　ミケは夏のあいだの定位置だった北の窓から南の窓の手摺りに移っていて、人間は大雑把に「暑い」と言っていても猫が日向で直射日光にあたっていたりするくらいに光は弱くなっているのだが、十二時前後になるとさすがに手摺りにはいられずに縁側の窓の下の日陰の、壁と床が直角になっているところで体をだらんと伸ばしたおかしなポーズで寝る。ミケは夜遊ぶものと決めているから昼間は一年中そんな風だがポッコとジョジョは九月半ばあたりからこれもたぶん猫として感じる涼しさのせいで、よく動くというかあちこち居場所を換えるようになっていて、ジョジョは朝から昼までのあいだに階下の座敷と台所と私の部屋と隣りの妻の部屋を行ったり来たりすることが多く、午後になってたぶん階下の縁側あたりでポッコとくっつくかそうでなくてもそばに寄って寝ているはずだと思っていると、トイレの前の廊下に置いてある猫のトイレの砂の入っている縁をカシャカシャカシャカシャ引っ掻く音が聞こえてきて、この音の立て方はポッコで、私が立ち上がって「はい、はい、いま行くよ」と言うと、

「何？　猫？」

と、浩介が私を見て、「てへっ」というような声で短く笑った。

笑ったのはポッコがトイレのプラスチックの縁を何度も引っ掻いていたあの音が浩介

には聞こえていなかったからで、道を歩いているときに十メートル先の塀の角に猫がいることに私が気がついて猫に関心がない人が気がつかないように、浩介はあの音に気がつかない。こういうことは視力や聴力に関係のない注意の広がりの問題で、八七年の四月に妻がポッコを拾って、それ以来猫を、妻いわく「溺愛」するようになってしまう前から、思えば私は視界の隅にあるものや遠くの物音に敏感で、子どもの頃に注意力散漫と言われた理由ももしかしたらこのためだったのかもしれない。

あの音がポッコだとわかるのは、うちの猫がオシッコやウンチをしたあとに三者三様のやり方をするからで、オシッコやウンチを砂で隠すという普通に言われている猫の行動を型通りやるのはミケだけで、ポッコは実際には砂にさわらずにトイレのプラスチックの縁を引っ掻いて砂をかける真似だけをして、ジョジョはすべてにおいてジョジョのジョジョ性を主張するジョジョらしく、まるっきり隠そうともしないでオシッコもウンチもしたらそのままさっさと出てしまう。

それで私が階段を降りていくと、人間のトイレの前に置いてある猫のトイレの縁をまだカシャカシャカシャカシャやりつづけていたポッコが、それをやめて、あとの始末は任せたという風情で、廊下の北向きの窓に飛び乗って、隣りとの境いの五十センチほどの狭いスペースをじいっと見た。境いには私の背の高さぐらいのコンクリート塀が立っていて、窓の外にも目隠しと侵入者除けを兼ねたプラスチックの鎧板がついているから隣りの家や庭は見えないけれど、ポッコが見たいのは草がぼーぼー生い茂っている下の敷地の方だ。

このスペースは外の猫たちの通り道になっていて、ここで見ているときに下を猫が通るとポッコもミケも（ジョジョはここに飛び乗れない）いくらか体を緊張させながらも、フーッとかシャーッという威嚇の声を出すわけでもなくただじいっと見ていて、通りかかった猫たちの方も、気がつけば窓にいるポッコやミケを見上げて数秒間立ち止まったりもするが、全体として関心がなさそうに歩き去っていく。塀の上を歩いていく猫は下を通る猫よりも多くて、その方が窓に乗っているポッコやミケと距離そのものは近いが、鎧板で遮断されているためにポッコやミケの関心を引かない。

ポッコのオシッコで濡れた砂を片づけ終わって、それをトイレの脇に下げているノートにつけて、しゃがんだまま台所の方に目をやると、光が射している階段のあたりも、その先の薄暗い畳の廊下も、流し台をはさんだ北向きの窓からの光だけで蛍光灯を点けていない台所も、動いている物が何もなくて、階上から浩介のギターの音が聞こえてくるだけだった。それでも箪笥や仏壇やその向こうの冷蔵庫という無生物だけの空間の空気が澱んでいなくて動きがあるような気がするのは、箪笥を距てた座敷に綾子と森中がいることを私が知っているからなのか、二人が縁側のサッシの引き戸を開けているために空気だけは実際に動いているからなのかわからなかったが、ここから台所の方を見た様子は高校の頃に見たのと変わっていないみたいだった。

すぐ後ろのゆかりが使っている奥の部屋は、物置きになっている二階にあがる階段の脇の半間（はんげん）の障子戸が入口で、それが猫が出入りできるように中途半端（はんぱ）に開けられていて、向こうの三和土（たたき）寄りに置いてあるベッドの足の側の三分の一ぐらいが見えているだけだが、庭に面した全面が磨（すり）ガラスの引き戸になっているそのガラスを通って入ってくる光が部屋全体に広がっている様子は、少しだけ開いている障子戸の隙間からでもじゅうぶんにわかった。

　私の記憶の中でこの部屋の入口の障子戸はほとんどいつも全開だったけれど、ゆかりは奈緒子姉や幸子姉の子どもたちよりさらに年下で、実家では鍵（かぎ）のかかるドアのある個室にいてそれがあたり前だったのだから、私や浩介や森中といういままで一緒に住んだことのない男三人がいて、その男どもがトイレの前に立ったときに目をやればベッドが見えてしまう位置関係にある部屋の戸を全開にしていないのは当然だった。

　ゆかりが来るまでの約一年、この部屋は上ほどではないがやっぱり物置きになっていて雨戸もずうっと閉めっぱなしだった。たまに入ってみたがる猫のためにいまと同じくらいの隙間を残してはいたけれど、光が射し込まず電灯も点いていない部屋は壁のようなもので、障子戸の隙間の向こうに空間があるような気持ちにはならなかった。

　現実に与えられた条件を受け入れてそれなりに馴（な）れてしまうのは、窓に乗っても正面が塀だったら下のスペースだけを見ている猫も人間もまあだいたい同じことで、奥のこの部屋が暗いだけの場所だったあいだはそういうものだと思って、視界の中心に置いてみることもなかったが、ゆかりが来て、この部屋の雨戸が開けられて、昼間トイレの前から光が射しているこの部屋を見るようになるとしばらくのあいだ、一年間放置していた違和感を逆算して一気に感じてそれまでの埋め合わせをしているような気分になったものだったが、その違和感を感じていた主体は私というよりも、奥のこの部屋が見えるトイレの前の廊下にあるこのアングルというか眺めそれ自体だったのかもしれなかった。

　モーツァルトが作った曲を無理解な演奏者に演奏されて「交響曲第×番が台無しにされた」と感じたり、樹齢四百年の垂桜（しだれざくら）がビルに囲まれてしまって「垂桜がかわいそうだ」と感じたりするときに、自分の気持ちに起こっているのではなくて、その交響曲やその垂桜の身に起こったことのように感じているのだとしたら、光が射すようになった奥の部屋を見て私が感じたのはそのようなことだと言えなくもないけれど、実際にこの廊下があって、このトイレの前という場所にいると、それはやっぱり交響曲が感じるというのとも垂桜が感じるというのとも違った、ここの眺めと奥の部屋だけのものだった。

　そうして私が奥の部屋を見ているとポッコが窓から飛び降りて、入口の障子戸まで行って、そこに頬をすりすりとこすりつけはじめた。人間の視線の向かう先を察知してそこに行くのはポッコにかぎらず猫全般の習性みたいなものだが、ポッコがいま臭腺（しゅうせん）のあるヒゲの付け根から頬にかけてこすっている障子戸は、かつてこの家で生きていた猫たちが同じようにすりすりとこすりつけていたところだった。

　奈緒子姉と幸子姉の部屋だった頃、この部屋にはベッドがなくて、庭に向かって部屋の左の端と右の端に二人の机があって、右の奈緒子姉の机の脇に引き出しだけの小さめの箪笥とそれよりまたひとまわり小さい観音開きの本棚があって、その上にレコードプレイヤーが置いてあった。冬には部屋のだいたい中央に一メートル四方ぐらいの小さな電気炬燵が置いてあって、炬燵をしまっている季節にはその替わりの丸い卓袱台が置いてあったのが浮かんでくるが、電気炬燵を置くようになったのは私が小学校四年か五年になったくらいの比較的最近（といっても三十年以上前だが）のことだった気もする。

二人の机が庭に向かって部屋の両端にあったといっても、奈緒子姉と幸子姉が並んで勉強しているところを見た記憶はなくて、右の奈緒子姉の机には清人兄がすわっていて、その隣りに奈緒子姉が幸子姉の椅子を持ってきて、清人兄に勉強を教えるのではなくて、ちゃんと宿題をやっているかをただ見張っているような感じで自分は自分で何か本を読んでいて、私は奈緒子姉の足許あたりに寝そべって絵を描いていて、清人兄がよそ見をして奈緒子姉に頭を軽く叩かれたりするのを私が笑うと、今度は清人兄が奈緒子姉の脇をかいくぐって私の足を蹴っ飛ばした。清人兄が宿題をするのは遊んで外から帰ってきて七時頃に夕食を食べはじめるまでの一時間かそこらのことで、夏至の頃でもなければ外は暗くなっていたはずだけれど、私が寝そべって絵を描いている手許は明るい昼間の陽射しに照らされていて、清人兄と奈緒子姉が机に向かっている姿も同じ陽射しを浴びていた。

昼間の明るい光の中でこの部屋にはたいてい奈緒子姉か幸子姉か英樹兄の友達が遊びに来ていて、そのとき私は清人兄とザリガニを捕りに行っていたり、清人兄の友達の中に混じって近所で遊んでいたり、自分の幼稚園の友達と遊んでいたりしたはずだが、この部屋に一緒にいたこともよくあって、そういうとき私は押入れの前にたたんで置いてある布団の上にいた。天気がよければいつも布団を干していて、それを取り込んでもいちいち押入れにしまうのが面倒だから（たぶん）、布団はだいたいいつも押入れの前に二枚重ねにしてあって、英樹兄か幸子姉がそれを背凭れにしてすわっていて、その頭のうしろで私は、まあ言ってみれば猫みたいにしていた。

「じゃまだなぁ」とか「あっち行ってろ」とか言って英樹兄が振り返って、私の両肩を布団に押さえつけたり、足首をつかまれてぐるぐる振り回すのを、「英樹、よせし」と庭から注意した伯母の視点から見ているように思い出すのだが、従姉兄たちと友達がどんな話をしていたかということはもちろん全然憶えていない。しかしそれでも従姉兄たちと友達がしゃべっている会話の抑揚とかテンポが、伯母や母たちの会話と違うことは感じていて、その違う抑揚とテンポを聞いているのがうれしかったのは憶えていて、その気分は小学生になっても中学生になっても電車や街の中で年上の人たちの会話を聞いているときに急に思い出すことがあって、高校になっても大学になってもたまに自分の年齢を忘れて同じ気分になることがあったが、それも年ごとになくなって、この部屋にゆかりが引っ越してきて、廊下のここから明るい光が射し込んでいるこの部屋を見るまで長いこと忘れていた。

従姉兄たちの友達というのもみんな揃って具体的な姿はなくて、ただ「友達」というだけの、影というほどの具体性もない透明な文字だけみたいな存在なのだが、それでもやっぱり存在はしていて、私は両手を持って立たせてもらったり、「じゃあ、これはいくらだ」と五十円硬貨を見せられたりしたのを、空間の歪みを感じることが本当にあったとしたら、それを感じている体の変な感じを感じるようにして憶えている。清人兄の友達や幼稚園の友達もあれ以来離れて会うことがなくなったために姿としては思い出せないのだが、確かにどこかで何かをしたということが空間の歪みのように残っていて、体はそれを変な感じとして記憶ほど確かでない余韻のようなものとして残している。

　奥のこの部屋はいつも明るい光に照らされていた特別な部屋だったのだが、たとえば鎌倉に住むようになってから半ば「帰ってくる」という感覚で遊びに来たときに、玄関をあがってすぐに母が伯父と伯母に両手をついて長々と田舎風だか昔風だかの挨拶をしているあいだに、四人の従姉兄のうちの一人でもいないと私が「幸子姉ちゃんは？」とか「清人兄ちゃんは？」とか言いながら、奥のこの部屋まで探しに来たとか、探しに来てここに幸子姉がいたら「もっと早く来ればよかったじゃん」「いつまでいる？」と言われて、それにいちいち答えたりしているうちに十分十五分と経って、伯母が「高志、こんなとこで何してるでえ？　あっちで西瓜食べろし」と呼びに来たりしたとか、探しに来てここに誰もいなかったらいなかったで、「何でそんなとこ行くの？」と奈緒子姉があとから部屋に入ってきて、「幸子姉ちゃんは？」「きのうから林間学校行っちゃったのよ。あたしじゃあ不満？」なんて言っているという記憶は確かに記憶で、それを否定するつもりもないけれど情景としてはっきりしすぎているぶん、空間の歪みとして感じたりするのと比べて、どこか創作が紛れ込んでいるような気がしないでもないというか、それはまた別のタイプの記憶であってこの部屋の明るさにつながっている記憶ではない。

奥のこの部屋の庭に面した右端と左端に奈緒子姉と幸子姉の机があったというのも一時期のことで、この部屋の机の組み合わせは、英樹兄と清人兄になったり、奈緒子姉と清人兄になったり、英樹兄一人になったり毎年のように変わっていった。というのも私の家族が鎌倉に引っ越した夏の終わりに、奈緒子姉が高一、英樹兄が中二、幸子姉が中一、清人兄が小四で、その翌年から毎年毎年きょうだいのうちの誰かの高校受験や大学短大の受験があったからで、受験の年の秋ぐらいになると受験生になった従姉兄は「奥の二階」つまりこの上の部屋を使ったり、母屋（そんな呼び方はしていなかったけれど）の一番奥のいま私と理恵の寝室になっている部屋を使ったりしていた。

清人兄の机は長いこと縁側のL字に折れた角の、風呂の罐焚き場に面したところにあった。二階まで吹き抜けの階段のすぐ脇で角の二面ともがガラス戸だったからあそこも明るかったが清人兄はやっぱりいつでも奥の部屋の誰かの机か真ん中に置いてある炬燵で宿題をしていた。私が持ってきていた夏休みや冬休みの宿題をしたのも奥の部屋だったけれど、私が問題を解こうとするとまるでパズルでも解くときみたいに、奈緒子姉と幸子姉と清人兄がまわりでわいわい言いはじめた。たとえば植木算なんかだと、ただ植木が八本並んでいるのと、八本並んだ植木の両側に電柱があるのと、池の周囲に八本並んでいるのとでは、1を引くと足すと何もしないの違いがあって、奈緒子姉や幸子姉は簡単にひっかかってしまう。時計の長針と短針が直角になるのは一日で何回あるかなんていう問題は三人とも揃ってお手上げだった。英樹兄は高校三年ぐらいから完全に自分勝手なペースで寝起きしていて、母屋の二階の奥か奥の部屋の二階から昼すぎに降りてきたり、奥の部屋の濡れ縁から突然入ってきたりして私の宿題の邪魔はするのだが手伝おうとは一度もしなかった。

たぶん意図しての部屋割りだったのだろうが、奥のこの部屋はいつも受験と関係ない場所で、だから結局いつでも従姉兄たちはここに集まっていた。高校二年の秋に私が来たときにはもう英樹兄しかこの家に住んでいなかったけれど、英樹兄がこの部屋を私のために空けたのもきっとここがそういう記憶の場所だったからで、受験のために一人で机に向かったり夜寝たりしていたこの上の二階や母屋の一番奥の部屋は、ただ受験ということだけではない、つまりは思春期のいつも晴れない思いが何年か経っても澱んで残っているような気がしていたのかもしれない。

ポッコは障子戸にヒゲの付け根から頬をすりすりこすりつけると次にそこにお尻を向けてオシッコをひっかける真似事をして（去勢した猫は滅多に本当のマーキングはしないのだ）、それからしゃがんでいる私の膝のあいだに入ってきてしばらく私に顎の下や耳のうしろや背中を撫でさせて、またゆかりの部屋に歩いていって、今度はそのまま中に入っていった。奥のこの部屋に明るい光が射しているのを前にしていろいろと思い出す記憶はもう何度も繰り返されたものなので、付箋(ふせん)を貼(は)りつけたページをぱらぱらめくって確認していくように、あるいは曲のイントロを聞くだけでサビの部分まで思い出すように、短い時間で頭のややうしろか顔の少し前をよぎっていき、それを思い出すために特に集中はしていないつもりだったのだが、気がつくとすでにドシッドシッという足音が北の廊下をこっちに向かってきていて、振り返ると、

「そんなところで、何しみじみしてんですかぁ」

と、森中が言った。

「ゆかりの部屋の中、想像してたんだよ」

「ホントですかぁ?」

と言って、森中は風呂場の鴨居(かもい)に手をついて体を伸ばした。

「ウソ言ってもわかりますよ。内田さんの背中からエロいバイブレーションなんか、全然出てなかったじゃないですかぁ。どうせ、ポッコの便所片づけてノートに記録つけてから、チャーちゃんのことをまた思い出しちゃって、しんみりしてたんじゃないですかぁ?」

私が曖昧(あいまい)に笑って立ち上がると、今度は森中が「当たっちゃったんですかぁ?」と言ってしゃがんで両手を前に突き出すようにして伸ばした。私は何とも答えずに、右手の肘(ひじ)に左手を抱えこんでストレッチをして見せた。それにつられて森中も右手の肘に左手

を抱えこんでストレッチをはじめたが、しゃがんだままではやりにくいらしくて、ストレッチのポーズのまま立ち上がって、その勢いで背中をのけぞらせながら、

「おれ、この前、友達の姉ちゃんが白血病になったって言ったじゃないですかぁ」

と言った。私は「ああ」とだけ返事をした。

「それで、最初はもしおれの骨髄液か何かのタイプが一致したら、美人で有名なそいつの姉ちゃんにおれの血が流れるとか、バカなこと言ってたじゃないですか。

そうしたら内田さんが、最近けっこう白血病が多いなって、昔はきっと原因不明のまま死んでったんだろうなって言ったじゃないですか」

森中は肘で抱えるストレッチをつづけていて、私も肘のストレッチをしながら「言った」と言った。下を見るといつの間にかゆかりの部屋から出てきていたポッコが二人のあいだにすわっていて、怪訝(けげん)そうな目つきで二人の肘の動きを見上げていた。これがミケだったら動きが気になって「アァアァ」とでも鳴きながら、窓の敷居に飛び上がったり、肘を目がけていきなり飛びついたりするところだが、ポッコはじっと見ているだけで、森中も気がついて「ああ、そうか」と言って、面白がってさらにストレッチを二人でつづけた。

「で、結局友達はダメだったんだけど、その下の妹が一致して移植できることになったんですけどね――」

「よかったな」

「よかったですよ。で思ったんですけど、脊椎動物だったら全員白血病になる可能性があるわけじゃないですか。チャーちゃんもある日、元気がなくなってボーッとしてたとか、水を飲むのも、ほんの少し飲むだけなのに五分とか十分とかかかったとか、言ってたじゃないですか」

「よく憶えてるな」

「忘れてたけど、その姉ちゃんの話で思い出したんですよ」

ということは、浩介は気がつかなかったポッコのトイレの音を森中が気づいていたらしいのも、新しい変化ということなんだろうかと思った。

「で思ったんですけどね、ネズミとかリスとかヘビとかトカゲとか魚とか、そういうやつらもみんな脊椎動物なんだから、ある日突然白血病になって、元気がなくなって死んでるのかもしれないってことじゃないですか――」

私が肘でストレッチをしながらつづきを待っていると、森中は森中で私の感想を待っていたらしく、

「かわいそうだと思わないんですか」

と言った。ポッコはまだ二人の腕のおかしな動きを見上げていて、

「思うよ」

と私は言った。

「ね、思いますよね。

トカゲとかがじめじめした草むらの中とかで、体がだるくなって、目の前を餌になる虫とかが飛んでるのに、何にもできないでただボーッと見てるんですよ。でも、そんなこと世界中の誰にもわかってもらえなくて、そのトカゲだけがじいっと耐えて、それで結局死んでいくんですよ」

森中のずっと向こうの台所に綾子が姿をあらわして、冷蔵庫のドアを開けて、流しに置いてあるグラスを取り出しているみたいだった。

「死は動物すべてに起こるんだろうか」私は言った。

「何言ってんですか。『起こるんだろうか』って、起こるに決まってんじゃないですか。不死身の動物なんかいませんよ。こんなところでおれに向かって、小説家ぶって気取らないでくださいよ。

前、どっかの猿のテレビやってましたけど、その猿なんか胸に抱いて連れていた子猿が死んじゃったんですけど、まだずうっと抱いてて、ミイラ化してもまだ抱いて歩いてるんですよ。その子猿だって、白血病だったかもしれないじゃないですか」

このあいだまでの森中だったら「ミイラ化してたら臭いますよね」と言っただろうと私は思った。というか、それを見た当時の森中は「臭うだろう」と思っていたはずだった。

「それでその白血病の姉ちゃんはどうなんだよ」

「まだ退院してないけど、いちおう大丈夫になったみたいですよ。話を逸らさないでくすとポッコは階段の下から左に曲がって、L字に折れている縁側の方に歩いていった。
いられない綾子が例によって口実を作って座敷から出てきたのだが、私と森中が歩き出
と言って、私は森中を押して三人でぞろぞろと階段をのぼっていった。階下に一人で
「綾子が何か持ってきたよ」
ださいよ」

いまはゆかりが使っている奥の部屋に、掃除をしにきたり布団を干しにきたり、伯母は毎日三回や四回ぐらいずつは入っていたが、伯父があの部屋に入っているところは思い出せなかった。奥の部屋があれだけ採光がいいのに対して、伯父が長い時間を過ごすことになった一階の居間と座敷が、晴れた日は電灯なしで本を読めるくらいには明るくても、曇っていたり陽が傾きはじめたりするとすぐに明かりが必要になる薄暗さになることをどれだけ承知してこの家を建てたかわからないし、昔の人はいまの私たちほどパーッと明るい部屋をいいものとは思わなかったのかもしれないが、とにかく私は伯父が一日の大半を過ごした部屋の光の調子というのをどうしても考えてしまう。
伯父は七〇年代に入ったあたりから家族や親戚に言わせるとどんどん働かなくなって、八七年に不動産屋を誰にも継がせないまま廃業してからは、九三年に死ぬまで何かに向かって意地を張るか、そうすることを自分に課してでもいるように一日中座敷に寝そべって本を読んでいるか、ただ天井を見つめているだけで、縁側に出て庭を眺めているよ

うなこともたぶんしなかった。

しかし伯父のこの姿は端から見たら私と浩介に似ていなくもなくて、私はブルースばかり弾いている浩介に、このままいまの仕事をつづけていくことに対する倦怠やつまらなさみたいなものを感じているし、浩介は浩介で、最小限の依頼原稿しか書かずに野球場にばかり行っている私のことを（その野球ももうじきシーズンが終わろうとしている）私が浩介を見るような気持ちで見ていることを感じているけれど、私がいまいる状態の当事者は私自身で、私は私自身のことを、私が浩介を見たり、浩介が私を見るようには感じていない。

当事者というのは自分のいる状態とつねに何らかの形で折り合いをつけられるようにできているもので、折り合いがつかなくなるのは状況がよっぽどひどいか、そうでなければ状況を過剰に意味づけするまわりの視線が当事者の中に混じり込んだときかのどちらかで、森中が浩介の最近の態度についていくらやきもきしたり苛々したりたまに心配したりしているとしても、その視線が浩介に混じり込まなければきっと浩介は当事者としてただブルースを弾いているということだろう。

つまり、浩介も私もただ非－貯蓄型の人間として普通に生活しているだけのことで、伯父にしたって深刻な何かを抱え込んでいたわけではなかったのかもしれないけれど、明るい光が射し込んでいる階段のところから線が引かれたように暗い北の廊下を通って薄暗い座敷と居間になるという光の変化はそれでもやっぱりこの家の現実で、私の考えがどうしてもそこに戻ってしまうのは、いまはゆかりの部屋になっている奥の部屋にあの頃ほとんど入っていかなかった伯父と似た関係にいまの私がいるということが影響しているというか、伯父に対してある種共感的な解釈を生んでいるということなのかもしれなかった。

　いまの私があの奥の部屋に明るい光が射しているのを廊下からちらっと見るだけで安心したり満足したりするように、伯父も、座敷にいても奥の部屋に光が射していることがわかっているだけで、この家に娘たちと息子たちが生まれ育ったことや、それより前に山梨から出てきたあんまり金のない学生たちがいた賑やかな年月が、かつて確かにあったことが保証されるという風に感じていたということなのではないかと思った。

　かつて確かにあったと感じられるというのは過去の問題でなく現在の状態のことだ。なぜなら奥の部屋にかつて射し、いまも射している明るい光は、ただ一様に射しつづけてきたわけではなくて、そのつど射すものだからだ。繰り返すものはただ一様なのではなくて、従姉兄たちや私自身が過去にしたことが現在の私に働きかけるように、運動の持つ重層性を力としてそのつどの働きかけを生み出しているはずだからだ。

　光というのがただ物理的に説明すれば終わるものではないということで、光が人間に音楽のようだったり美術のようだったりする何かを起こしているということは、奥の部屋とそこに射す光の関係と同じことが浩介とブルースのあいだに起こっていると言ったら褒めすぎになるが、とにかく浩介がブルースを弾いている二階に三人であがっていく

と、森中は階段をのぼったあいだに人知れず白血病で死んでいく動物たちの話は忘れていて、

「社長、おれたちもしょうがないから、パソコンの二十四時間サポートの仕事でもはじめませんか」

と浩介に言った。

「『しょうがないから』って、何がしょうがないんだよ」

「だって、しょうがないじゃないですか」

と言って森中が窓に腰掛けると、それまで縁側と壁が直角になっているところでだらんと体を伸ばして寝ていたミケが「ニャウ、ニャウ」というように不満そうにしゃべって、縁側と畳の境を越えた綾子の足に絡(から)まって、部屋の真ん中のテーブルにアイスコーヒーの載ったお盆を置くのと同時くらいに綾子の足の甲に嚙(か)みついて、綾子が北の窓の脇(わき)にもたれてすわると綾子の太腿(ふともも)に寄りかかって毛づくろいをはじめた。

「甘えてるくせにいばってるよね」

「猫だからな」私は言った。

「猫はいいですよ」森中が言った。「人に飼われりゃ、ミケみたいに偉そうにしてるし、飼われなきゃ困るかと思えば外で餌もらったりゴミ漁(あさ)ったりして生きていけるんですから。だけどおれたちはホームページ作成と文化庁の生涯学習がなくなっちゃったら食えなくなるじゃないですか」

「だから『しょうがない』なのか」浩介が言った。

「そうですよ。決まってるじゃないですか。

それじゃあ、何ですか？　新しい仕事のアテがあるとでも言うんだったら、秘密にしてないでちゃんと教えて下さいよ」

「そんなものないよ」

「なんだ。やっぱりないんじゃないですか」

「でも森中、おまえ三年前にホームページの作成を代行する仕事なんて、想像してみたことあったか？」

「ないですよ、そんなもん。こんなにどこもかしこもホームページ作りたがるようになるなんて、考えたことなかったですよ」

「だろ？

おまえホームページの作成代行なんてあと二、三年の命だって言ってるけど、三年前の自分がいまの自分の仕事を全然想像もしていなかったんだから、いまから三年後に自分が何をしているかなんていまの自分にわかるわけないんじゃないの？」

「はぁ？」

と、森中は窓から腰を浮かせて、口を半開きにしたまま少しおこったような目つきになって浩介を見て、それから一歩前に踏み出して、綾子を見て言った。

「いま何て言ったんですか。

沢井さん、意味わかりました？」

綾子は黙っていた。

「三年前の自分が——？　いまの自分の仕事を想像しなかったんだから——？　三年前の自分に——？　三年後の自分の仕事なんかわからない——？」

そんなの、あたり前じゃないですか。三年前にそんなことわかってたら、三年前に戻って三年前の自分に訊（き）いてますよ」

「バカ、——」

さすがの綾子も呆（あき）れたようだったが、「バカ」と言われて森中は「？」という顔でもう一度考え直した。

「じゃあ、こういうことですか。

三年前の自分がいまの自分の仕事も三年後の自分の仕事も想像してなかったんだから、あと三年たったっていまの自分のことも三年前の自分のこともわかってないって、そういうことですか？

何ですか、それ？　哲学ですか？　心理学ですか？　おれは仕事の話をしてるんですよ」

窓から腰を浮かせておこったような目つきになったとき、私は不満でもないのに不満たらたらのようないつもの森中の態度なんだろうと思ったのだが、どうやらあのとき森中は本当におこったらしかった。というか、それを言うなら、不満でもないのに不満のように、おこってもいないのにおこったようにしゃべると思っていた森中のしゃべり方は、本当は不満だったりおこったりしていたのかもしれなかったということだが、浩介は、

「おまえは本当に、単純なものを複雑にするよな」

と言った。

「なんですか。褒めてるんですか。褒められたぐらいでごまかされないですよ」

「褒めてなんかないじゃない。バカね」

「バカが褒め言葉じゃないことぐらい、おれにだってわかりますよ」

猫はよくひとりで何かを察知して耳をうしろに引っぱって緊張したり警戒したりしているけれど、森中の意味の取り違いはそれを連想させた。少し複雑な構文になると森中でもわからないのだから、猫たちには極力単純なセンテンスで話しかけなければならないと私が思っていると、浩介が言った。

「いまから三年後になったら、きっとまた思いがけない仕事をしてるっていう意味だよ」

「なんでですか」

「だから三年前に、三年後のいまこんな仕事をしているなんて想像できなかったからだよ」

「ほら、やっぱり心理学か哲学じゃないですか」

笑ってもいいはずなのに、浩介も綾子も私も黙ってしまった。なぜならもともと浩介の理屈が森中の話をやりすごすための一種の詭弁だったからだ。森中の頭の中には現実しかなくて、浩介の仮定を軸にした話に引きずられなかったのだ。

「名案なんて寝てて急に出てくるもんじゃないんですよ」森中は言った。「いつもずうっとそのことを考えてる人にだけ、あるとき急に、電車に乗る瞬間とか、風呂の中とか、便所にいるときとか、出てくるもんなんですよ。だから風呂に入ってるときに一回名案が出たからって、風呂ばっかり入ってりゃあいいってもんじゃないんですよ。『天才とは一パーセントの才能と九十九パーセントの努力だ』って、エジソンも言ったんですよ。え？　このあいだテレビで言ったんですよ。エジソンの伝記なんか小学生じゃあるまいし、読むわけないじゃないですか。だからおれはマイクロソフトとつるみましょうとか、二十四時間サポートはじめましょうとか、本気で言ってるんじゃないんですよ。おれがそういうことしょっちゅう言ってれば少しは社長の脳を刺激して、社長の脳に名案が出てくるかもしれないと思うから言ってるんじゃないですか——」

森中がしゃべっていると、階下で「アーン、アーン」と高く長く引っぱる声でジョジョが鳴いているのが聞こえてきた。

ジョジョは人間のすぐそばでなくても気配が近くに感じられる場所が好きで、綾子と森中がいるから階下にいたのに、二人が階上に行ってしまってなかなか降りてこないものだから、淋しくなって子猫が母猫を呼ぶような感じで階上にいる私たちに聞こえるように鳴いたのだ。それを聞いて綾子が「はい、はい」と言って降りていった。

子猫は母猫に依存して生きているが、時機がくると母猫と別れて一人で生きるようになる。そうやって野生のネコ族たちは山の中や草原で一人で暮らしていくのだが、人間と暮らしていると母猫に依存する仕組みが消えきらないまま、それが人間への依存に形を変えてしまうことになる(たぶん)。だから白血病を発症した野生動物たちは依存する心が基本的になくなっているために静かにじっと死んでいくだけだが(それが森中の気持ちにいまは強く訴えかけているのだが)、人間と暮らしている猫はただ静かに死んでいかなくて、チャーちゃんは死ぬ前の晩、ちょっとでも一人で部屋に残されるといまのジョジョのような声で「アーン、アーン」と鳴いて私と妻を呼んだ。

一人で静かに死んでいくのも悲しいが、人間と一緒に暮らしているために人間化した状態の中で死んでいくのだって悲しい。あの小さな頭に人間化した心はやっぱり何と言っても不釣合いに大きすぎて、それが死という次元に飲み込まれていくのはどうしようもなく悲しい。

「最近沢井さん、風呂場の影の話をすると、怖いっていうか心細いっていうか、そういう顔するって知ってました?」

と森中が言った。

「もともとあいつ怖がりだからな」

綾子が降りていったあとで、わりあい激しいフレーズを弾きはじめていた浩介が言った。

「レディースあがりのくせにおかしいですよね」

綾子がいなくなるとミケはまた元いた縁側に戻った。森中の足から一メートルくらいしか離れていないが、嚙みも甘えもしなかった。

「本当に怖がってるのか知らないけど――」

「怖がってますよ」

「暴走族だってヤクザだって、幽霊が怖いやつはいるんだよね。だいたい、心霊研究してる学者なんて荒っぽいのと一番縁遠いような種類の人間じゃないか」

ゆっくりしたフレーズだったら弾きながらしゃべる浩介も、激しいフレーズだとそうもいかないらしくて手をいったん休めた。

「でもなんで急に怖くなったんですかねえ」

「そんなこと、おれに言わないで綾子に言えよ」

「本人に向かって言えないから社長に言ってるんじゃないですか。内田さんはどう思います？」

「日が暮れるのが早くなったからじゃないか」

森中は「げへッ」というように一声笑って、

「ホントに何にでも、強引な理屈をくっつけますよね」

と言った。

「そんなことないよ。日の長さっていうのは人間の心にいろんな影響を与えるもんなんだよ」

「おまえたちまだ風呂場の話なんかしてたのか」浩介が言った。

「だってまだ何にも解決してないじゃないですか。ナオネエがあれを見たっていうのは事実じゃないですか」

「事実なのか」

「事実ですよ。ねえ内田さん。気のせいとか目の錯覚なんかじゃなくて、ナオネエがあれを見たことは事実なんですよ。あれは本当に現われたんですよ」

「『あれ』『あれ』って、『あれ』っていうのは『これ』と一緒で、実際に見た人が使う指示代名詞なんだよ。伝聞で知った人は、『あれ』じゃなくて『それ』って言わなくちゃいけないんだよね」

「そういう意味の『あれ』じゃないですよね」と森中が私に言った。「オヤジたちがよく『例の件』とか言うときの、『例の』とかと同じ意味の『あれ』じゃないですか。ねえ内田さん」

「そうじゃなくて、しょっちゅう考えてるうちに自分も見たような気になっちゃったんだろ」

と私は言った。このあいだ私と妻とゆかりが居間で三人でしゃべっているところに、階上でうとうとしていた浩介が幽体離脱みたいにやってきていたというのを実際に経験したのは浩介だったけれど、その話が面白かったからかそれとも私自身の似た記憶に思いあたったからか、私は浩介のあの経験を私自身の経験を思い出すように思い返していることがあるのを感じていた。そしてさらに私と妻とゆかりがいた居間にふと浩介の像が現われたというような記憶に変形しはじめていると感じることもあるのだが、そういう記憶の変形はともかくとして、経験というのは誰か一人がしてしまえば他の人間もしたことになりうるんじゃないかというような感じを最近私は持ちはじめていたのだ。

「この世界を全部記録しておいてくれるビデオカメラか何かがあったら、こういうときに便利ですよね」

「おんなじことなんだよね」と、浩介がすぐに森中の考えを否定した。

「便利ですよねえ、内田さん」

「十九世紀の心霊ブームの一因は写真の発明だったんだよ」浩介が言った。「エクトプラズムなんてものは写真に何かが映ってなかったら、誰も考えつかなかったんだよ。心霊現象っていうのは科学コンプレックスの裏返しでさあ、世界全部を記録するビデオがあったら、またそこに新しい何かが映ってるって言い出すやつが出てくるだけなんだよね」

「そういう意味で言ったんじゃないじゃないですか。

だいたいどんなに科学が進歩したって世界全部が記録できるビデオなんかできるわけないんだから、これは科学とは全然別なんですよ、ねえ内田さん」

「いちいち『ねえ内田さん』て言わなくてもわかってるんだけどね」私は言った。「浩介は心霊現象を科学的にっていうか、実証的に証明しようっていう発想が嫌いなんだろ?」

「それはあんたじゃん。おれは心霊現象とか超自然的なことを、科学的に証明しようとしてきた人たちのバカバカしい努力の歴史が大好きだよ」

「だからそういうことじゃないんですよ」と森中が言った。「世界って、いろんなことがたえず起こってるわけじゃないですか。でも人間が見れることって、ホントにそのごくごく一部じゃないですか。〇.〇〇〇〇〇〇〇……一パーセントじゃないですか。大事なことが起こってても気がつかずに通りすぎちゃうことがいっぱいあるわけじゃないですか。だから世界の全部が記録できるビデオっていうのは本当のビデオのことじゃなくて、そういう世界のことなんですよ――」

浩介を見ると、呆れているのと退屈がはじまりかけているのと何かを少し期待しているのが混じったような顔をしていたが、それは私自身の顔だったかもしれない。森中も浩介と私の顔つきを交互に見て言葉を重ねた。

「人間っていうのはパソコンじゃないから、情報をコピーするみたいに記憶をコピーしたりできないじゃないですか。一人一人がいちいち最初から憶えていかなきゃならないじゃないですか。でしかも、七十年か八十年くらいしか生きられなくて、年とると惚けたりするし、子どももたいしたことないっていうか、考えてみれば子ども時代っていうのはまともにものを考えられるようになるまでのソフトをインストールしてる期間みたいなもんじゃないですか。だから人間の頭がちゃんと機能してるのって五十年とかそんなもんしかないから、ホントに世界中にあることの、○．○○○○○○○……一パーセントしかわからないじゃないですか。

でもナオネエの風呂場の影みたいなことも起こったりするんだから、この世界っていうのはおれたちが学校で教わってきた世界なんかとは全然違ってて、どこか別のところをうまいこと突っついたら、全然違った世界が見えてくるかもしれないってことじゃないですか。ナオネエが見た影っていうのはそういう全然違った世界から来た使者だったかもしれ——」

「使者！」

浩介の、退屈が混じりつつも張っていた注意が一瞬にして緩んだ。

「ていうか、こっちの世界に向かって開いた全然違った世界の穴だったかもしれ——」

「穴！」

またまた浩介が声を出した。浩介の注意はもう緩みきっていた、というかそれは私の注意や緊張の状態でもあって、浩介は休んでいたギターを弾きはじめた。今度はゆっくりしたかったたるいフレーズだった。

「ちゃんと聞いてくださいよ」

「つまり影が異次元との接触になっちゃったわけだ」浩介が私を見て言った。

熱っぽくしゃべる若者の前で、中年男二人が審査員か何かのように斜に構えて、目と目でわかったような顔をして聞いている姿が感じ悪いことはよくわかっていたが、その流れを何とかする前に、

「内田さんも感じ悪いですよ」

と、森中がそのとおりのことを言った。

「さっきは『動物にも死は起こるんだろうか』とか、いきなり格好つけるし、今度はニタニタ黙って聞いてるだけだし、真面目な顔してるのは一人でいるときだけじゃないですか。本当は人間のことも動物のことも好きじゃないんじゃないですか？」

「使者とか穴とかが出てくる寸前まではちゃんと注意して聞いていたんだけどねえ」

流れを何とかしなければいけないと思ったのは、自分自身も含めたここにいる誰に対してでもなく、熱っぽさとか誠実さという概念がこの世界に存在することに対する敬意のような気持ちだったのではないかと思うのだが、森中に実際に指摘されたことによって、森中に対してのただの取り繕いのようになってしまった。

「人間はパソコンじゃないから、パソコンみたいに記憶をコピーできないというのはそのとおりだと思ったよ」

「おお、いいじゃないですか」森中は喜んだ。

「世界で起こることや世界に蓄積された知識の〇．〇〇〇〇〇〇……一パーセントしか知ることができないというのもそのとおりだよ。

で、ビデオカメラが記録するように全部が記録される世界という想像も、森中が自分で考えたとは思えないくらいいいと思ったよ」

「自分で考えましたよ」

「でも、そこからの展開っていうか、そういうことをつなげてどうするかっていうのがすごくて、ズルッと、こけたんだよ」

「じゃあ、どうつなぐんですか」

「わからない」

「なんだ、ダメじゃないですか」

「わからないときにすぐにわかろうとしないで、わからないという場所に我慢して踏ん張って考えつづけなければいけないんだな、これが」と私は言った。

「我慢して踏ん張るって、内田さんいまいくつですか？　四十でしたっけ――」

「もうじき四十四」

「げえッ。四十四って、じゃあ内田さんいったい何年踏ん張ってるんですかぁ。おれより内田さんの方がアタマいいんだから、おれより若いときから踏ん張ってたりしたら、もう二十年じゃないですか。

おれ二十年も踏ん張っていたくないですよ。内田さんはあと何年踏ん張ってるんですか。そういうのって、やっぱりスタートの考え方が間違ってるって言うんじゃないですか？　スタートに失敗してたら何十年踏ん張ったってダメですよ」

「そんなに違うのか」

「違うって、断言したわけじゃないですよ」

「年齢のことだよ」と、私は言った。

自分がもうじき四十四歳で、浩介が四十一歳で、森中が二十六歳で綾子が二十七歳だということはわかっていたが、森中と自分の年齢差が十八もあるということは考えたことがなかった。下手をしたら森中と私のあいだにゆかりの十九歳がすっぽり入ってしまう。去年だったら入っていたことになる。しかしこれはなんと奇妙な計算だろうと思った。

森中と私の年齢差がそのままゆかりの年齢だったとしても、私が生まれてから森中が生まれるまでのあいだにゆかりが成長したわけではない。そのあいだの年月に成長したのは私の方で、森中もそのあいだには生まれていない。――などとわざわざ確認するのもバカバカしい計算だが、年月をたんなる数字として足したり引いたりするからそういうことになるわけで、人生として生きられた時間というのは数字で測定することはできなくて、数字は数字でしかない。ということは、九二年の十月に道に迷っていた生後二、三ヵ月のチャーちゃんを拾い、それから四年後の九六年の十一月上旬にチャーちゃんにしては珍しく三、四日元気がないと思っていたら白血病を発症していて、約一ヵ月の治療の果てに十二月十九日の夕方に死んで、その死から四年が経とうとしていて、チャーちゃんと一緒に暮らした年月とチャーちゃんがいなくなってからの年月がもうすぐ同じ

になろうとしている、という計算もまた意味がない、確かに本当に何にも意味がないじゃないかと思っていると、

「それでその異次元ドアの話のどこが怖いんだよ、綾子は」

と浩介が言った。

「え？　怖いわけないじゃないですか、そんな話。でもあの影の話が出てきたら、必ず幽霊とか怨霊（おんりょう）とかの話になるじゃないですか。特にゆかりはその手の話が好きなんですから。霊が住みついてる家の話とか一緒にいると必ず霊を引き寄せる人の話とか、いろいろあるじゃないですか」

浩介は気がなさそうに「ふうぅん」と言っただけでそのままギターを弾きつづけ、私は階下（した）に降りて綾子を誘って、最近は一日おきになった水撒（ま）きをしに庭に出た。

浩介も私も当事者の意識としてはたんに非-貯蓄型の人間としての毎日の生活を送っていただけだけれど、そういう態度を少しも隠そうとしないでまわりに見せているということは、当事者としてはそうであってもやっぱり私が浩介のことを仕事か生活か何かに対してつまらなさを感じていると想像するように、浩介が私のことを想像するのまでも拒もうとは考えていないということで、そういう解釈が当事者の意識でないと言いきれるのかということになると、わからないというか、それはもう当事者が完全に掌握しているものではないという意味で、どちらが本当でももうどっちでもよかった。

つまり私の頭にあったのは伯父のことなのだが浩介のことでもあって、文化庁主催の自治体の生涯学習担当者向けのセミナーのプログラムをまとめる仕事が来ると、講師の候補を優先順位をつけて文化庁に提示してその了解をとって、個々の講師と交渉するという実務をはじめるまでの一週間か十日ぐらいのあいだ、浩介が二階にあがってきてギターを弾いている時間がいつもよりさらに長くなって、やりたくもない仕事をやって、その仕事が労働の実体と見合わない大きさの報酬を得ることが最初のうちはうれしくても何度もやっているうちにだんだん嫌になっている浩介の気持ちが、伯父のものだったのではないかと感じるのだった。

伯父について知っていることは少ししかない。血のつながりがないということももちろん理由の一つだけれど、私は七人きょうだいの母の兄さんや姉さんたちの学歴とか職歴も知らないし、八人きょうだいの父にいたってはそのうち何人が成人するまで無事に育ったのかということも知らない（「つまりあなたの両親は血縁が多すぎるのよ」と妻は私によく言うのだが）。

自分と血のつながりのある人たちのことがそのように薄暗がりにいる人影のようにしか記憶されていなくて、私やそれぞれの子どもたちの死とともに忘れられていくことに対する説明しがたい感慨か郷愁がないわけではないが、それはいまは別のこととして、他の伯父さんや伯母さんや私自身の両親について私が知っていることと比べると、伯父について知っていることは決して少しではない。

伯父は弟子が何人もいる大工の家に生まれたけれど、長男とすごく歳の離れた三男坊で小さい頃から甘やかされて育って、成績もよかったので上の学校に行かせてもらい、そこから中央大学の商科に入ったらしいが途中でやめて、表向きの理由は胸が悪かったということになっているが本当の理由は誰も知らなくて、それでとにかく商社のようなところで働くようになって、伯母と結婚したところで召集されて、しばらく宇都宮だったかの練兵場にいるあいだに幹部候補生の試験を受けろと、教官だか上官からさかんに言われるのをのらりくらりと逃げたり引き延ばしたりしているうちに、胸が悪かったから通信兵として八丈島だったか三宅島に行くことになった。

この兵隊の頃の話は、私が大学のとき終電に乗りそびれてここに泊まったときに、深夜放送の映画を見ながら伯父の口から直接聞いた、母や伯母からの伝聞でない数少ない話なのだが、島に上陸する前に船から見えた大砲がそばで見たら大砲に見せかけただけの丸太ん棒だったとか、通信兵として敵の無線を傍受せよと言われてもこっちだって生まれてはじめて無線機にさわるんだから、ガーガーピーピー言ってるだけで何もわからないし、もし聞こえたところで誰も英語なんかわからなかったと妙に陽気に話す話しぶりが、反戦思想なんかと無縁の不謹慎さで私は呆れたというか、その頃まだ六十歳になるかならないかだったのに一日ごろごろ寝てばかりいた伯父の原型を知って、ああこの人は本当は若いうちから一貫して汗水流して労働することを避けていたんだと思って、血のつながりはなくても父親がわりに「祥造お父ちゃん」と呼びつづけた人に敬意を抱くようになったのだが、そうは言っても毎日のように頭の上を敵機が自分たちを完全に無視して飛んでいくのを見ていれば生きて帰れるなどとは思わなかったらしいが、三宅島は（八丈島だったか）硫黄島のようなことにはならなくて、そこで不動産屋と親しくなって、戦争が終わって山梨に帰って、妻と自分の実家の無事を確かめたら再び妻を実家に預けっぱなしにして東京に戻って、闇屋でボロ儲けして、それを元手に不動産屋をはじめた。

思えば私の家族がまだここに住んでいた頃、たまにやってくる変なオジサンがいて、その人が来たときだけ伯父の感じがガラッと変わって、明るくなるというか下品になるというか、二人がとにかくやたらと饒舌で伯母も母も従姉兄たちも辟易していたのが、いまでも私の中に違和感としてまれに戻ってくるほど奇妙な空気を持ち込んだその人が三宅島で一緒の戦友だったということなのだろうが、とにかくそれで不動産をはじめることになって、ようやく伯母と赤ん坊だった奈緒子姉を東京に呼ぶことになってそのとき伯母のお腹の中には二人目の英樹兄がいた。

「東京に呼んだ」といっても昭和二十二、三年頃の世田谷なんてとんでもない田舎で、その田舎ぶりに山梨から来た伯母や祖父たちは驚いたり失望したりしたらしいが、伯父は自分の実家の大工を呼んで材木もあれこれツテを使って集めて、自分が育った家をひとまわり小さくした感じのこの家を建て、自分の家がそうだったように内弟子のような若い衆が一緒に住む大所帯にしたいと思ったので、私の家族が昭和三十五年にここに住むようになるまでの約十年間、山梨から出てきて人づてに紹介されただけの大学生を常時三、四人、ただ同然で賄いつきで奥の一階と二階に下宿させていた。

というのが、私が伯父について知っていることのほぼすべてだが（といっても、別な風にまとめてみればまた別の知識も出てこないわけではないだろうが）、伯父がただ同然で大学生を下宿させたりしていたのが、伯母や従姉兄や親戚のあいだでの公式見解では実家と同じ大所帯を再現したかったからということになっているけれど、労働に見合わない大きさの収入を得ていることのおもしろくなさをいくらかでも解消したいと思っていたからなのではないかと、ギターを弾いている浩介を見ていると私は考えてしまうのだが、しかしこの「見ている」という言い方は嘘で、二階の部屋で私がこう考えたとき浩介は目の前にいなくて、「三人の飯のタネを探しに行ってくる」と言って午前中からどこかに出掛けていた。

浩介を見ていたのでなく、ここにいない浩介を見ていたわけで、その人間の内面についてのイメージが本人がいないときにこそ立ち上がってくるのか、そういうものが立ち上がっているような気になっているだけなのか、どちらなのかはいまのところわからないが、私は二階に一人でいて、猫もミケだけが南の窓の外の手摺りで顋を前足にのせて眠っていた。

空は晴れていてこれといった雲も見えず、庭の棕櫚やサワラ（いや、ヒノキか）の葉には光があたっている部分の照り返しと陽射しによってできた影の部分の明暗の差がくっきり見えていたけれど、遠くの空を見ると青でなく白く薄い雲がかかったようになっていて、きっとあの空の下から見ればこっちの空も青でなくてあんな感じの白に見えるのだろうと思った。棕櫚の葉が小さく揺れているから無風というわけでもないのだろうが、机に向かっているこの場所にはいまは風は通り抜けていなかった。しかしそれで汗ばむような暑さではすでになくなっていた。

さっきまでは階下から「こんなに画像入れちゃったら重くなりすぎですよね」とか「バランスがおかしいですよ、絶対」という森中の声が聞こえてきたり、立ったりすわったり歩き回ったりする振動が伝わってきたりしていたが、いまはもうそれもしなくなって、カラスが啼き交わしながら飛んでいく声と羽音や、「カン、カンッ――」というように鋭く啼く鳥の声や、西側の道を走り去っていく車やオートバイの音が聞こえるだけだった。

奥の部屋にほとんど入らなかったように、二階にも伯父はあがらなかった。ほとんど一年ごとに変わっていた従姉兄たちの部屋割りでも、従姉兄たちの部屋になっていたのは私と妻が寝室に使っている六畳がほとんどで、妻の部屋になっている真ん中の八畳はそれでもまだ清人兄が七〇年代の大きなステレオ・セットを置いていたり、OL時代の奈緒子姉が衣装部屋のように鴨居のいたるところに服をかけていたりしたことがあったけれど(二階の鴨居は一階と違って普通の鴨居だ)、私のいるこの部屋はお客さんが来たときに寝る部屋として残されていて、床の間に壺や剝製が置かれていたり、床の間の並びの違い棚にあちこちの土産のこけしや木彫の人形や貝殻細工みたいなものが置かれているだけだった。私の家族がかつていたのも真ん中の八畳で、そんなことを意識してここを選んだわけでは全然なかったが、この部屋に人が長い時間いるのは私がはじめてだった。

私がこの部屋にいるのもすでに一年半になるけれど、奥の部屋に下宿の大学生からはじまって四人の従姉兄たちが入れ替わりいた時間の長さや、階下の座敷に伯父が日がな一日寝ころんでいた時間の長さとは比較にならない。この部屋にはまだ何も集積していないというか、猫でいえば匂いも気配もここには感じられなくて、こうして一人でいるときに浮かんでくる光景といったら、高校生の夏休みに午後一人でここで文庫本を読んでいる自分の姿と、バケツに雑巾を入れて二階を掃除しにあがってくる伯母の姿ばかりだった。

縁側と窓の敷居を拭きながら伯母が、

「本ばっかり読んでるだね」

と私に言い、母に向かってするのと同じ調子で素っ気なく「うん」とだけ返事をすると、

「せっかく東京来てるだから、映画でも見に行ってくればいいじゃんけ」

と言う。

高校二年の夏休みにやっていたロードショーが何だったかなんて今はもう憶えていな

いが、ロードショーに行く金はなかったし（もっとも伯母に言えばくれたけれど）、ロードショーに行くのだったら鎌倉からでも銀座の映画館まで往復できたし、横浜でも同じものをやっているのだから、世田谷に来ているときにそれをしようとは思わなかった。結婚していた奈緒子姉と幸子姉はお盆に帰ってきていたが四、五日で戻り、清人兄もバイトがあるとか言って大学のある金沢にすでに戻り、英樹兄は入社二年目のサラリーマンで、私の相手をできるのは土曜日と日曜日と残業しないで帰ってきたときぐらいだったが、それもボウリングに行ったり、カジノをものすごく小さくしたようなコインで遊ぶゲームセンターに行ったり、当時はまだ東京ぐらいにしかなかった輸入レコード屋に行ったりするぐらいで、そこに英樹兄のカノジョみたいな人も一緒に来たりもするのだが、行けば行ったで私はけっこう楽しんだけれど、そういうことがしたくて世田谷のこの家に来ていたわけではなかった。

私はただ子どものときからずうっとしていたように八月の後半をここにいただけだった。だから前の年の夏休みも同じことをしていたが、その年の夏休みには幸子姉はまだ結婚していなくてOLだったからたいてい夕飯までには帰ってきていたし、清人兄も八月終わりまでここにいたから、私も毎日本を読んでいただけではなかったのだろうが、すでに私は昔のように毎日毎日いろんなことをして楽しく過ごすためにここに来るのではなくて、従姉兄たちがいない時間を本を読むかレコードを聴くかするぐらいで半ば退屈しながら過ごすことを承知して来ていた。というか、昔のように四人の従姉兄が揃っていて賑やかにしているのでなければ、どこかに出掛けてもこの家の中にいても同じことで、何をしていても半分は退屈なのだということは承知していたけれど、それを理由にしてここに来なくなるとか奈緒子姉や幸子姉がいなくなったら自分も鎌倉に帰ろうとは思えなかったということだったのかもしれない。

それで結局二階にあがってただ本を読んだりしていただけで、ついでにいえば庭の木登りもしなくなっていて（木に登る高校二年生というのはどう考えてもかなり変だが）、伯母が掃除するのをただ見ていたりすることになるのだが、いま思えば私は人間が掃除するのを猫たちが見るように伯母が掃除しているのを見ていて、

「何をそんねん珍らしそうに見てるで？」

と言われて、

「そんなに毎日掃除しなくてもいいじゃん」

と言った。

「掃除ぐれえ毎日するさよお。

窓開けとくから埃がたまるじゃんけ」

「少しぐらいいいじゃん」

「ちっとでも気持ち悪いじゃん」

と言いながら、伯母は汗を垂らしながらせかせかと窓の敷居を拭いて、鴨居を拭いて、それから縁側の床板を西の奥の突き当たりから階段に向かって、一メートルぐらいずつ

の幅でバケツをずらしながら、三回に一度ぐらい雑巾を水に濡らして絞っては拭いて、たぶん十分もかからずに拭き終わって、そのまま階段を一段ずつ拭きながら降りていった。

私の記憶では夏の午後に本を読んでいたことになっているが、午後に掃除をしているというのも何だか変なので、朝食を食べたあとの十時とか十一時ぐらいのことだったのかもしれないが、とにかく伯母はそのまま風呂場とトイレの前の廊下を拭き、戻ってきて階段の下のL字に曲がっている縁側を拭いてそのまま座敷と居間の前の縁側を拭いて、台所の床を拭いて、最後に居間と座敷の梁のように幅の広い鴨居を拭いた。

拭き掃除の前には掃除機をかけるか箒で掃くかしたのだろうが、思い出すのは拭き掃除ばかりで、膝をついて床を拭いている姿が猫が床の匂いをすんすん嗅いでいる姿とダブってしまうのは、きっといまこうして思い出しているイメージの短絡で、まさかあのときに目の前で床を拭いている伯母を見ながらそんな風に感じていたとは思えないが、そういうイメージがいったん生まれてしまうとどうしてもそれが打ち消せなくて、伯母が毎日毎日ああやっていたのは、拭いていたのではなくて、匂いをつけていたのではないかという想像まで浮かんできた。

毎日毎日テリトリーの印であるマーキングのオシッコをかけて回って、それをまたチェックして回るのが外の猫の日課で、強い猫ほどそれに費される時間が長くなることになるのだけれど、森や草原でもない本来のネコ族とほど遠い環境の中でその習性が消えずに残っているのは奇妙なことだと言えなくもない。しかし、何という言葉が適切かわからないが、人間も動物もただ食べて寝てという具体的な次元で生きているのではなくて、自分を支えている抽象的な次元を持っていて、それを守ったり、それに奉仕したりするために具体的な行為を毎日積み重ねているのだとしたら、伯母の毎日の拭き掃除もそういう抽象的な次元への奉仕ということになるのかもしれないと思った。

伯父が一日寝転がっている同じ家の中で伯母はずうっと動きつづけていた。朝六時前に起きて、米を研いで炊飯器をセットして味噌汁とおかずを作るのからはじまって、布団を干して、洗濯をして、風呂場を洗って、二階から一階まで掃除して、昼食を作って、夕食の買い物に出て、夕食を作って——と並べてみると、昼食からあとはもっと隙間があってもいいような気もするが、猫に餌をやり、犬がいたときには犬にも餌をやり、犬の糞を片づけ、伯父がどこかに出掛けるときには背広やワイシャツの一揃えを出し、三時頃になればお茶を淹れて一息ついたら、洗濯物を取り込んでたたんでアイロンをかけて、クリーニング屋に行って、たまに繕い物をして——と、ひとつひとつは五分か十分で終わることでも細かいことがいろいろ途中に入ってくるとゆっくりしていられるはずの隙間の時間も埋まったということなのかもしれないけれど、端から見ていて伯母の動きはなんだかやたらと無駄が多いようでもあって、洗濯物をたたみかけにしたまま忘れた物を買い足しに出たりするように、同じことを二度も三度もやっているように見えなくもなかったが、それがまた伯母が作り出した一日の時間の埋め方で、伯母は（意識していたわけではなかったのだろうが）隙間の時間を作らないようにするために、無駄の多い動きをしていたのかもしれない。

それで私の方は十月九日の体育の日に、残りがあと二試合になった横浜球場に行った。このヤクルト二連戦のどちらか一つに勝てば三位が確定するけれど、そんなことはもうどっちでもよくなっていて、四月から半年間通いつづけた熱狂がいつのまにか惰性になっていたことを確認するような気分だけで、これで来年の四月まで球場に来ることもないという感慨みたいなものもなくて、一回裏に鈴木尚典のスリーラン・ホームランでいきなり三点取ると、午後二時にはじまった試合そのものも草野球のように明るい光の中でたんたんと進み、前川は「結局同じメンバーで、代打も出さねえのかよ。権藤も来年自分が関係ねえと思うと、若手起用なんか全然考えねえな」というようなことをぶつくさしゃべりつづけ、休日だったからスーツでなくてベイスターズのスタジアム・ジャンパーを着てきた大峯も、ひたすらビールを飲みつづけるだけで得意の長ったらしい野次も言わず、たまに「ボールがへらへら笑ってるぜ」みたいなことをぼそっと言うだけだった。

九月はじめまでは一球ごとのストライク、ボールがライトスタンドからちゃんと見えていたのに、試合のたびに曖昧になっていまではもうバッターまでの百メートルの距離が、普段の町の中での百メートルと同じになっていてやたらと遠く、バッターがピッチヤーの動作を見る緊張も伝わってこないから打つか見送るかの気配もわからなくなっていて、私自身のテンションが下がっていたことは確かにしても、それ以上に球場全体にあった野球を野球たらしめる力が消えていて、私はメルロ＝ポンティの「ソナタ奏者の演奏がソナタたりうるのは、ソナタ奏者がソナタに奉仕しているからだ」という言葉を思い出した。野球が野球たりうるのは、選手とファンが野球に奉仕しているからだ。選手の動きもスタンドの応援団の太鼓とラッパの音も形だけになっていて、それどころかレフトスタンドにライナーで飛んでいった中根のホームランの打球も、スライスがかかってライト線を破った石井琢朗のツーベースヒットの打球も、何もかもが形だけになっていたから四時半にはあっさり試合が終わって、勝ってもうれしくないし物足りないとも思わないという気分で、桜木町までのいつもの道を三人で歩きながら、

「佐々木がいなくなったら打つ方までダメになったな」

「野村が出なかったから、ピッチャーの打率がガクンと落ちたんだよ」

「佐伯がファーストの守備に神経つかわされたんだよ」

「ベースんとこで、シコ踏んでんだもんなあ」

「波留の肉離れが痛かったよなあ」

「ローズだって開幕のペースでいけば、ホームラン百本、打率七割五分だったんだぜ」

「なんで首の寝違いなんかになったんだ？　ローズのあの首を寝違えさせるっていうのは、半端な力じゃねえぞ」

「年俸交渉はどうなってんだ?」

と、ここ何試合も帰り道のたびに繰り返しているシーズンの愚痴とも何ともつかない話がいつのまにか、難航しているローズの年俸交渉の話になって、「どうすんだよ」と心配になってもどうすることもできず、それでもとにかく明日の最終戦にも三人とも来ることになっていたし、大峯には「帰ってこれから女房とガキどもを焼肉食わせに連れてかなきゃなんねえ」という予定が入っていたから、三人で飲むのは明日の晩ということにして、前川とは桜木町駅の手前で別れ、大峯とは駅の入り口で別れた。

野球を野球たらしめる力ということを私はそれがなくなった場所で考えたわけで、考えたということはその力の余韻か残り滓ぐらいは球場にあったとは考えられないのだろうかと思った。

それがあったのは私の心の中だけで、つまりは熱狂や興奮の記憶ということにすぎず、球場それ自体にそんなものはないという物質的な立場をとってわかったつもりになるのは簡単だけれど、熱狂や興奮の記憶を持っていたのは私だけではなく球場にいた全員で、選手も当然四月五月に持っていた心の潮位から取り残されたような気分でプレーしていたのだから、それはやっぱり球場全体ということなのだが、そういう量の総和で考えても意味がなかった。

量に還元されない質的な抽象がやっぱり確かにあって、それは物質的な次元が消えても残りつづける。「なぜなら抽象だから」と言えてしまえばそれもまた単純になりすぎるというか、抽象というものを私は何となくの概念でしかわかっていなくて、抽象にはもっとずっとリアルで強い力があるはずだった。

走っている東横線の窓ごしにさっきからずうっと見えている雲が形を変え、夕陽を浴びて朱や赤の色合いを変えていくのを、無生物だから窓ガラスの汚れと同じく電車の中に迷い込んできた小さな羽虫ほどにも生命がないと言う単純すぎる世界の分け方では、古代に抽象という思考の形態が生まれて、人間を他の動物とは違うものにした起源の力なんてわからないだろう。

野球を野球たらしめる力も、伯母が日々繰り返していた行動を支えた抽象というものも同じように説明できないはずなのにもかかわらず、私はやっぱり雲が形や色合いを時々刻々と変える原因を物理的な要素に還元する思考法に馴れすぎているのだけれど、それでも空を飛んでいく鳥が頭の上に一瞬影を落としたのを感じたみたいに、別の思考法というか起源の世界像の手応えを感じた気がして、こっちがあの時間を忘れないあいだチャーちゃんのあの苦しんだ時間も消えないのではないかと思った。

苦しみや悲しみや歓びは一人一人の中で解消されたり解消されそびれたりする心理学的な対象として片づけられる現象なのではなくて、生き物をこの世界と結びつける根源的な力のはずで、それがあるから生き物同士も孤立していない。しかしそれゆえ、生きている私が苦しみを記憶しているかぎりチャーちゃんの苦しんだ時間もまた残りつづける。あの苦しんだ時間を忘れないことによって私の側がチャーちゃんとつながっていることを確認できるのだとしても、あの苦しみはチャーちゃんが生きた時間のほんのわずかな部分で、チャーちゃんが生きた時間の全体は歓びや楽しさに満ちあふれていた。それこそが死ということなのではないか。

家に帰ると「あれ？ 食べてこなかったの？」と意外な顔をされたが、妻の理恵が作った大皿から取り分ける料理を三人で食べて、そのときにはもう東横線の中で感じた手応えはすっかり遠のいていたけれど、それでも食べ終わったときに、

「死っていうのが人間に理解できない理由は、もしかしたら豊かすぎるからなのかもしれない」

と言うと、

「何よ、いきなり」

と妻が言った。

ゆかりはまだヘソが見える丈の短いTシャツだけだったが、夜になるとだいぶ涼しいので妻はTシャツの上に長袖のシャツを羽織り、私もローズの23番のTシャツの上にシャツを着ていたがそれでも足りなくて、トレーナーに着替えていた。

ミケはまだ遊ぶ時間にならないのでたぶん二階の窓に出て虫の声を聞いているはずだったが、ポッコとジョジョはテーブルの下に潜って、三人の脚で囲まれた狭い空間のようなところで二匹でくっついていた。そこがきっと他の場所より暖かいのだ。

さっきの手応えが遠のいていたので私の言葉にはすでにリアリティも力もなかったが、

私はさらに言った。

「死っていうのが理解できない本当の理由は、死んでるのか生きてるのかわからなくなることなんじゃないかと思うんだよ」

　ゆかりはただ怪訝そうな顔で黙っていたけれど、妻は愛想笑いも見せずに「よく言うわ」と言った。

「チャーちゃんが死んだときなんか、もうホントに大変だったんだから。半年ぐらいずうっと、ちょっとでもチャーちゃんのことを思い出すと涙ぐんで、夜なんかぼおっとして演歌の番組なんか見ちゃってて、『うしろ姿で去ってゆくあなた』みたいな歌詞が出てくるだけで、ボロボロ涙流してるんだから――」

「それはもう百回ぐらい聞きました」

「優しみがないよな」

「だってねえ、あたしまで一緒になってめそめそめそめそ泣いていたら、ポッコとジョジョが心配しちゃうじゃないの。ねえ」

「そのやりとりも百回聞きました」

　何回言われてもその話が出てくると結局私はあのときのチャーちゃんの姿を思い出してしまう。犬も猫も死ぬ直前になると体が辛くて、もううずくまったりするような姿勢もとれなくなって、死ぬ前の晩のチャーちゃんも、四本の脚を横になげ出してただ横たわっていて、その姿を見ながら私は、深くて奥までつづいている遠い闇の中にゆっくり歩き去っていくチャーちゃんの後ろ姿が浮かんできてしょうがなかった。

四本の脚を投げ出してずうっと横向きに寝ているくせに、ちょっとでも部屋に一人で残されると、「アーン、アーン」と高くてつやも伸びもある子猫よりも甘えた声で鳴いて私と妻を呼ぶのが、いかにもチャーちゃんらしい人なつっこさと手間のかけさせ方で、妻に抱かれると腕の中で目をとじてじいっとしていたあの光景を私も妻も、これからもずうっと忘れることがなくて、それがチャーちゃんの死を経た私と妻の人生ということで、

「ゆかりは自分がこれから三十になるとか、四十になるとか、思ってないだろ」

と私は言った。

「え？」

と、ゆかりが答えに一瞬つまると、「思ってるわけないじゃない」と、妻の理恵が横から言った。

「三十歳の大人なんて不潔だって、あたしたちが十九の頃はずうっと思ってたわよ、ねえ」

「おれなんか、三十になるくらいだったら死んでやると思ってたな」

「そういう二人だったんですかぁ……」

「あたしとこの人だけじゃなくて、みんなそう思ってたのよ」

「いまの子は違うのか」と私は訊いた。

「山田かまちとか?」

「あんなの、生きて無事大人になってたら、いまごろは神経質で利己的な困った中年オヤジよ。だいたい山田かまちなんて、あたしたちと同年代かちょっと下ぐらいなんじゃないの?」

「叔母ちゃん読んだの?」

「バカね。読むわけないじゃないの。読まなくたってわかるわよ、あんなの」

「読んでみなくちゃわからないんじゃないの?」

「なんであなたは、子どものくせにそういう穏健なことを言うの」と、妻は芝居じみた大きな動作でテーブルに頬杖をついて、まじまじとゆかりを見た。「読まなくたってわかるものはわかるのよ。つまらない自意識で共感できると思って読んでるだけじゃないの。そんな簡単に共感をえられるようなものばっかり読もうとしないで、中身が全然想像つかないものを読みなさいよ」

「だから、あたしは読んでないんですけど」

と言って、ゆかりが私を見るので、「山田かまちはどうでもいいんだけどね」と私は言った。

「『三十になるくらいだったら死んでやる』と思っていたようなヤツでも――って、おれ自身のことだけど、そういうヤツでもやっぱり三十になるわけだよ。死のうと思ってわざわざ危険な目に遭えるような環境を探して歩くわけでもないしね、普通は。

で、三十歳、四十歳になると人生が一様性を帯びてくるというか、人生自体はけっこういろいろ変化に富んでいたとしても、自分自身が身につけた状況に対する態度とか感受性みたいなものは案外変わらないということが感じられるようになるというか、身に染(し)みてくるようになると思うんだよな」

「そうかしら」と、妻がテーブルに目をやったまま言った。

「そういう自覚がある人とない人がいるけど、態度は変化しないもんじゃないか。それが性格というものなんだから」

「そうかしら」

「中学の頃とか思い出してみると学校で起きることが頭の中の八割くらいを占めていて、友達と口喧嘩(げんか)したとか些細(ささい)なことに振り回されてたし、二十代の頃だって恋愛に振り回されてたけど、三十くらいになるとそういう一つ一つのことにはもう前ほど気持ちが激しく動揺しなくなってるじゃないか」

「そうかしら」

「そうかしら」と言われるたびに私は最初に言いたかったことから離れたことをしゃべっていた。

「そりゃあ、チャーちゃんみたいなことがあるとああなるけど、あれだって昔みたいな陽性の、どこかに発散のさせようがある落ち込みと違って、深く沈み込んでいくようなものだったからさあ――」

「チャーちゃんはいいんだけどね」と妻はさっきからの頰杖のまま、上目使いに私を見た。「あなたは一日家の中にいて、猫の相手して、野球に行く——の繰り返しで、人一倍生活を単調にしたいと考える種類の人間だから」

「だからその外側の変化じゃなくて、態度の変化のなさを言ってるんでさあ」

と、私がしゃべる横でゆかりがおもしろそうににやりと笑ったが、それは気にせず妻の理恵は言った。

「でもそれも、外側を変化させたくない人の考えでしょ。いくら態度が変化しないって言ったって、外側が変わればどうしたって内側も変わらざるをえないんじゃないの？」

「理恵の言うその内側も、本当は外側っていうことでさあ——」

とまで私が言ったところで、

「いいですね」

と、ゆかりが言った。

「何が？」

妻が訊くと、今度はテーブルの下にいたジョジョが「グウッ——」というような唸り声を出して、勢いをつけて起き上がって、ゆかりの脇を通って台所に向かってとっ、とってんとってん歩いていった。それを見ながらゆかりがまた、「だっていいと思うもん」と言った。

「十何年も夫婦やってるのに、いつもそういう風に叔母ちゃんと叔父ちゃんはおしゃべりしてるんだから」

「あなたも本当に猫みたいなアタマしてるわねえ」

ゆかりは黙ったまま、「?」という顔をした。

「猫は、ミケなんか特にそうだけど、あたしたちが何かしてると意味に関係なく、服から垂れてる紐にじゃれつくとか、そんなことしか見てないんだから。二人が言い合いしてるのを横で聞いてて、『いいですね』だって。まったく」

「ということは、ゆかりは三十になったら自分がどうなってるかとか考えたりするわけだ」私は言った。

「ていうか、まわりがけっこう心理療法士になるとか、将来のこといろいろ考えてるから――」

「つまり、不況は学生の将来を奪うと同時に現在も奪ってしまったわけだ」

と私が言うと、「日本だけじゃないのよね」と妻が言った。

「景気がいいアメリカでも学生起業家とかインターンシップとかいって、学生を産業に巻き込もうっていう動きは世界的なのよね」

「なんか、あたしボコボコに言われてません か?」

「言っても言わなくても事実は事実なんだから、いろいろ言われて鍛えられた方がいいのよ」

と言っていると、待ちきれなくなったジョジョが台所で手近にあった紙袋をガサガサやりだして、そっちを見るとジョジョもこっちを見て私たちの反応をうかがっていた。「わかった、わかった」と言って立ち上がって、ドライフードを入れた皿を持って、ジョジョと一緒に北の廊下を歩いて階段をのぼりはじめると、二階からミケが勢いよく降りてきた。

　重い体で一段一段階段をのぼっている脇をミケがトトトトトッと軽く駆けおりていくものだから、ジョジョはさっきとは少し違った苛立ちの感情のこもった「グウッ――」という唸り声を一度出してつづきをのぼるのだが、ジョジョが階段をのぼりきる前に、いったん下まで降りたミケが折り返してきてまた追い越していく。

　それでジョジョはまた苛立ちの「グウッ――」という唸り声を出すけれど、苛立ってもそんなものにジョジョの食欲は影響されることはなくて、階段の上につくと、「クルクル……」と鳩みたいな音を咽で鳴らしながらドライフードを食べはじめる。

　ジョジョを運動させるためにドライフードは一度に少しずつしか出さないことにしているから、ジョジョはこれから三回か四回、台所まで戻っては階段の上までのぼるというのを繰り返さなければならない。そのたびにジョジョはミケに横をかすめて追い越されたり擦れ違われたりして、苛立って「グウッ――」と唸ることになるのだが、ジョジョがまず一回目を食べ終わるまで私がジョジョと並ぶようにして階段に腰かけていると、たぶんトイレにでもいくつもりのゆかりが北の廊下を歩いてきて、ちらっと私とジョジョを見上げたので、

「でも、何と言われても若いということはいいことなんだよな」

と、私は言った。

「でも、やっぱりあたしは言われまくりですよ」

ゆかりは階段の下に立ったまま言い、私も上にすわったまま言った。

「ジョジョだって、チャーちゃんを拾うまではこんなに太ってたわけじゃなくて、ポンポン飛び跳ねてたし、理恵のファンシーケースの上とか、おれの本棚の上とかに軽く飛び乗って、高いところが大好きだったんだからな」

「あたしのことじゃなかったんだ」

「同じことじゃないか」と私は言った。「ゆかりの中にはミケのピョンピョン飛び跳ねるようなものはあるけど、ジョジョみたいにかつてそうだった、でもいまはっていうものなんかないじゃないか」

ジョジョがいるところでこれ以上はっきり言うのが憚(はばか)られて抽象的な言い方になってしまったが、ジョジョはそんなこと意に介さずに階段を一段一段降りていった。

のぼると同じように降りるのもジョジョには大変で、ぽっとんぽっとん用心深く一歩一歩降りていくのだが、そのときに揃(そろ)ってしまう後ろ脚がウサギみたいでかわいい。

「あたしだっていろいろありますよ」

ゆかりの足許(あしもと)まで降りきって、ジョジョはそのまま台所目指して北の廊下を歩いていった。

ジョジョはミケの態度には苛立つが、階段をのぼり降りしたり歩いたりしているときには人間なんか関係なくて、重い荷物を持って「よいしょっ、よいしょっ」と言っている声が聞こえてくるみたいだった。ミケは私が動き出すのを待ちながら、いまは上でせわしなくシッポや尻をなめていた。

「最近は小学生でもそういうこと言ってるよな」

と、私が言うと、ゆかりは黙って何か言いたそうに、黒目がちな切れ長の目で私を見上げた。

ジョジョが降りていったのに私が動こうとしないので、ミケが毛づくろいをやめて階段を一段降りて、私の足の甲に嚙みつこうとしたので、私は脇の下つまり前足の付け根を抱えて持ち上げて、つかまれて脚をばたばたさせているミケと一緒に階段を降りながら、

「というより、そのいろいろがなくなるっていうことなんだよな」

と言った。

「ミケなんか、ちょっとでもすることがないと、退屈して大騒ぎだろ？」

床に降ろされたミケは、ダーッと北の廊下を走っていって、仏壇の前で左に急カーブを切って居間に消えていった。ゆかりは、

「十九歳のあたしたちが四十の人のことがわからないみたいに、四十の人だって十九の頃のことを忘れるっていうことはないの？」

なる。


　と言った。

「するどいこと言うじゃんか」

「あ、すごくなってる」

　居間から飛び出して、こっちに向かって走ってきたミケのシッポがリスみたいに膨らんでいた。猫はこういう風に一人で勝手に興奮して、自分で自分のことが収拾つかなくなる。


　ミケは私たちの前で「キュウッ」というようなかわいい雄叫びを上げて、そのまま奥の部屋の階段を駆けあがっていった。

「おれ自身は十九の頃を忘れてないつもりだけど、十九歳を思い出すのと十九歳を生きるのとは全然違うからな」

「痛いッ!」

　あっという間に奥の階段を駆け降りてきたミケが、突然ゆかりの足の甲に噛みついて、ゆかりが声をあげた。

「噛む相手が違うじゃないの、ミケ」

　それで私が居間に向かうとミケがまたダーッと北の廊下を走り、ゆかりはトイレに入り、台所で二回目を待っているジョジョの頭の上でドライフードの入っているカップを振って音を立てて、ジョジョと一緒に二往復目を歩いているとミケが後ろからミケが追い越していき、ジョジョと一緒に一段一段階段をのぼっているとミケが上から駆けおりていき、上で皿にドライフードをあけてジョジョが食べるのを見ていると、トイレから出てきたゆかりがほんの少し顔を動かして私の方を見たのだが、その途端に何とも言いようのない変な表情に変わった。

その表情が定着するより早く、ゆかりはもう一度大きく顔を上げて、しっかりと私を見て、

「あー、びっくりした」

と言ったのだが、そのときにはすでに一瞬前の表情は緩んでいた。

時間にしたら一秒に満たないのに、こういう感情は丸ごとこっちに伝わる。こういうとき人は感情を自分で感じているのでなく、それに摑まれるのに違いない。

ゆかりの部屋からここまでの廊下には、風呂場の前と階段の上の天井との二ヵ所に照明がついているが、隅々まで照らし出すような明るさからはほど遠かった。風呂場の前の窓と二階の一番手前のサッシが開いていたので虫の音がリンリンリン家の中に流れ込んできていたが、他には音はしていなかった。

「あたしもナオネエの影を見たのかと思っちゃった」

ゆかりが言った。

「ナオネエの影――」私は笑い顔を作って言った。

「『ナオネエが見た影』だけど、いいでしょ。『ナオネエの影』で通じるんだから」

ミケが北の廊下から戻ってきて、ゆかりの横をかすめて階段を駆けあがり、二階の縁

側の突き当たりの手前で滑って脚を空回りさせながら方向転換して、またダーッと駆けおりていった。

「『ナオネエが見た影』は『ナオネエの影』だったのかもしれないと思ったからさ」私は言った。

「え？　どういうこと？」

食べおわったジョジョがまた階段を一段一段慎重に降りていった。

私と妻が本気で言い争いをしていると、ジョジョもポッコも空気を理解して二人のあいだにすわって、心配そうに私と妻を交互に見上げるけれど、こういう話には我関せずで、「よいしょっ、よいしょっ」と降りて、北の廊下を台所に向かって歩いていった。

「だからたとえばね」と私は言った。「奈緒子姉ちゃんが風呂に入るときに無意識のうちに、『こういう風にこの家でこれまで何千回と風呂に入ってきて、これからも何千回と風呂に入るんだろうな』と思ったことが、光学的な形になってあらわれたとかさ」

「なんでそういうことになるの？」

「『なんで』って言われても知らないよ。

いまふいに思いついたんだから。

だから『ナオネエの見た影』が『ナオネエの影』だったとしたら、ゆかりが見る影は『ゆかりの影』ということになるわけだけど、ゆかりは『ゆかりの影』を見ない。なぜなら、ゆかりはこの家にまだ来たばっかりで、これからもずうっとここにいると思ったりもしてないから」

「どうしていつも、そういうごちゃごちゃした言い方するの？　わざとわかりにくくしてるの？」

「そんなことないよ」

と言って、私は階段を途中まで降りてそこにすわって、同じ言葉を繰り返した。

「だったら、『自分の影』って言えばいいじゃないですか」

私が笑っていると、ミケがまた北の廊下を走ってきたが、私が中途半端な場所にいるのを見て一瞬ためらい、そのままゆかりの足許でごろんと横になってしまった。息がゼエゼエ荒くなっていた。

「――ねえ、でもそうしたら、それって、本当に出たことにはならないんじゃないですか？」

「そんな簡単なことではないんだよな」と私は言った。「絵でも音楽でも、すべての人が共通に感動するものなんてないだろ？　『ここに窓がある』とか『いま音が鳴っている』みたいな物理的な次元だったらすべての人に共通にわかるけど、絵や音楽による感動はそういうものではない。だけど、いい音楽とダメな音楽という違いは厳然とあって、それは受け手の側の主観の問題だけでは片づけられない」

ゆかりはちょっと警戒したような顔で頷いた。というか、言いたいことがあるみたいだったけれど、「聞いている」という意味でいちおう頷いた。

「それと同じことで、家に対する記憶とか思いとか、そういうことが前提となって、それを基盤にして生まれてくる独特な感受性が醸成されている人にだけ見える現象っていうのも、全然ありえないわけじゃないんじゃないか――ていうこと」

「え、――でもそれって、やっぱり主観っていうか、一人の人の心の中でしか起こらないことなんじゃないの？」

「だから、そんな単純なことじゃないんだよ」

と言ったところで、台所からジョジョが「アーン」とも「オーン」とも聞こえるカン高い声で鳴いて私を呼んだので立ち上がると、私の動きに「待った」をかけるようなタイミングで、ゆかりが、

「でも、いい音楽とダメな音楽なんて、そんなこと誰も決められないんじゃないの？」

と言った。

「おれも十九の頃はそういう言い方をする人のことを嫌いだったよ」

と言って、私はジョジョが待っている台所へ歩いていき、ゆかりも、それからゆかりにつられてミケも、私のうしろからぞろぞろついてきた。

居間では妻の理恵が一人でさっさと焼酎（しょうちゅう）をお湯割りにして飲みはじめていて、理恵叔母ちゃんが入ったら話がまたもつれると思ったゆかりは「影」の話をしないでテレビを見るだけで一緒に焼酎を飲み、私もミケと遊びながら居間から出たり入ったりして焼酎

を飲んでいたのだけれど、理恵が風呂に入って、ちょうどミケの遊びも一段落していたときに、

「さっきの叔父ちゃんの言い方って、ズルイんじゃないですか？」

と、ゆかりが言い出した。

「『おれも十九の頃はそういう言い方をする人が嫌いだった』っていうやつか？」

ゆかりがずうっと言いたそうにしていたので、私もそれを忘れていなかった。

「うん。だって、そういう言い方されたら、十九から先のことを経験してないあたしは何も言えなくなっちゃうじゃないですか」

「だから、そういうつもりで言ったんだよ」と、私は言った。

「『黙ってろ』っていうことですか？」

「『いまの自分が感じていることや考えていることがすべてではない』っていうことだよ」

「同じじゃないですか」

「そんなことはないさ」私は言った。

ジョジョは食欲の時間帯がおさまって、いまは理恵のいる風呂場に行っていた。ポッコも一緒に風呂場に行ったが今夜はすぐにいったん戻ってきて、台所のテーブルの上に置いてある自分のドライフードを食べて、いまはたぶん二階にいるはずだった。ミケは遊びすぎて理恵の風呂に行こうともせずに居間の隅の食器戸棚の前で雑巾(ぞうきん)を投げ捨てた

みたいな格好で寝ていたが、寝返りを打つときに片方しかない目を開けてちらっと私を見た途端に、私はミケが片目しかないことが急にかわいそうで仕方なくなった。ミケにその自覚はないのだから「かわいそう」という言葉は違っているのかもしれないが、それならただの事実をこえて、生き物が世界とつながるときに媒介となる主観にかかわる次元を指す言葉として、「かわいそう」に替えることのできる言葉がほしいと思った。テレビではSMAPの木村拓哉と香取慎吾が何かコントをやっていたが、音が消されていたので外からの虫の鳴き声が聞こえてくるだけだった。私は、

「十年後二十年後に自分がどういう風に変わっているのかという具体的なことはわからないけど、そのときもいまと少しも変わっていないとは、ゆかり自身だって思ってないだろ？」

　と言った。

「でも変わっていないかも知れないでしょ？」

　こういうバカバカしい反論は苛々するが、我慢して言った。

「さっきおれが『いい音楽とダメな音楽』って言ったときに、ゆかりが『違う』と思ったのは、いい悪いっていう評価がゆかりの中ではまだ、学校の教師の権限の行使ぐらいにしか思えていないからなんだよ」

「だって、いいとか悪いとかなんて、誰かが決めなかったら、そんなものどこにもないんじゃないですか？」

「それがあるんだよ」私は言った。

「だって、一人の人にはいい音楽だけどもう一人の人にはダメとか、そういうことしか言えないはずじゃないですか」

私は理恵に替わってほしくなっていた。理恵と私が同じことを言うはずはないが、いまここにいる自分ばかりが大事だと思う気持ちを強引にどこかに連れていこうとする力では理恵の方が私よりずっと上だ。もっとも理恵とゆかりはそういうやりとりをもうさんざんやっているはずで、一面的な論理の使い方を覚えた十代の精神というのは結局言葉だけでは変えられないということなんだろうと思いながら言った。

「実際に自分の目で確かめられないところにも世界があるっていうことを、ゆかりは実感できないだろ」

「それとこれとは関係ないんじゃないですか？」

「関係あるんだよ。

実感する？」

「実感っていうのがよくわからないけど、――」

「じゃあ、自分が死んだあともこの世界が存在しつづけるっていうことをどう思う？

そんなこととどっちでもいいような気がする？」

と言っていると、風呂場のガラス戸が開く音がして理恵が北の廊下を歩いてきて、仏壇の隣りの茶箪笥（だんす）の前に立って、

「明日は七時半出勤だからもう寝る」

と言った。

「そんなに早いの？」

「三連休のあとはそうなのよ。おやすみ。

ミケもおやすみ。

ポッコは？」

「階上だと思うよ」

「じゃあ、おやすみ。

ジョジョがお風呂の蓋で待ってるわよ」

ゆかりを見ると、「どうぞ」と言うので私が先に入ることにした。

話はまだ全然ケリがついていなかったけれど、朝が早い（しかも週の二日か三日はものすごく早い）理恵に合わせて、夜に済ませることは順にぱっぱと済ますことが自然と習慣になっている。だいたいいくらしゃべってもケリがつかない話ばかりだし、どうしてもつづきがしゃべりたかったら風呂から出たあとにまあいくらでも時間はある。

それで風呂に入って、蓋の上で寝ているジョジョを見ながら（ミケは来なかった）、自分の目で見たり耳で聞いたりすることを元にして感じたり考えたりするのが、人間としての前提となる条件であることは間違いないけれど、それを束ねる「私」というものは「だからそれしかない」とか「だからそれだけが信用できる」というようなものではなくて、自分が存在していない場所を理解しようとするための媒介のようなものなんだということと、音楽や絵や文学にはいいとダメを測る尺度が厳然とあるということの二つが、同じ基盤に立つことなんだということをいまのゆかりに教えるのはまあ不可能なんだろうと思って洗い場に出てお湯をかぶると、はねがかかるのでジョジョは出ていきたがり、それからポッコもミケもこないまま一人で頭と体を洗って風呂から出たのだけれど、Tシャツ一枚でまだ頭も乾かしていないときに前川から電話がかかってきて、

「ローズがいきなり引退した」

と言った。

6

翌日の最終戦にはもうローズは横浜球場にいなかった。試合が終わって選手全員が外野グラウンドに一列に並んで、権藤（ごんどう）が監督退任の短い挨拶（あいさつ）をして、次に選手会長の石井琢朗（たくろう）がシーズン終了の挨拶をしゃべるのだろうと思っていると、スコアボードの大画面にローズが映し出されてチームの仲間とファンへの別れのメッセージをしゃべりはじめたので、選手たちはスタンドに顔を向けたまま涙が止まらず、スタンドのファンもみんな泣いて、なかには声を上げて泣きじゃくっているのもいて、大峯もその一人だった。

しかし私はそこにいなかった。風邪で寝ていたのだ。

朝目が覚めたときに咽（のど）がものすごく痛くて体がだるくて、ゆかりと一緒に何とか朝食は食べたものの午前中のうちに八度ちかくまで熱が出て、それから三日間熱が下がらなかった。

いくらか野球のことをわかっている浩介と綾子は、

「ローズが引退したショックで熱を出した」

と、私が寝ている枕元で笑い、全然野球がわかっていない森中がそれに同調して、

「内田さんにとって、野球って何なんですかぁ、一体。教えてくださいよ。ローズって、そんなに偉大な存在なんですかぁ？

おれの友達にも岡田有希子が自殺したときに、ショックで一週間小学校休んだヤツがいましたよ」

と言うのを、話としてはおもしろいから否定しなかったけれど、この結末は落胆するどころか腹が立つだけで、最終戦のあと夜遅く前川からかかってきた電話を聞きながら、ローズがいない球場で、ローズを抜かした選手たちが、ここにいないローズを思って涙を流すなどというチンケなメロドラマの一員にならなくてすんだことを誇らしいとさえ思って、

「ローズがいない空間に向かって流す涙なんか、おれは持ってない」

と、痛い咽で前川に言ったけれど、くやしいことに前川の話を聞いているだけで私はそのときの球場の光景がまざまざと浮かんできてしまって、結局私自身もそこにいたのと変わらない満足感さえ得てしまっていた。

それでとにかく熱が下がるまで、二階の一番奥の六畳に寝ていると、私がいなくても浩介はいつもと同じように私の部屋でブルースを弾いていて、私がそばにいないと途中で話しかけられたり話しかけたりすることがないために弾く方に集中するせいか、定期

的に波が押し寄せるように激しいフレーズになっては、また穏やかというかかったるい感じのフレーズに戻るというのを繰り返していて、それを聞いているうちに私は三十分ぐらい眠っては目を覚ますというのを繰り返して、目を覚ますたびに上目づかいに見える秋の空が柔らかみのある光を放ちながら青く晴れていて、私が見ていても見ていなくても空はこうして晴れて広がっているとあたり前のことを感じるのだが、そのときに窓を少し開けている西側の道から若いお母さんらしい声が、

「きれいなお空ねえ」

と言うのが聞こえてきて、私には唐突にそれが死んだ人に語りかけられた言葉のように感じられた。

その声と一緒に小さな子どものゴニョゴニョしゃべる声も聞こえてきたけれど、私が見ていても見ていなくても広がっているこの空が、ある人にとっては生涯の最後の秋に見る空であり、ある人にとってはもうこの空を見ることのない人に向かって語りかけるように見る空でもあるのだから、いま小さな子どもの手を引きながら歩いているお母さんが「きれいなお空ねえ」と何気なく言ったとしても、その言葉は本人の意図をこえて、この空を見る回数に限りのある人間として、死んだ人たちへの語りかけになっているのではないかと感じたのだった。

空や海がつねに変わらずそこにあり、木や草も毎年変わらず同じように葉をつけ花を咲かせると人間は感じてきたけれど、それを変わらないとしてきたのは人間の認識か言

葉の領域で、その言葉は一方で一つとして同じ葉はないという言い方もする。海が季節ごとどころか時刻ごとに姿を変えているのは誰でも知っていることだし、空にもさっきはなかった綿をつぶしてちぎったような雲が二ついまは浮かんでいて、雲を作っている水蒸気の分子は地上や海と還流しているのだから毎日違っている。空そのものにしても夜の星が季節によって違っているように季節ごとに違っていて、空として見上げている宇宙の方角が違っていることを人間が気がついていないだけだとも言えるし、そんな理屈をこねなくても、夏の空と秋の空は色調や光の放ち方が違っていて、一日の中でも変化をつづけている。

人間がもし空からの視点で人間自身を見たら、人間もまた木や花のようにつねに変わらずここにいるように見えるのかもしれない。人間は自然をつねに変わらずあると感じる一方で、ひとつとして同じ葉はなく、海が時々刻々姿を変えることも知っているが、言葉の中での操作でなく、言葉が指し示す対象があるかぎり二つの言い方は矛盾するのでなく共存する。

それは、個々の違いを見るのが視覚に起源を持つ現在時の認識であって、変わらないことを見るのが記憶（の不確かさ）に起源を持つ複数の時間にまたがる認識であって、つまり質の異なる二つの認識の重ね合わせの結果としてそうなるというようなことではなくて、もっとずっと直接に、不変ゆえに差異を感じ、差異があるゆえに不変と感じることが人間の認識の出発点だったのではないか。

子どもの頃のかなり早い段階で人間は自分の前に自分を産んだお母さんとお父さんがいて、お母さんとお父さんにもお母さんとお父さんがいて、そのお母さんとお父さんにもお母さんとお父さんがいて……という、延々とつづく人間の連鎖を驚きとともにすぐに理解できることになっていて、「自分がいる」という意識は綿々たる人間の連なりがあるということの理解によってもたらされるのではないかと思った。

浩介のギターはいまは遠い列車の響きのような単純なリフレインになっていて、さっき空にあった雲はもうなくなっていた。私が寝ながら上目づかいに見ている空は屋根の張り出しで上が切られてはいるが、反転していていつも視界の下の部分で空を遮っている屋根の連なりが見えないために、頭の先の方に空としての高さのままずうっと広がりつづけているように感じられて、その空の半分くらいをいまは長く伸びる雲が占めていた。空はさっきより透明度が落ちて青さが薄く、放つ光も弱くなり、そのために雲の輪郭もはっきりしなくて、それが少しずつ形を変えながら視界の左から右へゆっくり流れていた。

この雲が動いていないとしても雲の形というのはいくら見ていても見尽くしたと思えなくて、それもまた人間が雲に不変と差異を同時に感じる理由かもしれないが、それより何より雲を見尽くしたと思えないことが人間が視界を支配できていないことをあらわしていた。私は雲を見ているのではなくて、雲があることで見るという行為が可能になっている。あるいは、雲が私に見るをもたらしている。騒音が気になるのは人間が聞くを支配しているのではなくて、音が聞くをもたらしているからで、演奏のいい悪いにこだわるのも人間が聞くを支配しているのではなくて、音が聞くをもたらしているからだ。

それなのにどうして人間は考えるという行為だけを何からももたらされずに自律的にできていると感じるのかと思った。

私が雲を見るとき、見るは雲によってもたらされていて、見る私もまた雲によってもたらされている。私が見なくても雲はあり、私がいなくても雲はあり、そして私が見なくても見るはある。私が雲を見るという関係の中で、私が雲よりも見るよりも遅れて最後にやってきて最初に消えていくものではあるけれど、雲によってもたらされた見るをしている私はそれでもやっぱり特別な何かであり、それは私だから私にとって特別だというようなことではなくて、雲や空や木が見るをもたらす送り先として自覚するものとして特別な何かなのではないか。

雲や空や木があっても語られることのない星がこの宇宙に実際にあったとしても、地球は雲や空や木が見るだけでなく語るをもたらした星であり、人間はその与えられた条件の中でしか考えられないというか、もたらすということがここで起こりつづけているのだから、雲や木や空だけを語るのが語ることではなく、私だけを語るのが語ることでもない。森中が北の廊下をドシドシ歩く音が響いてきた。

森中の足音は階段の下あたりで一度止まり、階段をいつもより静かにのぼってきたがやっぱりここまで響いていて、のぼりきってまた振動の調子が変わったあとで、

「札幌は吉沢先生からメールでOKが来ましたよ」

と、いつもより抑えたつもりの声で言ったけれど縁側にいるから筒抜けで、浩介があまり抑揚のない返事を何か言ったあとに、

「いいっすねえ、ブルースはローズみたいにどこかに行ったりしないから」

と言ったときには、森中の声はすでにいつもの大きさにもどっていた。森中は同じ場所に立ったままらしかった。

「内田さんのために『ローズ応援サイト』か何か作ってやろうかって言ったら、沢井さんに『バカ』って言われちゃいましたよ。あれ？　ミケどこにいるんですか？

――あ、そこかあ。全然いつもみたいにおれを見張ってないじゃないですか。ホントはおれたちがそこに入るのが嫌なんじゃなくて、内田さんの椅子に乗れないから機嫌悪いだけなんじゃないですか？　おい、ミケ。

入ってみちゃおうかな。

無視して寝てますよ。ご主人様が寝てるからミケも元気なかったりしてね。

――ですよね。忠犬ハチ公じゃないんだから、そんなわけないですよね。でも内田さんも、ローズが引退したからって、熱出して寝ますか？　ハンパじゃないですよ。

やっぱおれは、こっちの方がいいや」

と、森中は一度部屋に入ってまたいつもの縁側にもどったらしく、浩介はそのあいだずうっとギターを弾いていたが「そんなわけないじゃないか」と言ったみたいだった。

「何がですか」

「だからローズが引退して熱出したんじゃなくて、ホントに風邪ひいたから熱が出たんだよ」浩介はたぶんそう言った。

「だっておととい言ったじゃないですか」

「おまえは何でも真に受けるよな」

「え？　冗談だったんですか、あれ。冗談なら冗談って、早く言ってくださいよ。おれなんかサイトのコンテンツまで考えちゃったじゃないですか。て言っても野球のコンテンツなんか全然思いつかなかったけど。でもこんなにいい天気なのに治らないって、ただの風邪じゃないですよね。

――天気がよくなったら風邪って治りません？　だってみんな『雨に濡れたから風邪ひいた』とか『急に寒くなったから風邪ひいた』とか言ってるじゃないですか。だったらいい天気になったら風邪だって治るはずじゃないですか。

――ありますよ。おれだって風邪ぐらいひきますよ。でも晴れればちゃんと治ってますよ」

　森中がしゃべるのを私はあの部屋にいるのと同じように聞いていた。というか、ところどころ聞こえなくなる浩介の声を自分の頭の中で埋めるようにして聞いているから、かえって会話に参加している気分が強まってもいたみたいなのだが、そのうちに「だいたいあの人はそんなタマじゃない」という浩介の声が聞こえてきた。

「ちゃんと見たことないからわかんないですけど、ちゃんと見たってわかんないような名前ばっかり並んでましたよ。フリージャズとか現代音楽とかそんなもん全然知りませんよ。ブルースも知らないけど。でもCDとローズと風邪とどういう関係があるんですか」

浩介は階下の座敷のステレオの脇に置いてある私のCDのことを言ったらしかった。不協和音だらけの音楽が好きな人間がローズの引退ぐらいで熱を出すわけがないとでも言ったのだろう。

「ホントですかあ？　ショックで部屋にひきこもったりしなかったんですか、全然。見えないじゃないですか、全然。

マジっすかあ。危ないじゃないですか。ていうか轢かれちゃうじゃないですか。車走ってたんでしょ？　走ってますよね。エッ！　甲州街道ですか。もうメチャクチャじゃないですか。見えないじゃないですか。いまなんか全然普通の人じゃないですか」

昔失恋したときに私が甲州街道に仰向けに寝そべった話を浩介が誇張してしゃべったらしかった。

「行ったことあるんですか、社長。あるわけないですよね。

——じゃあもう、ブラジルかどっかのサッカーの応援と同じじゃないですか。おれもいつもメガホンとか持ってくからおかしいとは思ってたんですけどね。いつも、ダラーッていうかボケーッとしてるから、行ってもボケーッとっていうかジワーッとっていうか、静かに見てるんだと思ってましたよ」

今度は横浜球場のライトスタンドの話になっていた。つまり浩介はあれやこれやと証拠を並べて、私のことを森中が思っているような人間じゃないと強調しているのだった。

「極端だっていうのはでもけっこうわかりますよ。猫のかわいがり方だってハンパじゃないし、チャーちゃんの話するときなんか変ですもんね。でもそれだったらチャーちゃんが死んだときも騒いで大変だったんじゃないですか？」

浩介が何と言ったかわからなかったが、「それがそうじゃないんだなあ」というような否定の抑揚だけは聞こえてきた。否定と肯定は抑揚に違いがある。というか、抑揚に文字を乗せたのが人間の言葉というもので、だから抑揚を聞いているだけでもだいたい意味は感じ取れてしまう。それで浩介があの頃のことをあまり抑揚のない調子でしゃべり（たぶん）、「やばいですよ、それ」というのと「おかしいですよ」という合いの手と二人の笑い声が聞こえたあとで、森中が「でもね」と、何が「でも」なのかよくわからないが、とにかく「でもね」と言った。

「おれこの前、トカゲとかヘビとかも白血病で人知れず死んでいくって言ったじゃないですか。じめじめした草むらの中で誰にも見られずに死んでいくんですよ。おれがそう言ったら社長が『白血病だけがいまのおまえにとって特別だからな』とか冷たく言ったじゃないですか。『いまのおまえは目の前に交通事故で死にそうな人がいても、白血病のトカゲをかわいそうと思うんだ』とか言ったじゃないですか。

――言いましたよ。何ですって?

――そんな難しい言い方されたらおれが憶えられるわけないじゃないですか。ま、いいですよ、そっちは。いまは内田さんのことなんですから。それでおれ、同じことを内田さんにも言ったじゃないですか。社長に言う前ですよ。ここ。二階のここですよ。で、そしたら内田さんが『死は動物には起こらない』とか、わけのわからないこと言ったから、二、三日して便所の前でまた同じこと言ってみたんですよ。そしたら今度は何て言ったと思います? 『神が見てくれているんだから大丈夫だ』ですよ。もうメチャクチャですよね。ていうか、いまの社長の話とつながってますよね。

――そう言いましたよ。ここじゃないですよ。え? 社長そのときいましたっけ?

――出掛けてたじゃないですか。憶(おぼ)えてますよ、ちゃんと」

森中の記憶違いを訂正する浩介の声より、いちいち反論する森中の声の方が大きくて聞き取れなかったが、つまり森中は私の部屋での会話とトイレの前の会話を逆に覚えていて、「神が見てくれているから大丈夫だ」という私の言葉も、正しくは「人が神を信じていた時代には、神がそれを見ていてくれたわけだから、『人知れず』っていうことはなかったんだろうな」で、そのとき浩介もいた。

森中のことだから明日になればまた別の記憶に変形していて、変形がまた変形して、変形を重ねていつかとんでもなく飛躍した理屈が生まれていたら驚きだが、それはともかく、神の話はあのとき急に思いついたものだった。それでついでに「神を空欄扱いにするとどうなるのか」という考えが浮かんできたのだが、漠然としすぎていたためにそれきり私も忘れていた。

人間が神を信じていた頃、人間は神という存在を想定することによって、自分たちにできないことを神が代行してくれると考えたわけだけれど、それは本来人間の中にあったはずだ。神がいなければ人間の中にしかそれはない。というか、いくつもある選択肢から自分の意志で選ぶように想定したのではなくて、自分に与えられたただ一つのなけなしの可能性として神を想定せざるをえなかったのだから、その事態の強さそれ自体が、神に仮託したものが自分の中にあったということを語っている。

森中の考えた「トカゲやヘビがじめじめした草むらで人知れず白血病で死んでいく」というのも、もし神がいるとしたら人には知られなくても神が見ていることになる——しかし神はいない——ゆえにそれを見る存在は何もない、という単純な理屈になるのではなくて、「神が見てくれている」と人間が思ったときの神が去っても、空欄が残っていてそれがやっぱり見ているということにはならないのか。

というか、人間が思い描く世界が神のいない世界になったときに、人間は神に仮託した自分自身の能力まで神と一緒になくしてしまったということではないかと思った。何しろ神に仮託した能力は人間の中から発想されたもののはずで、そうでなければ人間は神にリアリティを感じることができない。

森中は「人知れず」とか「誰にも見られず」と考えたけれど、そう考えたときにすでにトカゲもヘビも森中の想像力の視界の中に入ってきていて、もし森中が弱って死んでいくトカゲを実際に見ていたとしても、想像力の視界の中にいるトカゲと同じように何もしてやることができない。というか、人間の能力を仮託された神――つまり人間が自分にないと思っている自分の能力を人間によって仮託された神――は、白血病で死んでいくトカゲ全般を見ることはしても、特定の一匹は見ないということなのかもしれない。というか、見るということの質が変わったということではないか。「神がそれを見てくれている」と言って済んでいた時代は、見ることにただ見る以上の意味というか力がこめられていた。それに対して森中の見るは意味も力も全部剝ぎ取られた本当にただ物理的な現象としての見るで、だから森中が実際に弱って死んでいくトカゲを見たとしても森中は救ってやれないことを実感することしかできない。見ることは救いに結びつかず、全体として否定の色に染まっている。

　神によって見られることは救済とか恩寵になったはずで、それは物理的な現象としての見るとはまったく別のことで、森中の感じた「人知れず」とか「誰にも見られず」というのも本当はそっちの見るで使われているのに、神がいないのだから自分の能力を神に仮託した人間の見るからも救済の力がなくなっていて、人が知っても誰かが見ても救いはない――ということばかりが、考えた森中自身に向かってフィードバックされることにしかならない。しかし森中の心の中にも神を信じていた時代の言葉の響きが残っていて、ということはつまり神がいない空欄が森中の心の中にも息づいていて、だから

「人知れず」とか「誰にも見られず」という考えが生まれてくる。それがまったくなかったら、はじめから「人知れず」なんて考え自体が生まれない……。

　私が最初に思った「神を空欄にするとどうなるか」という、人と世界の関係は、もっとずっと言葉が少なくて、もう少しはすっきりしていたはずなのに、雲のようなものだったために、言葉に解きほぐそうとしても縺(もつ)れた糸のようにごちゃごちゃになるだけだった。

　テルトゥリアヌスのあの「神の子が死んだということはありえないがゆえに疑いがない事実であり、葬られた後に復活したということは信じられないことであるがゆえに確実である」という言葉のように、矛盾それ自体を論証の力とするような力がないとダメなのかもしれないと思った。あるいは、私でない誰かの口でしゃべられた言葉として、耳から入ってきた言葉だったらもっと力を持って響くのかもしれなかった。

　そのうちに森中は階下(した)に降りていき、北の廊下を歩いていく振動が伝わってきたが、途中でその振動が折り返して風呂場(ふろば)の前の廊下を歩いていき、そこで、

「ジョジョはいつのまにかこんなにウンチしてんじゃんか」

と言いながら砂を片づける音が聞こえてきた。昼ごろに私がトイレに降りていったときにはちょうど綾子がミケのオシッコを片づけていたところで、私が元気で動いていると三人とも自分がトイレに行くついでに猫のトイレを一瞥(いちべつ)するだけで、ミケみたいに丁

寧に砂でウンチを隠されてしまったらもうそれにも気がつかないくらいなのに、こうして寝ていると頼まれたわけでもないのに片づけていて、猫のトイレに対する注意が働き出すみたいで、いまも森中は座敷に向かっていたのをわざわざ引き返してチェックしていた。

「いつのまにか」ウンチをしていたジョジョが近くにいるはずがないから、森中がしゃべった言葉は独り言のようなものだが、猫は近くにいても返事をするわけではないがいなくてもどこかで聞いているという思いがあるから、つまりいるのと同じようにしゃべることになって、森中は猫の飼い主のようなそういう猫との会話をしながらトイレを片づけて(もっとも森中はパソコンともしゃべっているけれど)、今度は南側のL字に折れている縁側を振動させながら歩いていって、座敷の前あたりでポッコとくっついて寝ているらしいジョジョに「ウンチ片づけておいたぞ」という声が聞こえてきた。

それから、「おいジョジョ、――」「おいポッコ、――」と、何か動作を交えながらポッコとジョジョに話しかけて、ご主人様が寝てるのにこんなところでのんびり陽に当たってていいのかというようなことを言っていたみたいだったが、猫に話しかけるばっかりでそのうちにそれも終わって、人間としゃべる声がひとつも聞こえてこなかったので綾子がどこかに出ていることがわかって、それから逆算するような感じで、森中がけっこう長いこと階上にいたのに綾子があがってこなかったということにも気がついた。

さっきあがってきたときに森中がプリントアウトした資料でも持ってきたのか、浩介もいまはギターを弾いていなくてかすかに紙のこすれ合う音がしているだけで、階下からも森中が動き回る振動が聞こえてこなくなっていて、この部屋の西の窓が、かつて伯父の不動産屋だった店を距てて面している道を二、三分に一台車やオートバイが走り去っていく音と人が歩いていく靴やサンダルの音や、カラスやスズメが啼く声やその合い間にピーィと高く啼く鳥の声や、近所の家で窓を開け閉めする音がするだけで、それらの音はいつもどこでも同じように聞こえている音だけれど、この部屋でいま聞こえている音だった。車の走る音もカラスの啼く声もいまでなければ私の耳に聞こえないが、聞こえ終わるのとともに過去の他の音と同じになるのでなく、聞こえているあいだにすでに過去の他の音と同じになっている。

　人間だけでなく犬や猫も含めた私たちすべてを見ている視線があるとしたら、やっぱりその視線は私たちの一人一人、一匹一匹の個別性を見分けないとする方が自然だと思ったけれど、その視線が、神という存在を想定して人間が自分の能力をそれに仮託したのと同じように、私の中にあるはずの視線なのだとしたらどういうことになるのだろうと思った。私は現実に鳴る音しか聞くことがないけれど、その音はすべてそれを聞く前からよく知っている音に還元されていく。

　いまこうして車の音やカラスの啼き声が聞こえていなくても、すぐにまたそれらの音が聞こえてくることを私は知っていて、もしそれらの音がまったく聞こえなくなったら、私か外界のどちらかが激変したということだが、せいぜい五分も待っていれば次が聞こえてくるはずの車の音がもし一時間聞こえてこなかったとしても、深夜のこの道がそうであるように車が通らない時間帯にはまったんだと思うだけで、次の車が走り去る音が聞こえてくるまで私は車の音を忘れているだけだろう。

子どもの頃だったら車の音をこんな風にして考えているときに車が一台も通らなかったら、すぐに「外の世界がなくなった！」とでも空想してワクワクしただろうが（しかし現実には車はいままた一台走っていき、人がゆっくり歩いていくサンダルの音も聞こえている）、私が住んでいる世界はそんなことは起こらず、音が聞こえてこない状態は音の終わりでなく、あくまでも音と音の隙き間で、だから――昼をもたらした朝の光によって夜がなくなったわけではないように――私がよく知っている音は聞こえていないときにも鳴っている……。

そんなことを考えるというか、耳からいろいろな音が聞こえるように、目を開けていれば物が見えてそれが私の意志と関係なく動くように、ある種受動的に考えが動くのに任せているうちに眠ってしまったのだけれど、たぶん三十分も眠らないうちに、

「よく眠ってる」

という、よく知っている声で目が覚めた。

それは綾子の声で、綾子は私が眠っているうちに外から戻ってきて（たぶん）、それからあまり時間が経たないうちに階上にあがってきて、私の枕元まで来て私の様子を確認して、「よく眠ってる」と言いながら浩介のいる方に足音を立てないようにして歩い

ていったということなのだろうが、「よく眠ってる」は、プールから帰って夕方階下（した）の座敷でごろんと寝ていたところに奈緒子姉か幸子姉がタオルケットを掛けにきて「よく眠ってる」と言いながら居間に戻っていったり、夕方ちかくに炬燵（こたつ）でテレビを見ているうちに眠ってしまったのを従妹（いとこ）か誰かがテレビと蛍光灯の明かりを消しにきて、「よく眠ってる」と言って隣りの座敷に戻っていったり、大人になってここでない他の家で酒を飲んでみんなのいる部屋の隣りで横になってそのまま眠ってしまったのを誰かが毛布を掛けにきて、「よく眠ってる」と言って戻っていったり……という繰り返された記憶の層の全体と響き合う「よく眠ってる」だった。

綾子がいまここに来たのは綾子のコロンの香りが漂っているから間違いなくて、私は「よく眠ってる」という声ではなくてコロンの香りで目が覚めたのかもしれなかったが、もしかしたら綾子はいま私の眠っている姿を確認しただけで実際には何もしゃべらずに黙って浩介のいる方に戻っていったのかもしれないと思った。繰り返された記憶の層がなかば自動的に「よく眠ってる」という言葉を鳴らしたということだ。

しかし綾子が実際には何も言わなかったのだとしても、繰り返された光景の中でその言葉は言われてきたのだから、その光景の一つとして綾子は「よく眠ってる」と言ったことになる。あるいは繰り返された光景の中でも実際には「よく眠ってる」とは言われてなかったのかもしれなくて、いま綾子が実際に「よく言ってる」と言ったとしてもまた、綾子という個人の声を離れて抽象的な声として刻まれることになる。私の記憶に刻まれるのでなく、繰り返される光景に刻まれていき、その光景の中では眠っているのが私でなければならないということでもないけれど、繰り返される光景の中の抽象的な声だとしても、いま私はやっぱり綾子という個人の声によって抽象的な声を聞いたのだろうと思った。

ポッコもジョジョもミケもそれぞれにいろいろな特徴のある現実の体を持っている猫だけれど、私や妻という特定の人間だけと特定の関係を作っているという意味で、私や妻にとって(ゆかりや浩介たちや奈緒子姉にまで広げてもいいのだろうが)ポッコとジョジョとミケは抽象的でもある存在なのだと思う。私が使う「抽象」という言葉は本来の定義から外れているかもしれないが、とにかく綾子の声がただ物理的にこの空間を振動させただけでなく、繰り返された光景と響き合ったのと同じようにただの物理的な存在ではないという意味で、ポッコとジョジョとミケは私や妻にとってただの物理的な存在でなく抽象的な存在なのだと思う。

ポッコもジョジョもミケも私たちにとってだけ特別な猫で、私たちを離れてもなお際立った何かを感じさせる猫ではないはずだから、猫一般の特性の中でポッコたちは生きていて、それだからポッコたちのすべての動作や表情や鳴き声には猫一般ということがいつも反映しているのだが、その猫一般という抽象は一匹一匹の具体的な猫にしか顕われようがない。

だから具体的であることは同時に抽象的だということでもあって、具体的というのはただの物理的な次元では収まりきらないことと同じ次元での観点の違いにすぎないのではないか。というか、だから抽象はつねにいつも確固として人の頭の中にあるのではなくて、具体的なものがなければ抽象もなく、具体的なものが具体的なものとして物理的な次元をこえて人の気持ちをとらえることができるのは抽象が立ち上がっているからで、そのとき猫のポッコたちも「よく眠ってる」という声も言い尽くしがたい厚みを持つ……。それゆえ、いま綾子が実際に「よく眠ってる」と声に出して言っていなかったのだとしても言ったのと同じことになるのだけれど（きっと）、チャーちゃんの不在を救うにはまだ至っていなかった。

チャーちゃんが死んだとき私は生まれかわりを確信して、しかしその確信がいまではだいぶ遠くなってしまったことは確かだけれど、生まれかわりというのは同じ外見をした個体や同じ内面を持った個体がもう一度この世界にあらわれるというような、単純で物質的に証明できるようなことではないのではないかと私は思うようになっていた。

いなくなった神をただいないものとするのでなく空欄として残しつづけるように、生まれかわり自体はないのだとしても生まれかわりという概念が人間の歴史の中で長い時間持っていたそのリアリティは人間と世界との関係の中に起源があるはずなのだから、関係それ自体がなくなっているわけではなくて、それに別の言葉をつけるのでなく空欄として残しつづけるということなのだが、具体性は物質をこえたものであっても物質を必要としないものではない。テルトゥリアヌスのあの「神の子が死んだということはありえないがゆえに疑いがない事実であり、葬られた後に復活したということは信じられないことであるがゆえに確実である」という言葉にしても、私には物質とまったく無縁のこととは思えない。

チャーちゃんはただ私や妻の記憶の中に生きつづけているというようなことではなくて、もっと強く実在する感じがなければならなくて、そうでないと死ぬ前の一ヵ月間の白血病による苦しみも消えないし、もっとつづいていたはずの命が四年数ヵ月で中断された悲しみも消えない。私の気持ちの中で消えるのではなく、チャーちゃん自身としてそれが消えたということを私が見るか、見ないまでも強く感じることができなければならない。

「よく眠ってる」で目が覚めたすぐあとに、一つ距てた私の部屋からミケの声が聞こえてきたから、ミケはいま私の椅子の上でなくて北の窓の脇で脚を伸ばしてすわっている綾子にくっついているのだろう。ポッコとジョジョはさっき森中が縁側で話しかけていたからたぶんまだ縁側で陽に当たっているか、陽が傾いて陰ったのだとしたら居間にでもいるだろう。

もしかしたらいまミケは綾子にくっついているのではなくて、台所に行ってテーブルの上に置いてある自分のドライフードを食べているところかもしれないが、この家の中のどこにいるとしてもポッコとジョジョとミケは実在している。もしポッコたちを家の外に出して飼っていたとして、いま三匹が外に出ているとしても、三匹が物質として存在していることを私の心がはっきり感じていて、その感じている感じが遠くの景色なんかよりずっと強く、私の心というか胸の中で質量を持った何かのように存在していることが感じられているのだから実在している。しかしその強くて明らかな感じがチャーちゃんにはない。

　チャーちゃんはただあの苦しんでいた姿や死ぬ前の晩にうしろ姿で深い闇の奥に歩いていく像だけが、ポッコとジョジョとミケがいま私の心の中で強く感じられているのと同じ強さで感じられているだけで、チャーちゃんが陽に当たって寝ていた姿やポッコと楽しそうにプロレスごっこみたいな取っ組み合いをして遊んでいた姿を私は忘れてはいないけれど、それは薄く弱いものでしかない。

　私の心の中にあるチャーちゃんのあの苦しんでいた姿がただの記憶として薄く弱くなって、日向で寝ていた幸福な時間が（だってチャーちゃんが生きたほとんどすべては幸福な時間だったのだから）強く明らかに感じられるようになったときには、きっとそれは私の心の中だけの出来事ではなくて、世界の中で起こったことだと考えてもいいはずじゃないかと思うのだ。

　浩介のギターの音は目が覚めたときから低くずっと鳴りつづけていて、頭の先の方を見るようにして目だけで空を見ると、いまは全体に薄い雲がかかっていた。車が止まって横のドアをスライドさせる音が聞こえたから宅配便らしかったが、音は少し離れていた。干していた布団をパンパン叩く音が聞こえてきたが、すぐ近くからのようにも離れたところからのようにも感じられた。

階下で椅子の背凭れが強く軋む音が聞こえてきて、森中が腰掛けたまま伸びでもしたらしかった。私の部屋からミケが苛ついたときに出す声が聞こえてきたからミケは階下でなくやっぱり階上にいた。綾子にからかわれたのだろうと思った。最近は綾子はジーパンをはいているから、自分の腿あたりでピアノを弾くみたいにこちょこちょ指を動かしてミケをジャレさせて、ジャレているうちにミケは指の動きに苛々して声を出す。階上にあがってくる前もきっと綾子は寝ているジョジョの背中を指先で突っついたりして遊んだのだろう。

「いいお天気で助かりますねえ」

という声がして、六十代くらいの女の人同士がすれ違ったのだろうと思ったが、心に浮かんだ会釈し合った二人の像は上から見ているアングルだった。

「なんだジョジョ、いつのまにこんなとこに来てたんだ?」

階下から森中の声がした。

「お、ポッコも来てたんじゃんか」

椅子がまた軋む音がして、森中が立ち上がったらしかった。

浩介のギターがいつのまにか止んでいて、いまは二人が話すくぐもった声の抑揚だけが、妻の部屋を距てた私の部屋から聞こえてきていた。森中はポッコとジョジョと遊ぼうとしたのか、動き回る振動が伝わってきたがすぐに静かになった。

としては抑揚に乏しいたんたんとした口調で、どうも何かを説明したり目の前にいる綾子を納得させようとしたりしているみたいだった。

綾子は例によって黙っていることが多かったが、私と浩介がしゃべっているときみたいに注意がどこかよそにいってしまうようなことはないらしく、「いいんだけどさあ——」「そんなこと言っても——じゃん」「あたしだって——だと思うもん」とでも言ってるらしい抑揚で、質問や反論みたいなことも言っているみたいだったが、「ふっ——」とか「くっ——」という感じの強く息を吐く笑いらしきものも混じっていて、会話は強まりも速まりもしないまま同じ調子でつづいていた。

私は聞いているうちに子どもの頃に襖を距てた部屋から大人が話している抑揚だけが聞こえていたのを思い出した。それを私は布団の中で薄気味悪さのような違和感と一緒に聞いていた。

襖に距てられた向こうにいる母や伯母が私の知らない姿に変わっているとかそういう空想をしていたわけではなくて、私は子どもで、知っていることはあまりに少ないのだから、母や伯母がする話は名前や場所が聞き取れなくても私の知らない人たちの話と決まっていて、「ほら——だったじゃんけえ」「そうだったかねえ」「知らなかったよお」と、たまに聞き取れる言葉が、記憶の不確かさというか過去の冥さを音楽がそれを喚起するように私に感じさせて、それが私がこの世界に生まれる前の時間ということでもあったのだが、そうしながら感じていた薄気味悪さは怪談のようなものと全然違っていて、薄気味悪さがそのまま懐しさでもあるような薄気味悪さであり声の響きだった。

子どもが自分が生まれる前からこの世界があったということを理解しているというのは大人からみれば説明のつきにくいことだけれど、子どもはお母さんとお父さんにお母さんとお父さんがいて、そのお母さんとお父さんにもまたお母さんとお父さんがいて……という連なりも簡単に受け入れることができる。

大人は大人になる過程で、自分の目で確かめられることや自分の目の延長か代行のような科学的な器具によって確認できることを論証の根拠におくことを繰り返し教えられて、理解することを確認できることだと思っているけれど、理解するというのはそんな手続きを必要としない、そのまま受け入れることなんじゃないか。

だいたいこの世界にやってきて間もない子どものまわりはもっと冥いものなんじゃないかと思った。まわりでなくて中身が冥いといっても同じことだが、昔この家に住んでいた最初の頃、三歳何ヵ月の私が昼間に眠りすぎて夜中に眠れなくなって、「奈緒子姉ちゃんの布団だったら眠れる」「伯母ちゃんの布団だったら眠れる」と言って、奥の部屋から階上にあがったり、座敷に行ったり、また戻ってきたり、明かりが消えている家の中を一人でぺたぺた裸足の足音をさせて歩き回ったという話を、母からも伯母からも聞かされたことがあるが、小さくて夜の闇に向かって投射するほどの内面がまだ育っていなかったから怖いという気持ちも起こらなかったという単純なことではなくて、闇がこのあいだまで自分がいた場所で近しさを感じていたから怖さがなかったという風には考えられないのだろうかと思った。

　聖書が言うように言葉は光で、その光が闇を照らすのだが、言葉がまだ自分にとってよそよそしいものとしてある子どもには、闇は光が届かないだけのネガティヴな場所なのではなくて、自分の知らない時間が流れ出てきているような場所で、そういう知らないことがあることが自分がいまこの世界にいることを保証する光のない光源のような機能を果たしてくれているというような……。

浩介と綾子が私の部屋で話しているくぐもった声はまだつづいていたけれど、いまの私は子どもの頃の私のように薄気味悪さも薄気味悪さゆえの懐しさも感じていなかった。浩介と綾子の話の中身がどこまで私の知っていることでどこまで私の知らないことかなんてわからないけれど、知っていることも知らないことも子どもの頃に私が大人の話し声を聞きながら感じた知らなさとは全然別のもので、抑揚しか聞こえない話し声も自分の知らない遠い何かではなかった。

「——三人分は売上げが立ってるけど、それが不思議なのよ」

　と言いながら綾子が縁側に出てきて（四つん這いで移動してきたみたいだった）、その言葉を言い終わらないうちにジョジョの「キャウッ」というような声がした。

　人に頭のうしろあたりを突っつかれたときの「やめて！」という意味の「キャウッ」で（ジョジョは後ろ足で綾子の手を蹴ったただろう）、たぶんジョジョは階下で森中にいじくりまわされるのが嫌であがってきたのだろうが、階上にきても同じようなことをされてしまったことになる。

縁側でしゃべる綾子の言葉に浩介が何と答えたかは聞こえなかったが、

「でも不思議じゃん」

と綾子がまた言うと、今度は、

「それが会社ってもんなんだよね」

と浩介が言う声が聞こえてきた。

しかし浩介の声はそれからまた低くなったから聞こえなくて、ところどころ「——経理がいて、庶務がいてっていう、そこをいろいろなものが回って」「——の人へって渡していったわけだろ？」「——ないところで、金が消えたり生まれたり」という声が聞き取れるだけだったが、浩介がしゃべり終わると綾子が、

「じゃあ、あたしの体の中に会社が小さくなったものがあるっていうことだ」

という声は、縁側にいたからよく聞こえて、

「そういうこととも違うんだけど」

という浩介の声もよく聞こえた。顔の向きによるのだろうがそのあとは途切れ途切れで、

「——いうことは、——がひとつひとつ作って一個何円で——んだよ。内田さんだって——じゃないか。あれだって、みんな——と思ってるけど、全体としては——

だから、――一枚いくらっていう――――入ってるじゃないか」

　だった。

「でもあたしたちなんか個人商店と一緒じゃん」綾子が言った。

「だから全然違うんだよね。個人――――けど、おれたちの場合は――みたいなもので、かたまりで――――だよ。だから――――じゃないか。――みたいだけど、それは――――で、――――が付加価値をつけるってことなんだよ。――のヤツが家の中で――やってても――けど、綾子――――じゃないか？」

「そんなことないけど、そうかな」

　と言って、綾子は笑ったみたいだった。

「だからね」と浩介は言った。「綾子も森中も――――なわけじゃなくて、――企業なんだよ。その――ていうのは、――にある――――そういうものの――だよ。綾子も森中も――から――――と思ってるんだけど、――――じゃなくて業態なんだよ。さっき――とか言ってたけど、――てんだよ。あんな論法はウソっていうか――で、――――の一人一人なんてそんな――で、絶対――できないんだよ。五十人に一人――――と一緒でさあ、そんな――して――――だったら苦労しないし、リストラもないよ、逆に。だいたい――――てんじゃないか」

　浩介の話し声が終わっても綾子の声は聞こえなくて、また注意がどこかよそに行ってしまったのかと思ったが、

「綾子も森中もなんでそんなに――」

と、浩介がまたしゃべる声が聞こえてきて、その浩介の声によって私は綾子が釈然としない顔で黙って浩介を見ている姿が見えたような気がした。

綾子がジョジョの相手をしようとして縁側に移動していたせいで二人の話す声はそれまでと比べてずいぶん聞き取れるようになっていたけれど、聞き取れないところも含めてやっぱり聞き取れているのと同じことで、話し声は子どもの頃に聞いたみたいに知らないことを運んできたりはせず、聞き取れてしまう分だけこちらの気分は受動的になっていて、そのうちに眠ってしまって、次に目が覚めたときには日が暮れて家の中はすっかり暗くなっていた。

浩介のギターの音も私の部屋で浩介が綾子や森中と話す声も聞こえてこなくて、階下の台所で鍋と鍋がぶつかる音や包丁がまな板にトントンあたる音が聞こえてくるだけだった。

だいぶ汗をかいていたから私は暗がりの中で額と髪の毛の汗を拭いて、パジャマを布団の脇に置いておいたやつに着替えて、着替えているうちに体がひんやりしたからまた布団に入り直して、ペットボトルのポカリスエットを飲んだ。

私の足の先の下の台所からは、包丁で野菜を刻み、水道から勢いよく水が出て、鍋がガス台にあたり、カチカチカチッという音でガスが点火し、冷蔵庫のドアがパタンと閉まり、また包丁が野菜を刻み、シンクに貯まっていた水が排水口で音を立てて流れ、戸棚の引き戸が開き、食器が触れ合い……と、ずうっと音が聞こえていたが、他の場所からは何も聞こえてこなくてガランとしていて、浩介と森中と綾子はすでに帰ったようだった。時計を探すと脱いだパジャマの下にあって、六時半になっていた。

私が眠っていたあいだにこの家の中では、ゆかりが帰ってきて玄関を開ける音がして、浩介と綾子が階段を降りていく音がして、浩介と綾子と森中が話す声がして、その声にゆかりの声が加わり、森中が歩き回る振動がして、ゆかりが奥の部屋まで行き来するのに北の廊下を歩く音がして、ミケが誰かに甘えて「ナーン」というような声で鳴く声がして、ジョジョがさわられてうるさがって「キャウッ」と鳴く声がして、トイレで水が流れる音がして、誰も聞いていないのに森中がしゃべる声がして、車が走り去る音やカラスが啼き交わす声が外から入ってきて、森中と綾子がパソコンの電源を切る小さな機械音がして、机の上の物を片づける音がして、マグカップやグラスを洗う音がして、浩介たちが玄関から出ていく音がして、猫がトイレに入って砂を掻く音がして、ポッコとミケが台所でドライフードを嚙む小さな音がして、ジョジョの餌を階段の上まで持っていくゆかりの足音がして、ジョジョがドライフードを嚙む音がして、食べ終わって重い体でジョジョが降りていく音がして、ゆかりが米を研ぐ音がしていたのだろう。

音は私が聞いていなくても鳴りつづけていて、眠っている私は音がしないのでなくていろいろな音が鳴りつづけていたから、それを聞く意識を働かさずに眠ることができたのだろうと思った。人間は言葉を身につけるのではなくて、言葉の中に入っていくというか受動的に言葉に包まれるから言葉をしゃべるようになるのだが、言葉は言葉でないいろいろな音と一緒に鳴っていて、耳が耳たぶを持った集音器であるように、家もまた外の音を集めたり中で鳴る音を共鳴させたりする器官のような気がした。

　何かのきっかけがなければいろいろな音の中から声が拾い出されることも、その声が言葉となって意味を持つこともなくて、家がそこに介在するということではなくて、家が音を集めたり共鳴させたりすることが、音から声を拾い出してその声が言葉になるというプロセスと同じことのような気がした。

私は前の家でもここでも仕事をする場所は自分の部屋と決まっていて、他の部屋ではできなくて、窓から見馴れた外の様子を眺めたり、部屋の中を意識して焦点を合わせるわけでなくあちこち見たりするのが原稿を書くことの一部みたいになっていて、私が外を見たり部屋の中を見たりするのは原稿を立ったままでなくすわって書いたり、ワープロで書く人がワープロでなければ書けないくらいに必要なことで、だから私は私のいる場所と一緒に原稿を書いていると感じるのだが、猫はどうなんだろうと思った。

　ポッコもジョジョもミケも自分の名前をちゃんと理解していて、直接呼びかけられたときだけでなく、私と妻がしゃべっている話の中で「ポッコがあのとき――」というように間接的に名前が出てきたときもほぼ間違いなくちらっとこっちを向くし、そのとき他の猫は反応しない。

自分の名前と同等かそれ以上に理解するのが、「こらっ」「ダメッ」「かわいいねえ」「いい子だねえ」という明確な感情や行為に密着した言葉で、それらは言葉の原型というか身体的な直接性を持っている言葉だから、猫も人間とそれを共有している。

　こういう話のとき必ず思い出すのは前の家に引っ越した翌日に、猫を医者に連れていったりするときに使うキャリング・ケースをどこに置いたかわからなくて、妻と私で、

「キャリーはどこだっけ？」

「引っ越し屋さんがどこかにしまっちゃったのかしら？」

と話しているときに、まだ身軽でしょっちゅう高いところにのぼっていたジョジョが、私の本棚の上に置いてあったキャリーのところに行って、「アーン、アーン」と呼んだことで、ジョジョは言葉に対してそういうハッとするような鋭い反応をすることがあるのだが、そのジョジョでも、「まだご飯の時間じゃないよ」という否定文からは「ご飯」という単語しか拾い出さない。否定文だけでなく修飾的な言い回しや婉曲な言い回しや、尊敬語や丁寧語の入った言葉を猫は理解しないが、こちらが心から敬意を持って猫に何かを語りかけたとしたら、それは理解しないとは言いきれない。

　音から声を拾い出して──→その声が言葉となり──→言葉が意味を作り出す、というプロセスが基盤にあって人間は言葉をしゃべるようになるけれど、猫は最初の段階の音と声の分離が不完全なまま、いきなり意味に行くようにみえる。音を聞くことと、危険／安全、快／不快などの意味を理解するという、言葉にとっての両端はすべての動物

に必要なことで、それがなければ生きていけない。それなら言葉はその両端を結ぶルートに生まれた一種の異物なんじゃないかと思った。

言葉が光でその光が闇を照らしたのではなくて、言葉が光になったから言葉の届かない場所が闇になってしまったということで、だから猫には闇は、闇でも無でもなくてどんどん入っていく。聴覚や嗅覚や触覚が発達しているからということではなくて、言葉と光が同じものではないからそこは闇ではない。

音と意味の直接性を切り離して二つを遠ざけて、そこに別の体系を持ち込んだのが人間の言葉で、子どもも人間の言葉の両端の遠さを感じ取っているから、庭で遊んでいるときに木のせいの空耳という、意味から遠い言葉をなかば自発的に聞くことで言葉に対する違和感を自分の中に作り出しているんじゃないかと思ったが、そんなことよりテルトゥリアヌスのあの言葉だった。あれは矛盾の力によって感情のリアリティに訴えかけるというようなことではなくて、言葉の両端を極限まで圧縮した結果で、矛盾なんかどこにもない剝き出しの現実そのままだったんじゃないか。ありえないことは事実で、信じられないことは確実なことなのだ。

私は何事かを成し遂げたような気持ちで、パジャマの上に念のためトレーナーを着て階下に降りていった。さっき汗をかいたおかげで熱もひいたみたいだった。私が降りる足音を聞きつけたミケが北の廊下を走ってきて、階段を三、四段あがって私の足にじゃれつき、下まで降りるとダーッと走っていき、北の廊下から台所にいるゆかりを見ると、いたのはゆかりではなく綾子だった。

「あれ？」

と私が言うと、

「あれ？」

と綾子も言った。

「綾子だったのか」

「もうじきできるから、持ってってあげようと思ってたのに」

「ゆかりだとばっかり思ってたよ」

「でもけっこう、もう治ったみたいな顔してんじゃん」

「綾子一人なんだろ？」

「一日中眠ってたもんね」

「昼間でも階下に一人でいられない人が、よくこんなことしていられたもんだ」

「けっこうかわいい顔して寝てたよ」

「座敷の電気なんか消してたら淋しいじゃんか」

「森中なんか、『ビョーニンがいるとデカい声出せなくて疲れますねえ！』って、デカい声で気をつかってたよ」

「ずうっと眠ってたわけでもないんだな、これが」

「いちおうご飯はお粥にしといたから」

「森中の声は丸聞こえだったな。階下でしゃべってても半分は聞こえてたな」

「お魚、煮てるから、ポッコとジョジョが台所から離れないこと」

「しかし浩介のやつ、一日中ギター弾いてるよな。三日間弾きつづけってことじゃないか」

「でも内田さんは、あんまり注文言わずに寝てるだけだから、手間がかからなくていいよね」

「腹こわしてるわけじゃないから、普通のご飯でも大丈夫だよ」

「ポカリスエットまで枕元に置いておくんだから、用意がよすぎるよね。森中にウケてたよ」

「ゆかりが用事ができて綾子に頼んだってことか。でもおれだってゆかりが来る前は、二人分晩めし作ってたんだぜ」

「五回か六回は覗いたけど、そのうち二回は鼾かいてたよ」

「鼾かあ」私は言った。「鼾はさっき音の中に入れなかったなあ」

「しょうがないなあ、三人とも。

ちょっとあげるね」

綾子は私にいちおう許可をとるようにこっちを見てから、煮魚をちょっとずつ菜箸で小皿に取って(銀ムツみたいだった)、ポッコ、ジョジョ、ミケの順番にそれぞれの前に置いた。

ちょこまか動き回って、ポッコとジョジョの皿に鼻を突っ込むミケを綾子はうまいことコントロールして三匹に平等に魚を分けてやって、食べ終わる頃に私は居間のテーブルの、座敷を背にしたかつて伯父の定位置だった席にすわった。いまはここは私もすわるし浩介もすわるし、誰でもすわる。

食べ終わったミケがこっちに来て、テーブルに乗って私の真っ正面で「ニャーン」と長く鳴いたので、私は立って縁側の端の棚に置いてある鳥の羽のオモチャを取りに行ったのだが、棚の下で横浜ベイスターズの応援用のメガホンが淋しそうにフックから垂れ下がっていた。ベイスターズ・ファンの家ではいま、すべてのメガホンや帽子やユニホームがこうして力なく垂れ下がっているのだろう。物が悲しみを知ることはありえないがゆえに事実なのだ。

パン！　パン！　パン、パン、パン！

と、メガホンで応援のリズムを叩くと、ミケはびっくりして縁側を駆けて逃げて、L字に折れる角の手前で耳を後ろに引っぱりシッポをリスみたいに膨らませて、こっちを見た。ミケを怖がらせていてもしょうがないのでメガホンを戻して、鳥の羽のついた竿をあらためて取り出して振っていると台所から綾子が出てきて、

「理恵さん、もうじき帰ってくるって言ってたけど、ご飯どうする？」

と言った。

ま表示しているのはポッコに頭をなめてもらった。ジョジョの気持ちを鎮められるのはポッコしかいない。


「綾子は帰らなくていいのか」

「じゃあ、あたしも一緒に食べるよ」

と言って、台所に戻ったがすぐにジョジョを抱きかかえて出てきた。

「ジョジョ、もうおしまい」

「人に抱かれてるところを見ると、ホントに大きいなあ、ジョジョ」

と言って、私が頭を撫でようとすると、無理に連れてこられておこっているジョジョは、「フーッ!」と私を威嚇して、ポッコの前に行って、そこで伏せみたいな姿勢をしてポッコに頭をなめてもらった。ジョジョの気持ちを鎮められるのはポッコしかいない。

綾子はその横にすわって、

「浩介さんって、ホントにブルースなのね」

と言った。私は鳥の羽を振り回しながら座敷に行って明かりをつけて、

「怖くないこともあるんだな」

と言った。ミケは羽をめがけて、ピョーン、ピョーンと飛びついていた。

「ブルースって、もともと一人のブルースマンが生きていければいいっていう音楽なんだって。いまの音楽は産業になっちゃったから全然違うんだって。『会社もおんなじなんだって』

「じっとしてパソコンに向かってると、背中が死角になるみたいで感じ悪いんだろうな」

私は言った。しかし端から見るとその何かに集中している背中こそ、自分の中にぎぃーっと入っているようで感じが悪い。もっとも、向かっているのがパソコンならいくらか緩和されるが、壁の前に置いた机に向かって何かを手書きしている背中はかなり感じが悪い。だから伯父はすわらずに仰向きに寝ていることにしたのだろうかと思った。

「ギターを壁に向かって弾いてたら、すげえ感じ悪いよな。浩介が床の間の柱に寄りかかってギター弾いてるのは、いろいろな感じ悪さを回避してるってことなんだな」

「キャベツは細く細くきざんで

お水をしっかり切らなきゃ

リンゴがウサギに変身

一個は食べて七つ飾るわ——」

綾子は変な鼻歌を歌っていた。サラダがどうので、レタスは青くて、トマトは三個とかやたらと散文的でメロディもはっきりしない。

「ブルースマンは家なんか持たなかっただろうしな」私は言った。

私は伯父がこの座敷で一日寝ていた気持ちがわかった気がした。というか、伯父の気持ちをわかるための道筋が感じられた気がした。物が悲しみを知ることはありえないがゆえに事実であるように、伯父は伯父としてでなく別の存在として何かを思いつづけていた、というような。

「前の会社にいたとき、浩介さん、みんなに頼られて忙しくて、いつも苛々してたからさあ。

森中がここの三年後とか心配するのも同じだよね」

と言って、綾子は立ち上がって、また、

「はっきり言って簡単なサラダ
切って盛るだけの簡単サラダ」

とか、鼻歌のつづきを歌いながら北の廊下に出てトイレに向かって歩いていった。

綾子が夜までこの家にいた記憶が私にはなかった。私もしょっちゅう野球に行っていたから、そういうときに綾子がいたのかもしれないが、私はもっと短絡して考えていて昼間でも一人で座敷にいられないくらいだから、夜なんかこの古い家にいたくないんだろうと思っていた。トイレも行かなくちゃならないし。しかし綾子は鼻歌を歌いながら普通の調子で廊下を帰ってきた。

「浩介さんの調査力って、変わってるよね。

ペットの飼い主と獣医のQ&Aって、聞いた?」

「いや、聞いてない」

「そういうの、考えてるのよ」

綾子はいちいち説明しなかった。縁側で鳥の羽を振ってミケを往復運動させていたから気がつかなかったが、綾子がトイレに立ったのにつられて、ジョジョがまた台所に行っていたらしく、綾子にまたまた抱きかかえられて戻ってきた。

「そういう風に抱かれるのが運動になるんだったら、少しは痩せられるんだけどな」

綾子に抱かれているあいだジョジョはおこって唸っていて、下に降ろされるとすぐにまた台所に歩いていった。

「しょうがないわねえ、ジョジョ。

じゃあ、もう一口だけね、ジョジョ。

でも今度は階段の上だよ。

おいで、ジョジョ」

北の廊下を歩いていく綾子のあとをジョジョはとってんとってんついていった。ミケは羽を追いかけ回しているので魚に気がつかず、ポッコはさっき食べた分で満足して、いまは自分の体をなめていた。戻ってくると綾子は、

「あたしのこと、みんな怖がりだと思ってるけど、ちょっと違うんだよね」

と言った。

「この家にいると歌うたっちゃいけないみたいな気がしてたのよ。でもさっき料理作ってたら自然と歌ってたの」

「なんだ、それは」

「浩介さんは一日中なんだけど、なんかあたしは歌えなかったんだなあ」

外で猫が「アーオーン、アーオーン」というような声で鳴いたので、ミケが羽を追うのをやめてシッポを下げてL字の角のところまで小走りしていって様子をうかがい、ポ

ッコも体をなめるのをやめて耳を動かした。

「絶対、無関心でいられないんだよな」

私は言った。外の猫は庭を通って隣りの空き地にでも行ったらしく、鳴き声はすぐに終わり、ポッコは毛づくろいを再開したが、ミケはまだ角で外の様子を気にしていた。金木犀（きんもくせい）の香りが漂ってきたのでまわりを見回してみると、サッシの上の換気用の小さなガラス窓が二ヵ所開いていた。たしかさっきまでは鳴いていなかった虫もリリリリ……と鳴きはじめていた。

「人間は物との関係を自分の側で作ってると思ってるけど、本当は物が人間との関係を決めてるんだよな」私は言った。

「会社がここに来た一周年のお祝いしなくちゃ」綾子が言った。

「でも人間はどうしても自分に引き寄せないと物との関係が作れないから、あるとき突然、人間的な何かが見えてしまう」

「鏡って変だよね」

ジョジョが食べ終わって北の廊下を歩いてきて（時間がかかったところをみると、ジョジョも二階で外の音を聞いていたのだろう）、台所の手前にすわって綾子を見た。

「もうホントのホントにおしまい」

綾子は言ったが、もちろんジョジョは動かずに綾子を見つめていた。

「猫って、家のまわりで何が起こってるか、けっこう全部知ってるよね。

ジョジョ、こっちおいで」

綾子は自分のすわっている座布団の縁を左手でポンポンと叩いた。猫も二ヵ月か三ヵ月ぐらいの子猫のときにたいてい一度は鏡に映った自分を見てもう一匹猫がいると思って、見つめたり威嚇したり、鏡のうしろに回って探したりするけれど、それは一度だけで、そこに猫がいないことを知ってしまうともうそれっきり関心を示さない。鏡という、物と幻ないし不在との中間領域にいつまでも反応するのは人間だけなのだ、きっと。

「はっきり言って簡単なサラダ
　切って盛るだけの簡単サラダ
誰でも作れるそれを残さず
　食べてくれるあなたが好きよ」

綾子はさっきジョジョを呼んだリズムをそのまま座布団の縁で軽く叩きつづけて、ジョジョを見ていた。というか、ジョジョに向かってぶつぶつ歌っていた。綾子がこんな風に鼻歌を歌っているところはいままで一度も見たことがないと思えないくらい自然だったが、本人が言ったとおり確かにはじめてだった。しゃべっている途中で綾子の注意がふうっとフェイドアウトするように逸れていたのは、声に出さずに鼻歌を歌っていたからかもしれないと思った。しかしどうして歌っちゃいけないと感じたんだろう。この家では奈緒子姉も幸子姉も鼻歌を一日中歌っていた。

ミケはようやく縁側のL字の角から離れて、「ナーン」というような甘えた声で鳴きながら私の方に寄ってきた。そして私の足許で伸び上がってパジャマの膝のあたりで爪を研ぐような動作をはじめたので、

「こら、こら」

と言って、私はミケを一回高く持ち上げてから縁側にポンッと降ろした。うちの猫たちはこの家のまわりで何が起こってるか、音だけでほとんどわかっているかもしれないが、それは人間が理解する「何が起こってるか」とは違う何かだろうと思った。

人間は風にもわりに形というか視覚像をイメージしてしまうけれど、寒さとか重力とかにはさすがに形を与えない。猫たちはさっきの「アーオーン」と鳴いて歩いていった猫のことも、あんまり形でイメージしていないんじゃないか。何か不吉なことが庭を通っていったのだ。

「でも森中は友達のお姉ちゃんが白血病になったって聞いてから、何か変わったんだよ。全然変わってないみたいだけどさあ」

と言って、綾子が座敷との境いの鴨居の上に掛かっている時計に目をやると、それと同時に綾子の右側で体を伸ばしていたポッコが起きて、トトッと動いて玄関の上がり口のところに行った。「理恵かな?」と思っていると、かつて伯父の不動産屋だった店の前を玄関に向かって歩いてくる妻の足音が聞こえてきた。綾子も遠くの足音に無意識に反応して時計に目が行ったのかもしれない。

「外は金木犀のいい香り」

　上がり口で靴を脱ぐ前に妻はポッコと鼻と鼻をつける鼻キス、の挨拶（あいさつ）をして、少し遅れてジョジョも玄関まで来て、妻と鼻と鼻をつけたが、ミケは再開したばかりの遊びを止めて縁側で妻を見ているだけだった。ミケはどうも猫の作法がわかっていない。

「何？　もう治っちゃったの？」

　妻が立って鳥の羽の竿を持っている私を見て言った。

「綾ちゃん悪かったわね」

「いいよ」

　と言って、綾子は台所に行った。

「理恵が綾子に頼んだのか？」

「まさかあ。

　でも、やってくれたんだから悪いじゃない」

　と言って、妻は上がり口の脇（わき）から台所に入って、「そんなにしなくてよかったのに」とか何とか言って、北の廊下に抜けて二階にあがっていった。ジョジョは動くのが面倒くさくなったのか、綾子のいる台所に行こうとしないでポッコにくっついて体を伸ばしていた。

　夕方は普段ならミケもそんなに遊びたがらないが、私が三日間寝ていて相手をしてもらえなかったから溜まっていて、いつまでも鳥の羽を追い回していて、そのあいだに綾子が居間のテーブルに夕食を並べて、並べ終わった頃に妻の理恵が着替えて降りてきた。

「『悪かったわね』とか言ったくせに並べるのも手伝わないんだからね。

綾ちゃん、ビール飲むよね」

と言って、妻は台所に行ってグラスを自分の分と綾子の分の二つしか持ってこなかったが、私もまだビールを飲みたいとは思わなかった。

テーブルに魚の皿が置かれたから、ジョジョだけでなくポッコもミケも食べたがったが、ジョジョをこれ以上太らせないためにここは綾子と妻がしぶとくジョジョとポッコをなだめ、私は鳥の羽を振り回してミケを遊ばせながら、お粥と豆腐の味噌汁と銀ムツの煮付けとしらすおろしとホウレン草のおひたしと根菜類中心の煮物という、小料理屋の献立のようなご飯を立ったままで食べはじめた。

私がミケの相手をしながら落ち着きなく食べている前でビールを飲んでいる妻が、

「この家、冬すごく寒いよね」

と言った。綾子は口に入れたレンコンかゴボウを噛みながら、煮え具合いか味付けが不満なような顔をしていた。

「でも変なのよね。この人、昔からすごく風邪ひきやすいくせに、去年の冬はこの寒い家で一度も風邪ひかなかったんだから」

「でも、陽当たりがいいから、昼間は楽しかったよね。みんなで縁側に集まっちゃって、猫になったみたいだった」

ミケがちゃんと遊ばないから私がすわってご飯を食べようとすると、すぐにミケはテーブルに乗って皿のあいだを歩いて邪魔をしはじめた。何かの片手間に遊ばせようとしても、ミケはそういう誘いには乗らずにこっちの邪魔をすることだけを考えることになっていて、私はミケを持ち上げて縁側に降ろして、きちんと遊びの相手をすることにした。

「チャーちゃんの輸血のパック、小さくてかわいくて悲しかったなあ」

理恵が突然、チャーちゃんが死ぬ前のことを言い出した。冬の日の日向からの連想だろうかと思った。チャーちゃんはポッコやジョジョよりもっと日向にいるのが好きだった。

白血病で血を造れなくなって赤血球の数がものすごく少なくなり、造血機能が回復するまでのつなぎとして（それがつなぎになることを願って）ポッコの血を輸血したのだ。猫だから二〇CCとかそんなもので、獣医のケージの中でチャーちゃんの横に掛かっていた血液のパックがおままごとのセットのように小さくてかわいくて悲しかった。

日向からの連想でなく、座敷か北の廊下の茶箪笥にある何かから急にあのパックを思い出したのかもしれないが、いずれにしろ人はリアリティに掴まれるからそれをしゃべる。唐突なのは森中だけじゃない。

ポッコの血液をもらった次の日にチャーちゃんは具合いがよくなって、それまで辛くてずうっと緊張していた体が緩んだように、ポッコと二匹で並んで風呂の蓋の上に寝っ転がって、ポッコに体をなめてもらったりしていたが、二日ぐらいしかつづかなかった。でもその二日間は貴重な二日間で、私も妻も忘れられなくて何度も思い出す。

「ポッコの強い血が入って、これでチャーちゃんの体も血の造り方を思い出してくれるって思ったよね」

と妻が言った。綾子は鼻歌をやめたようだった。

チャーちゃんの病気が重くなっていくのを見ながら、私は死がこんな小さい体にのしかかるのは耐えられないと思ったが、そのとき私は死を個体の中で起こるものでなくて、気象のように生き物の上を覆っているもののように感じていたのかもしれない。ミケは口を開けて一休みして鳥の羽の動きを目で追っていた。ミケはさっきテーブルに乗って邪魔したが、そういうときチャーちゃんは私や妻を見ながら襖を爪でバリバリ引っ掻いた。

チャーちゃんが来るまでポッコもジョジョも襖をバリバリ引っ掻くということを知らなくて、チャーちゃんがやるのを見て二匹とも真似をするようになったが、チャーちゃんがいなくなるとまた引っ掻かなくなった。ミケもやらないから、いまうちの三匹は誰も襖や障子をバリバリ引っ掻いて破らない。チャーちゃんが一番猫らしいといえば猫らしい猫だった。

「悲しいことは悲しいことなんだよ、やっぱり」と私は言った。「寒いと感じる日が寒い日であるように、悲しいから悲しいと思うんで、感じる側の心の次元で閉じてる問題じゃなくて、世界で確かに起こってることなんだよ」

「ここまで金木犀の香りがしてきた」

「最低気温が十七度以下になると虫は鳴かないんだって」

視覚や聴覚は外にある対象とそれを受け止めるこちらとできちんと言葉が使い分けられるが、すべてにその使い分けができているわけではない。寒いとか鬱陶(うっとう)しいとかのように形のイメージから遠いものほど外とこちらの区別が弱くなる。悲しいはきっとそういうことなのだろうし、死もそうなのだ。一つの生き物の中で起こるのではなくて、気象のようにこの世界で起こる。

「今日、行きの電車でチェーホフの『曠野(こうや)』読んでたのよ」妻が言った。

「そんな本よく売ってたな」

「だって、あなたの本棚から持ってってたんだもん。

そしたらね、主人公のエゴールシカっていう子の乗った馬車が止まって休んでるところを、岩の上から貧しい村の男の子が見る場面があるのよ。エゴールシカが着ていたシャツが赤で、その男の子は赤の色に心を奪われて、見ず知らずの旅人の馬車の近くまでつい寄って来ちゃったんだけどさあ。

そこを読んでたら、シャツの赤い色に警戒心を忘れて、ついつい寄っていっちゃったっていう、きれいな染め物を見たこともない村で生きていた男の子の感動が、いまでもロシアの大地に残っているような気持ちになっちゃって、朝から涙ぐんじゃった」

チャーちゃんの輸血のパックはその赤い色からの連想だったのかもしれなかった。シャツの赤い色に感動した男の子と対照的に無感動な顔をしている綾子に、私は、

「理恵はもともとおれよりずっと文学少女だったから」

と言った。

「ちゃんとあなたもそのページを折ってあったわよ」

「夏にアンディ・フグが死んでから、森中、ちょっと変わったと思うんだよね」綾子が言った。

「誰？　それ」

「白血病で死んだＫ１の人」

視覚像は消えるけれど、感情ないし心の揺れは残るということだろうかと思った。夢を朝になったら全部忘れているのに、何かを摑もうとしているらしかった不安な気持ちの余韻だけが一日中残っているような、奥の部屋で従姉兄の友達に手を持って立たせてもらったらしい記憶が空間の歪みを体が感じるようにして残っているような、そういう残り方がこの世界の中で起こるなら、奥の部屋と同じくらい明るく光が注がれていた縁側のＬ字の角で、ミシンを踏んでいたり、歳をとってから押し花絵を作っていたりしたときの伯母の心の状態も残っているのかもしれない。

その足許ではここに飼われていた猫たちがごろごろ日向ぼっこをしていて、伯母がときおり「ミーコちゃん」と声をかけたりしたその動作や声が、視覚や聴覚の像として定

着するのではなく…………、なんとイメージすればいいか、人間は視覚像として形が与えられるとそこでイメージの連鎖が止まって定着してしまうけれど、猫のように外界で起こっていることすべてに視覚による形を与えるわけではない了解の仕方があるのだとしたら、ここで繰り返されたことが、見えるのでなく聞こえるのでもなく、匂うのでも体が感じるのでもなく、ただ残る、というような…………。

「もう全部冷めちゃったよ」

ビールを飲んでいる妻が言った。

「ミケ、もう気がすんだか？」

抱き上げるとミケは「……ナン……ナン」というような、鼻濁音の濁点がないような、最大級に甘えて訴えかける声で鳴いた。

「まだだってさ」

と言っていると店の向こうの道から森中の声が聞こえてきて（すでにポッコはテーブルの下からずりっと体を半分出してそれに注意を向けた）、三人で顔を見合わせていると、本当に森中と浩介が入ってきた。

「あれえ？　ローズ・ショックから立ち直ったんすかあ？」

森中は酒が入っている赤い顔をして、いつもよりさらに声が大きくなっていた。

「さっき、パンパン、メガホン叩いてた」綾子が言った。

「なんか、この家、暑くないですかあ？　そこ開けましょうよ」

「森中が脱げばいいじゃん」

「でもなんか開けたいじゃないですか」

森中は縁側のサッシを開けて、「ミッケッちゃーん」と言って私の足許にいたミケを抱こうとしたが、不気味がってミケはL字の角まで逃げてしまった。

「なんか戻ってくることになっちゃったんだ」

浩介が綾子の隣りにすわって二人に言っていた。

「あいつが帰りの道で『これからおれたち、どうすんですかあ！』って、うるさく言うからさあ。『じゃあ、晩飯でも食おう』ってことになったってわけ」

「森中、すっごい喜んでるよ」

「そしたら、『内田さんのお見舞いに戻ってやりましょうよ！』『内田さんを元気づけてやりましょうよ！』って――」

浩介はいちいち森中の口真似をした。私はまだ縁側でミケを見ていたが、森中が大きくて酔って熱を持った体で私に抱きつくようにせまってきて、そのまま私をミケのいるL字の角の方まで押して行って（ミケは階段の上り口の方に逃げた）、

「合コンやりましょうよ、合コン」

と言った。本人はひそひそ声のつもりかもしれないが、いつもの丸聞こえの声だった。

「このあいだやべえモデル事務所のホームページ作りに行ったじゃないですか」

「知らないよ、そんなの」

「え？　知らなかったんすかあ。熱なんか出してる場合じゃないですよ、まったくもう。そこ、やべえビルの一室だったんですけど、やべえかわいいお姉ちゃんがいたんですよ。

　しかも、巨乳。

巨乳のミクちゃん」

と言って、森中は手のひらで巨乳を作って見せた。

「で、そのミクちゃんとメールのやりとりしてたら、合コンやるって言ってきたんですよ」

「『やべえ』って、何だよ。ヤクザとかじゃないだろうな」

「違いますよ。やべえだけですよ。ローズ・ショックでしょげてる内田さんを元気づけようと思ったんですよ」

「森中ァ！

おまえはいいヤツだ」

「でしょ？　やばくていいですよ。任しといてくださいよ。でもカネは内田さん持ちですよ」

森中はみんなのいる方に戻っていき、

「おれたちの話、聞こえてました？」

と言った。

「全然」浩介が言った。

「ほらあ！　聞こえてないって言ってますよ」

森中は私の夕食が並んでいる席にすわって、こっちを振り返ってわざわざ言った。森中が来ていきなりやかましくなって、私はこの家のざわめきを外から見ているような気持ちになっていた。

塀ぞいに並んでいる庭木の向こうに蛍光灯の明かりに照らされた居間と座敷の上四分の一ぐらいが見えている。二階は右端の階段の電球だけが点いていて、右端の窓が猫が手摺りに出られるだけ開いている。一階はさっき森中が開けたサッシと上の換気窓が二ヵ所開いているが、ざわめきはそこから漏れているのではなく、家としてざわめいている。

月が出ていれば二階の屋根や奥の家の屋根を冷たい光で照らしているだろう。奥の家の濡れ縁の下の地面に庇の影がくっきりできていて、このL字の角の外の、かつて清人兄と遊びながら罐焚きをした風呂場の外の引っ込みにも庇の影ができているだろう。L字の頂点は犬小屋の定位置でもあって、ここに飼われた何匹もの犬たちも同じ月の光の中で、虫の声のその向こうに感じられる夜の気配に耳を澄ませていたのだろう。庭の奥では何度も登った白樫といまだに名前のわからない木が人格でも持っているかのように大きな黒い影となって立って、下の柊や木槿を月の光でできた影で覆っている。

私はテーブルに戻って森中をどかして冷めて糊にちかくなったお粥にしらすおろしを混ぜて食べた。食べているとミケは今度は座敷の森中のパソコンのマウスを落として、私に遊びのつづきを催促しはじめた。

「ここ、酒なら何でもあるから便利ですよね」

「あなたたちが持ち込むんじゃないの」

森中と浩介は赤ワインを飲んでいた。一緒に飲んでいないとワインの息は特別臭い。私はまた立って、ミケの相手をしに縁側に行った。

「おれ、今夜は社長と話して、ホッとしたっていうか、感動したっていうか、感動してるんですよ」

「――でも冬は、夜になるとホントに寒かったじゃない」妻が言った。

「いいじゃないすか、そんなこと。鴨居がこんなに太くて、二階には欄間の彫り物があって、最高じゃないすか」

「ここに敷いたホットカーペットから一歩足を踏み出したときの冷たさ。縁側なんか裸足で歩いたら凍えちゃいそうだったじゃないの」

「おっ、ポッコどこ行くんだ？」

森中の呼びかけを無視して、ポッコはテーブルの下から出て、ひとりで北の廊下を歩いていった。風呂場の前の窓から外を見たくなったか、二階の窓の外に出たくなったのだろう。

「まあでも、そこがまた実家の建て替える前の家を思い出して、いいところでもあるんだけどね」

白樫の奥の色づきはじめた柿の実は月の光の中でもかすかに柿色を発色しているのだろうと思った。大きな影となっている白樫ももっと上から見ることができたら、ただ黒いだけの影ではなくてやや厚みがあって先の尖った葉が月の光に冷たく輝いているのが見えるだろう。隣りの丸みのある葉も、棕櫚もサワラも（いやヒノキか）松も高く伸びた夾竹桃も、上から見ればそれぞれの葉が月の光で弱く光っているだろう。

夜の中では木は明確な形を失って、ただこんもりとしてそこで暗さが集約されるように見えるけれど、枝が木ごとに固有の広がりを持っているからあのような影になることができる。影はただ黒いのではなく、葉の色や幹の色や、色づきはじめた柿の実の柿色や金木犀の金色を帯びた橙色の花の色を内包している。というよりもそれはやっぱり色そのものの顕われなのかもしれない。夜の木の重なり合う葉が光や色を奥へ奥へと畳み込むように、この家のざわめきもそこに畳み込まれているというようなこともあるのだろうか。

「風呂場の影は今夜解決しましたよ」森中が言った。「シミュラークルっていうんですよ。どういうことかって言うとね、シミュラークルは記号とほぼ同義であるが、記号が現実の指示対象と結合しているのに対して、シミュラークルはそれに対応する実在を持たない。それゆえシミュラークルは記号から指示対象を消去し、記号を純化したものと言える、なんですよ」

森中はまた私のすわっていた席に戻って紙を読んでいた。森中の正面にすわっている綾子は森中の頭の上の時計あたりに目をやって唇を小さく動かしていて、また鼻歌を歌っているようだった。浩介は綾子の並びのテーブルの角という中途半端な位置にすわって、根菜類中心の煮物をむしゃむしゃ食べながらワインをグラスについでいた。妻の理恵は縁側を背にしてすわっているから表情が見えなかったが、背中に柔らかみが感じられなくて、不機嫌そうだった。

紙を読み終わっても綾子からも妻からも反応がなくて、森中が自分で、

「ねっ、すごいでしょ？」

と言った。

「社長が何かで検索して、プリントアウトしてたんですよ。どういうことか知りたいでしょ？

社長、つまりどういうことなのか、言ってやってくださいよ、ガツンと」

「あたしは知りたくないもん」妻が言った。

「あたしも」綾子が言った。

「そんなこと言わないで、聞いてくださいよ」

「つまり実体がないってことだな」と私が言った。「幽霊とか何とかっていう、対応す

る概念は必要なくて、影はただ影だってことを言いたいんだろ」

「すごいじゃないですかあ！」

　森中が大きな声を出した。

「内田さんも知ってたんじゃないですかあ。社長が言うだけだったら、『何、それ？』ですけど、そういう言葉がちゃんとあるってことだし、それを内田さんも知ってたわけだし、二重三重にすごいじゃないですかあ。

　人間って、いろんな考え方をしてきたってことなんですよ。

なんでしたっけ？　あ、そうだ。人間って、歳とともに成長するって思ってるけど、幽霊とか何とかって、子ども時代に憶え込んじゃったことなわけじゃないですか。つまりですよ、子ども時代に憶え込んだことに乗っかって考えてても成長って言わないんですよ。成長するっていうのは、考えるときのソフトをバージョンアップしていくことなんですよ」

　森中がしゃべっている最中に綾子は立ち上がって縁側のサッシの引き戸を閉め、妻は冷蔵庫にビールを取りに行った。妻につられてジョジョが台所に歩きかけたけれど、「ジョジョはまだ」と、強引に方向転換させられて、お尻を押されてテーブルのところまで戻らされたからジョジョはおこって唸っていた。

　つまり森中は後半の成長うんぬんの浩介の話に感動したということなんだろうと思った。私はシミュラークルだとは思わない。この家と奈緒子姉の固有の関係または時間の継起や先取りから生まれたものだという思いがどんどん強くなっていた。だからシミュラークルには不満があるが、幽霊のようなつまらない形に解釈されるくらいなら、森中みたいな納得の仕方の方がずっといい。

何もなかったわけではない。しかしそれは奈緒子姉しか感じることのできない何かだった。それもたった一度だけ。窓やテーブルがあるというときの「ある」の使い方をするなら、「ない」にしかならないような「ある」がたった一度だけ起こって、それを「人間の影」と感じてしまったのは、奈緒子姉の人間としての限界というか必然だったのだ。もっとも奈緒子姉なので何をどう早とちりしても不思議はないけれど。

「でもまあとにかく、あの脱衣場とお風呂場の寒さは冬までには何とかしたいわよね」

妻が言った。

「これでもうゆかりにもつべこべ言わせませんよ。

ガツンと言ってやりますよ、ガツンと。

大事なことは、既成の知識にあてはめて物事をわかったつもりになるな、なんですよ。そんなものにこだわってないで、おれたちは未来に向かって進まなければならないんですから」

「どうしちゃったの？　森中」

と妻が言うと、

「また、紙読んでる」

と綾子が言った。

「いや、だから、忘れないように、『既成の知識にあてはめて物事をわかったつもりになるな』って、さっき書いといたんですよ」

「じゃあ、それ、浩介君の言葉だ」

妻の顔は見えなかったけれど、声も背中も明らかに笑っていた。

「だからこいつにしゃべるの嫌なんだよね」

「いいじゃないですか、そんなこと。久しぶりに社長とじっくり話して、おれ、やる気になってんですよ」

と言って、森中が立って座敷の奥のパソコンに電源を入れに行っているあいだに、

「ブルースの力？」

と、綾子は浩介に変なことを訊いたが、「全然違うよね」とすぐに自分で否定していた。ミケはまた外から不吉な音でも聞こえてきたのか、L字の角で外に耳を澄ましていた。

庭ではいまは金木犀が香り、もっと秋が深まれば柿の実の色が深みを増し、楓の葉が赤くなり、柿の葉が派手ではないけれど強い赤みを帯びた茶に紅葉し、その葉が落ちても実は枝に残っている。白樫の手前の丸みのある葉の木も落葉して枝だけになる。この庭にある落葉樹は柿と白樫の手前の名前のわからない木と丈の低い楓ぐらいのもので、冬の庭が他の季節と比べて静かなのかはわからないけれど、金木犀が咲いて柿の実がな

るから秋なのではなく、木が葉を落とすから冬なのでもないと思った。

春先には沈丁花が香り、もっと暖かくなると庭木の根元で草が育って、あちこちでタンポポやニガナというのか茎のひょろっとした小さな黄色の花やスミレの紫の花や塀に沿ってドクダミの白い花やいろいろな花が咲き、梅雨の時期には梔子が香って私が埋めた種から育ったビワの実がなり、紫陽花が咲いて、夏に木槿や夾竹桃が咲くけれど、それだから春や夏なのでもなくて、この庭に何も木がなく花も咲かなくても、秋は秋として秋であり、春も夏も冬もそれ自体として春であり夏であり冬なんじゃないか。

「おもしろいと思うんだよね」

居間で浩介の話す声が聞こえてきた。

「ロバート・ジョンソンなんてブルース歌手は二十七歳で死んでるんだよね。でもあいつの作った曲がストーンズなんかの源流になってて、それがわかってるやつらはみんないくつになってもロバート・ジョンソンをこえられないと感じたりしてる。

容れ物って、そういう力があるんだよね」

ミケが振り返って私を見上げて「ニャーン」とはっきり鳴いたので、私は鳥の羽を振り回すのを再開した。じっとしているより動いているときの方が、金木犀の香りを感じる。森中はパソコンの電源を入れただけでテーブルに戻って、一口ごとに根菜類の煮物を乗せたり銀ムツのわずかな残りを乗せたりしてご飯をばくばく食べていて、合い間に、

「『あいつ』だってさ」

と横槍を入れた。直接会ってもいない相手には「そいつ」と言うべきだと言いたいのだろう。

「この家でもそうなんだけど」と妻が言った。「前の家でもあたしあんまり長い時間家の中にいられなかったから、家と家の区別がはっきりついてないようなところがあって、チャーちゃんがここにいてもいいような気がすることがよくあるのよね」

「内田さんなんか、十六、七の小娘の作った『オートマティック』なんかにじぃんときちゃったりするわけだし、モーツァルトのことなんかもうホントに全員がこえられないと思ってるもんね。

容れ物の力なんだと思うんだよね」

「沢井さん、それ誰の歌ですか」

「別に」

と言って、綾子は口の動きを止めた。言われてみると、線路がどうのこうので、電信柱を北風がどうしたとかいう散文的な歌が聞こえていたが、すでに綾子の鼻歌が浩介のブルースと同じようにこの家の音の一部になっていていちいち気にしなくなっているのかもしれなかった。

ジョジョがまたとっていとってんとっていてんと台所に向かって歩きはじめたから私はジョジョを抱き上げて縁側に降ろして、ジョジョの前で鳥の羽をこちょこちょ揺すって見せた。ジョジョはそれを無視してもう一度台所に向かっていったが、今度は妻に抱き上げられた。

「ジョジョぉ、食べたい気持ちが止まらなくて、困っちゃうねえ」

ジョジョはおこって唸るだけだったが、少し我慢して抱かれていた。ポッコはまだどこかに行ったきり戻ってきていなくて、ミケはさっきからずっと遊ぶような遊ばないような中途半端な遊び方をつづけていた。

木や花がなくても秋は秋として秋だけれど、綾子が夏に話した、死んだ先生が誰かの目を借りて自分が生きた世界を見に戻ってくるというようなことがあるとしたら、秋には秋の花や木の姿を見たいだろうと思った。

人はつねに自分が何かを見ていることを意識して見ているのではなく、見ているほとんどの時間は「私」ないし「私が見ている」という意識をともなわずに見ているのだから、そのときに私でない誰かが私の目を借りて見ているということもあるのかもしれない。今夜のミケはやけにこのL字の角から外の様子をうかがっているけれど、ここにかつて生きた猫たちがミケの耳やヒゲを借りているのかもしれないし、そうやってこの角に私を誘うことで、五官を持った私の体が記憶して再生するこの庭を思い出したいという思いを伯父か伯母が実行しているという可能性を否定する明確な根拠が私にはない。

いまこのL字の角にいることを私は前もって予定していたわけでは全然ないし、庭のことを自分から進んで考えたわけでもない。庭が私に庭を思い浮かべさせているのだとしたら、伯父や伯母やかつてここに生きた猫たちを介在させる必要もないのかもしれないとも思った。

かつてここに生きた猫や犬たちはいまは松やサワラの（ヒノキでもいいが）根元あたりに埋められていて、墓標のつもりで土に突き刺した板はとっくに朽ちてなくなり、たまに奈緒子姉や伯母が憶えのために石を置いていたとしても、それも他の石と見分けがつかなくなっている。粘土質の土ででもないかぎり、骨も土に浸み込む雨水が溶かしてしまうらしいから、いまはもう掘っても何も出てこないかもしれない。

　子犬や子猫だったときには見えるもの聞こえるものすべてに好奇心を持ち、それがいることでこの世界も活気づくように動き回っていた犬や猫たちが、外の物にだんだんとゆったりした関係を持つようになって、いまポッコが二階の窓から静かにただじっと外に耳を澄ましているように、ここに生きた犬や猫たちも、犬小屋から体を半分出して前脚に顎（あご）をのせて月の光の下で黒くて丸い目を開けてどこかをぼんやり見ていたり、たまに外に出てもこの庭をゆっくり歩き回るだけですぐに戻ってくるようになったりして、そうして死んで、ここの土に埋められて、しばらくは骨として土の中にいて、それもたいして長くない年月のうちに雨水に溶けてなくなっていく。それを思うだけで悲しくならないわけがないけれど、こういう風に時間を俯瞰（ふかん）するような考え方の中に、時間や世界に対する感じそこないが含まれているのではないかと思った。

　過去の時間は俯瞰できない。すべての時間や空間は俯瞰できない。

「なあ」

　私は居間に向かって言った。

「宇宙は一五〇億年前に生まれて、あと一五〇億年とかで消滅するって言われてるだろ？　で、そう聞くと、『宇宙のはじまる前と終わった後はどうなるんだろう』とか『何があるんだろう』とか『何もないんだとしたら、それはどういう状態なんだろう』とかって、つい考えたくなるじゃないか。

でも、一五〇億年って、ものすごい時間なんだよ。数字が『一』しかなくて、一五〇億って言おうとしてみろよ。すごい時間がかかるんだぜ」

「どういうことですか」

と、森中が言い、

「だから、『一、一、一、一、一、一、一……』って、一五〇億回言うってことだよ」

と、私が言っていると、浩介がテレビのラックにあった電卓を取って、計算をはじめていた。

「そんなこと言ってるから、ミケが遊びに集中できないのよ」

妻が言った。綾子は小さく首を振りながら何かまた鼻歌を歌っているみたいだったが、声は聞こえなかった。

「『一、一、一、一、一……』って、一秒に一回ずつ言うとしたら――」

と、浩介は電卓を叩いて、

「四一七万時間かかる」

と言い、

「ということは――」

と、さらに電卓を叩いて、

「四七六年かかるってことだ」

と言った。

「じゃあ、言えないじゃん」

「アハハハハハハハ」

綾子の言葉に妻がバカ笑いしていると、森中が「すごいじゃないですか」と言った。

「一年を一秒に直しても、『一、一、一、一、一……』って、一五〇億回並べるのに、四七六年かかるってことでしょ。つまり、それは一五〇億秒が四七六年だっていうことですよねえ。

一秒なんてあんなもんなんだから、それをいくら一五〇億個並べたって、せいぜい二日か三日だって、誰だって思うじゃないですかあ。それが四七六年かかるっていうことは何て言ったらいいのか、とにかくものすごい長さだってことですよ。『億』って、すごいってことですよ。

しかも本当の一五〇億年は、その一秒を六〇倍してまた六〇倍して一時間になって（と、自分で電卓を叩きはじめた）、それをまた二四倍して、三六五倍するわけだから

――。

　何ですか、これは？
　一、十、百、千、万、十万、百万、千万――。
　妻はもうバカらしくて反応していなかった。綾子は座敷の奥の方あたりを見ていた。

「エーッ！」

「だから、一年でも一億秒にならないっていうことだよ」

　と浩介が言った。

「内田さんが何が言いたいんだか知らないけど、でもやっぱり宇宙のはじまる前に対する不思議はそんなことで解消されたりしないよね」

「時間は俯瞰できないってことだよ。

　草むらで人知れず白血病で死んでいくトカゲやヘビって、森中が言ったけど、そういう発想も俯瞰のバリエーションなんだよな」

「じゃあ、いないんですか」

「いるさ。いるだろ」

　ジョジョがまたいつの間にか台所に行っていて、我慢しきれなくなって手近なところにある紙袋をガサガサやりはじめていた。

「わかった、わかった」

　と言って、私が新しい皿と一日分のドライフードの入ったカップを持って北の廊下をジョジョと一緒に歩いていくと、ミケがタッタカターッと追い越していった。

創世記で「はじめに神は天と地を創造した」と言っているけれど、ユダヤ民族だけでなく他の民族でも、「世界のはじまり」ということが心に浮かんだときに、同時に神が存在をはじめたということなんじゃないかと思った。

神がこの世界を造らなくても、この世界のはじまりという、人間として経験することのできない時間にまで考えが延びていくということ自体が、神という媒介項なしには起こりえない。時代とともにそれがいろいろな形に洗練されて、いまでは「一五〇億年前のビッグバン」という言い方になっているけれど、そんな膨大な数を「一五〇億」なんて、たったの一言で言えてしまうことが時間を俯瞰するということで、そのとき人間は時間の外に立っている。それは動物には不可能で、生物学的な肉体を持っている人間にも不可能で、神にしか可能ではないのだが神はいないのだから、その能力は人間の中で起こったことになる。

「世界のはじまり」でも何でも、一つの世界像を作るということが、創世記で神によってなされたとされているのと同等の行為で、だから現代科学もまったくその例外ではない。アインシュタインの$E=mc2$という数式は神を指さないけれど、宇宙の根本法則という発想そのものが神なしにはありえないのだから、科学は神という媒介項を使って神がいない世界を描くという、起源として矛盾したことをしていて、私はそういう世界に生きている。

「そんなことわかりきってる」と浩介は言うだろうと思った。「結局、事実でなくて、いまの自分が知ってる以上の大掛かりな幻想がほしいだけなんだよね」とも言うだろう。しかし科学者はバカだから、ただ与えられた対象を解明していくだけで、幻想から遠ざかるという悪循環に陥っている。

ジョジョは階段をのぼりきって、クルクル……と鳩のような音を咽のあたりで出しながらドライフードを食べていた。ポッコは窓の一番階段寄りの十センチぐらいの隙間から手摺りに出て庭の気配に浸っていて、リンリンリンリンせわしなく鳴きつづけている虫の声が家の中に流れ込んでいた。ミケは縁側の端まで小走りして、戻ってくるとすぐにまた小走りして端まで行ったが、次に戻ってくると手摺りに出ていってポッコにじゃれつき、うるさがったポッコが中に入ったときに、玄関が開く音と振動が伝わってきた。ゆかりが帰ってきたみたいだった。

中に戻るとポッコはおとなしく私に背中を撫でられていたが、そこにまたミケが来てじゃれかかったので、ポッコは「――ッ」と鼻を鳴らして階段を降りていった。食べ終わったジョジョもポッコのあとを、ぽってんぽってん一段一段降りていき、私もジョジョが降りるのを見ながらゆっくり降りていったのだが、ジョジョが食べたいドライフードが入ったカップは私の手にあった。

ジョジョがこの情景を俯瞰できれば階段を降りずに私の手が持っているカップをじっと見つめるだろう。俯瞰が純粋な視覚でなくイメージが介在する操作の産物であることがこれで証明されるかどうかわからないが、ちょこまか動き回るミケには私の手にドライフードのカップがあることがわかっていて、さかんにカップを見上げるのだから、空間の俯瞰は運動能力によっても可能ということで、ジョジョが太るのを止められなかった私はジョジョから俯瞰の能力も奪ってしまったことになると思うと胸が痛んだ。ミケの関心はすぐにドライフードのカップから離れて、ジョジョを追い越して先に階段を降りたポッコをまた追いかけ、ポッコが奥の家の階段をあがっていったのでミケもそれについていった。

居間からは、

「――影は実在を持たない影だったんだよ。なんでそんな単純なことがわからないんだろうねえ」

と、森中がしゃべっている声が聞こえてきていて、ジョジョのうしろを私がついていくと、

「あ、ホントだ」

と、ゆかりが私を見て言った。妻は浩介に、

「じゃあ、その頃、音楽著作権はなかったってこと？」

と訊いていた。

「治っちゃったんだあ」

「まあな」私は言った。

「なかったわけじゃないけど、全然違うものだったよね」浩介が妻に言った。

「パジャマぐらい着ますよ」森中が言った。

「インターネットで簡単にコピーされて著作権が侵害されるなんて言ってるけど、いまの音楽や映画の業界自体が二十世紀前半の財産をかすめ取ったようなもんだと思うんだよね」

「だいだい内田さんなんて、ジーパンはいてたってパジャマ着てるみたいなもんじゃないですか」

「自分たちが知的財産を侵略した過去があるから、同じことを他人にされると思って怖れてるんだよね」

「グローバルスタンダード」

と、綾子が唐突に口をはさんだ。テーブルの上はまだ食器がそのままだったが、箸を手に持った妻が銀ムツの骨のあいだを突っついていた。

「パジャマなんかどうでもいいんだけど、だから影の問題はシミュラークルってことで決着がついたんだから、これからはじめじめした草むらで白血病で人知れず死んでゆくトカゲやヘビたちのことが問題なんですよ」

「森中さん、あたしにまで敬語使わないでください」

「ガツンとやっちゃうぞ。ガツンとぉ」

「でもアジアの違法コピーなんかすごいことになってるじゃない」妻が言った。

「歌って、そういう風に広まるもんなんだよね」

「だけど、影がただの影だなんて、森中さんじゃないみたい」ゆかりが言った。

「ガツンとやっちゃっていいですかぁ？」

と、森中が私を見て言った。

私は台所の手前の茶箪笥(だんす)の前に立っていて、台所で待っているジョジョが私の手にあるドライフードのカップをさっきからじいっと見上げていたので、私はジョジョの頭の上でカップを振って中身の音をさせてもう一度階段をのぼりにいった。ジョジョはカップが私の手にあるのを承知していて、それでもやっぱり一度台所まで戻るのがルールだと思っているからさっき階段を降りたのかもしれないと思った。毎日同じことを何度もしているのに、いまさら俯瞰していないなんて、確かにジョジョはそんな間抜けじゃない。

私とジョジョが階段をのぼっていると、ポッコがまたミケに追いかけられて、廊下を居間の方に走っていった。少し変則ではあるけれど、ごっこの追いかけっこに見えなくもなかった。ごっこは遊びで本気じゃないけれど、本気が混じっていないとごっこは面白くならない。本気のところと力を抜くところの兼ね合いがポッコとチャーちゃんのごっこでは絶妙だったが、ミケは力を抜きつつ本気にもなるということがわからないので、ポッコがしたいごっこになかなかならない。

三歳までは身軽にぴょんぴょん跳ねていたジョジョはポッコともしょっちゅう追いかけっこをしていたが、子猫のチャーちゃんが来たためにごっこのタイミングが計れなくなって、二匹で出来上がっていたバランスも崩れて、その頃を境いにジョジョは不活発になって太り出してしまった。しかしごっこができなくなったから食欲にばかり気持ちが向かうようになってしまったわけではなくて、ジョジョは食べることが子猫のときから大好きで、ほうっておくとポッコの餌も全部食べていた。

さっきは感じなかった金木犀の香りがいまは二階でもはっきりと感じられた。世界のはじまりという経験できない一点にまで考えを延ばすことを人間にさせた神という媒介項は、純粋に人間の中から生まれたと言えるのだろうかと思った。

神とは人間が世界像を作るために必要とした媒介で、それによって世界像を持つ前の人間が持った後の人間に橋渡しされた媒介項でもあるのだが、何のきっかけもなしにそんなことが起こらないとしたら、それは他の動物と同じように世界と密着していた状態から人間が切り離されたということで、神はそのとき生まれたのだろう。切り離された世界と新しく連絡をつけるための媒介項として人間は神を必要としたのだが、しかしその媒介項たる神こそが人間を世界から切り離した動因だった。しかし神が切り離したのではなく、切り離しという出来事の最中に神が生まれた。

それらはすべて一緒に起こり、それらの出来事はすべていまでも起きたときの力を持ちつづけている。なぜなら、神を媒介項にすることなしに生まれない世界像という認識を人間は手放すことができないでいるのだから。世界からの切り離しが起こる前なら世界像なんて関係ないし、切り離しが完成した後もまた世界像は必要とされなくなるだろう。人間と世界はにゅううぅぅぅぅぅと伸びた水飴（みずあめ）のようにつながっている。しかしそんな視覚的にわかるようなものは現実の人間と世界のあいだには何もないのだから、その関係は視覚的なイメージを投げ捨てなければ感じることができない、というか理解することができない。感じるのでなくただ理解する、という理解の仕方がきっとあるのだ。

階段の下をまたポッコとミケが奥の部屋の方に走っていった。ジョジョは皿にあけたドライフードを食べきり、私の手にあるドライフードのカップをちらっと見上げてから、階段を一段一段降りていった。私がそれにつづき、一緒に北の廊下を台所に向かって歩いていくと綾子がジュウジュウ音を立ててフライパンで料理をしていて、私と目が合うと、

「生姜（しょうが）焼きやってんの」

と言った。

「まだ食べるのか」

「だってあれだけじゃ、少ないじゃん」

ジョジョはとってんとってんとってん歩くのを少し早足にして綾子のそばまで行った。居間では妻の理恵が、

「昔のおばあちゃん家なんか、比べものにならなかったわよ」

と言っていた。

「そうよ、あなたのお母さんとあたしが生まれた家よ。庭の隅に薄暗い林みたいな茂みがあって、こーんな大きなガマガエルが棲みついてて（と、妻は左右の手のひらで西瓜ぐらいの大きさを作って見せた）、どかそうとしたってビクともしないのよ。主だったのね、きっと」

「ぬし――」

ゆかりは言葉の響きに感動したような声を出した。それともガマガエルが庭の主になるという世界観に驚いたのだろうか。

「庭から見ると家の中なんか、ドワッと暗くてさあ」

「そのガマガエルはどうなったんですか？」

森中が言ったが無視された。森中は立ち上がって、肘をもう一方の肘で巻き込むストレッチをしていた。

「幽霊っていう想像は、ああいう家で自然と出てくるものなのよ。あなたみたいに明るい家で育って、昼間でも薄暗い家の空気の重ったるさを知らないような子は、気味悪さっていうものがどういうものなのか全然わかってないんだから、気安く幽霊だの何だの、そんなの、昔の人が生きたことに対しても、その人たちが持っていた感情に対しても、その人たちがきちんとした意味で使っていた言葉に対しても、失礼どころじゃなくて冒瀆なのよ」

「でも昔の人にはそういうのがあたり前だったんだから、昔の人が見ていた暗さと今のあたしたちが見ているあんまり暗くない暗さは同じことになるんじゃないの？」

「それは物事の片っ方しか知らない人間の屁理屈よ。つまり、子どもの理屈ね」「またそうやって叔母ちゃんは、自分の経験を盾にとる――」

「またそうやってあなたは、自分の無知を正当化しようとする」

「カエルが水に戻るのって、匂いとか方向感覚じゃなくて記憶だって知ってました？だからカエルが戻るのは必ず自分が生まれた川とか池なんですよ」

座敷の奥のパソコンをいじりながら森中が言ったがまた無視された。

「ここの伯父さんが自分の生まれた家に似せてこの家を建てたって言うけど、采光はずっと工夫してあるんじゃないかと思うんだよね」

と浩介が言ったが、浩介は居間と北の廊下の境いに立っている私を振り返らなかった。

綾子が生姜焼きを二つの皿に分けて持ってきて、ジョジョが後ろをついてきた。

「そうなのよ。この家って、昔の家っていうほど薄暗くないのよ」妻が言った。

「森中、生姜焼きできたよ」

「メール、チェックしたら、すぐ行きますよ」

「ねえ、ジョジョにまたあげちゃっていいの？」

綾子が私に訊いた。

「ちょっとだけ」

と、私は妻を見ながら言った。

「主（ぬし）のガマガエルっていうのもすごいですよね。

あいつら、孤独とか感じないんですかねえ」

綾子が一度口に入れてまわりの生姜をなめとった肉をジョジョはパクッと食べて、また綾子をじっと見上げた。

「ジョジョ、もうおしまい」

ジョジョは食べ物が口の中にあるあいだはとても幸福だが、ジョジョの幸福はすぐに終わってしまう。

「カエルは孤独が棲み家だから、孤独の中で充足してるんだよね」

「でも、孤独と感じなかったら孤独とは言わないんじゃないの？」

と、ゆかりが言ったが、妻は綾子をじいっと見上げているジョジョを見ながら、

「チャーちゃん、生姜焼きも運んだよね」

と言った。

「あれはかわいかったねえ」

「運んだ？」

「運んだんだよ」

と私はゆかりに言った。

「食べないくせに口に咥えて、何でも運んじゃうんだよ。ステーキも運んだし、おせち料理用に水につけてた数の子も運んだ。あれなんか、気がついたら一本しか残ってないの」

「あれはびっくりしたよね。静かにしてると思うと、いたずらばっかりしてたよね」

「隠すってこと？」

　ゆかりがまた訊いた。浩介はただ笑っていた。

「前の家でおれ、押入れを本棚にしてていつも開けっぱなしだったから、何でもそこに運び込んでたんだよ」

「ビニール袋に入ったままの白菜の漬物が見つかったこともあったじゃない」

「歯の穴が開いてたから、汁がだいぶ染み出てたよな」

　私と妻が同じことを憶えているということは、同じことを見たということでもあった。人が二人いればアングルは当然二つだけれど、妻が思い出す言葉で私の記憶が強められ、私が思い出す言葉で妻の記憶が強められるのだから、いまでは私の視線が妻の視線で、妻の視線が私の視線になっている。しかしそんな記憶のやりとりをする以前に、チャーちゃんのいたずらを見つけたそのときに、二人は素早くお互いのアングルを使って、目の前で起こっていることをいっぱいに楽しんでいたのだ。

「チャーちゃんの宅急便屋さん」妻が言った。

「かわいいじゃん」

と浩介が言った。ゆかりはチャーちゃんが咥えた生姜焼きの重さを確かめるように肉を一枚箸でつまみあげていた。綾子は小さく首を振ってリズムをとりながら唇を動かしていた。じいっと見上げているジョジョに向かって鼻歌を歌っていたのだろう。と、そうしていると、座敷の奥でチャーちゃんの話に入っていなかった森中が、立ったまま前屈みにパソコンを覗き込みながら、

「おっ？

おおっ？」

と、言いはじめて、そのうちに、

「やったあ！」

と、大声をあげた。

「なんだよ、バカ」

「騒いでないで、早く生姜焼き食べなさいよ。せっかく綾ちゃんが作ったんだから」

「食べますけど、それどころじゃないんですよ。

内田さん、これ見てくださいよ。社長も見てくださいよ」

「おれもう老眼はじまってるから、パソコンは目が疲れてダメだって言っただろ」

と私は言った。

「ホント、わがままなんだから。和歌山に多田さんっていう変な人がいるんですよ。

え? 会ったことぐらいありますよ。友達の友達の先輩に紹介されたんですよ。おれだってそれぐらいの人脈はありますよ。ちゃんと営業してんですから。

で、和歌山で二〇〇六年に町おこしっていうか地域おこしみたいなイベントみたいな博覧会みたいなことをするんですけど、そこで何か記念に残る物をつくりたい。畳十畳敷きぐらいの壁画をかくような人がいないかって言われたから、そんな絵かきなんか知らないけど小説家ならいるから、原稿用紙をバーッと床に並べて毎日毎日その人が原稿用紙に小説をかくっていうのはどうっすかって、言ったんですよ。そしたらいまメールが入ってて、その企画でいきたいって言ってきたんですよ」

みんなが私を見るから、私は、

「おれのことか?」

と、自分を指差した。

「そうですよ。内田さんに決まってるじゃないですか。おれに内田さん以外に小説家の知り合いなんかいるわけないじゃないですか。おれそんなに人脈持ってませんよ。内田さん、原稿用紙にかいてるからちょうどいいじゃないですか。ワープロじゃあそんなことできないじゃないですか。

おれ、内田さんの原稿用紙のサイズ測ったんですよ。タテ27センチでヨコが40センチだから、畳10畳に広げるとタテ14枚ヨコ12枚で168枚なんですよ。内田さんならそれぐらいの長さ、軽いじゃないですか。300枚とか400枚とかかいてるんですから。

で、失敗してしょっちゅう捨ててるみたいだから、それもそのまんま残して並べてけば軽く300枚ぐらいなるじゃないですか。300枚って言ったら畳20畳ぐらいになりますよ。もう町の公民館か体育館のレベルですよ。

すごいでしょ？　いいこと思いついたでしょ？　でもまさかこんな企画が通るとか思わなかったですけどねえ」

森中がしゃべっているあいだ、みんなヘラヘラ笑って私を見ていて、私は、

「バカ——」

と言ったが、妻の理恵が、

「おもしろいから、やればいいじゃん」

と言い出した。

「ヤダよ。バカ」

「床に這いつくばって小説書いてるのを、あたしたちは上から見てるんでしょ？　体育館とかで。

おもしろいじゃない。作家の労働の現場なんて、みんな見れないんだから、おもしろがるわよ」

「おれはちっともおもしろくない。

京都の動物園のゴリラみたいじゃないか」

「なんで京都なんですか？

一千万ですよ、一千万」

「すごいじゃないの。やるしかないじゃない」

「一枚五万九千五百二十三円かあ」

電卓を叩いた浩介が言った。綾子は鼻歌を歌っていた。

「本一冊出せば、印税が五千万とか一億の作家が世の中にはいるんだぜ」私は言った。

「でもそれはあなたじゃない」と妻が言った。

「京都の市立動物園に日本で生まれたゴリラのそのまた子どもっていう、三代目のゴリラがいるんだよ」私は言った。「おれが見たのはたしか九四年の夏だったんだけど、絶対、神経症かノイローゼになってて、檻の隅にじっとしてるだけで、人間の目を怖れてるんだよ。動物にはもともと自己像を作り出すフィードバック機構が備わってるから、人に見られるのが常態化するとそれがオーバーフローして、ハウリングを起こしたみたいにおかしくなるんだよ」

「ハウリングって？」

ゆかりが訊くと、

「カラオケでマイクをスピーカーに向けると、キィーンってなるだろ？　あれのこと」

と浩介が言った。

「そうだよ。キィーンなんだよ。キィィィーン。

「あいつはかわいそうだったな」

と言って、私はずうっと手に持っていたドライフードのカップを振って、綾子を見上げていたジョジョを階段の上に連れていった。二階の縁側にはポッコがいて、ミケは外の手摺りに出ていた。

ジョジョが食べ終わるのを待って、私はジョジョを手摺りに出した。ジョジョが手摺りに出るのははじめてではないはずだったが、最近は全然見ていなかったから、こんなことでも少しはジョジョの刺激になって、外を見たり体を動かしたりすることの楽しさを思い出してくれないかと思ったのだ。

ジョジョは近寄ってきたミケを「シャーッ！」と怖い顔で威嚇して、それから緊張して自分の体をなめるのと庭の虫の声のする方を見るのを交互に繰り返していたが、五分も経たないうちに縁側に入ってしまった。階下からは「――じゃないですかあ」「――でしょ？」という森中の声とみんなの笑い声が聞こえていたが、そんなことはジョジョには関係なかった。

入るとジョジョはポッコの前で伏せの姿勢になって頭をなめてもらい、ミケはポッコとジョジョのまわりをまわって、飛びつくタイミングをうかがっていたがうまく見つけられなくて、また手摺りに出ていった。

庭を見ると奥で白樫が大きな黒い影になっていた。さっき想像したほどではないがだいぶ満月にちかい月が高くあがっていて、星は一つも見えなかった。月が出ていなかったとしてもまだ虫が鳴くような気候では大気中の水蒸気に妨げられて星はまばらにしか見えないだろう。

　私というのは暫定(ざんてい)的に世界を切り取るフレームみたいなもので、だから見るだけでなく見られることも取り込むし、二人で一緒に物や風景を見ればもう一人の視線も取り込む。言葉のやりとりでその視線を取り込むのではなく、視線を取り込むことが言葉の基盤となる。

　白樫の葉が月明かりに小さな光を反射させているのは空からでなければ見ることができないけれど、そういう視界を私は持っていて、それも私がこの場所に固定されているのではなくて暫定的なフレームみたいなものだからだ。

　色づきはじめた柿(かき)の実が重なる葉のあいだで月明かりに柔らかく光っている視界や、いま手前でゆっくり静かに揺れている棕櫚(しゅろ)の南国の団扇(うちわ)のような葉が幹の頂点から放射状に広がりつつ何重にも重なりあって、硬く細い羽状葉が弱くツーッと光っている視界があるのも私がフレームみたいなものだからで、その中で金木犀(きんもくせい)の香りが消えて柿が落葉してしばらく枝の先に濃く色づいた実だけが残り、落葉しない葉が冬のあいだにくすむのを知っているのも私がフレームみたいなものだからで、私自身もまたそれらを橋渡しする媒介項になっていく。

　いまを秋だと知る私は、金木犀が香り柿の実が色づきはじめたから秋だと知るのではなく、春先に沈丁花(じんちょうげ)が香り、そのあとにタンポポやニガナやスミレが咲いて、夏に木槿(むくげ)

や夾竹桃が咲くからいまが秋だと知るのかもしれない。

　その秋の中では、「お父さん、金木犀のいい匂いがするよ」という伯母の声がして、かつて庭の奥にあった椿の花が咲いたときに、「寝てばっかりいんで、少しは庭に出て椿の花でも見ればいいじゃんけ」という声がすることがいまと一緒にある。

　奈緒子姉がさかんにポッコと似ていると言ったチロや私が名前を憶えていない猫たちや犬たちがこの庭に埋められていて、ポッコやジョジョやミケがいま私と一緒にいるから私がポッコたちに触れることができるのではなくて、かつてここに生きた犬たち猫たちがいたから私がいまポッコたちと一緒にいるのを知ることができる。

　私が野球に行った日に私のかわりに庭で水を撒きながら、綾子は今夜のように散文的な歌詞の歌を歌いつづけていたのではないかと思った。私と一緒に水を撒いていたときも、葉や幹にあたる水の音に掻き消されながら、綾子はきっと歌を歌いつづけていた。

　綾子の歌は庭の木に聞こえていたし、庭に埋められた犬たち猫たちにも聞こえていた。骨が雨水に溶けて流れ去っていたとしても、その歌はちゃんと聞こえていただろう。

解説　『カンバセイション・ピース』と日本映画的空間

種田陽平

『カンバセイション・ピース』を読み終えたとき、読者はもう一度読み直したいという誘惑にかられるかもしれない。読み直したいとはすなわち〝まだ、この家から出たくない〟という欲求のことで、こういう欲求が湧いてくるのは、舞台となる木造家屋の居心地が良すぎるせいなのか、物語の中に静かに流れている時間を止めたくないと願うせいなのかはわからないが、とにかく私はその欲求にあらがって、この解説に向かわなければならない。

保坂和志さんの他の作品にも共通することだが、特にこの『カンバセイション・ピース』においては、〝時間〟と〝記憶〟が織りなすモザイクは綿密で鮮明でありながらもユーモラスでさりげなく、物語世界が意図的につくり出されたものだとはまるで感じられない。あまりに自然でリアルだから、読み終えたとき、私はすっかり小説家の内田さんの家（正確には、内田さんがこの家の所有者であるいとこの英樹兄に、空き家にしておくのもなんだから住んでくれと言われて「いいよ」と住んでいる借り家なのだが）に居ついた人間になっており、家から出て行くにはそれ相応の決意というか覚悟が必要、ということになっていた。

映画美術の仕事をしているからつい日本映画をたとえにだしてしまうのだが、山田洋次作品の『男はつらいよ』における渥美清と倍賞千恵子ら家族のかけ合いからわかるように、映画においてよくできた会話シーンは、役者によって肉体的に、テニスの美しいラリーを見ているときのような躍動感を持って描き出される。またたとえば、小津安二郎作品における笠智衆と原節子の言葉のやりとりは、アドリブを排除し緻密に構成されたもので、短いショットの積み重ねと言葉の反復によって独特なリズムが生まれ、そのリズムによって笠智衆と原節子の存在感が五十年以上経った現在でも生き生きとして観る側にせまってくる。

保坂さんの他の作品における鎌倉と小津映画の鎌倉で設定が重なるということがあり、家屋や庭の舞台設定の描写も小津的だと感じる人もいるかもしれない。けれど保坂さんのこの作品における会話は、小津映画の会話のスタイルとはずいぶん違う。生涯独身をつらぬき、冷徹な視線で家族を描いた小津とは異なり、保坂さんの人間たちに対する視線は暖かくてゆるいからだ。しかし、そうでありながら読む人は、文字だけで、つまり役者の肉体や肉声なしで描写される会話に引きこまれ、かつての日本映画の名会話劇を観ているような興奮を覚える。保坂さんが書き連ねた会話が、熟練の脚本家が書き、才能ある監督が演出し、練達の役者が発した台詞に匹敵する繊細さと躍動感を持っているからにちがいない。

この作品で家の中の音や雰囲気が表現されていて圧巻だと思うのは、終盤、横浜ベイスターズのファンである内田さんが、ローズ引退のショックからか風邪をこじらせて三日も寝込んでしまう場面だ。聞こえてくる友人の浩介の弾くブルースギターの音色。浩介の部下の森中の声色。寝室にいながら家の中の状況が音によってぼんやり、時には鮮明にわかってしまうこと。寝ている内田さんを見て「よく眠ってる」と言ったやはり友人の部下の綾子の一言には、はっとさせられるものがあった。これまで私も何度「よく眠ってる」と言われたかわからない。そう言われた瞬間に目が覚めたようになる感覚は大勢の人が経験しているはずだ。読者の記憶の中に深く潜んでいる「よく眠ってる」の温かなそれでいて寂しい響き。さらにこのあとに続く、四年前、この家に越してくる前に死んでしまった愛猫、チャーちゃんのことを内田さんが考え、ついに死が生へ逆転する描写には鳥肌がたった。

「私の心の中にあるチャーちゃんのあの苦しんでいた姿がただの記憶として薄く弱くな

って、日向で寝ていた幸福な時間が（だってチャーちゃんが生きたほとんどすべては幸福な時間だったのだから）強く明らかに感じられるようになったときには、きっとそれは私の心の中だけの出来事ではなくて、世界の中で起こったことだと考えてもいいはずじゃないかと思うのだ。」（405ページより）

この静かなクライマックスはエンディングの前に深い輝きを放っている。この場面にもう一度到達したい、そのためだけにでももう一度、頭から読み返したいと思ってしまうほどだ。

ところで、この小説に描かれているようなかつての日本の木造家屋の良さの一つに「開け放つ」ことがある。部屋と部屋の間に壁面が少なく、密室感がなく、襖や障子やガラス戸などが多いことからその建具を開け放つと室内は一気につながる。雨戸を開けると家の外も自然に家の中に入って来て、中と外との一体感が連続した空間をかたちづくっている。小津監督の『麦秋』の鎌倉の三世代同居の家の中と庭のセットも、山田監督の『男はつらいよ』の店と住居が同じ空間で連なっている「とらや」の茶の間から店越しに見える表通り、たこ社長の印刷工場が見える裏庭というセットも、開け放った間口から丸見えになってつながっている。プライベート空間が希薄な風通しの良さは、近年のモダンな一戸建て住宅や密閉性の高いマンションからすっかり消えてしまった〝日本映画黄金期的空間〟だ。

登場人物たちを包み込むようなこうした空間、居心地抜群の内田さんの家の静けさは〝時間〟と〝記憶〟の自由な交錯を可能にしている。小説家でほとんど家にいる内田さん、勤め人の妻理恵、会社として間借りしている友人浩介と友人の二人の部下綾子と森中、法事で集まるこの家の持ち主である英樹兄ら四人のいとこたち、大学生の妻の姪ゆかり、そしてポッコたち三匹の猫がこの家で暮らしたり、仕事をしたり、話をしたり、食べたり飲んだり、遊んだりしているが、この家の日本家屋ならではの「つつぬけ感」は、是枝裕和監督の映画『歩いても歩いても』や『海街 diary』などで若い世代も実感できるようになっているから、二十一世紀においても、『カンバセイション・ピース』的な古い家、日本映画的空間の感覚は消え失せることはないと思う。

実は私も、門前町にあった母の実家で子供時代を過ごした経験がある。祖母と母の姉妹弟、つまりおばさんおじさんが四人、犬が一匹住んでいるところに、私の一家、父母と弟と私の家族が入って、総勢九人と一匹で暮らしていた。家の間取り、庭の樹木や草木、そして変化する空気感、日差し、家の中の、あるいは近所から入りこんでくる音、匂いなど、大勢で暮らした家屋というものを内実させる要素が脳裏に残っており、開け放たれた空間から感じられるそれらのことを今も鮮明に再現することまではできる。しかし保坂さんはそうした〝記憶〟が家に染みついていくことだけではなく、「家自体のざわめき」をも描写し、家そのものが生きていて主役となっていることを強調している。

「塀ぞいに並んでいる庭木の向こうに蛍光灯の明かりに照らされた居間と座敷の上四分の一ぐらいが見えている。二階は右端の階段の電球だけが点いていて、右端の窓が猫が手摺りに出られるだけ開いている。一階はさっき森中が開けたサッシと上の換気窓が二ヵ所開いているが、ざわめきはそこから漏れているのではなく、家としてざわめいている。」（436ページより）

保坂ワールドの空気感はとても繊細で、緻密で、リアルだ。作家である内田さんの思考、その思考をまるで映画の脚本のト書きのようにして繰り広げられる会話、猫と猫をめぐる人間の描写、庭の水撒き、野球観戦の場面で、時に激しく感情を揺すぶられ、自分も登場人物の一人であるかのような錯覚をおぼえる。言葉によって構築されたこの高度な〝リアリティ〟は、日本のかつての木造建築という空間で大勢で暮らすという体験をなつかしく振り返ることのできない人間、あるいは若い世代にも、疑似体験を可能にするものだ。

是枝監督は「『海街diary』は『過ぎ去った時間が時と共に自分の中で形を変えていく話』を描いている」と語り、家をメイン舞台にする特殊性に触れた。また、かつて小津監督は『麦秋』において、間宮家という家を丁寧に描きながらも「ストーリーそのものより、もっと深い《輪廻》というか《無常》というか、そういうものを描きたいと思った」と語った。

保坂さんは『カンバセイション・ピース』で家を主役に描きながらも、「(そこに住んだ人の)雰囲気が残るというよりもっと物質的に近い次元で、住んだ人の考えたことかやったことがその家に残るとは考えられないか、それが出発点です」と語っている(e-hon Web版 新刊ニュース「Interview 著者との60分」より)。映画のように家を映すのではなく、文章によって家そのものを描きこみ、家を物理的に造形しているのだ。そのためのディテール描写であって、それが先に述べたリアリティを醸し出しているのではないだろうか。

七十年代、寺山修司が家の概念を映画『田園に死す』の中で解体し、山田太一はテレビドラマ『岸辺のアルバム』で家屋が川に流されてしまうことで家族の絆を問いただした。いま、〝家族の肖像〟という意味の『カンバセイション・ピース』の家を家たらしめるのは、六人の人間と三匹の猫たちであり、機会があるとやってくるこの家の持ち主の四人のいとこたちである。しかし、すでに亡くなったいとこたちの両親、内田さんにとっては伯父伯母も、この家で亡くなったのではない愛猫チャーちゃんも、やっぱりこの家に実在しているのである。そして、かつてこの家で生き、死んで庭に埋められた犬たちや猫たちや庭の草木が、綾子の唄う歌を聞いているということが、この家がこれからもまだまだ生き続けることを、私たちに確信させる。

「～いまポッコが二階の窓から静かにただじっと外に耳を澄ましているように、ここに生きた犬や猫たちも、犬小屋から体を半分出して前脚に顎をのせて月の光の下で黒くて丸い目を開けてどこかをぼんやり見ていたり、たまに外に出てもこの庭をゆっくり歩き回るだけですぐに戻ってくるようになったりして、そうして死んで、ここの土に埋められて、しばらくは骨として土の中にいて、それもたいして長くない年月のうちに雨水に溶けてなくなっていく。それを思うだけで悲しくならないわけがないけれど、こういう風に時間を俯瞰するような考え方の中に、時間や世界に対する感じそこないが含まれているのではないかと思った。

過去の時間は俯瞰できない。すべての時間や空間は俯瞰できない。」（446ページより）

いま、この『カンバセイション・ピース』を読んでいる私たちが皆、この世から消え去ったあと、つまりこのような〝日本映画黄金期的空間〟たる木造家屋もほぼ消失したあとの世界を私は考えずにいられない。〝電子ブックバンク〟から瞬時に配信され、保坂和志の全作品を読む事が可能となっているであろう時代に、『カンバセイション・ピース』を読む人は、私のように読み終わってもこの家から出ることが難しいと感じてこの本を繰り返して読んでしまう。そうした未来の読者が存在することを私は確信する。未来の読者は〝記憶〟というキーワードをたどりながら、二十世紀に建てられた木造家屋と、そこに暮らしたある〝家族〟にたどり着く。私たちが『吾輩は猫である』を読む事で、明治時代とその時代に生きた人間に、実感をもって立ち返ることができるように。

そんな未来が待っているのであれば、私のこの解説は〝束の間の、つなぎのようなもの〟にすぎないが、それはとても光栄なことだと思う。

そして、これから私はもう一度、『カンバセイション・ピース』の冒頭に戻ることができる。嬉しいなぁ。

（美術監督）

＊本書は二〇〇六年四月、新潮社より新潮文庫として刊行された同作を底本にしています。

初出……「新潮」二〇〇二年八月号、九月号、十月号
二〇〇三年四月号、五月号

単行本…二〇〇三年七月　新潮社

カンバセイション・ピース

二〇一五年一二月一〇日　初版印刷
二〇一五年一二月二〇日　初版発行

著　者　保坂和志（ほさかかずし）
発行者　小野寺優
発行所　株式会社河出書房新社
〒一五一−〇〇五一
東京都渋谷区千駄ヶ谷二−三二−二
電話〇三−三四〇四−八六一一（編集）
〇三−三四〇四−一二〇一（営業）
http://www.kawade.co.jp/

ロゴ・表紙デザイン　粟津潔
本文フォーマット　佐々木暁
本文組版　有限会社中央制作社
印刷・製本　中央精版印刷株式会社

Printed in Japan　ISBN978-4-309-41422-5

アウトブリード

保坂和志 40693-0

小説とは何か？　生と死は何か？　世界とは何か？　論理ではなく、直観で切りひらく清新な思考の軌跡。真摯な問いかけによって、若い表現者の圧倒的な支持を集めた、読者に勇気を与えるエッセイ集。

言葉の外へ

保坂和志 41189-7

私たちの身体に刻印される保坂和志の思考――「何も形がなかった小説のために、何をイメージしてそれをどう始めればいいのかを考えていた」時期に生まれた、散文たち。圧巻の「文庫版まえがき」収録。

カフカ式練習帳

保坂和志 41378-5

友人、猫やカラス、家、夢、記憶、文章の欠片……日常の中、唐突に訪れる小説の断片たち。ページを開くと、目の前に小説が溢れ出す！　断片か長篇か？　保坂和志によって奏でられる小説の即興演奏。

東京プリズン

赤坂真理 41299-3

16歳のマリが挑む現代の「東京裁判」とは？　少女の目から今もなおこの国に続く『戦後』の正体に迫り、毎日出版文化賞、司馬遼太郎賞受賞。読書界の話題を独占し“文学史的事件”とまで呼ばれた名作！

枯木灘

中上健次 41339-6

熊野を舞台に繰り広げられる業深き血のサーガ…日本文学に新たな碑を打ち立てた著者初長編にして圧倒的代表作。後日談「覇王の七日」を新規収録。毎日出版文化賞他受賞。解説／柄谷行人・市川真人。

ハル、ハル、ハル

古川日出男 41030-2

「この物語は全ての物語の続篇だ」――暴走する世界、疾走する少年と少女。三人のハルよ、世界を乗っ取れ！　乱暴で純粋な人間たちの圧倒的な“いま”を描き、話題沸騰となった著者代表作。成海璃子推薦！

著訳者名の後の数字はISBNコードです。頭に「978-4-309」を付け、お近くの書店にてご注文下さい。